VEST
FOLD

HARDANGER

Tunsberg

Kap
Lindesnäs

Sotenäset

Vingulmark

Ranrike

Görässlv

Götaland

Dänisches
Reich

Roskilde

Seeland

Trelleborg

Fünen

Bogundarholm

Hedeby

Sliem

Hammaburg

Brimun

Veern

Friesenland

Albia

Saxland

Elera

Osnabruggi   Hlidbecki   Minda

Visurgis

Magdeburg

Mimigernaford

Theotmalli

Deutsches Reich

Buira   Throtmanni

Schwedisches Reich

„Odin hat bestimmt, dass du begangenes Unrecht sühnen musst. Wenn du heimkehrst, wird dein Leben jedoch nicht mehr so sein, wie du es kanntest! Was dich liebte, wird dich hassen!", spricht der Alte, den man die Zunge der Götter nennt. Ist es wirklich der Göttervater selbst, der in Träumen zu dem Skalden spricht und ihm den Schlaf raubt?

So begibt sich Rune auf den Weg, um Odins Willen zu erfüllen, um Rache zu nehmen an jenen, die ihm Unrecht taten, und aus dem Skalden wird wieder der Mordknecht. Doch seine Familie zerbricht, und Rune selbst wird zum Gejagten. Und auch aus Freunden werden Feinde!

Als ein neuer König in das Land am Nordweg kommt, beginnt für den überzeugten Asenanbeter erneut die Flucht vor dem neuen Glauben aus dem Süden. Es verschlägt ihn in das Reich des Dänenkönigs Sven, wo er sich einem Jarl anschließt. Und auch hier spricht Odin durch die Träume zu Rune.

Rainer W. Grimm wurde 1964 in Gelsenkirchen geboren und lebt auch heute noch mit seiner Familie und seinen beiden Katzen im Ruhrgebiet. Erst mit fünfunddreißig Jahren entdeckte der gelernte Handwerker die Liebe zur Schriftstellerei.

Als Selfpublisher veröffentlicht er seitdem seine Bücher.

Mit den beiden Bänden der Saga von Sigurd Svensson sowie den drei Bänden der Saga von Erik Sigurdsson erschien seine große Wikingersaga. Des Weiteren veröffentlichte der Autor den Roman „Pakt der Barbaren" und bisher drei Bände der Kurzgeschichtensammlung „Wikingerwelten". Nach dem Wikingerroman „Der Skalde" folgt nun der zweite Band „Odins Wille".

ᛟᛗᛁᛏ ᛋᚲᚢᛗᛏᚲᛗ ᚺᛁᚱ ᛗᛗᛁᛏ ᚺᛗᛁᛚ

Rainer W. Grimm

*

Der Skalde II
Odins Wille

Historischer Roman

ᛏᚺᛟᚱ ᚠᛗᚱ ᛚᛗᚢᛗ ᚺᛁᚱ ᚲᚱᚠᚠᛏ

Bibliografische Information Der Deutschen Bibliothek:
Die Deutsche Bibliothek verzeichnet diese Publikation in der
Deutschen Nationalbibliografie; detaillierte bibliografische Daten
sind im Internet über http://dnb.ddb.de *abrufbar.*

www.rwgrimm.jimdo.com
Herstellung und Verlag: BoD-Books on Demand,
Norderstedt
Titelgestaltung, Layout: RWG & BoD
Fotografie: Frank Reuter
Bildbearbeitung: Manfred Lohmann
ISBN: 978-3-7386-5355-7

MIX
Papier aus verantwortungsvollen Quellen
Paper from responsible sources
FSC® C105338
FSC
www.fsc.org

Inhaltsverzeichnis

Historischer Hintergrund

Drei lange Jahre hatte der Dänenkönig Sven Haraldsson, den man Gabelbart nannte, nun schon in seiner Burg in Yorvik[1], auf der Insel der Angelsachsen, darauf gewartet endlich in das Dänenreich zurückzukehren. Denn im Sommer des Jahres 990 n. Chr. war Erik von Schweden, den man den Siegreichen nannte, mit seinem Heer in das Dänenreich und die von Sven besetzten norwegischen Gaue eingefallen und hatte den König der Dänen aus seinem Reich vertrieben.

Mit seinen Kriegern verheerte er die britannischen Grafschaften und mehrte so seinen Reichtum, denn diesen brauchte er, um sein Heer weiter anwachsen zu lassen.

Und endlich, im Jahre 993 n. Chr., war die Gefolgschaft des Gabelbart so groß, das er es wagen konnte, in seine Heimat zurückzukehren.

Seinen Gott Odin[2] und dessen Sohn Thor[3] hatte der asentreue König angefleht und ihm ein ums andere Mal Opfer dargebracht, auf dass er ihm das nötige Heil geben mochte, den dem Christentum nicht abgeneigten König Erik aus seinem Reich zu vertreiben. Und es schien, als hätten die Asen[4] das Bitten des Gabelbart erhört. Im Dänenreich wuchs der Widerstand gegen die Besatzer an jedem Tag, und die Nachrichten, die Sven streuen ließ, zeigten bald ihre Wirkung.

---

[1] Yorvik - York
[2] Odin – Oberster Gott der germanischen Mythologie, Gott der Dichtkunst, der Runen., der Ekstase, Gott der Weisheit und des Wissens, opferte ein Auge für einen Schluck aus dem Brunnen der Weisheit
[3] Thor - Der Donnergott, Gott der Bauern und Beschützer männlicher Kinder
[4] Asen – nordisches Göttergeschlecht

Im Danelag[5] hatte er mehr und mehr Krieger um sich geschart. Ganze Flotten umherziehender Seekönige und Wikinger hatten sich ihm angeschlossen, so dass er den Schweden endlich zum Kampf herausfordern konnte. Und auch in der Heimat, von der Königsstadt Ribe[6] aus, hatten seine Spitzel dafür gesorgt, dass das Volk den Kampf herbeisehnte. Einzig die Jomswikinger, meist dänischer Herkunft, die weite Gebiete des Pommern- und Mecklenburgerlandes beherrschten und auf der gefürchteten Jomsburg am Oderhaff saßen, verweigerten dem König die Gefolgschaft. Sie waren Untertanen des Polenkönigs geworden und hielten sich an ihren Treueeid, trotz der Gefahr, dass ihre Gesippen in der Heimat die Wut des Gabelbart spüren könnten.

Als die warme Jahreszeit Einzug hielt, der Schnee schmolz und das Eis die Fjorde wieder freigab, segelte die Flotte des Sven Gabelbart in das Dänenreich, um den Schwedenkönig Erik zu vertreiben. Der Aufstand der Dänen begann.

Im Sommer des Jahres 993 n. Chr. saß Sven Haraldsson wieder auf dem Thron in Ribe, herrschte über das Dänenreich, das Götaland und den Süden Norwegens. Er hatte die Schweden aus seinem Erbreich vertrieben, und auch den christlichen Klerus jagte er zum Dank an seine Götter aus dem Land.

Dies aber währte nicht lange, denn die Bedrohung aus dem Reich des deutschen Kaisers war nun groß, und das Heer des Dänen war geschwächt. So ließ er die Pfaffen in seinem Reich gewähren.

Ein norwegischer Jarl aber widersetzte sich dem Dänenkönig, verweigerte die Abgaben und ließ sich zum Kleinkönig über den Gau Tröndelag ausrufen. Alle

---

[5] Danelag - Gebiete Nord- und Südostenglands, die von den Dänen besetzt und besiedelt worden waren

[6] Ribe – dänischer Königssitz im Südwesten Jütlands gelegen

Versuche des Sven Gabelbart, den Gau wieder unter seine Herrschaft zu zwingen, scheiterten. Selbst einer großen Flotte der gefürchteten Jomswikinger wollte es nicht gelingen, Jarl Hakon aus seiner Herrschaft zu vertreiben. Doch für den König der Dänen, dessen Ziel es war, ein dänisches Großreich zu errichten, sollte es noch schlimmer kommen.

Jarl Hakon Sigurdsson regierte seinen Gau mit harter Hand, und das Volk begann sich gegen seinen selbsternannten Herrscher zu wenden. Zwar hatte er sich aus der Lehnsherrschaft des Sven Gabelbart befreit und stattdessen dem Schwedenkönig Treue geschworen, doch sein Rückhalt in der eigenen Gefolgschaft schmolz dahin.
Wie eine unersättliche Made fraß sich der König mit seiner Gefolgschaft durch die Vorratskammern seiner Bauern, und da er auch vor deren Frauen nicht halt machte, begann das Volk sich gegen ihn zu erheben.
Die Jarle des Tröndelag schickten einen Unterhändler auf die Insel der Vestmänner[7], denn dort lebte ein Jarl namens Olaf. Er war der Sohn des einstigen Königs von Vingulmark und ein Enkel des großen Königs Harald Schönhaar. Somit war dieser ein legitimer Anwärter auf den norwegischen Thron.
Doch Olaf, der Sohn des Tryggve, der sich großen Ruhm als Wikinger und Seekönig erkämpft hatte, besaß nun keine große Flotte mehr, und so kam er mit nur drei Schiffen im Jahr 995 n. Chr. in das Tröndelag, um den Jarl Hakon Sigurdsson aus seiner Herrschaft zu vertreiben.
Doch als die Schiffe in den Hafen der Stadt Lade segelten, hatten die Bauern den „bösen" Jarl bereits vertrieben, und so riefen sie Olaf Tryggvesson zu ihrem neuen König aus.

---

[7] Vestmänner - Iren

Der neue Gaukönig beschloss darauf, die dänischen Besatzer aus seinem Erbreich zu vertreiben, und die Gaufürsten waren bereit, dem neuen König zu folgen, um sich den Dänen zum Kampf zu stellen.

Bald schon hatte der Norweger eine große Flotte gesammelt, mit der er begann, die Gaue zu befreien, und da Sven Gabelbart, dessen Heer immer noch geschwächt durch die Kämpfe mit dem Schwedenkönig Erik kaum Widerstand leistete, waren aus den großen Handelsstädten die dänischen Stadthalter bald vertrieben. Sven Gabelbart aber sicherte die Grenzen seines dänischen Reiches und heerte weiterhin auf der Insel der Angelsachsen.

*

1

Böse Träume

Vierzehnmal war der Winter gekommen und gegangen, seit Rune als Sklave aus dem Saxland[8] in das Land am Nordweg gekommen war[9]. Seine Heimat war ein kleines Dorf gewesen, doch seine Familie hatte den Tod gefunden, denn sie hatten sich dem Glauben an den einen Gott der Christen verweigert. Hatten heimlich den alten Göttern ihre Opfer dargebracht und darum die Macht und Grausamkeit des Vogtes Herimann und seiner Schergen zu spüren bekommen. Viele Asentreue endeten in den Kerkern und unter dem Beil oder am Strang, wenn sie nicht willens waren, ihren Göttern abzuschwören.

Damals hatte der Sohn des Schmiedes Barthold noch auf den Namen Bran gehört, hatte den Flammentod der Mutter und seiner Schwestern mit ansehen müssen, und war selbst nur mühsam den Häschern entkommen. Den Vater wusste er bei seiner Flucht in den Händen der Kriegsknechte des Vogtes, und die Götter hatten es so gewollt, dass er diesen nicht mehr wiedersah.

Bis in die Handelsstadt Brimun[10] im Land der Friesen war er damals gegangen, und dort hatte ihn ein Seefahrer auf sein Schiff genommen. Dem Seefahrer war sein Gott jedoch nicht gewogen, und so geschah es, dass sein Schiff von umherziehenden Sklavenfängern aufgebracht wurde. Als einer der wenigen Überlebenden wurde Bran zu einem Unfreien, und man brachte ihn auf den Markt der großen

---

[8] Saxland – Bezeichnung der Nordleute für das Reich der Deutschen

[9] Siehe Band 1 Der Skalde
[10] Brimun - Bremen

Handelsstadt Tunsberg. Doch der Gott Wotan, den Bran bald Odin nennen sollte, und an dessen Macht er fest glaubte, versagte ihm sein Heil nicht. So kam es, dass er von dem Schmied Askold gekauft worden war. Und dieser war ein guter Kerl, der Bran in seiner Schmiede aufnahm und ihn fortan Rune nannte.

Viel hatte er erlebt, Leid und auch Freude, doch Odin hatte ihm nie sein Heil verweigert. Er schenkte ihm die Gabe des Dichtens, und so wurde Rune ein Skalde[11].

Der Jarl des kleinen Gaus fand bald Gefallen an dem Reimeschmied, so wie Rune Gefallen an dessen Tochter fand. Und da Jarl Siegmar ein Mann war, der seinen Willen durchzusetzen wusste, wurde Rune der Skalde des Jarls von Frigghavn. Ein Skalde mit einem dunklen Geheimnis!

Nun aber war er ein freier Mann, hatte eine Familie gegründet und nannte einen Hof in Vingulmark[12] sein Eigen. Ein Bauer war Rune deswegen aber nicht geworden, denn den Hof verwaltete sein Weib Sigrun, und für die Arbeit gab es einen Knecht und eine Magd.

Bei dem Schiffsbauer Tryggve Egilsson, der ihm ein väterlicher Freund geworden war, half er als Schmied, und von diesem hatte er auch den Hof gekauft. Tryggve bezahlte seinen Schmied gut, und in seiner Nähe fühlte sich Rune auch recht wohl. Doch als Skalde ging er nur noch selten auf Reisen, obwohl er auf den Höfen der Jarls immer ein gern gesehener Gast war.

---

[11]Skalde – Dichter und Geschichtenerzähler, lebten oft an den Höfen der
        Jarls und Könige, um auf diese ihre Lobverse zu verfassen
[12] Vingulmark – norwegischer Gau im Südosten des Reiches

Spät war es Frühling geworden, denn zum Fest der Idun[13] hatte es noch einmal zu schneien begonnen. Nun aber kam endlich der Frühling, und die Strahlen der Sonne entfalteten ihre wärmende Kraft. Der Gesang der Vögel und das frische Grün der Bäume und Wiesen zeugten davon, dass der Winter ein Ende gefunden hatte. Die christlichen Pfaffen schrieben das Jahr 993 nach der Geburt ihres Herrn Christus.

Seit dem Herbst des vergangenen Jahres hatte Rune gelangweilt auf seinem Hof gesessen, und obwohl es ihn fortzog, war er geblieben. Seinem Weib zuliebe, um diese zu besänftigen, denn die einstige Schildmaid hatte ihrem Gemahl noch nicht verziehen. Er hatte sie mit den Kindern auf dem neuen Hof allein gelassen, als er im letzten Sommer als Skalde durch den Norden zog, hatte sein Versprechen gebrochen, nicht länger als einen vollen Mond fort zu sein. Alle Arbeit auf dem Hof hatte Sigrun vollbracht, hatte Vieh angeschafft und die Ernte eingebracht, denn zu dem Haus gehörte auch ein kleines Getreidefeld. Aus der stolzen Jarlstochter, der Schildmaid, die ein Schwert genauso gut führte wie jeder Mann, war eine Bäuerin geworden.

Es schien, als könnte und wollte Sigrun ihm dies nicht nachsehen, denn seither zeigte sich das Weib abweisend und hatte kaum noch mit Rune das Schlaflager geteilt.

*

Die Hitze des Feuers kroch langsam an seinem Körper empor, wurde heiß und kaum mehr erträglich. Seinen Mund wollte er öffnen und schreien! Doch kein Ton kam hervor! Er spürte, wie die Haut auf seinem heißen Fleisch große, mit

---

[13] Fest der Göttin Idun – Fruchtbarkeitsfest, die Götter aßen die Äpfel der Idun, um Unsterblichkeit zu erlangen

Wasser gefüllte Blasen schlug, wie die kochenden Blasen aufplatzten und sich die Haut von seinem Fleisch löste. Plötzlich sah er in ein bärtiges Gesicht. Askold! Den Namen wollte er rufen, doch es brach immer noch kein Laut über seine Lippen hervor. Da plötzlich vernahm er eine Stimme. „Ich habe dich gewarnt! Niemand widersetzt sich meinem Willen, ohne dafür bestraft zu werden!" Rune kannte diese Stimme, und auch das Lachen, das nun erschallte. Jarl Siegmar! Schweißüberströmt schnellte Rune empor! Schwer atmend richtete er sich von seinem Lager auf und sah in die fragenden Augen seines Weibes Sigrun. „Ein Albtraum?", fragte diese verschlafen. Langsam erhob sich Rune, musste seine Gedanken erst ordnen, bevor er antworten konnte. „Schlaf, Sigrun, es war nur ein böser Traum!" Oft überfielen den Schmied nun diese Träume, manchmal sah er sogar in das Antlitz Odins selbst, der zu ihm sprach. Seine Worte aber konnte Rune nicht hören. Und es waren immer wieder dieselben Gesichter, die ihn im Traum verfolgten und ihm den Schlaf raubten: Der Schmied Askold, der ihm ein väterlicher Freund geworden war und der in den Flammen des Jarl Siegmar sterben musste. Der Jarl von Frigghavn, der sein Schwiegervater war und der ihm oft übel mitgespielt hatte. Sein Vater Barthold, sowie die Gesichter seiner Mutter und der Schwestern, die längst im Reich der Hel[14] weilten. Mit leisen Schritten, er wollte die Kinder Sif und Thorune nicht wecken, trat er an den Tisch und nahm einen der hölzernen Becher, mit diesem trat er an das Fass, das mit Wasser gefüllt war. Er tauchte das Gefäß in das Nass und

---

[14] Hel – Göttin des Totenreiches, Tochter des Loki

trank hastig. Dann setzte er sich an die Feuerstelle, in der nur noch wenig wärmende Glut glimmte. Wie lange sollte er diese Träume noch ertragen, die ihm jede Nacht den Schlaf raubten? Es musste etwas geschehen!

Vielleicht wusste Tryggve einen Rat? Der Schiffsbauer war kein dummer Mann, und seit ihrer ersten Begegnung war er dem Rune in Freundschaft verbunden. Ja, den Tryggve würde er um Rat fragen, gleich morgen!

Schon früh am nächsten Tag hatte sich Rune aufgemacht zum Hof des Tryggve Egilsson, und es war Björn, der zweitälteste Sohn des Schiffsbauers, der ihn in seiner mürrischen Art vor dem Langhaus unfreundlich begrüßte. Der jüngste Sohn Thoke bewohnte einen Nachbarhof, und die beiden anderen Söhne Thoralf und Egil waren auf einer Handelsfahrt, wie Rune wusste. Björn aber, der seinen Brüdern kaum ähnlich sah, blieb meist wegen seines steifen Beines, das ihm der verhasste Nachbar Ivar[15] dereinst beschert hatte, auf dem Hof und arbeitete als Bauer oder half Tryggve, wenn dieser wieder einmal ein Schiff fertigte.

„Was treibt dich denn so früh hierher, Rune?", brummte Björn, der etwa gleichen Alters war wie der Schmied seines Vaters.

„Ich muss mit deinem Vater sprechen. Wo finde ich Tryggve?"

„Er ist im Haus", antwortete Björn knapp und zeigte in die Richtung der Pforte des Hauses, dann humpelte er, ohne ein weiteres Wort zu verlieren, seines Weges. Björn war dem gebürtigen Sachsen gegenüber meist recht wortkarg, und Rune schien es, als mochte ihn der Sohn seines Freundes nicht sonderlich. Dies aber störte Rune wiederum wenig, denn auch er fand seinerseits, dass Björn ein merkwürdiger, unangenehmer Kerl war. Vielleicht lag es ja daran, dass er

---

[15] Siehe Der Skalde Band I

so anders war als seine Brüder, die sich auch äußerlich sehr von ihm unterschieden. Seinen Sohn Björn hatte Tryggve nicht mit der Frau gezeugt, die sein Weib war und die ihm schon früh verstarb. So war sein Haar dunkel, während seine Brüder blondes Haar hatten.

Kräftig klopfte Rune an die Tür, und es dauerte eine Weile, bis diese geöffnet wurde. Asta, das junge Weib des Tryggve, die einmal wie Rune eine Sklavin gewesen war, sah den Besucher verwundert an, lächelte dann aber und bat ihn einzutreten.

„Tryggve, es ist Rune", rief sie schon in dem kleinen Vorraum, der in die Halle des Langhauses führte.

„Rune, mein Freund", freute sich der meist gutgelaunte Hausherr, der an einem der Tische saß und sein Morgenmahl zu sich nahm, wie es schien. „Komm, setz dich zu mir! Asta, bring einen Becher für meinen Freund!"

Kaum hatte Rune Platz genommen, hatte er auch schon einen Becher mit kühlem Bier in seiner Hand. „Ich komme zu dir, weil ich deinen Rat brauche", begann er zu erzählen und sprach dann von seinen Träumen, die ihn nicht schlafen ließen.

„Hm,… ich glaube, die Götter wollen dir etwas mitteilen", vermutete Tryggve und kratzte sich nachdenklich seinen Bart. „Es gibt da in Sotenäset[16] einen Kerl, der behauptet, mit den Göttern zu reden. Viele Leute gehen zu dem Alten, um sich von ihm Rat zu holen!"

„Du meinst, er kann mir sagen, warum mich diese Träume quälen?"

„Das weiß ich nicht." Tryggve zog seine Schultern hoch. „Aber man soll an einem Auserwählten nicht zweifeln! Du glaubst doch fest an die Götter Asgards[17]?"

---

[16] Sotenäset – Königsstadt von Vingulmark
[17] Asgard – Heimstatt der nordischen Götter

Rune nickte, denn er war davon überzeugt, dass er ein von Odin Geliebter war. Ein Skalde, dem der Allvater sein Heil schenkte.

„Gut", entschied der Schiffsbauer, „dann reiten wir nach Sotenäset. Noch heute!"

Es dauerte nicht lange, und die beiden Männer saßen in den Sätteln, um die Küste entlang nach Norden zu reiten.

Die Hütte des Alten, den man die Zunge der Götter nannte, lag nicht weit der alten Königshalle, in der der Kleinkönig Harald Gudrödsson residierte, der über die Gaue Vingulmark und Ranrike herrschte und ein Vasall des Dänenkönigs Sven Gabelbart war. Hier hatte einst König Tryggve Olafsson geherrscht, der wohl der Namensgeber des Schiffsbauers war und vor mehr als zwanzig Sommern im Kampf um die Herrschaft über Norwegen von seinem Vetter Gudröd Björnsson ermordet worden war.

Vor der Hütte zügelten die Männer ihre Pferde und stiegen aus den Sätteln. Tryggve nahm seinen Lederbeutel vom Sattel und hob diesen am ausgestreckten Arm empor.

„Das werden wir brauchen", sagte er lächelnd.

„Was ist darin?", fragte Rune neugierig.

„Warte es ab!"

Ohne anzuklopfen traten die Männer in die Hütte ein. Rauchschwanger war die Luft, und es roch nach verbrannten Kiefernzapfen. Der Raum war nur dürftig beleuchtet, und erst beim zweiten Blick erkannte Rune die Gestalt an der Feuerstelle. In einen alten, grauen Umhang mit tief in das Gesicht gezogener Kapuze kauerte dort ein Mann. Langsam schob Tryggve den Sachsen voran.

„Was wollt ihr?", erklang die tiefe Stimme des Hausherrn.

„Wir brauchen deinen Rat", antwortete Tryggve. Mit einer Handbewegung forderte der Mann seine Gäste auf, Platz zu nehmen, und diese hockten sich nieder.

„Hast du, was ich will?", fragte der Mann, und der Schiffsbauer nickte. Da ergriff die Zunge der Götter die Hand Runes. Erstaunt sah dieser dem Mann in sein Gesicht. Woher wusste der Kerl, dass er es war, der seine Hilfe brauchte?

Rune wollte sprechen, erzählen, was er wollte, doch der Seher legte ihm seinen Finger auf den Mund. Jetzt erst erkannte er das Gesicht des Mannes und erschrak. Dort, wo das linke Auge einmal war, prangte eine geschwärzte, dicke Narbe, und in dem Gesicht wuchs kein einziges Haar.

Der Mann hatte weder Bart noch Augenbrauen. Hätte man Rune gefragt, wie alt dieser Mann wohl sei, er hätte keine Antwort geben können.

Die Zunge der Götter besah sich, begleitet von seinem pfeifenden Atem, schweigend die Hand des Sachsen, drehte sie, roch daran, leckte darüber, dann sprach er: „Du bist einer, der die Worte liebt, und es ist Odin selbst, der dir sein Heil schenkt. Doch vergangenes Unrecht raubt dir den Schlaf, lässt dich keine Ruhe finden, und du selbst weißt nur zu gut, dass es dein Schicksal ist, deinen Hof zu verlassen. Darum hat Odin bestimmt, dass du begangenes Unrecht sühnen musst! Wenn du heimkehrst, wird dein Leben jedoch nicht mehr so sein, wie du es kanntest! Was dich liebte, wird dich hassen!"

Wieder wollte Rune etwas sagen, doch der Seher fuhr ihm über das Maul. „Dies ist es, was du tun musst!"

Er wandte sich dem Tryggve zu. „Und nun gib mir meinen Lohn."

Der Schiffsbauer öffnete den Lederbeutel und zog eine tote, fette Ratte hervor und reichte diese dem Seher.

„Geht jetzt", befahl der Mann, und die beiden Gäste erhoben sich und verließen die Hütte.

Langsam ritten die beiden Männer schweigend durch die Stadt, und jedem von ihnen gingen Gedanken über das Gehörte durch den Kopf. Viel hatte der Seher nicht gesagt, doch Rune wusste nun, was zu tun war, denn er hatte die Worte verstanden. Plötzlich sah er Tryggve an. „Eine Ratte?"

Dieser zuckte seine Achseln. „Das ist der einzige Lohn, den er verlangt."

Rune schüttelte sich, denn die Vorstellung, was der Kerl mit der fetten Ratte tun würde, ekelte ihn an. Er mochte die Nager nicht!

*

Die Verwunderung Runes war groß, als er sein Haus betrat und er Björn dort an seinem Tisch vorfand. Es war bereits dunkle Nacht, als er heimkehrte und so erstaunte es ihn umso mehr, dass noch Besuch auf seinem Hof weilte.

„Björn", grüßte er den Sohn seines Freundes, und man merkte ihm sicher an, dass er über dessen Anblick wenig erfreut war. Nachdem er seinen Beutel, den Umhang und seinen Gürtel mit Messer und Saxschwert[18] beiseite gelegt hatte, setzte er sich zu seinem Weib und dem Gast an den Tisch. Er sah Sigrun streng an, sprach dann aber freundlich: „Gibst du mir einen Becher Bier?" Während Sigrun sich erhob, um dem Wunsch ihres Gemahls Folge zu leisten, wandte sich der Hausherr seinem Gast zu. „Du bist ein seltener Besuch auf meinem Hof. Darf ich fragen, was dich so spät am Abend hierher treibt?"

Doch statt dem hinkenden Björn antwortete Sigrun: „Björn hilft mir ab und an auf dem Hof. Denn du bist dir ja zu fein für diese Arbeit!"

---

[18] Sax – Kurzes, einschneidiges Schwert

Den Vorwurf überhörte Rune des Hausfriedens wegen, doch ihm gefiel die Angelegenheit ganz und gar nicht.

„Du hast einen Knecht und eine Magd auf dem Hof. Sind die dir nicht Hilfe genug?", fragte er herausfordernd, doch er erhielt keine Antwort. Stattdessen erhob sich Björn. „Ich denke, es wird Zeit für mich, euch zu verlassen! Wenn du wieder einmal meine Hilfe benötigst, dann scheue dich nicht, mich zu rufen", sprach er zu der Sigrun und sah dabei ihren Gemahl mit herausforderndem Blick an. Doch dieser hielt sich zurück, denn ihm war die Freundschaft zu Tryggve Egilsson wichtig.

Kaum hatte der Sohn des Schiffbauers das Haus verlassen, da begann der Streit. Sigrun überschüttete ihren Gemahl wie so oft in der letzten Zeit mit Vorwürfen, doch Rune war es längst satt, mit ihr zu streiten. Die Kinder erwachten, doch Sigrun wies sie an, weiterzuschlafen. Rune war äußerst verärgert, doch er war längst des Streitens müde geworden, so erhob er sich und verließ das Haus. Zuerst dachte er daran, den Knecht im Stall aufzusuchen und diesen darüber auszufragen, was in seiner Abwesenheit auf dem Hof geschehen war. Da aber vernahm er plötzlich das Krächzen eines Raben ganz in seiner Nähe, und er besann sich der Worte des Alten aus Sotenäset. Dies war sein Schicksal, und es gab nichts, das er tun konnte, um das Schicksalsnetz welches die Nornen[19] für ihn gesponnen hatten, zu ändern. Er begab sich zu der Koppel, und als der Braune mit der blonden Mähne seinen Herrn sah, kam er sofort angelaufen. Ruhig strich Rune dem Pferd über die Stirn. „Mein Freund, wir werden wieder auf Reisen gehen! Der Allvater hat bestimmt, dass ich Askolds Tod rächen muss!"

Lange blieb Rune in dieser Nacht bei Thoki, und als er in das Haus zurückkehrte, war Sigrun längst eingeschlafen.

---

[19]Nornen – die Göttinnen des Schicksals

So leise es ihm möglich war, suchte er seine Sachen zusammen. Er nahm Proviant und legte diesen in seinen Beutel, dann trat er an das Schlaflager seiner Kinder, schließlich konnte er nicht wissen, ob er Thorune und Sif in diesem Leben noch einmal wiedersehen würde. Sein Blick fiel auf die schlafende Sigrun, und ein Lächeln huschte über sein Gesicht. Eigentlich war sie es gewesen, die aus dem Sklaven Rune einen freien Mann gemacht hatte, und er hatte sie geliebt. Und wenn er in sein tiefstes Inneres hörte, wusste Rune, dass er Sigrun trotz allen Ärgers immer noch liebte.

Leise wandte er sich ab, nahm seinen Gürtel, den Beutel und seinen Umhang und verließ das Haus. Schnell war Thoki gesattelt, denn Rune wollte fort von hier, und als die Sonne langsam über den Horizont kroch, war er schon weit von seinem Hof entfernt.

*

Nicht weit der großen Handelsstadt Haithabu[20] im Süden des Dänenreiches, an den Ufern des Flusses Slie[21] gelegen, stand das Dorf des Sklavenhändlers und selbsternannten Jarls Styrbjörn Arnarsson. Den ganzen Winter über hatte der Jarl auf dem Siechlager gelegen, doch die Götter hatten ihn nicht gewollt, und so hatte ihn der Axtstreich nicht getötet. Und es war nicht zuletzt der Wunsch, einem Mann das Leben zu nehmen, der ihm die Kraft gab, gegen den Tod anzukämpfen.

Dem Mann, der ihm dies angetan hatte, der ihm sein Eigentum genommen hatte und der auch Ubbe, seinen Schiffsführer, getötet hatte. Den Skalden Rune!

---

[20] Haithabu, Hedeby – Dänische Handelsstadt, heute Schleswig-Holstein
[21] Slie – Schlei in Schleswig Holstein

Jetzt, da der Frühling gekommen war, hatte er Gunnar in seine Halle gerufen. „Du, Gunnar, wirst fortan mein Hauptmann sein", sprach er zu dem rotbärtigen Wikinger, der für ihn schon als Sklavenfänger die Küsten unsicher gemacht hatte. „Und ich will, dass du in Erfahrung bringst, wer dieser Kerl war, der mir dies antat!"

„Glaube mir, Styrbjörn, nichts wäre mir lieber, als diesen Kerl in die Finger zu bekommen, aber wie soll ich das anfangen?", fragte Gunnar sichtlich überrascht. Den ganzen Winter über hatte Styrbjörn über die Nachfolge des Ubbe geschwiegen, und nun, da er wieder auf seinem Hochstuhl saß, war seine Entscheidung gefallen.

„Stell dich nicht so dämlich an, Gunnar, oder soll ich etwa jetzt schon meine Entscheidung bereuen?", maulte der Jarl.

„Nun ja, dieser Thorbart ist doch wohl ein Gefährte des Mannes gewesen. Vielleicht redet er, wenn wir ein wenig nachhelfen."

„Wer ist dieser Kerl?"

„Er kam im letzten Sommer nach Haithabu und nun ist er die Faust der Eira", antwortete der Rotbart.

„Eira? Wer beim Barte Thors ist nun wieder diese Eira?" Styrbjörn hatte Probleme, dem Gunnar zu folgen.

„Eira gehört die Hurenkaschemme am Marktplatz in Haithabu. Dort haben wir den Kerl, der ein Skalde ist, und diesen Thorbart zum ersten Mal gesehen!"

„Willst du mich zum Narren halten? Muss ich dir all dein Wissen aus der Nase ziehen, du dämlicher Hund?", keifte Styrbjörn ärgerlich.

„Die Kerle haben in der Kaschemme gesessen, damals, an dem Tag, an dem Ubbe sein Leben ließ", sprach Gunnar kleinlaut.

„Und was taten sie?"

„Was sollen sie schon getan haben? Das was man in einem Bordell tut! Sie haben gesoffen und die Huren gefickt!"

Mit bösem Blick sah der Jarl seinen Gefolgsmann an und zischte: „Und das erzählst du mir erst jetzt!"

„Wann hätte ich es dir erzählen sollen? Du lagst den ganzen Winter auf dem Siechlager, und nur die Götter wissen, warum du noch lebst", erwehrte sich der Hauptmann der Anschuldigungen.

Da grunzte der Jarl etwas Unverständliches, sah dann den Gunnar an und sprach: „Also, lass diesen Thorbart reden!"

*

2

Die Rache des Skalden

*L*ange war Rune nach Norden geritten, bis er endlich die Küste des großen Fjordes von Vestfold erreichte. Er hatte den Gau Vingulmark durchquert, und es war ihm mehr als nur einmal in den Sinn gekommen, sein Pferd Thoki vielleicht doch nach Osten zu treiben über die Grenze in das Reich der Schweden. Dorthin, wo er die Hütte der schönen Völva Thurid wusste, die ihm prophezeit hatte, dass sie sich wiedersehen würden.

Im letzten Sommer, als er seine Skaldenkunst im Norden verbreitet hatte, war sie es gewesen, die ihm in einem Unwetter Unterschlupf gewährte. Und da die junge Völva Thurid ein schönes Weib war und sie sich dem Rune zugetan zeigte, geschah es, dass er mit ihr das Schlaflager teilte. Die Worte des alten Wahrsagers aus Sotenäset aber, die ihm nicht aus dem Kopf gingen, ließen ihn auf seinem Weg bleiben. Sein Ziel war ein anderes!

Noch wusste Rune nicht, wie Jarl Siegmar bei seinem Anblick handeln würde, schließlich war er nicht nach Frigghavn zurückgekehrt, nachdem er sein Weib, die Tochter des Jarls, aus den Fängen des Sklavenhändlers Styrbjörn Arnarsson befreit hatte. Sicherlich hatte Siegmar auf die Heimkehr seiner Gesippen gewartet und war wenig erfreut, dass diese nicht kamen. Sicher glaubte er sie tot.

Als Rune endlich Frigghavn erreichte, waren einige Tage vergangen, denn er hatte fast das gesamte Ufer des großen Fjordes umreiten müssen, und so kam er nun von Norden auf die Siedlung Jarl Siegmars zu geritten. Rune hatte es unterlassen, an seinem alten Hof zu rasten. Denn diesen gab es nicht mehr! Er war niedergebrannt, so wie auch sein Knecht und sein Vieh. Nur der treue Thoki war ihm nach dem Angriff der Schweden im letzten Sommer geblieben. Und seine Familie hatte man in die Sklaverei verschleppt, doch Rune und sein Gefährte Thorbart hatten diese, mit Odins Heil befreit.

Langsam schritt Thoki auf die Siedlung zu und schon von weitem erkannte Rune den Krieger, der auf dem Weg in die Siedlung Wache stand. Gelangweilt auf seinen Speer gestützt, stand der Mann im Schatten eines Baumes. Rune kannte den Krieger und dieser erkannte auch ihn, als er heran kam. „Bei Lokis pickeligem Arsch! Rune, der Skalde! Bist du es wirklich?"

„Ja, Gorm! Ich bin es wirklich", lachte Rune.

„Wir glaubten dich tot! Jarl Siegmar ist in Trauer um seine Gesippen", sprach der Wächter. „Wo hast du dich rumgetrieben?"

„Das erzähle ich dir ein anderes Mal", rief Rune grinsend, denn er hatte Thoki nicht gezügelt, sondern war an dem Wächter vorbei geritten. Staunende Blicke begleiteten den Reiter bis auf den Hof des Jarl Siegmar. Vor dem Langhaus stieg er vom Rücken seines Pferdes und band dieses an einen Pflock.

Als Rune in die Halle des Hauses trat, wurde es still. Neben Jarl Siegmar saßen mehrere Männer an den Tische, Krieger des Jarls, aber auch Männer aus dem Dorf. Keiner sprach mehr ein Wort und sie starrten den Mann an, als stünde ein Geist vor ihnen.

„Rune?" Die Stimme des Jarls klang zögerlich. „Skalde, bist du es wirklich?"

„Ja, Siegmar! Ich bin es!"

„Aber,… aber wir hielten dich für tot! Wir glaubten euch alle bei der Hel", stotterte der Jarl ungläubig.

„Ich lebe, wie du siehst."

Noch immer herrschte Stille, doch als sich der Jarl erhob, fingen die Anwesenden an zu jubeln. Siegmar trat auf Rune zu und legte ihm die Hände auf die Schultern. „Ich freue mich, dich zu sehen", doch dann stockte er und sprach nur zögerlich weiter. „Wo ist Thorbart? Was ist geschehen?"

Nun war es Rune, der schwieg. Er versuchte seine Gedanken zu sammeln, suchte nach Worten. Er hätte den Jarl, der sein Schwiegervater war, belügen können, doch er wollte den Mann keineswegs schonen, schließlich war er gekommen, um diesem Mann Schlechtes anzutun. Ja, er war gekommen, um Siegmar zu töten!

„Sind sie tot?", drängte Siegmar den Skalden. „Los, sprich endlich?"

Nun klang der Jarl nicht mehr freundlich. „Wo ist mein Weib Asrun? Wo ist meine Tochter Sigrun?"

Rune kratzte sich seinen Bart, doch dann sah er den Jarl mit festem Blick an und sprach: „Thorbart wird nicht nach Frigghavn zurückkehren!"

„Was soll das heißen?"

„Das heißt, er hat sich von dir losgesagt", erklärte Rune nun ohne Umschweife. „Er hat ein Weib gefunden und eine neue Heimat!"

Ungläubig sah Siegmar den Gemahl seiner Tochter an.

„Was wagt sich der Kerl? Ich bin sein Jarl, und er hat mir den Eid der Gefolgschaft geschworen", rief er böse aus, und Rune sah, wie sich das Gesicht des Siegmar rot färbte. Es war die Farbe des Zornes!

„Du hast nur Schlechtes über uns gebracht, und darum war er nicht mehr bereit, dir zu folgen!" Die Stimme des Sachsen war kalt, und der Zorn und der Ärger des Jarls erfreuten ihn.

Siegmar schnaubte wie ein wütender Stier, doch er kämpfte damit, seine Wut zu unterdrücken. Er wandte sich ab und ging zu seinem Hochstuhl, um darauf Platz zu nehmen. Tief atmete er ein, und es schien, als spürte er, dass er an diesem Tage keine guten Nachrichten erhalten würde. „Wo ist mein Weib?", fragte er knapp. „Wo ist Asrun? Wo ist mein ungeborenes Kind? Mein Befehl lautete, du solltest nicht eher heimkehren, bis du sie und Sigrun gefunden hast!"

Der Jubel in der Halle war längst wieder verstummt, und alle horchten nun gespannt auf die Worte des Sachsen. Nicht wenige waren der Meinung, dass dieser sich um Kopf und Kragen reden würde. Rune aber blieb ganz ruhig und sprach: „Ich bin nicht heimgekehrt, denn dies ist nicht mehr meine Heimat!"

Aus schmalen Augenschlitzen sah der Jarl sein Gegenüber an. Dieser aber sprach weiter: „Deine Tochter lebt, und sie ist wieder eine freie Frau, so wie auch meine Kinder wieder frei sind! Du aber hast Schuld, dass ich meinen Hof und all mein Eigentum verloren habe. Auch ich werde nicht mehr deinen Befehlen folgen und werde Frigghavn für immer verlassen!"

„Du bist ein mutiger Mann, Rune! Mutig, aber dumm", zischte ein Krieger namens Ragnar, der Bartlose, dem Skalden zu. „Glaubst du etwa, dass er dich jetzt noch ziehen lässt?"

Der Jarl gab ein Zeichen, und zwei seiner Krieger erhoben sich und traten neben den Sachsen. Die beiden Krieger griffen aber nicht zu, sahen den Rune nur verwundert an, denn die Drohungen des Jarls schienen ihn wenig zu beeindrucken.

„Wieviel liegt dir am Leben deines Weibes Asrun?", fragte der Skalde frech.

„Was soll das heißen?" Siegmar ahnte nun Schlimmes, und Rune sprach einen Vers.

> Jarls Ungehorsam Übles bringt,
> Schwedenwut ihn niederringt.
> Weib und Tochter sind nun fort,
> verschleppt an einen fremden Ort.

> Odins Heil zur Fährte führt,
> die Sklaven bald sind aufgespürt.
> Sklavenfänger an Hels Pforte klopft,
> Lebenssaft vom Axtblatt tropft.

> Mit Mut und Schwert erringt das Pfand
> des Jarls Weib in des Skalden Hand.
> Odins Wille ist des Skalden Wut,
> sie tut dem Jarl wohl wenig gut.

Wütend sprang der Jarl auf. „Du elender Hundsfott! Wenn du es wagst, Asrun auch nur ein Haar zu krümmen, wirst du es bereuen", keifte er. „Ich lasse dich in Streifen schneiden, Skalde! Du bist nichts weiter als ein elender Sklave, eine hinterhältige Schlange!"

„Ich bin das, was du aus mir gemacht hast, Jarl Siegmar, und nun hör mir zu! Erinnerst du dich daran, wie sehr sich das Messer der Sigrun nach dem Hals deines jungen Weibes sehnt? Kehre ich nicht heim, ist das der Asrun Ende", log Rune frech weiter. „Du siehst: Willst du dein Weib noch einmal zu Gesicht bekommen, musst du mich gehen lassen!"

Schon einmal hatte Sigrun versucht, ihre verhasste Stiefmutter Asrun zur Hel zu schicken, und Siegmar zweifelte nicht daran, dass die Schildmaid dazu fähig war.

„Du hast mich in der Hand! Aber nun sage mir, was willst du hier?"

„Ich kam hierher, um Rache zu nehmen! Rache für den Tod des Schmiedes Askold!" Runes Blick war starr und von Hass erfüllt.

„Der Kerl hat versucht mich zu betrügen, darum starb er, das weißt du genau", rief Jarl Siegmar wütend.

„Du lügst, das weißt du so gut wie ich", entgegnete der Skalde, „und wir alle wissen, warum Askold damals sterben musste."

„Ich habe dich zu einem freien Mann gemacht, Rune, und so dankst du es mir?", verteidigte sich der Jarl.

„Du nahmst mir den väterlichen Freund, denn du wolltest den Sklaven Rune für dich. Du machtest mich zum Mordknecht, und deine Schuld ist es, dass ich alles verlor, was ich jemals besaß. Doch es ist der Götter Wille, dass wir Menschen für unsere Taten einstehen müssen!"

„Dummes Geschwätz eines Skalden! Schluss damit, packt ihn!", entschied Siegmar wütend, und die beiden Krieger folgten seinem Befehl.

Rune aber wandte sich um, schlug dem einen Angreifer seine Faust in das Gesicht, so dass dieser zurücktaumelte, schnell zog er den Sax aus der ledernen Scheide und schlug damit nach dem Jarl. Die scharfe Klinge aber verfehlte ihr Ziel, und so kam der Jarl mit einer Schramme davon. Die Gelegenheit zu einem zweiten Streich gegen den Siegmar hatte Rune nicht, der zweite Krieger warf sich schützend vor seinen Herrn und bezahlte dies mit seinem Leben, denn die Klinge des Sachsen hatte sich in seinen Hals geschlagen. Jetzt, nachdem der erste Schreck verflogen war, stürmten die anwesenden Krieger mit erhobenen Schwertern ihrem Jarl zu Hilfe, und Rune blieb nur die Flucht. Er lief aus dem Langhaus, warf sich in den Sattel seines Pferdes und schlug diesem die Hacken in die Flanken. Gerade noch zur rechten Zeit, denn die Krieger waren ihm dicht auf den Fersen. Thoki war ein schnelles Pferd, trotzdem war Rune, als hätte ihn der Blitz aus dem Hammer des Thor getroffen. Schmerz durchfuhr seinen Körper, und er hatte Mühe sich im Sattel zu halten, als er, vorbei an dem erstaunten Gorm, aus der Siedlung ritt.

*

Es war noch früh am Abend, als die Tür der Kaschemme am Rande des großen Platzes von Haithabu geöffnet wurde und fünf Männer den großen Raum betraten. Einer dieser Männer war der rotbärtige Gunnar!
Es waren nur wenige Gäste in dem Schankraum, so dass die jungen Huren an einem Tisch zusammen saßen. Mit ihnen saßen Eira und Thorbart an dem Tisch. Sofort schweiften die Blicke der Anwesenden zur Tür, und während sich die Augen der Gäste wieder abwandten, blieben die Blicke der Eira und des Thorbart auf den neuen Besuchern haften. Eira erhob ihren üppigen Körper und trat auf die Männer zu.
„Gunnar! Du hast dich lang nicht sehen lassen. Sei mir willkommen", sprach sie und grinste dabei frech, denn sie wusste ja, warum der Rotbart nicht mehr aufgetaucht war. Schließlich hatte Thorbart ihm und seinen Gefährten im letzten Sommer die Zechprellerei ausgetrieben. Woraufhin das Weib den einstigen Hauptmann Jarl Siegmars in ihr Bett holte und ihn dazu brachte, an ihrer Seite zu bleiben.
„Geh mir aus dem Weg, Eira, wir sind nicht wegen deiner Huren hier." Unsanft stieß er das Weib zur Seite, und die Männer stürmten auf den Thorbart zu. Gunnar traf die Faust des dunkelhaarigen Mannes mit dem grauen Bart, der einmal der Hauptmann des Jarls von Frigghavn gewesen war. Der Rotbart fiel stöhnend auf den staubigen Boden der

Kaschemme, doch die anderen vier Männer hatten sich auf den Thorbart geworfen und schlugen nun auf den großen Mann ein. Die Huren schrien vor Entsetzen, stoben auf wie erschrockene Hühner und flatterten aus der Kaschemme. Eira keifte die schlimmsten Flüche, wollte nach den Männern treten, doch sie erhielt einen kräftigen Hieb von Gunnar, der sich erhoben hatte. Daraufhin flüchtete auch sie in einen der beiden hinteren Räume des Hauses.

„Ich hätte größte Lust, dich totzuprügeln, du Dreckskerl, aber Jarl Styrbjörn will, dass du redest", zischte Gunnar den Thorbart an. „Das wird dich nicht retten, aber vorher wirst du mir noch einige Fragen beantworten."

Die vier Kerle hatten alle Hände voll zu tun, Thorbart zu halten, obwohl dieser bereits ziemlich übel zugerichtet war.

„Wo ist der Kerl, der Ubbe getötet hat? Dieser Skalde!"

Der Dunkelhaarige schwieg und spuckte stattdessen seinem Gegenüber das Blut aus seinem Mund in sein Antlitz.

Da traf ihn erneut die Faust des Gunnar in sein Gesicht.

„Rede, oder wir schicken dich zur Hel! Du stinkender Hurentreiber!"

Unbeachtet von den Schergen des Styrbjörn Arnarsson war es Eira gelungen, das Schwert des Thorbart aus der Wohnkammer zu holen. Nun stürmte sie mit der erhobenen Klinge in den Schankraum, und die Kerle ließen von dem Thorbart ab, um selbst zu den Schwertern zu greifen. Diesen Moment nutzte Thorbart, um sich einen der Kerle zu greifen. Noch bevor dieser sein Schwert aus dem Wehrgehäng ziehen konnte, hatte Thorbart sein Messer in der Faust, und die Klinge bohrte sich tief in den Hals des Gegners. Gurgelnd sackte der Mann zu Boden, und noch ehe sein Leichnam den Boden berührte, hatte Thorbart dessen Schwert gezogen.

Plötzlich wurde die Tür aufgerissen und eine der geflohenen Huren rief herein: „Es naht Hilfe! Die Stadtwache kommt!"

Eines der Mädchen war hinüber gelaufen zu den Langhäusern in der Nähe der großen Methalle, in der sie die Krieger des schwedischen Hersen von Haithabu wusste, und hatte diese um Hilfe gebeten. Und da das Bordell auch bei den Kriegern höchste Wertschätzung genoss, waren sofort einige Männer bereit, nach dem Rechten zu sehen.

Als Gunnar und seine Männer die Worte der jungen Sklavin hörten, stürmten sie aus dem großen Raum ins Freie und verschwanden in den Gassen von Haithabu.

„Ihr lebt", atmete das junge Weib auf. „Ich befürchtete schon, ich komme zu spät!"

Kurz darauf erschienen auch zwei Männer der Wache, sie sahen sich um und traten vor die Eira. „Was ist hier los, Weib?", fragte der eine streng, und Eira berichtete von dem Überfall der Männer des Styrbjörn Arnarsson. Doch Thorbart unterbrach das Weib, mit dem er seit dem letzten Sommer das Schlaflager teilte.

„Es war eine Prügelei, wie sie in einer Kaschemme nun einmal vorkommt", log er. „Die Kerle sind fort, und damit soll es gut sein!"

„Du siehst ja schön aus, Thorbart. Die haben dir ziemlich übel mitgespielt", stellte der Wachmann grinsend fest. „Die Männer von diesem Möchtegernjarl Styrbjörn machen immer wieder Ärger."

„Ach was, nur ein paar Kratzer", wiegelte der stämmige Kerl ab, da zogen die beiden Krieger grinsend wieder ab.

„Was soll das, Thorbart?", fragte Eira erstaunt.

„Bei allen Riesen von Jotunheim[22], der Arsch dieses Gunnar gehört mir", grunzte Thorbart böse. Er setzte sich wieder an den Tisch, und die junge Hure kam mit einem Kübel kalten Wassers und begann damit dem Mann seine Wunden auszuwaschen.

---

[22] Jotunheim – Heimstatt der Riesen in Udgard

„Ich muss Rune finden", sagte er plötzlich, nahm dem jungen Weib den feuchten Lappen aus der Hand und warf diesen in den Kübel zurück.

Eira sah ihn erschrocken an. „Du willst mich verlassen?"

„Ach was! Ich werde nicht lang fort sein, denn ich weiß ja, wo ich Rune finde. Er muss erfahren, dass dieser Styrbjörn noch lebt! Also werde ich nach Vingulmark segeln!"

*

Vornübergebeugt lag Rune auf dem Rücken seines Pferdes, und das schlaue Tier brachte ihn an einen sicheren Ort. Fernab von dem Weg, der in die Siedlung führte, war Thoki in einen Wald gelaufen.

Auf einer kleinen Lichtung machte er halt und verharrte, bis sein Reiter langsam aus dem Sattel rutschte. Unsanft fiel dieser zu Boden, doch der Schmerz ließ ihn erwachen. Er richtete sich auf und es dauerte einen Moment, bis Rune seine Gedanken geordnet hatte. Umständlich begann er die Schulter abzutasten und zuckte mit schmerzverzerrtem Gesicht zusammen, als er den Schaft des Pfeils berührte, der ihm aus seinem Rücken ragte.

Rune griff nach dem Schaft und brach das obere, befederte Ende des Geschosses ab. Wieder durchzuckte ihn ein heißer Schmerz, und er sank stöhnend auf die Knie. Langsam robbte er zu einem Baum und entledigte sich mühsam seiner Tunika, dem Hemd mit der schönen Borte.

Dann fischte er nach dem Stück eines abgebrochenen Astes, der vor ihm auf dem Waldboden lag, diesen schob er sich zwischen die Zähne.

Mit aller ihm verbliebenen Kraft ließ er sich rücklings gegen den Baumstamm fallen.

Die Spitze des Pfeils bohrte sich durch die Schulter des Skalden, das Holzstück mit den Bissspuren seiner Zähne fiel

ihm aus dem Mund, und ein gellender Schrei entfuhr seiner
Kehle. Vögel erhoben sich erschrocken krächzend aus den
Wipfeln der Bäume und flogen davon.

Einen kurzen Augenblick wurde ihm schwarz vor Augen,
doch er kämpfte gegen die Ohnmacht an. Sein Blut floss
ihm über die nackte Brust, während Rune tief atmend an den
Baustamm gelehnt dalag. Nun griff er nach dem Pfeil und
zog diesen aus seinem Körper. Ein großes Stück Moos, das
auf einer der dicken Wurzeln des Baumes wuchs, riss er ab
und drückte dieses fest gegen die Wunde. Dann schloss er
seine Augen.

Es war Thoki, der dicht neben Rune an Flechten knabberte,
welcher den Sachsen erwachen ließ. Langsam öffnete er
seine Augen und ihn fröstelte. „Thoki, mein Freund", sprach
er leise und legte dem Pferd seine Hand auf die Stirn.

„Odin hat uns wohl sein Heil genommen. Was werden wir
jetzt tun?" Er griff nach dem Moosklumpen, der
blutgetränkt auf seiner Schulter lag, und hob diesen
vorsichtig von der Wunde ab. Es schien, als würde das Blut
langsam verkrusten, doch was wusste er schon, er war ja
kein Heiler.

„Eines steht fest,… wir müssen fort von hier! Sicher suchen
die Krieger Jarl Siegmars längst nach mir!" Noch einmal
riss er ein Stück Moos von der Wurzel ab und legte dieses
auf die Wunde. Dann griff er nach seiner Tunika und zog
diese über.

„Thurid", entfuhr es ihm leise. Als wolle Thoki seinem
Herrn zustimmen, begann dieser zu wiehern.

„Es wird ein langer Ritt, mein Freund, doch sie wird
wissen, was zu tun ist!"

Am Abend desselben Tages hatte Rune das Grenzgebiet
zum Gau Vingulmark erreicht und ritt dann nach Osten. Nun

aber schwanden seine Kräfte, und er begann daran zu zweifeln, die Hütte der jungen Völva je zu erreichen. Im Schatten eines kleinen Hains lagerte er und verbrachte dort die Nacht.

Das Feuer in seinem Körper brannte heiß, schüttelte den entkräfteten Leib, ließ den Mann stöhnen. Langsam trat der Alte auf ihn zu. Sein Bart war lang, und das windgegerbte Antlitz war kaum zu erkennen, denn seinen Schlapphut hatte er tief in sein Gesicht gezogen. Sein Finger zeigte auf Rune, und seine Lippen bewegten sich, doch der Sachse vernahm kein Wort. Plötzlich aber verschwamm das Bild des Alten, und vor Runes Augen erschien ein weißes Pferd, geritten von einem schönen, jungen Weib. Ihr langes, blondes Haar lag auf ihren Schultern, und in der Hand hielt sie einen langen, geschmückten Stab. Eine zarte Hand berührte sein Gesicht, und wie durch einen dichten Schleier vernahm er ihre liebliche Stimme.

Zögernd öffnete Rune seine Augen. Sein Blick fiel auf die Balken, die das Dach einer Hütte stützten. Bündel von getrockneten Kräutern hingen daran herunter. Jetzt erst bemerkte er, dass er sich auf einer Bettstatt befand, und als er an seinem nackten Körper herabsah, erkannte er auch, dass seine Schulterwunde versorgt worden war.
Langsam hob er seinen Kopf, sah sich um und erkannte den Raum. Ja, er kannte diese Hütte!
Plötzlich wurde die Tür geöffnet und ein junges Weib trat ein. Auf ihren Armen trug sie einige Holzscheite, und als sie sah, dass Rune erwacht war, huschte ein Lächeln über ihr Gesicht. „Lege dich nieder", befahl sie mit gespielter Strenge, legte das Holz neben die Feuerstelle und trat dann an das Bett heran. Sie legte ihm ihre zarte Hand auf die Stirn. „Dein Fieber ist gesunken", sprach sie leise. „Du wirst gesunden!"

„Thurid,… schöne Thurid, wie komme ich hierher?"

„Ich holte dich", antwortete sie ruhig.

„Aber woher … wie konntest du wissen …?", stotterte Rune.

„Ich bin eine Völva, hast du das vergessen? Ich spreche mit den Göttern." Sie lächelte ihn an und schob ihn zurück auf das Lager. „Und hast du vergessen, Skalde, du bist ein von Odin Geliebter?"

Er versuchte zu lächeln, schloss seine Augen und schlief ein.

Rune wusste nicht, wie lange er geschlafen hatte, er wusste auch nicht, wie viele Tage er schon in der Hütte der Völva verbracht hatte, doch er fühlte sich besser. Seine Schmerzen hatten nachgelassen, und er spürte, wie die Kraft und das Leben in seinen Leib zurückkehrten.

Thurid saß mit geschlossenen Augen und völlig entkleidet an der Feuerstelle, aus einem ehernen Töpfchen stieg duftender Qualm auf, der die Völva umgab.

Sein Blick lag wie gebannt auf dem Weib, auf ihrem goldenen Haar, auf ihrem schönen Antlitz, auf ihren Brüsten. Seine Gedanken schweiften in die Vergangenheit und er dachte an die Zeit im letzten Herbst, die er mit Thurid verbracht hatte. Da öffnete sie ihre Augen, sah Rune streng an und erhob sich. Sanft drückte sie ihn zurück auf das Schlaflager und schwang sich auf den nackten Leib des Skalden, als bestiege sie ein Pferd.

Aller Schmerz war vergessen, während er in das schöne Weib eindrang und es kam ihm vor, als hätte er die junge Völva nie verlassen.

„Wie lange bin ich schon dein Gast, schönste Dienerin der Freya?", fragte Rune erschöpft, und das Weib, welches immer noch schwitzend auf ihm saß, antwortete: „Es sind fünf Nächte vergangen, seit ich dich hierher brachte. Ich gab dir einen Trank, der dich in einen tiefen, heilsamen Schlaf fallen ließ. Deine Wunde wird heilen, so dass nur eine Narbe zurückbleibt. Und wie ich spüren konnte, kommen auch deine Kräfte zurück."

Langsam begann sie noch einmal ihre Hüften kreisen zu lassen, und den Rune durchströmte ein wohlig-warmes Gefühl, das sogleich seine Männlichkeit erregte.

Einen vollen Mond blieb der Skalde bei dem Weib, und wie sie es versprochen hatte, heilte seine Wunde gut. Doch es kam so, dass ihm die Götter erneut den Schlaf raubten, ihn die bösen Träume heimsuchten und er das Antlitz Odins sah.

„Lies mir aus den Runen, Thurid", bat er eines Abends.

„Sage mir, ob die Worte des alten Weissagers die Wahrheit sprachen. Warum nahm mir Odin mein Heil?"

Die kleinen Knochen, in die die Runen geritzt waren, fielen in den Staub, und die Völva begann darin zu lesen. Gebannt starrte Rune in ihr Gesicht, doch er konnte in ihrem Antlitz nicht lesen.

„Das Feuer brennt, und es erlischt erst, wenn Unrecht gesühnt wurde", sprach sie leise. „Das Heil des Göttervaters zu erlangen, soll deine Pflicht sein."

Plötzlich sah sie den Rune streng an. „Vieles ist Trug, das der Skalde glaubt!"

Fragend sah der Skalde das Weib an. „Ich verstehe die Worte nicht. Was wollen die Götter mir sagen?"

Mit flinken Fingern verstaute die Völva die Knochen in einem kleinen Fellsäckchen. „Es wird der Tag kommen, an dem du verstehst!"

Zwei Tage vergingen, da trat Thurid vor den Skalden. In ihren Händen hielt sie seinen Gürtel mit dem Messer und dem Sax. Fragend sah Rune die schöne Völva an, und diese reichte ihm den Gürtel. „Es ist an der Zeit für dich zu gehen.

Du musst dem Willen Odins folgen, denn es gibt für dich noch etwas zu tun!"

„Werde ich dich wiedersehen, schöne Thurid?"

Das Weib lächelte. „Geh nun!"

Ohne zu widersprechen nahm er den Gürtel und begann damit, seine Sachen zusammenzusuchen. Noch am gleichen Morgen sattelte er Thoki und verließ die junge Thurid.

*

Die Sonne war längst untergegangen, als Rune nicht weit der Siedlung Frigghavn aus dem Sattel stieg. Er band die Zügel an den tiefhängenden Ast einer riesigen Kiefer und tätschelte dem Tier liebevoll den Hals. „Du wirst hier auf mich warten, mein Freund. Wenn es Odins Wille ist, sehen wir uns wieder."

Rune kannte sich in der Siedlung ja gut aus und erreichte so über Schleichwege ungesehen das Langhaus des Jarls, der sein Schwiegervater war. Lange Zeit hatte er hier als Sklave gelebt, bevor er als Skalde des Jarls zum freien Mann wurde. Sein Blick fiel auf den von Fackeln beleuchteten Platz, und er erkannte den Deckel des Kerkerlochs, der einem Brunnen gleich aus dem Boden ragte. Dort in dem kalten Loch hatte er gesessen, als er sich weigerte, dem Siegmar ein gehorsamer Sklave zu sein. Denn damals hatte er noch dem guten Schmied Askold gehört. Der Mann, der ihn kaufte und fast wie einen Sohn behandelt hatte und der in den Flammen des Jarls starb, weil er sich geweigert hatte, Rune dem Siegmar zu verkaufen.

Er schlich im Schatten der Hauswand auf die Pforte zu und sah sofort den Krieger, der dort Wache stand. Auf seinen Speer gestützt döste der Mann vor sich hin. Ganz wohl war Rune nicht, denn er kannte den Mann, doch es war Odins Wille, dass er Rache nahm. Davon war Rune überzeugt.

Die Klinge fuhr dem Krieger tief in den Rücken, während die Hand des Rune seinen Mund verschloss. Er hatte sich mächtig recken müssen, denn der Mann war um eine Kopfeslänge größer als er selbst. „Mögen dir die Walküren den Weg nach Walhalla weisen", flüsterte der Mörder leise, als sein Opfer zu Boden sank. Er zog den Toten aus dem Fackelschein in die Dunkelheit der seitlichen Häuserwand, reinigte die Klinge an dessen Tunika und schlich dann zurück zur Pforte des Hauses.

Unbemerkt gelangte Rune in den Vorraum der großen Halle, und ohne dass er es wusste, schien Odins Heil mit ihm, denn kurz zuvor hatte hier noch einer der Krieger gesessen. Dieser aber hatte seinen Platz verlassen, da es ihn dürstete. So hatte er sich in den hinteren Küchenraum begeben, um zu trinken. Die große Halle lag im Dunkel, nur spärlich beleuchtet von den Flammen in der großen Feuerstelle. Nicht weit der Brandstätte stand der Hochstuhl des Jarls, doch dieser war leer. Zu leicht wollte es der Allvater dem Skalden nicht machen, so schien es.

Kaum hörbar öffnete Rune die Tür der Kammer, in der er den Jarl schlafend vermutete, und genauso lautlos huschte der Schatten hinein. Das Messer in der Faust, trat er an die Bettstatt, er beugte sich über den Schlafenden und flüsterte dessen Namen. Siegmar schlug die Augen auf, und noch ehe er nach Hilfe rufen konnte, lag der Arm des Angreifers auf seinem Hals und nahm ihm die Luft.

„Sei mir gegrüßt, Jarl Siegmar", flüsterte Rune. „Hast du geglaubt, du kannst dem bösen Skalden entkommen?"

„Rune, du elender Mistkerl", hauchte der Jarl.

„Du hättest mich töten sollen, als du mich vor deiner Klinge hattest!"

Der Arm des Rune drückte den Jarl auf das Schlaflager und ließ diesen nach Luft ringen. Das Saxmesser lag mit der scharfen Spitze auf der Brust des Mannes, der eigentlich sein Gesippe war. „Wenn du dein junges Weib suchst, musst du nach Känugard[23] gehen, in das Reich der Rus[24]", zischte Rune in das Ohr des Jarls. „Doch das ist nun nicht mehr von Belang!"

„Du, … du hast gesagt sie wäre in deiner Gewalt! Du hast Asrun gar nicht befreit? Du hast mich getäuscht?", flüsterte Siegmar, entsetzt darüber, dem Skalden auf den Leim gegangen zu sein.

„So ist es, Siegmar! Wie hätte ich sonst lebend dein Haus verlassen können?"

Plötzlich klopfte es an die Tür der Kammer. „Herr, schläfst du? Meine Möse sprudelt, und in mir brennt ein Feuer, das du löschen sollst. Ich will auf dein Lager", erklang leise flehend die Stimme einer Magd. Da fuhr Rune herum und lockerte für einen Moment seinen Griff. Diesen Augenblick nutzte Jarl Siegmar und stieß einen leisen Hilferuf aus. Da warf sich Rune auf den Jarl und seine Klinge bohrte sich tief in die Brust des Herrn von Frigghavn. Die Magd aber öffnete die Tür, und ihr Aufschrei ließ selbst den Rune zusammenfahren. Mit dem blutigen Messer in der Hand stürmte der Mörder, die Magd zur Seite stoßend, in die Halle hinaus, in der ihm der Krieger entgegen stürmte, der in der Küchenkammer seinen Durst gelöscht hatte.

Der Skalde zog den Sax aus der ledernen Scheide, sprang im Lauf auf einen der Tische und schlug kräftig zu. Die Klinge verfehlte ihr Ziel nicht und der Kopf des Kriegers flog in hohem Bogen in die Feuerstelle. Zischend stoben die Funken in die Höhe. Ohne sich umzusehen, lief Rune hinaus ins Freie und verschwand im Dunkel der Nacht.

---

[23] Känugard - Kiew

[24] Rus – schwedische Wikinger, die sich um die Handelsstadt Kiew ansiedelten

Rune hatte das Dorf längst verlassen, hatte die große Kiefer, an der Thoki wartete erreicht, und immer noch klang das zetern der Magd in seinen Ohren, doch mischte sich dies mit den Rufen der aufgebrachten Krieger. Eile war also geboten!
Er schwang sich auf den Rücken des Pferdes und schlug diesem seine Hacken in die Flanken.

*

3

Zerbrochenes Glück

D as Haus des Skalden lag im Schein der untergehenden
Sonne, als ein Mann sein Pferd vor dem Eingang
zügelte. Er stieg aus dem Sattel und ging auf die Pforte zu,
dabei zog er eines seiner Beine nach und hinterließ so eine
unverkennbare Spur im Staub. Kräftig klopfte er gegen die
Tür, bis diese geöffnet wurde.

„Björn!" Erstaunt sah Sigrun den Sohn des Tryggve an.
„Was willst du hier?"

„Was wohl! Eine unsichtbare Kraft trieb mich hierher",
antwortete der Mann ein wenig verschämt. Björn war trotz
seines verkrüppelten Beines kein hässlicher Kerl. Sein fast
schwarzes Haar war lang, seine Gesichtszüge waren fein
geschnitten und wirkten fast weiblich. Dies verbarg er meist
hinter einer strengen Miene. „Ich will deine Nähe nicht
mehr missen. Ich spüre, ja, ich weiß, dass es der Wunsch der
Freya ist, dass du Rune verlässt."

Da trat Sigrun näher an ihn heran und flüsterte streng: „Hab
ich dir nicht gesagt, du sollst nicht hierher kommen, bevor
die Sonne untergegangen ist? Meine Kinder schlafen noch
nicht!"

„Sigrun, ich habe diese Heimlichtuerei satt", beschwerte
sich der hinkende Björn. „Wann willst du endlich mit mir zu
dem Goden[25] in Sotenäset gehen, damit du wieder eine freie
Frau wirst? Rune ist dir ein schlechter Gemahl, doch ich
liebe dich!" Er legte ihr zärtlich seine Hand auf die Wange.

---

[25] Gode – Häuptling, Schamane oder Priester

„Ich werde dir ein besserer Mann sein und dich nicht allein auf dem Hof lassen, so wie es Rune tut. Ich bin ein guter Bauer, schwere Arbeit schreckt mich nicht!"

„Das weiß ich, Björn, doch wir müssen abwarten und Ruhe bewahren, denn der Sachse wird dich töten, wenn er von uns beiden erfährt!"

„Einfach werde ich es ihm nicht machen. Ich nahm ihm sein Weib und kann ihm auch das Leben nehmen. Ich habe sicher keine Angst vor Rune", sprach Björn großspurig, doch Sigrun schüttelte ihren Kopf. „Täusche dich nicht, er ist mit Odin im Bunde."

„Er ist allein! Ich aber habe drei Brüder, …"

„… die dir kaum zur Seite stehen werden, denn dein Vater ist sein Freund", unterbrach Sigrun den Sohn des Tryggve. Betroffen sah er das Weib an. „Bin ich dir nur Zeitvertreib?"

„Rede nicht dumm daher", rügte Sigrun den Mann, legte ihre Hand auf die seine. „Komm wieder, wenn es dunkel ist, dann zeige ich dir, wie viel du mir Wert bist!"

„Werde mein Weib, Sigrun, dann gehen wir nach Frigghavn, so wie du es dir wünschst", versprach Björn lächelnd. Dann wandte er sich ab und bestieg sein Pferd. Noch einen Moment stand Sigrun an der Tür und sah dem hinkenden Björn nach. Was finde ich nur an diesem Mann?, dachte sie, er ist doch so anders als Rune. Dann wandte sie sich ab und ging ins Haus.

„War das Björn?", fragte die kleine Sif, die nun sieben Winter erlebt hatte. Erstaunt sah Sigrun ihre Tochter an, dann nickte sie verlegen.

„Wird mein Vater nie mehr heimkehren?"

„Doch, das wird er, mein Kind", antwortete das Weib.

„Aber warum ist dann Björn sooft in unserem Haus? Wird er dein Gemahl?", fragte das Mädchen mit seiner kindlichen Neugier.

„Aber … wie kommst du darauf?" Die Frage ließ Sigrun erschrecken. Wusste Sif mehr, als Sigrun ahnte? Hatte sie doch sehr darauf geachtet, dass ihre Kinder schliefen, wenn Björn ihr beiwohnte.

„Ich sah schon oft, dass Björn mit dir das Lager teilt", sprach das Kind, und der Sigrun war es nicht wohl dabei.

„Du musst dich irren, Sif. Sicher hast du das nur geträumt!"

Das Kind senkte sein Haupt und sprach: „Du glaubtest, ich schlief, doch ich war wach und sah alles!"

Mit starrem Blick sah Sigrun das Kind an. „Bei allen Göttern", sie griff nach ihrer Tochter, hielt diese fest bei den Schultern, „versprich mir, dass du niemals ein Wort darüber verlieren wirst. Los, tue es!"

Erschrocken sah Sif ihre Mutter an und nickte heftig mit dem Kopf.

Nicht lange, nachdem die Dunkelheit eingesetzt hatte, klopfte es erneut leise an die Tür. Der schwarzhaarige Sohn des Tryggve war zurückgekehrt. Doch noch bevor Björn etwas sagen konnte, sprach Sigrun: „Du musst gehen!"

„Gehen! Warum?" Erstaunt sah Björn das schöne Weib mit dem braunen Haar an. „Warum schickst du mich fort?"

„Meine Tochter weiß es! Sie sah uns mehr als einmal!"

„Das stört mich nicht", trotzte der hinkende Björn. „Rune wird es sowieso erfahren, und es ist die Freya selbst, die unsere Liebe schützen wird!"

Sigrun schüttelte ihren Kopf. „Du glaubst, die Vanin wird mich bei meinem Ehebruch schützen? Das glaubst du wirklich?"

„Aber wir lieben uns, und sie ist die Göttin der Liebenden. Doch wenn es sein muss, werde ich den Sachsen zu den Göttern schicken", sprach der Sohn des Tryggve angriffslustig.

„Ich sagte dir schon einmal, dass dies nicht so einfach ist. Rune ist mehr als nur ein Skalde. Er war der Mordknecht meines Vaters, und er führt seine Klinge besonders geschickt. Er wird dich nicht schonen, wenn du ihm seine Familie nehmen willst. Nun gehe! Ich bitte dich darum!"
Sigrun beugte sich vor und gab dem Björn einen Kuss, dann wandte sie sich um und schloss die Tür.

„Ich werde diesen Scheißkerl in Streifen schneiden, das schwöre ich bei den Göttern", brummte Björn verärgert, dann setzte er sich auf sein Pferd und ritt heim.

*

Schnell hatte Thorbart einen Seefahrer gefunden, der bereit war, den Mann gegen eine angemessene Bezahlung mit sich nach Sotenäset zu nehmen. Und bald segelte das Schiff des Handelsfahrers aus dem Hafen von Haithabu hinaus in das große Haff und weiter in den Fluss Slie, mit Kurs nach Osten.

Bei leichtem Regen segelten sie in das Ostmeer und steuerten das Knarr[26] dann nach Norden. Entlang der West- und der Nordküste der Insel Seeland erreichte das Handelsschiff, tief im Wasser liegend, die Gestade von Götaland.

Zwei und einen halben Tag hatte die Reise gedauert, ehe der Kiel des Schiffes in den Sand des Strandes rutschte und Thorbart über Bord sprang. Der Schiffsführer reichte ihm sein Reisebündel und gab seinen Männern, die ebenfalls an Land gesprungen waren, den Befehl, das Schiff zurück in die Fluten zu schieben.

„Mögen die Götter ihre Hände schützend über dich halten, Thorbart!", rief der Mann noch, als das Knarr sich vom

---

[26] Knarr, Knorr – dickbauchiges Handelsschiff

Strand entfernte, und Thorbart hob zum Gruß die Hand. Er watete auf den Strand und ging auf das große Bootshaus des Schiffsbauers Tryggve zu, doch dieses war verlassen, denn der Tag neigte sich bereits seinem Ende zu.

Die Männer hatten ihre Arbeit längst eingestellt und saßen sicher schon vor einer gut gefüllten Schüssel, um ihren Hunger zu stillen. Hunger hatte Thorbart auch, denn der Schiffsführer war ein geiziger Kerl gewesen, der es mit der Verpflegung an Bord nicht so wichtig nahm. So machte sich der große Mann auf den Weg zum Hof des Egilsson, denn schließlich erwartete ihn dort ein gutes Mahl, so wie er den Tryggve kannte.

Und tatsächlich war der Schiffsbauer hoch erfreut, als Thorbart in die Halle seines Hauses trat. „Bei Thors Hammer! Thorbart, was treibt dich an unsere Küste?", rief Tryggve lachend aus. „Gefällt dir das Leben in deinem Bordell nicht mehr?"

Der Dunkelhaarige grinste und sprach: „Es ist ein angenehmes Leben, das kannst du mir glauben. Doch ist es nicht mein Bordell, und ich kam auch nur, um Rune zu warnen!"

„Rune hat einen Hof im Hinterland, aber was bin ich für ein Gastgeber? Asta, bring Brot und Salz, um das Gastrecht zu besiegeln. Bring Bier und etwas zu essen für meinen Freund!", rief er seinem Weib zu. „Komm, Thorbart, nimm Platz!"

Der Reisende folgte gerne dem Angebot, legte sein Bündel und die Axt ab und setzte sich mit dem Hausherrn an einen Tisch. Da traten Björn und Egil in den Raum, und auch sie nahmen Platz und verlangten nach einer Mahlzeit.

„Der Mann, von dem wir glaubten, ihn zu den Göttern geschickt zu haben", berichtete Thorbart, „der hat es wohl geschafft, den Walküren zu entkommen. So befürchte ich nun, dass er auf Rache sinnt, denn mich haben seine Schergen schon aufgesucht!"

„Wie es scheint, ist es ihnen nicht gut bekommen, denn du sitzt vor mir", stellte Tryggve grinsend fest. „Wenn es nur so wäre! Doch sie suchen nach Rune, und wie es scheint, ist dieser Styrbjörn Arnarsson nachtragend."

Da sah Egil den Gast beunruhigt an. „Der Sklavenfänger aus Haithabu ist also hinter Rune her? Das ist nicht gut, denn er ist ein Gegner, den man sich nicht wünscht!"

„Man kann sich seine Feinde nicht aussuchen, Egil, da ist einer so gut wie der andere", sprach Tryggve zu seinem ältesten Sohn.

„Aber dieser Jarl Styrbjörn ist ein Feind, den man wirklich nicht unterschätzen sollte. Er ist ein gefährlicher Kerl. Hinterhältig und verschlagen. Dazu ist er feige und lässt seine Männer für sich kämpfen", warnte Egil, der oft in Haithabu verweilte, um dort für seinen Vater Handel zu treiben.

„Und darum muss ich Rune warnen", sprach Thorbart besorgt.

„Der Sachse ist nicht auf seinem Hof! Schon seit einiger Zeit nicht mehr", mischte sich nun Björn ein, der bisher geschwiegen hatte. „In einer Nacht vor zwei Monden ist er einfach verschwunden und hat sein Weib und die Kinder verlassen. Wer weiß, ob er überhaupt noch einmal zurückkehrt!"

„Das wäre dir nur recht", brummte Tryggve verärgert, denn er wusste, was auf dem Hof des Rune vor sich ging, wenn dieser nicht dort weilte, und das gefiel ihm keineswegs. Doch Björn war ein erwachsener Mann und scherte sich einen Dreck um die Einwände seines Vaters.

Thorbart zog verwundert die Brauen hoch, denn diese Neuigkeit überraschte ihn doch sehr. „Ich kann das nicht glauben. Rune und Sigrun haben den Segen der Freya, und ich glaubte, sie lieben sich!"

„Das tun sie nicht!", behauptete Björn mit fester Stimme.

„Sigrun wird den Rune verlassen, und sie wird mein Weib werden! Dann bin ich der Herr auf Ingves Hof!"

Da sah Thorbart den Sohn des Schiffsbauers streng an. „Ich weiß nicht, ob der Sachse darüber so erfreut sein wird. Björn Tryggvesson, du begibst dich auf sehr dünnes Eis!"

„Mein Entschluss steht fest! Die Götter wollen es so, und sollte es nötig sein, wird Rune sterben!"

„Jetzt ist es genug, Björn!", rief nun der Hausherr zornig.

„Reicht es dir nicht, dass du sein Weib besteigst und Schande über meine Sippe bringst? Halt endlich dein Maul!" Dann wandte er sich dem Thorbart zu und sprach: „Sei mein Gast, bis Rune zurückkehrt. Und helfe mir dabei, das Schlimmste zu verhindern."

„So, wie es mir scheint, wirst du der Leidtragende bei dieser Geschichte sein, Tryggve. Du verlierst entweder einen Freund oder einen Sohn", gab Thorbart kopfschüttelnd zur Antwort und ließ dabei den hinkenden Björn nicht aus den Augen.

„Ich will dir natürlich beistehen und danke dir für deine Gastfreundschaft." Dann wandte er sich an Björn. „Und dir sage ich: Ich verabscheue deine Taten, denn ich kenne Sigrun von Kindesbeinen an, und ich würde dich auf der Stelle töten, dafür, dass du eine Ehebrecherin aus ihr machtest. Du verdankst es deinem Vater, dass du heute nicht stirbst!"

„Auch vor dir habe ich keine Furcht, Graubart", baute sich Björn herausfordernd vor dem Gast auf. „Wenn du dich mit mir messen willst, trete mit mir vor das Haus!"

„Jetzt reicht es, Björn", rief Tryggve auf das Äußerste verärgert. „Du wirst das Gastrecht meines Hauses nicht brechen. Schere dich hinaus!"

Bevor Björn noch ein Wort sagen konnte, hatte Egil ihn am Arm gepackt und fortgezerrt.

Am nächsten Morgen verließ Björn den Hof, ohne seiner Arbeit nachzukommen, und er blieb auch die ganze Nacht fort. Und jeder auf dem Hof wusste, wohin der dunkelhaarige Sohn des Schiffsbauers gegangen war.

*

An der ihm bekannten Quelle am Fuß des Berges, auf dem er eine Siedlung wusste, machte Rune noch einmal Rast und tränkte seinen Braunen mit der blonden Mähne, bevor er weiter nach Süden reiten wollte.
Leichter Regen nieselte auf ihn nieder, und so hatte er sich seinen Umhang über die Schultern gelegt.
Rune war niedergekniet und füllte seinen Wasserschlauch aus Ziegenleder, als ihm das Trommeln der Hufe in seine Ohren drang. Und kaum hatte er seinen Kopf gehoben, konnte er die drei Reiter auch schon sehen.
Vor dem Reisenden zügelten die Reiter ihre Pferde, und mit grimmigem Blick sprach einer: „Wer bist du? Was willst du hier? Unser Häuptling hat es nicht gern, wenn sich Fremde hier herumtreiben!"
„Wie du siehst, tränke ich mein Pferd", antwortete Rune ruhig. „Ich bin ein reisender Skalde und befinde mich auf dem Heimweg!"
„Ein Skalde bist du? Dann hast du doch sicher etwas Feines in deinem Beutel, das unseren Häuptling besänftigen würde", lachte einer der Kerle hämisch. „Für die Dichtkunst hat er nämlich wenig über!"
„Da muss ich dich enttäuschen, Mann, denn in dem Beutel ist nichts von Wert!"

„Nun, das werden wir gleich sehen", sprach der Mann angriffslustig und schwang sich aus dem Sattel. Doch kaum hatten die Füße des Mannes den Boden berührt, umschlang ihn schon der Arm des Skalden, und an seiner Kehle lag die scharfe Klinge eines Saxmessers. „Ich bin nicht bereit, dumme Spielchen mit euch zu spielen! Wer also nach Walhalla will, soll vortreten", drohte Rune unverhohlen. Überrascht sahen die beiden Reiter den Fremden an, und sie wagten es nicht, ihre Schwerter zu ziehen.

„Du bist ein flinker Bursche, Skalde", bemerkte der eine Krieger, „doch glaubst du wirklich, du kannst lebend entkommen, wenn du einen der unseren tötest?"

„Es liegt mir wenig daran, euch zu töten", erwiderte der Reisende, „doch ich werde nicht zögern es zu tun, wenn ihr mich dazu zwingt."

„Mut hat er ja!" Die beiden Reiter sahen sich an, und es schien, als wussten sie nicht, wie sie nun mit dem Fremden verfahren sollten. Würden sie ihn angreifen, bedeutete das sicher das Ende ihres Gefährten.

„Vielleicht sollten wir ihn zu Uwulfur bringen", schlug der eine vor. „Soll er doch entscheiden, was wir mit dem Kerl anstellen!"

„Wir geben dir unser Wort, dass wir dir kein Haar krümmen, wenn du uns zu unserem Häuptling folgst", sprach da der Krieger, der der Anführer zu sein schien. Da nickte Rune und lockerte den Griff.

„Du bist klein, aber doch ziemlich wehrhaft", lobte der Anführer den Fremden, als sie die Anhöhe hinaufritten. Bald schon sah Rune die Dächer der Häuser auf einer Hochebene des Berges, und er erkannte auch sofort die günstige Lage der Siedlung. Angreifer hatten es sicher schwer, dem Häuptling Uwulfur beizukommen, denn es gab nur einen Weg hinauf, und dieser fiel zu beiden Seiten steil ab, so dass für ein herannahendes Heer nur wenig Platz zum Angriff blieb.

Da Rune von Thurid erfahren hatte, dass dieser Häuptling von räuberischer Natur war, erfüllte die wehrfähige Lage der Siedlung sicher ihren Zweck.

„Dies scheint mir eher eine Burg als ein Dorf", bemerkte Rune beiläufig, und einer der Männer prahlte: „So soll es sein! Hier holen sich alle einen blutigen Schädel!"

Da begannen die Kerle mit ihren Taten zu prahlen und hörten nicht damit auf, bevor sie das Langhaus ihres Häuptlings erreicht hatten.

Uwulfur, den man Eisenschädel nannte, war ein Mann, der schon mehr als vierzig Winter erlebt hatte. Sein einst braunes Haar war längst mit vielen silbernen Strähnen durchzogen, und sein dichter Bart war fast weiß. Als die Männer mit dem Fremden in die Halle des Hauses eintraten, saß der Häuptling auf seinem Hochstuhl, der auf einem flachen Podest hinter der Feuerstelle stand. Rune sah sich um, überall an den Wänden hingen bunte Rundschilde, einige Tische und Bänke standen in dem Raum, der aber sicher nur Platz für nicht mehr als fünfzig Männer bot. Mehr Krieger würde der Eisenschädel wohl auch nicht zu seiner Gefolgschaft zählen, schätzte Rune, denn groß war das Dorf, das einer Hofburg glich, nicht.

„Wen schleppt ihr da an?", fragte der Herr des Hauses wenig erfreut.

„Wir fanden den Kerl an der Quelle und dachten, du willst entscheiden, was mit ihm geschehen soll!"

„So dachtest du! Und was soll ich mit dem Kerl? Wer bist du?", fragte Uwulfur streng und sah Rune dabei an.

„Man nennt mich Rune, ich bin ein reisender Skalde und habe mich an der Quelle erfrischt, als deine Männer mich zwangen, ihnen zu folgen!" Rune blickte den Häuptling mit starrem Blick an.

„Ein Skalde? Was soll ich mit einem Skalden?", rief der Anführer erbost.

„Nun, er trank unser Wasser", sprach einer der Krieger entschuldigend, „da dachten wir, das kann nicht sein!"

„Außerdem ist er flink mit dem Messer", mischte sich der ein, der die Klinge des Skalden an seiner Kehle gespürt hatte.

„Was soll das heißen?" Uwulfur sah den Mann fragend an und schien zu ahnen, dass seine Krieger bei der Begegnung nicht ruhmreich gewesen waren.

„Das heißt wohl, dass diese Narren nun jeden hierher schleppen, der es wagt, an der Quelle zu trinken", rief ein alter Mann namens Bedda und lachte lauthals auf.

„Das heißt, dass ihm die Götter gnädig waren und er leben darf", antwortete Rune frech. Erbost sah Uwulfur seine Krieger an. „Du nimmst es mit meinen Kriegern auf, und du lebst! Wer bist du, Mann?"

„Ich sage doch, ich bin ein Skalde auf dem Weg in die Heimat. Doch deine Männer unterbrachen meine Reise."

„Dienst du einem Herrn?" Der scharfe Blick des Häuptlings ruhte auf dem Fremden.

„Ich war dereinst am Hof Jarl Siegmars von Frigghavn im großen Fjord von Vestfold, doch nun bin ich ein freier Mann und ohne Gefolgschaftseid. Ich diene nur Odin", erklärte der Reisende.

„So ein Skalde kann einem Herrn viel Ehre bringen", mischte sich Bedda, der ein Gesippe des Häuptlings war, wieder ein, und Uwulfur sah ihn streng an, begann aber dann zu lachen. „Sehe ich aus, als stünde mir der Sinn nach Dichtkunst?"

„Dann verkaufen wir ihn als Sklaven!" Der Mann, an dessen Hals die Klinge des Sachsen gelegen hatte, schien dies nicht überwunden zu haben. Da wandte sich Rune um und sprach: „Ich schenkte dir dein Leben, und so willst du es mir danken?"

Uwulfur fuhr sich mit seinen Fingern durch den Bart. „Vielleicht ist dies gar kein schlechter Einfall", brummte der Häuptling. „Was hältst du davon, Skalde?"

Die Männer begannen hämisch zu grinsen. Dem Sachsen gefielen diese Worte ganz und gar nicht. Was sollte er nun tun? Langsam senkte sich seine Hand an den Griff des Saxes, und er war bereit, den Mann auf dem Hochstuhl zu töten, auch wenn ihn das sein eigenes Leben kosten sollte. Doch dann besann sich Rune der Worte, die ihm einst Thurid bei ihrer ersten Begegnung über den Häuptling dieser Siedlung sagte. Dieser Mann war eine Räuberseele, und wenn sein Dorf an einem Fjord und nicht in den Bergen gelegen hätte, wäre er sicher ein erfolgreicher Wikingfahrer gewesen. So aber zog er mit seiner Reiterschar in die angrenzenden Gaue und überfiel dort die Dörfer und Höfe. Also musste Rune den Häuptling bei seiner Gier packen. „Ich bin ein weitgereister Mann, und mein Wissen über die Höfe und Burgen der Jarls ist groß", sprach er, und die Männer sahen sich erstaunt an. Uwulfur begann frech zu grinsen. „Vielleicht kannst du uns ja tatsächlich von Nutzen sein, Skalde!"

„Was soll das heißen, Uwulfur? Willst du den Kerl etwa laufen lassen?", empörte sich der, den die Klinge des Fremden fast zu den Göttern geschickt hatte. „Wir verkaufen ihn, so bringt er noch etwas ein!"

„Seit wann gibst du hier die Befehle?", fragte da der Häuptling streng, und der Mann schwieg. Dann wandte er sich dem Sachsen zu und sprach, nun wesentlich freundlicher: „Sei mein Gast, und wir werden sehen, ob du mir von Nutzen bist. Wenn nicht, verkaufe ich dich an einen Rus[27]!"

So blieb Rune nichts anderes übrig, als darauf zu hoffen, dass die Nornen das Schicksalsnetz weiterhin zu seinen Gunsten spönnen.

Uwulfur hatte weder Weib noch Kind. Dafür aber eine stattliche Anzahl an jungen Sklavinnen, die in dem Langhaus ihre Arbeiten verrichteten. Einer der Krieger trat an Rune heran und verlangte die Abgabe des Saxschwertes von dem Reisenden, doch dieser sah an dem Mann hinauf und sprach drohend: „Wenn ich dir meine Klinge gebe, dann nur zwischen deine Rippen, Mann!"

Da begann Uwulfur herzhaft zu lachen und schlug sich auf den Schenkel. „So langsam finde ich Gefallen an dir, Skalde. Eines steht fest: Du hast Mut!"

Dann gab er einen Wink mit der Hand, dass die Krieger von Rune zurücktreten sollten. „Lasst ihm sein Schwert! Er ist mein Gast!"

Gemeinsam mit den Kriegern hatten sie sich an einen Tisch gesetzt, und der Häuptling hatte den Befehl gegeben, dass man ihnen Bier bringen sollte. „Weißt du, warum man mich Eisenschädel nennt?", fragte der Anführer später am Abend mit bierschwerer Zunge. „Mein eigener Bruder schlug mir die Axt auf den Kopf! Da waren wir noch Knaben. Doch ich überlebte den Hieb. Meinem Bruder aber verzieh ich den Hieb nie, und am Tage seiner Vermählung habe ich ihn mitsamt seinem Weib verbrannt!"

Belustigt lachte Uwulfur auf und gab noch weitere Geschichten zum Besten, die der Skalde wenig erheiternd fand.

---

[27] Rus – schwedische Wikinger die das Gebiet um Kiew (Känugard) besiedelten

So hatten sie bis zur Dunkelheit gezecht, und Rune musste erzählen, was Uwulfur hören wollte. So spann der Skalde eine Geschichte nach der anderen, die dem Häuptling die Gier in die Augen trieb. Und wie Rune es gehofft hatte, tranken die Männer viel, während er selbst sich beim Saufen zurückhielt.

Einer der Krieger hatte sich bereits auf eines der Podeste gelegt und war eingeschlafen. So saßen noch zwei Krieger, der Häuptling mit einer Sklavin auf dem Schoß und Rune an dem Tisch. Plötzlich erhob sich Uwulfur, so dass die Sklavin fast zu Boden fiel und er darüber albern kicherte. „Du kannst es dem da gleich tun", sprach er lallend und zeigte auf den Schläfer. „Ich ziehe mich nun zurück und werde mich an der Möse dieses Weibes erfreuen. Solange ich es noch kann!"

Lachend zog er sich mit der Sklavin in einen der hinteren Räume des Hauses zurück. Berauscht von den Geschichten und vom Reichtum, den es zu erbeuten geben würde, sank bald darauf ein weiterer Krieger mit dem Kopf auf den Tisch, während der andere sich erhob. „Ich muss pissen!", hatte er gesagt und war aus der Halle getorkelt. Nun saß Rune allein in dem Raum, und ein Lächeln huschte über sein Gesicht. Da trat eine Sklavin an den Tisch. „Wünschst du noch zu trinken?", fragte sie freundlich, doch Rune schüttelte seinen Kopf. „Wünschst du mich zu ficken? Du bist Uwulfurs Gast, und ich bin dir zu Willen, wenn du es verlangst!"

Wieder schüttelte Rune stumm sein Haupt und gab ihr mit einem Wink zu verstehen, sie möge sich zurückziehen. Belustigt sah sich der Sachse um. Drohte ihm vor nicht allzu langer Zeit noch die Sklaverei, so hätte er jetzt jeden einzelnen dieser Kerle wie ein schlachtreifes Schwein abstechen können.

Er erhob sich, sah sich noch einmal um und verließ dann das Langhaus des Häuptlings.

Dunkelheit lag über dem Dorf in den Bergen, und Rune war die Zeit, die er in dem Haus verbracht hatte, gar nicht so lang vorgekommen. Es war ruhig geworden, und auf dem Platz vor dem Langhaus war kein Mensch zu sehen. Fast kam es ihm schon zu einfach vor, diesen Ort wieder zu verlassen, nun aber galt es, Thoki zu finden. Wohin hatten sie das Pferd gebracht?
Langsam ging Rune um das Langhaus, denn dort irgendwo vermutete er die Koppel mit den Pferden. Plötzlich aber stand er dem Krieger gegenüber, der zuvor das Haus verlassen hatte. „Wohin willst du?", fragte er und schien dem Sachsen gar nicht mehr so betrunken wie zuvor.
„Du bist nicht der Einzige, den es zum Pissen hinaus drängt", log Rune geistesgegenwärtig. Doch der Krieger, es war der Mann, den Rune überwältigt hatte, war nachtragend und sah nun die Gelegenheit, seine Schmach zu tilgen. Ohne ein weiteres Wort zu verschwenden, zog er sein Schwert, doch Runes Hand hatte bereits auf dem Griff seines Saxmessers geruht, und noch ehe die Klinge des Schwertes zur Gänze aus der Scheide gezogen war, grub sich das Messer des Skalden bis zum Heft in den Bauch des Kriegers. Nun galt es, Thoki schnell zu finden, denn der kurze Aufschrei des Mannes drohte seine Flucht zu verraten. Eilig lief er hinter das Haus, und die Götter waren mit ihm, denn dort standen immer noch, angebunden und gesattelt, die Pferde der drei Krieger und sein Brauner mit der blonden Mähne. In einem wilden Ritt preschte Rune aus dem Dorf in das Dunkel der Nacht.

*

Bei schönstem Sonnenschein und angenehmer Wärme, es war zur Mittagszeit, trieb Rune sein Pferd die kleine Anhöhe hinunter, von der aus er seinen Hof bereits erblicken konnte. Als Thoki auf den Hof trabte, wurde auch gleich die Tür geöffnet, doch die Begrüßung der Sigrun war wenig freudig, als Rune vor dem Langhaus sein Pferd zügelte.

„Hast du den Weg nach Hause doch noch gefunden?" Die Stimme der Sigrun war kalt und vorwurfsvoll, so dass das Lächeln im Gesicht des Heimgekehrten erstarrte.

Er schwang sich aus dem Sattel und trat vor sein Weib. „Mir scheint, es wäre dir lieber gewesen, wäre ich fort geblieben", sprach er verärgert.

Mehr als zwei Monde war er fort gewesen, und sie hatte sich tatsächlich sehnlich gewünscht, er würde nicht mehr heimkehren, denn ihre Liebe zu dem Skalden war nun kalt wie das erloschene Feuer in der Schmiede. Sie bereute es inzwischen, sich dem Willen ihres Vaters widersetzt zu haben, als dieser sie mit dem Sohn eines Jarls verheiraten wollte. Was war aus ihr geworden? Aus der mutigen Schildmaid Sigrun? Aus der Tochter eines Jarls? Eine einfache Bäuerin mit Schwielen an den Händen!

Nun kamen aber die Kinder aus dem Haus gelaufen, und diese umarmten den Sachsen freudig, und da regte sich ihr Gewissen.

„Wo hast du dich rumgetrieben, nachdem du wie ein Strauchdieb verschwunden bist?", fragte sie böse, und Rune gab eine Antwort, die er noch bereuen sollte.

„Ich war in Frigghavn!"

Kaum hatte er die Worte gesprochen, hätte er sich auch schon die Zunge abbeißen mögen.

Erstaunt sah Sigrun ihren Gemahl an. Dann aber huschte so etwas wie ein Lächeln über ihr Gesicht.

„Wie geht es meinem Vater? Habt ihr euren Zwist endlich begraben?", fragte Sigrun, und es keimte in ihr die Hoffnung, dass doch noch einmal alles gut werden würde. „Können wir heimkehren nach Frigghavn?"

Es war eine leise Zustimmung, die Rune mehr grunzte als sprach. Da lachte Sigrun auf. „Ach, ich weiß, es ist nicht einfach, mit Jarl Siegmar auszukommen. Aber es gibt ja den Trost, dass wir ihn nur noch selten sehen werden, wenn wir unseren Hof wieder aufgebaut haben!"

Da nickte Rune verlegen. Was hätte er auch tun sollen? Seinem Weib erzählen, dass er ihren Vater zu den Göttern geschickt hatte? Dazu war es noch zu früh, und sie hätte es sowieso nicht verstanden.

Nein, dieser Mann sollte ihm seine Familie nicht noch im Tode zerstören. Jarl Siegmar war nicht mehr unter den Lebenden, und dies war der Wunsch der Götter. Er musste den Tod des Askold rächen, wollte er das Heil Odins nicht verlieren. So glaubte der Skalde, denn er war weiterhin der Überzeugung, seine Träume waren ein Zeichen des Allvaters. Dass seine Familie längst zerstört war, ahnte der Skalde nicht.

Zwei Tage vergingen, die Rune nun wieder unter seinem Dach verbrachte, und Sigrun war recht freundlich zu ihm. Das Schlaflager aber wollte sie nicht mit ihrem Gemahl teilen, worüber der Sachse sehr verärgert war. Doch er pochte nicht auf sein Recht und unterließ es, sein Weib zu bedrängen. Längst hatte ihm sein Gefühl gesagt, dass die Liebe der Sigrun zu ihm nicht mehr so groß war wie einst in Frigghavn, und er musste sich eingestehen, dass es ihm ähnlich erging. Oft waren seine Gedanken nun bei der jungen Völva Thurid, und so plagte ihn sein Gewissen. Dann, an einem Morgen, die Sonne schien und Rune saß nur mit seiner Hose bekleidet auf einem alten Baumstamm, der nicht weit des Hauses lag, und genoss die morgendlichen, wärmenden Strahlen, da kam seine Tochter Sif heran und setzte sich neben ihn. Zärtlich strich er dem Kind über den Kopf, erkannte aber sofort, dass sie etwas bedrückte.

„Du siehst nicht sehr glücklich aus, mein Kind. Was bedrückt dich?"

„Ich trage ein Geheimnis mit mir, und das betrübt mich", sprach das Kind leise.

„Ein Geheimnis?"

Sif nickte.

„Und? Willst du es mir verraten, dein Geheimnis? Vielleicht kann ich dir deine Last ein wenig erleichtern", sprach Rune und lächelte. Doch Sif schüttelte den Kopf. Misstrauisch sah Rune seine Tochter an. „Hat dir jemand das Versprechen abgenommen, mir gegenüber zu schweigen?"

Das Mädchen nickte stumm.

„Es war deine Mutter", stellte Rune ruhig fest, und Sif nickte zaghaft. Da legte der Sachse seinen Arm um die Schulter des Kindes und zog dieses zu sich heran. „Ich glaube zu ahnen, was dich bedrückt."

Stumm saßen Vater und Tochter noch eine ganze Weile auf dem Baumstamm, bis Sigrun erschien. „Sif, geh und schaffe Holz ins Haus", befahl sie dem Kind, dann sah sie Rune ernst an. „Es gibt genug zu tun, und du hockst hier faul herum", fauchte sie und hatte zu ihrer Unfreundlichkeit zurückgefunden. Doch der Sachse überhörte ihren boshaften Ton, wartete, bis Sif gegangen war und sprach dann: „Es ist Björn, der Sohn des Tryggve!"

„Was ist mit ihm?"

„Er ist es, mit dem du das Schlaflager teilst, wenn ich nicht auf dem Hof bin", stellte Rune mit ruhiger Stimme fest.

„Konnte das kleine Biest ihren Mund nicht halten?", bestätigte Sigrun ihrem Gemahl dessen Vermutung, ohne es zu wollen. „Ja, es ist Björn, der es mir besorgt, wenn du dich herumtreibst! Na und?"

Die Ruhe des Gemahls spornte den Zorn der Sigrun an. „Er ist ein Bauer, der anpackt, und nicht so ein Nichtsnutz wie du", keifte sie erbost. Langsam erhob sich der Skalde und trat an der Sigrun vorbei, um in das Haus zu gehen. Doch er wandte sich noch einmal um. „Es war nicht Sif, die dich verriet! Du warst es gerade selbst!"

Mit erstauntem Blick blieb Sigrun zurück.

Als Sigrun in das Haus trat, war ihr Gemahl damit beschäftigt, seine Wadenwickel anzulegen. Dann streifte er seine Tunika über und legte seinen Gürtel um, an dem sein Messer und der Sax mit dem Bärenkopf hingen.

„Wohin willst du?", fragte Sigrun barsch. „Läufst du wieder davon?"

„Ich reite auf den Hof des Tryggve", antwortete Rune wortkarg, nahm seinen Umhang und verließ das Haus, um Thoki zu satteln. Mit leerem Blick starrte das Weib auf das Schlaflager, dann aber lief sie ihrem Gemahl nach.

„Was willst du tun?", rief sie, Böses ahnend, als sie Rune bei seinem Pferd stehen sah.

„Was werde ich schon tun? Björn hat mein Weib bestiegen, und das vor den Augen meiner Kinder! Nun werde ich ihn dafür bestrafen. Ich schneide ihm die Eier ab, das werde ich tun!" Rune schwang sich auf Thokis Rücken und lenkte das Tier aus der Koppel hinaus.

Da hängte sich Sigrun an den Steigbügel und rief fast flehend: „Lass uns heimgehen nach Frigghavn. Heim an den Hof des Jarls! Dann will ich dir ein treues Weib sein!"

„Den Jarl gibt es nicht mehr", sprach Rune kalt. „Ich habe ihn getötet!"

Rune schlug dem Thoki seine Hacken in die Flanken und das Tier stob davon, so dass Sigrun zu Boden fiel.

Entsetzt sah sie dem Reiter nach, konnte und wollte die gehörten Worte nicht glauben.

Steine und Sand spritzten unter den Hufen hervor, als Rune Thoki vor dem Langhaus des Tryggve Egilsson zügelte. Niemand war zu sehen, der Hof war wie ausgestorben. Der Zorn des Skalden hatte sich auf dem Ritt hierher eigentlich schon gelegt, und es gefiel ihm keineswegs, im Zorn auf den Hof seines Freundes zurückzukehren. Doch diese Schmach konnte er nicht auf sich sitzen lassen. Da trat Asta aus dem Haus und als sie Rune erkannte, lächelte sie. „Rune, der Schmied, du wirst schon voller Sehnsucht erwartet", rief sie und die Worte des Weibes verwunderten den Skalden doch sehr.
„Wo sind die Männer? Und vor allem, wo ist Björn?", fragte Rune wenig freundlich, und Asta antwortete verunsichert: „Sie sind am Strand, im Bootshaus!"
Sofort trieb Rune sein Pferd an und preschte vom Hof. Was meinte das Weib damit, man würde ihn erwarten?

„Vater, da kommt ein Reiter", sprach Egil zu Tryggve und zeigte die Böschung hinauf, von der aus Rune herangeritten kam. Die Männer waren damit beschäftigt, herangeschaffte Baumstämme mit ihren Äxten zu bearbeiten.
„Ich wusste, dass er zurückkommt." Tryggve sah dem herannahenden Reiter erfreut entgegen, dann aber erblickte er seinen Sohn Björn, und ihn überkam ein ungutes Gefühl. Da trat Thorbart neben den Schiffsbauer und grinste diesen an.
„Sage mir, Thorbart, bist du bereit, mir beizustehen, um Schlimmes zu verhindern?" Thorbart verstand die Bitte des Tryggve nicht, nickte aber.
Kaum hatte Thoki den Strand erreicht, brüllte Rune zornig den Namen des Sohnes seines Freundes.

„Björn Tryggvesson!"

Noch im Ritt sprang Rune aus dem Sattel. „Björn, nimm ein Schwert und stell dich zum Kampf!"

Verwundert trat Thorbart seinem Freund entgegen. „Ist das eine Art, seinen Freund zu begrüßen? Was soll das?"

Da erst erkannte Rune den dunkelhaarigen Mann aus Haithabu. „Was tust du hier? Hast du die Huren satt, mein Freund?" Langsam schien die Wut des Skalden der Wiedersehensfreude zu weichen.

„Nein, von den Huren hab ich nie genug, und Eira ist ein gutes Weib. Es gibt Neuigkeiten, die du wissen solltest. Aber sage mir erst, was dieser Aufstand zu bedeuten hat?"

Da sah Rune den Björn zornig an, zeigte mit dem Finger auf diesen und rief erbost: „Dieser ehrlose Kerl treibt es mit meinem Weib!"

Wütend riss er den Sax aus der Scheide an seinem Gürtel. Da aber stellten sich die Brüder Thoralf und Egil mit ihren Äxten dem Rune entgegen. „Zwinge uns nicht, dich zu töten, Rune", drohte Egil unverhohlen.

Da aber wurde Thorbart böse. „Lass deine Axt sinken, Egil. Wenn Rune die Wahrheit sagt, hat er ein Recht auf Rache. Doch hören wir erst, was Björn zu sagen hat!"

Dem stimmte Tryggve zu, obwohl er doch längst wusste, dass Rune die Wahrheit sprach.

„Björn, sprich!"

Mit der Axt in der Faust trat er vor seinen Vater. „Sigrun wird mein Weib", gab Björn unverhohlen zu, was man ihm vorwarf. „Sie will längst nicht mehr das Weib dieses Mannes sein! Und wenn du nicht in die Scheidung einwilligst, werde ich dich hier und jetzt töten, Sachse!"

Thorbart gefiel dies alles nicht, und er dachte dabei auch an Sigrun, die er von Kindesbeinen an kannte. „Bevor ihr euch die Schädel einschlagt, sollte man vielleicht das Weib fragen, ob Björns Worte der Wahrheit entsprechen", richtete er sich an den Freund.

„Das sind weise Worte, mein Freund", stimmte Tryggve zu, denn er befürchtete, sowohl einen Sohn als auch einen Freund zu verlieren. „Wenn Sigrun willens ist, dich zu verlassen, Rune, so werden wir einen Weg finden!" Plötzlich sahen sie einen weiteren Reiter, der sich dem Strand näherte, und schnell erkannten sie die Sigrun im Sattel des Pferdes. Kaum hatte sie die Männer erreicht, schwang sie sich aus dem Sattel und stürmte mit gezogenem Messer auf ihren Gemahl zu. „Du elender Mörder, ich werde dich töten!", schrie sie wütend und stach nach Rune. Dieser konnte jedoch den Angriff mit dem Sax abwehren, scheute sich aber davor, zurückzuschlagen.

Da warf sich Thorbart der Schildmaid in den Arm. „Was soll das? Bist du wirr im Kopf?" Mit starken Armen hielt er die zappelnde Sigrun fest im Griff. „Dieser Dreckskerl hat meinen Vater getötet", zischte sie und sah ihren Gemahl aus schmalen Augenschlitzen an. „Nun werde ich seinen Tod rächen!"

Vergeblich versuchte sie sich zu befreien, wandte und wehrte sich gegen den festen Griff Thorbarts, dessen Anwesenheit sie noch gar nicht wahrgenommen hatte.

„Du hast Jarl Siegmar getötet?", fragte nun der großgewachsene Mann, und Rune nickte.

„Ja, das habe ich!"

„Hm, … ich denke, du wirst deine Gründe für diese Tat haben", brummte Thorbart und war wenig erfreut über das Ableben des Mannes, in dessen Diensten er so lange gestanden hatte. „Aber ich denke auch, dass du diese Tat nicht, wie es Gesetz ist, bekannt gemacht hast. So ist es das Recht der Sigrun, Rache zu nehmen, denn du bist ein Mörder!"

„Dies sind harte Worte, mein Freund, aber so ist es wohl!"

Da mischte sich Tryggve ein. „Ich bin der Herr dieses Hofes, und es wäre unsere Pflicht, dich dem Gaukönig Harald Gudrödsson in Sotenäset zu übergeben, Rune. Dies würde dich sicher deinen Kopf kosten, und deinen Tod will ich nicht. Doch vielleicht können wir einen anderen Ausweg finden."

Er wandte sich der Sigrun zu. „Ist es die Wahrheit, dass du das Weib meines Sohnes Björn werden willst?", fragte er mit strenger Stimme, und immer noch vom Zorn gegen den Rune besessen, nickte die schöne Sigrun.

„So schlage ich vor, du gibst dein Weib frei und gehst fort von hier. Dann wird niemand von deiner Tat erfahren!" Tryggve sprach die Worte mit fester Stimme, doch in seinem Innersten verspürte er Trauer. Er verlor einen Freund und zugleich seinen Schmied.

Rune schwieg, sah den Thorbart an, und dieser nickte ihm beistimmend zu. „Was sagst du, Sigrun?", fragte er das Weib in seinem Arm, und diese sah ihn überrascht an.

„Thorbart?"

„Ja, das bin ich", antwortete er grinsend. „Sag, wäre diese Übereinkunft in deinem Sinn?"

„Was tust du hier?"

„Ich habe Rune gesucht. Nun sag schon! Bist du einverstanden?", drängte der einstige Hauptmann des Jarl Siegmar. Sie sah ihren Gemahl an, den Mann, dem sie einst dazu verhalf, die Ketten der Sklaverei abzulegen, den sie zum Schwiegersohn eines Jarls gemacht hatte, den sie geliebt hatte und für den sie nun nur noch Ekel empfand. Gedanken schossen durch ihren Kopf. Bilder der Vergangenheit und Gedanken an die Zukunft. Ihr Vater, der Jarl, war tot und somit war eine Rückkehr nach Frigghavn sinnlos geworden. Björn war ein guter Bauer, ein Mann, der zu arbeiten verstand. Rune würde so ein Mann nie werden!

„Ja, ich will von meinen Rachegelüsten ablassen, wenn du mich freigibst! Aber du sollst so mittellos gehen, wie du einst kamst. Der Hof ist mein!", willigte Sigrun ein.

Rune senkte den Kopf. Auch wenn es ihm nicht gefiel, er musste einwilligen. „Gut! So soll es sein", sprach er.

Thorbart gab Sigrun frei und stellte sich neben Rune. Dieser ließ seinen Sax zurück in die Scheide gleiten.

„Ich verlange, dass du deine Sachen von meinem Hof holst. Sofort!", forderte das Weib mit finsterem Blick.

„Wir werden dich begleiten", sprach Egil mit einem Grinsen auf dem Gesicht und drohendem Ton in seiner Stimme. Nun war Rune vom Freund zum Feind der Sippe des Tryggve geworden, so schien ihm. Sie begaben sich auf den Hof des Tryggve, wo Thorbart seine Sachen zusammensuchte und dem Tryggve ein Pferd abkaufte.

Rune war es nicht wohl zumute, als sie den Hof erreichten, der nun nicht mehr sein Eigentum war. Es waren nicht die misstrauischen Blicke der Söhne des Tryggve, die ihm Unwohlsein bereiteten, auch nicht, dass sie ihn nicht aus den Augen ließen, sondern es war der drohende Abschied von seinen Kindern. Schnell hatte er seine Sachen zusammen gesucht und auf dem Rücken seines Pferdes verstaut. Dann trat er zu seinen Kindern. „Die Götter wollen es wohl, dass ich euch verlasse. Doch eines Tages werden wir uns gewiss wiedersehen." Er strich den Kindern mit der Hand über den Kopf und küsste sie zum Abschied.

Langsam trat Rune auf den hinkenden Björn zu und sprach: „Sollte ich erfahren, dass du meinen Kindern ein Leid antust, so werde ich zurückkehren, und glaube mir, nicht einmal Odin selbst kann dich dann noch vor mir schützen!" Der Sigrun schenkte er kein Wort des Abschieds und schwang sich auf Thokis Rücken, um diesem die Hacken in die Flanken zu schlagen.

Thorbart lenkte sein Pferd vor die drei Brüder, sah den Björn streng an und sprach: „Glaube ihm jedes Wort und danke den Göttern, dass du noch lebst!"
Dann folgte er seinem Freund.

*

4

Der gejagte Jäger

Das Hurenhaus der Eira hatte Gunnar nicht mehr unbeobachtet gelassen, und so war es ihm auch nicht entgangen, dass Thorbart, der Beschützer der Eira, ein Schiff gesucht hatte, welches ihn nach Vingulmark bringen sollte. Daraus schloss der rotbärtige Wikinger, dass der großgewachsene Krieger den Skalden warnen wollte. Doch hatte es der Rotbart nicht gewagt, sich dem Krieger noch einmal in den Weg zu stellen, denn zu groß schien ihm die Gefahr, dass dieser es ihm übel heimzahlen würde. Vielmehr sollte dieser ihn auf die Fährte des Gejagten führen.

„Du dämlicher Hund hast den Kerl tatsächlich aus den Augen verloren?", rief Styrbjörn zornig, und Gunnar senkte sein Haupt. Dem Mann, den Gunnar auf Thorbart angesetzt hatte, war entgangen, dass er entdeckt worden war, und mit der Hilfe einer jungen Hure und sehr viel Bier war es Thorbart gelungen, unbeobachtet fortzusegeln.

„Es ist nicht meine Schuld", wehrte sich Gunnar, der eigentlich kein Feigling war, doch vor Styrbjörn sank er auf die Knie. „Der Kerl, den ich ihm auf den Hals hetzte, hat sich von den Huren der Eira ablenken lassen. Aber die Hure Thorbarts wird schon wissen, wohin er gegangen ist. Wenn es vonnöten ist, steche ich ihr die Augen aus!"

Styrbjörn erhob sich und trat nah an seinen Hauptmann und Schiffsführer heran. „Ich rate dir, nicht noch einmal zu versagen. Bring das Weib zum Reden!"

Es war noch früh, und in der Kaschemme waren noch keine Gäste, da wurde die Tür geöffnet und fünf Männer stürmten hinein. Ohne zu zögern und mit kräftigem Griff hatte Gunnar die Eira an den Haaren gerissen, während die vier Männer mit gezogenen Schwertern die Huren an der Flucht hinderten.

„Thorbart wird dich töten", kreischte das dralle Weib, doch Gunnar blieb unbeeindruckt, schlug dem Weib ins Gesicht und drohte: „Das glaube ich nicht, denn ich werde es sein, der den Kerl zu Odin schickt! Und wenn du mir nicht sagst, wo ich ihn finde, wird dich die Hel empfangen! Ich werde dein Haus mitsamt deinen Huren niederbrennen, doch vorher werden dich die Kerle da zu Tode ficken!"

Er schubste das Weib den Männern entgegen, und zwei von ihnen packten Eira. Langsam trat Gunnar auf die dralle Bordellbesitzerin zu, zog sein Messer und riss ihr das Kleid vom Leib. Er legt die Klinge auf ihre entblößten Brüste und drückte so fest, dass Blut unter der Klinge hervorquoll.

„Ich rate dir zu reden, oder ich schneide dir ein schönes Muster in deine Titten", drohte der Rotbart böse grinsend. Langsam zog er die Klinge über die Brust. Eira begann zu jammern, doch sie schwieg. Erneut setzte er die scharfe Klinge an und schnitt einen tiefen Schnitz in das Fleisch des Weibes. „Ich habe einmal gesehen, wie man die Rune des Thor malt", grinste er seine Gefährten beifallheischend an. Wieder schnitt das Messer der Eira in die Brust, da rief in größter Angst eine der jungen Huren den Ort, an dem Gunnar Thorbart finden würde. „Er ist nach Sotenäset in das Reich Vingulmark gesegelt!"

Gunnar ergriff das lange, blonde Haar der Eira und grinste siegessicher: „Du siehst, dein Schweigen nutzt dir nichts!"

„Halt dein Maul, du dumme Gans!", rief Eira erbost, doch die Sklavin wollte nicht im Feuer sterben. Da traf die Herrin des Hauses ein kräftiger Schlag, der sie zu Boden fallen ließ und ihr fast die Besinnung raubte. Gunnar hob seine Hand, in der er ein Büschel des blonden Haares hielt.

„Danke ihr lieber, sie hat dir das Leben gerettet!"
Langsam schritt Gunnar auf die Sklavin zu und sprach mit ruhiger, fast freundlicher Stimme: „Was weißt du noch, kleines Vögelein?"
Langsam zog er die blutige Klinge seines Messers über das Kleid des jungen Weibes, um diese zu reinigen. „Vielleicht kannst du uns noch mehr erzählen, das dich davor bewahrt zu sterben!"
Doch sie schüttelte heftig ihren Kopf. Da trat der Rotbart näher an sie heran und griff dem Weib zwischen die Beine.
„Bist du sicher? Ich kenne Mittel, die deine Erinnerung zurückkehren lassen", drohte er unverhohlen.
„Im Süden von Sotenäset, bei einem Schiffsbauer", gab sie schnell preis, was sie einmal mitgehört hatte, als Thorbart der Eira davon erzählt hatte. „Mehr weiß ich nicht, bei den Göttern!"
Gunnar nickte stumm, wandte sich um und befahl den Männern, ihm zu folgen.

Zehn Männer hatte der rotbärtige Gunnar um sich geschart, die ihm auf Befehl seines Herrn Styrbjörn bei der Jagd auf den Skalden begleiten sollten. Und sogar der selbsternannte Jarl Styrbjörn Arnarsson hatte sich dazu entschlossen, seine Rache eigenhändig auszuführen. Lange war er schon nicht mehr zur See gefahren, doch dies wollte er sich nicht nehmen lassen.
„Die Wunden sind geheilt, und es ist an der Zeit, mir mein Eigentum zurückzuholen", hatte er gesagt. „Niemand raubt mir ungestraft zwei Sklavinnen, und niemand überlebt den Versuch, mich zu töten! Es wird mir eine Freude sein, diesem Hundsfott mein Eisen in die Rippen zu stoßen!"

*

69

Die beiden Reiter waren nach Norden geritten, warum sie dies getan hatten, konnte keiner von ihnen sagen. Als die Sonne unterging, hatten sie sich einen Platz für ihr Nachtlager gesucht und ein Feuer entfacht.

Auf dem Ritt hatte Rune kaum gesprochen, nun aber besann er sich der Frage, die er Thorbart längst hatte stellen wollen.

„Warum warst du eigentlich auf dem Hof des Tryggve? Hast du die Eira satt?"

„Oh nein, dieses Weib kann man nicht satt haben, und wenn mich die Biene sticht, gibt es doch bei uns genug junge Dinger, die ich ficken könnte!" Er begann zu lachen, und Rune lachte mit ihm. „Ich glaube, das würde dir schlecht bekommen, mein Freund!"

„Leider gibt es einen ernsten Grund für mein Erscheinen. Der Sklavenhändler, den deine Axt bei der Befreiung der Sigrun und deiner Tochter traf, er lebt und hat dir Rache geschworen."

„Welch ein göttlicher Spott ist das? Das könnte Lokis Werk gewesen sein", schüttelte Rune ungläubig seinen Kopf. „Jetzt, da das Weib nicht mehr an meiner Seite ist, will man mich ihretwegen töten!" Der Skalde lachte bitter.

„Die Sache ist ernst, mein Freund! Gunnar, dieser feige Kerl, hat es gewagt, mich anzugreifen. Natürlich nicht allein", begann er zu grinsen. „Aber er wollte wissen, wo du zu finden bist, und das heißt, das Styrbjörn es wirklich nicht auf sich beruhen lässt!"

„Dieser Sklavenhändler sollte es besser lassen", sprach Rune böse.

„Das wird er aber nicht, denn der Arnarsson ist ein jähzorniger und nachtragender Kerl!"

Eine Weile starrte Rune nun stumm in das Feuer, bis Thorbart das Schweigen brach. „Warum hast du Jarl Siegmar getötet?"

„Es war Odins Wille! Der Göttervater raubt mir den Schlaf und gibt ihn mir erst zurück, wenn ich getan habe, was er verlangt!" Rune hob seinen Kopf und sah den Freund streng an. „Es war meine Aufgabe, den Tod des Askold zu rächen! Und es warten noch weitere Aufgaben auf mich!"

„Odin? Woher willst du das wissen?"

„Ein alter, weiser Mann, der mit den Göttern spricht, hat es mir gesagt!", erklärte Rune sein Wissen. Thorbart sah den Freund an, als hätte dieser seinen Verstand verloren. Er kannte zwar Runes Vorliebe für den Allvater, der ihm als Skalde sein Heil schenkte, aber da Thorbart kein sehr gläubiger Mann war, hielt er solche Weissagungen für dummes Geschwafel.

„Ein alter Weissager hat dir …" Er schüttelte ungläubig seinen Kopf. „Hm … der Schmied war sicherlich ein guter Mann, und Siegmars Tat war Unrecht. Doch er war dein Gesippe!"

Thorbarts Gefühle für die Tat waren gemischt. Zum einen hatte er sich von dem Jarl losgesagt, doch zum anderen hatte er viele Winter unter dessen Dach gelebt und zur Gefolgschaft des Mannes gehört, auch wenn er oft nicht mit den Entscheidungen des Jarls einverstanden war.

„Ich war sein Sklave und habe die Zeit in dem Erdloch nicht vergessen!" Rune erinnerte sich daran, wie ihn der Jarl zum Gehorsam gezwungen hatte, und dass er ihn zu seinem Mordknecht gemacht hatte.

„Aber er tat dir auch Gutes!"

Rune wollte aber Thorbarts Einwand nicht hören. „Es ist, wie es ist! Und es war Odins Wille!", blieb er stur.

Wieder schwiegen die Männer.

„Was werden wir nun tun?", brach Thorbart erneut die Stille, und Rune zog seine Schultern hoch. „Was wird Styrbjörn tun?"

Der dunkelhaarige Krieger überlegte einen Moment. „Er wird sicherlich versuchen, seine Sklavinnen zurückzuholen und natürlich dich zu töten. Das bedeutet, dass nicht nur du in Gefahr bist, sondern auch deine Familie!"

„Ich habe keine Familie mehr! Das ist nun die Angelegenheit der Sippe des Tryggve Egilsson und vor allem die des hinkenden Björn", sprach Rune beleidigt.

„Was redest du da? Sind Sif und Thorune nicht deine Kinder?", empörte sich Thorbart. „Ich glaube nicht, dass es Odin oder den anderen Göttern gefallen würde, wenn du diesem Dreckskerl deine Kinder kampflos überlässt!" Thorbart hatte seine Worte gut gewählt, denn er kannte ja die Ehrfurcht des Skalden vor dem Allvater.

Rune spuckte in die Flammen und nickte. „Ich muss beenden, was ich begonnen habe! Styrbjörn muss sterben!"

„Das trifft sich gut, ich hätte da noch etwas mit diesem Gunnar zu bereden", lachte der Krieger und dachte daran, wie dieser Rotbart mit seinen Kerlen in der Kaschemme über ihn hergefallen war.

„Das wird warten müssen, mein Freund! Aber ich verspreche dir, dass auch du zu deinem Recht kommen wirst!" Rune grinste, und Thorbart zog fragend seine Schultern hoch. „Was werden wir also tun?"

„Haithabu! Wir gehen nach Haithabu in die Höhle des Bären", grinste Rune. „Styrbjörn wird nicht erwarten, dass ich ihn ein zweites Mal in seiner Siedlung aufsuche."

Heftig begann Thorbart zu gähnen, legte sich neben dem Feuer nieder, zog sich den Umhang wie eine Decke über den Leib und sprach leise: „Suchen wir uns also in Sotenäset ein Schiff!" Dann verriet ein leises Schnarchen, dass Thorbart eingeschlafen war. Rune, an einen Baum gelehnt, lächelte den Freund an und schloss seine Augen.

Recht früh hatten sie ihre Reise fortgesetzt, und so erreichten sie zur Mittagszeit ihr Ziel, den Hafen von Sotenäset, der alten Königsstadt, von wo aus sie mit einem Schiff nach Haithabu segeln wollten.

„Sag, wohin geht deine Reise?", fragte Rune einen Mann, dessen Schiff an einem der Anlegestege festgemacht war und der offensichtlich bald auszulaufen gedachte. Der Seefahrer sah die beiden Männer prüfend an. „Nach Gammel Leijre, auf Seeland!", antwortete er knapp.

„Weißt du einen, der nach Haithabu segelt?", fragte nun Thorbart, und der Mann zeigte auf ein Knarr, das nicht weit von seinem Schiff vertäut war.

Die Pferde an den Zügeln führend, traten sie an die Reling des Handelsschiffes, auf dem, wie auf den anderen Schiffen reges Treiben herrschte. Sklaven schleppten über eine Planke große Bündel an Bord, und ein Kerl trieb sie zur Eile an.

„Bist du der Schiffsführer?", rief ihm Rune zu, und der Mann schüttelte den Kopf. „Was wollt ihr von ihm?"

„Wir suchen eine Überfahrt ins Dänenland nach Haithabu", antwortete Rune.

„Verschwindet, wir nehmen keine Fremden an Bord", keifte der Kerl, doch plötzlich erschallte eine tiefe Stimme. „Was redest du da? Seit wann machst du die Geschäfte für mich? Halt dein Maul und sorge dafür, dass das Schiff beladen wird!"

Der Mann, dessen Stimme über das Deck schallte, war ein graubärtiger Kerl, der zwar nicht größer war als Rune, aber dessen kräftige Statur und die windgegerbte Haut bewiesen, dass dieser Mann ein erfahrener Seemann zu sein schien. Langsam trat er an die Reling seines Schiffes. „Ihr wollt nach Haithabu?"

„Wir und unsere Pferde", bestätigte Thorbart die Frage des Schiffsführers.

Da nannte der Seemann einen unverschämten Preis, doch Rune nahm seine Geldkatze[28] vom Gürtel und reichte ihm ein Stück Silber, das er einmal für seine Gedichte erhalten hatte. „Das wird wohl reichen!"

Mit geblähtem Segel, bei leichtem Regen, zog das Knarr an den Wehrtürmen auf der Palisadenmauer des Hafens vorbei und steuerte einen der Anlegestege an. Es war bereits dunkel geworden, doch da das Schiff bereits in den Fluss, der zu der Handelsstadt führte, eingesegelt war, hatte der Schiffsführer entschieden, kein Lager mehr zu errichten und den Hafen in der Dunkelheit anzulaufen.
Bald schon waren die Pferde von Bord gebracht, und die beiden Männer machten sich auf den Weg zur Kaschemme der Eira. Das Bordell war zu dieser Stunde gut gefüllt! Seefahrer, Krieger des Jarls von Haithabu sowie zwielichtige Wikingfahrer vergnügten sich, indem sie sich betranken und mit den Huren ihren Spaß hatten. Von weitem drang die Musik einer Leier und einer Flöte an ihre Ohren, und als sie eintraten, sahen sie eines der jungen Weiber leicht bekleidet zu den Klängen tanzen. Es verging eine Weile, bis Eira wahrnahm, wer da eingetreten war. Dann aber hatte das dralle Weib den Thorbart voller Freude begrüßt, und obwohl sie die Wunden schmerzten, hatte sie es sich nicht nehmen lassen, ihn zu umarmen und zu küssen.
„Ist dir mein Kuss so unangenehm, dass du dein Gesicht verziehen musst?", fragte der Krieger verwundert.
„Oh, mein Geliebter, wo denkst du hin? Es sind die Wunden, die mich schmerzen!"
„Wunden? Was ist geschehen?"
Eira begrüßte Rune freundlich und forderte die Männer auf, an ihrem Tisch Platz zu nehmen.

---

[28] Geldkatze – kleiner Lederbeutel

Groß war die Wut Thorbarts, als Eira sich entblößte und ihm die Wunden auf ihrer Brust zeigte.

„Wer hat dir dies angetan? Bei allen Göttern in Asgard, ich werde ihn finden und er wird dafür büßen", rief er drohend, und sie berichtete den beiden Männern, wie Gunnar in die Kaschemme eingedrungen war.

„Und diese dumme Gans da hat ihm alles erzählt, was er wissen wollte!" Sie zeigte auf die junge Hure, die in ihrer Angst geredet hatte. „Er hätte uns alle getötet", verteidigte sich diese kleinlaut.

„All dies ist meine Schuld!" Rune fühlte sich schlecht, nachdem er die blutverkrustete Thorsrune auf der Brust des Weibes gesehen hatte. „Doch ich verspreche dir, Eira, dass Gunnar dafür sein Leben lässt!"

Thorbart nickte dem Freund zu und legte der Eira seine Hand auf den Arm. „Ja, das wird er! Aber wie werden wir das anstellen?"

Das Weib erhob sich und ging, um den Bierkrug, der auf dem Tisch gestanden hatte, neu zu füllen. Rune strich sich nachdenklich über den Bart. „Die Kerle des Arnarsson werden uns nicht erwarten, und wenn erst bekannt wird, dass wir in Haithabu sind, wird es nicht lang dauern, bis sie hier auftauchen …"

„… und während sie hierher nach Haithabu kommen, werden wir dem Styrbjörn in der Siedlung einen Besuch abstatten", vervollständigte Thorbart den Plan des Sachsen. Rune grinste und nickte.

Da trat Eira mit dem Krug an den Tisch, füllte die Becher und nahm wieder Platz.

„Das ist ja sicherlich ein guter Plan. Doch was ist, wenn die Dreckskerle schon nach dir suchen, dann ist deine Familie in großer Gefahr", gab Thorbart zu bedenken.

„Hast du Tryggve Egilsson von dem Grund deiner Anwesenheit berichtet, als du auf seinen Hof kamst?", fragte

Rune mit besorgtem Blick und hatte die Hoffnung, dass der Schiffsbauer in der Lage war, einen Angriff der feindlichen Sklavenfänger abzuwehren.

Thorbart schüttelte den Kopf. Er hatte dem Tryggve kein Wort über die drohende Gefahr erzählt, darüber, dass Styrbjörn nach Rune suchen lassen würde, und nun ärgerte er sich darüber.

„Dann müssen wir zurück nach Vingulmark", entschied Thorbart. „Wir können sie nicht ihrem Schicksal überlassen. Dieser Gunnar ist vielleicht nicht der Schlaueste, und ein feiger Neiding ist er auch, aber er wird deiner Fährte folgen müssen, sonst reißt ihm Styrbjörn die Eier ab! Und darum wird er nach dir suchen, bis zum Tage von Ragnarök[29]!"

„Mach dir keine Sorgen, wir werden ihn finden. Oder er uns! Und dazu holen wir uns diesen Styrbjörn Arnarsson", sprach Rune drohend. „Morgen in der Frühe reiten wir in seine Siedlung!"

Überrascht sah Eira den Skalden an. „Styrbjörn Arnarsson ist nicht mehr in seinem Dorf! Er ist mit dem Gunnar fortgesegelt", sprach sie. „Vor drei Tagen haben sie den Hafen verlassen, sagt man."

*

Styrbjörn Arnarsson war nicht der Einzige, den es danach dürstete, Rune in seine Finger zu bekommen. Auch Uwulfur, der Häuptling des Bergdorfes hatte seine Männer gesammelt, um die Schmach, die ihm dieser dreiste Skalde beigebracht hatte, zu sühnen. Außerdem hatte der Kerl ihm einen guten Mann getötet, und auch dies wollte er nicht auf sich beruhen lassen.

---

[29] Ragnarök – Der letzte Kampf der Götter gegen die Riesen, in dessen Folge der wiedergeborene Odin eine neue Welt erschafft

Eine Magd hatte den toten Krieger entdeckt, morgens, als sie Wasser ins Haus holen wollte. Ihr Aufschrei hatte schnell für Aufmerksamkeit gesorgt, und Uwulfur Eisenschädel hatte getobt.

Wohin aber sollten sie ziehen? Keiner kannte diesen Kerl, und keiner wusste, wohin ihn sein Weg führen würde. Doch Uwulfur wollte diesen Kerl seine Rache spüren lassen. Einer der Männer hatte ihm geraten, die Götter um Hilfe zu bitten, und der Häuptling willigte in den Vorschlag ein.

„Los, holt mir die Völva her", befahl er. „Sie soll die Runen befragen und den Rat der Götter für mich einholen!"

„Du brauchst den Rat der Götter, um so einen dahergelaufenen Kerl umzubringen?" fragte einer der Männer, der an dem Abend mit in der Halle gewesen war, abfällig, und erntete einen bösen Blick des Häuptlings. Und damit war er noch gut weggekommen!

„Ihr Narren habt euch von dem Kerl an der Nase herumführen lassen, habt ihn fliehen lassen, weil ihr lieber gesoffen habt! Und Thorkel, diese Ausgeburt an Dummheit, ist von ihm zu den Göttern geschickt worden. Also scheint der Skalde doch großes Heil zu besitzen, und bevor ich mich mit Odin selbst anlege ..." Er stockte, überlegte kurz.

„Andererseits habe ich nicht vor, ihn ungeschoren davonkommen zu lassen. Also, holt mir die Thurid her! Die Götter werden uns den Weg weisen!"

Nun schwieg der Mann und folgte dem Befehl seines Anführers.

Die Schönheit der jungen Völva hatte den Eisenschädel schon immer gereizt, doch hatte er es nicht gewagt, das Weib zu bedrängen. Schließlich war sie mit den Göttern im Bunde, und nur diese wussten, wozu das Weib fähig war. So ließ er sie unbehelligt draußen im Wald in ihrer Hütte leben. Das offene, blonde Haar reichte ihr fast bis zu den Hüften, und die rote Farbe des Leinenkleides stand ihr sehr gut. Über dem Kleid trug sie eine helle Schürze, die über der Brust mit zwei Fibeln geschmückt war, und um die Hüften trug sie einen ledernen Gürtel, an dem eine Felltasche und ein Messer hingen. In ihrer Hand hielt sie den Völr, den langen, reichlich geschmückten Stab einer Völva.

„Was willst du von mir, Uwulfur?", fragte die junge Frau streng.

„Deinen Rat will ich, Thurid! Und den Rat der Götter!", antwortete der Häuptling. Da nickte das Weib.

„Einer der Unseren wurde zu den Göttern geschickt, und es ist meine Pflicht, den Mörder zu finden", sprach der Häuptling mit bösem Blick. „Ich will diesen Kerl in meine Finger bekommen, und ich werde ihm bei lebendigem Leib seine Haut abziehen. Sage mir, ob dies der Wille der Götter ist und wohin wir gehen sollen!"

Die Völva kniete nieder, legte den Stab neben sich und öffnete ihre Felltasche. Daraus entnahm sie einen ledernen Beutel, öffnete diesen und ließ den Inhalt herausfallen. Plättchen aus dunklem Holz mit Runen darauf, sowie kleine Knochen, einige Zähne und der Schädel eines Vogels fielen in den Staub des hölzernen Bodens, und Thurid beugte sich hinab. Mit ihren Fingern strich sie über die Holzplättchen mit den Schriftzeichen und begann, aus der Lage der Knochen zu dem Vogelkopf zu lesen, was die Götter für richtig hielten.

„Was sagen die Götter?", fragte Uwulfur ungeduldig. „Los, rede schon!"

Langsam blickte die schöne Völva auf. „Nach Süden musst du ziehen, dort wirst du den Mörder finden", sprach sie ruhig. „Doch die Götter sind uneins!"

Mit erstauntem Blick sah der Häuptling das Weib an. „Was soll das heißen? Rede nicht in Rätseln mit mir!"

„Die Runen der Götter weisen den Weg, hin zum Kopf des Vogels. Doch die Rune Odins weist von ihr fort! Der Allvater ist nicht mit dir, Uwulfur!"

„So ein wirres Gerede", meckerte der Krieger, der zuvor schon an der Völva gezweifelt hatte.

„Halt dein Maul", fauchte der Häuptling seinen Gefolgsmann wütend an.

„Wenn alle Götter es wollen, werden wir nach Süden gehen. Soll Odin sich um anderes kümmern, und ich kümmere mich um den Mörder", grinste der Anführer, sah den Krieger an und befahl: „Bezahl sie! Wir wollen doch nicht, dass uns die Götter bei der Jagd nach diesem Skalden ihr Heil versagen!"

Erschrocken sah Thurid den Häuptling an. „Der Mörder war ein Skalde?"

„Ja, ein Kerl aus dem großen Fjord von Vestfold, doch was interessiert dich das?" Er nickte seinem Krieger zu, und widerspenstig warf der Mann der Völva ein Geldstück hin.

„Und jetzt verschwinde", ranzte er sie an. Thurid hatte den ledernen Beutel wieder verschlossen und in die Felltasche an ihrem Gürtel gepackt. Erst jetzt griff sie nach dem Geldstück und erhob sich, richtete ihr Kleid, beugte sich nieder und hob den Stab auf, dann ging sie schweigend aus dem Haus, schwang sich auf ihr weißes Pferd und ritt davon.

Noch am selben Tag war der jähzornige Häuptling mit einigen Kriegern aufgebrochen, um den Skalden zu jagen. Und wie es die Völva gesagt hatte, nahmen sie den Weg nach Süden.

*

5

Ein missglückter Streich

*L*achend stand der Schiffsführer mit dem einen Fuß auf die Reling gestützt und schüttelte ungläubig seinen Kopf. „Ihr seid doch gerade erst angekommen! Und nun wollt ihr wieder dorthin, wo ihr herkamt? Warum?"

„Ja, so ist es", antwortete Rune und war wenig begeistert, darüber ausgelacht zu werden. „Und unsere Gründe gehen dich nichts an. Bring uns zurück nach Sotenäset!"

„So, sie gehen mich nichts an", sprach der Mann beleidigt. „Na ja, da hast du wohl recht! Aber ich bin noch einige Tage hier in Haithabu, und dann führt uns der Weg nach Borgundarholm[30]! Du siehst, ich kann euch nicht helfen!" Der Mann wandte sich ab und ließ Rune und Thorbart stehen.

Obwohl der Hafen mit Schiffen aus verschiedenen Ländern gefüllt war, viele kamen aus dem Saxland, andere aus dem Pommernland und der Stadt Jumne, sowie Schiffe aus dem gesamten Dänenland, fand sich doch kein Schiffsführer, der nach Vingulmark oder Ranrike segelte.

„Was wollen wir nun tun?", fragte Thorbart enttäuscht und nahm auf einem alten Fass Platz.

Rune zog unwissend seine Schultern hoch. „Es gefällt mir nicht, hier tatenlos herumzusitzen und zu warten, bis wir einen Schiffsführer finden, der gewillt ist, uns an unser Ziel zu bringen."

„Wir könnten erst einmal nach Norden reiten. Vielleicht finden wir dort, wonach wir suchen", schlug Thorbart vor.

---

[30] Borgundarholm - Bornholm

„Von dort ist es dann auch nicht mehr weit hinüber nach Vingulmark."

Rune nickte zustimmend, denn der Vorschlag war allemal besser, als hier zu warten. So begaben sie sich zurück zur Kaschemme der Eira, um sich mit Reiseproviant zu versorgen, und obwohl das Weib wenig erfreut darüber war, dass Thorbart schon wieder fortging, verabschiedeten sich die beiden Männer und ritten nach Norden.

Sie waren die Ostküste des Dänenlandes entlang geritten, hatten kaum gerastet, und an einem Morgen erreichten sie den Gau Jütland und bald auch die Ufer des Limfjordes.

„Ich kenne ein Dorf mit einem kleinen Handelsplatz im Norden dieses Fjordes." Thorbart zeigte mit dem Finger dorthin, wo er die Siedlung wusste. „Wenn die Götter mit uns sind, werden wir dort ein Schiff finden!"

Rune stellte sich im Sattel auf, sah in die Richtung, die ihm Thorbart gezeigt hatte, doch noch gab es nichts zu erkennen. Da begann der Graubart zu lachen. „Der Fjord ist groß, mein Freund. Wir haben noch ein großes Stück des Weges vor uns. Die ist die östliche Mündung, die in das Kattegat führt." Er griff nach dem ledernen Wasserbeutel, der an seinem Sattel hing, und trank einen kräftigen Schluck, dann reichte er diesen dem Rune, dass auch er trinken konnte.

„Dort müssen wir entlang", sprach Thorbart und trabte an. Sie erreichten einen breiten Dünengürtel, auf dem langes, grünes Gras wuchs, dahinter erstreckte sich ein weißer Sandstrand. Diesem folgten sie nun entlang der weiten, am Ufer wachsenden Schilfwiesen nach Westen in das Landesinnere. Nun sahen sie auch die Masten der Schiffe, die unter Segel den Fjord hinauf oder hinab fuhren.

Die meisten waren kleinere Skuder[31], doch sie erblickten auch ein großes Knarr.

Fischer waren die ersten Menschen der Siedlung, die sie zu Gesicht bekamen. Ihre Boote dümpelten in der Bucht, und die beiden Reiter sahen, wie die Männer ihre Reusen und Netze aus den Fluten zogen.

„Aalborg! So heißt die Siedlung", lachte Thorbart beim Anblick der Fischer.

Die Siedlung war nicht sehr groß, aber es herrschte geschäftiges Treiben auf dem großen Platz am Hafen. Männer, Frauen und auch Kinder gingen ihrer Arbeit nach, trugen Körbe, rollten Fässer, schleppten Holz und allerlei Waren, mit denen Schiffe be- und entladen wurden.

„Der Magen knurrt mir", sprach Thorbart, als die beiden Männer, die Pferde an den Zügeln führend, über den Platz am Hafen gingen. Der Proviantsack war längst schon leer gefressen, und auch Rune musste zugeben, dass ihn der Hunger quälte. „Erst suchen wir ein Schiff", bestimmte der Sachse, und Thorbart griff in einen Korb, an dem sie vorbeigingen, und fischte unbeobachtet einige schrumpelige Äpfel heraus. Einen aß er selbst, die anderen verfütterte er an die Pferde.

Sie gingen am Rand des Platzes entlang, dorthin wo eine fast mannshohe Böschung hinunter zu einem breiten Weg führte, von dem aus die Anlegestege in die Bucht hinausragten. Es lag nur ein Knarr zwischen den vielen Skuder.

„He, wohin geht die Fahrt?", rief Thorbart einem Mann zu, der an Deck das Beladen überwachte. Der Mann wandte sich dem Fragenden zu. „Was geht das dich an?"

---

[31] Skuder – leichte Boote mit acht bis sechzehn Riemen, wurden zum Fisch- und Robbenfang in den Fjorden und nahe der Küste benutzt

„Wir suchen eine Überfahrt und zahlen gut!"
Der Seefahrer trat an die Reling, stützte sich mit beiden
Händen auf und sah die beiden Männer mit ihren Pferden
abschätzend an. „Es geht durch das Kattegat, rüber nach
Vingulmark!", rief der Schiffsführer auf den Platz hinauf
und zeigte nach Osten.

„Genau dort wollen wir hin, und wir zahlen gut!" Rune
grinste den Mann auf dem Schiff freigiebig an.

„Zwei Männer und zwei Pferde für eine Silbermünze",
verlangte der Schiffsführer dreist, denn dies war eine sehr
hohe Summe.

„Du unverschämter Kerl", empörte sich Thorbart erbost
über die Forderung. „Dafür können wir einen Skuder
kaufen!"

„Mit einem Skuder kommt ihr aber nicht über die See, oder
willst du im Netz der Ran[32] enden?", fragte der erfahrene
Seemann überlegen und lachte. „Siehst du noch ein weiteres
Schiff hier, das dich dorthin bringen kann?"

„Lass es gut sein, Freund", sprach Rune beruhigend und
wandte sich dann dem Schiffsführer zu. „Ich gebe dir, was
du verlangst. Wann laufen wir aus?"

Der Seefahrer nickte zustimmend und rief: „Wenn die
Ladung an Bord ist, könnt ihr die Pferde bringen. Noch
bevor die Sonne im Zenit steht, sind wir auf dem Meer!"

*

---

[32] Ran - düstere Meeresgöttin, zieht die Seefahrer bei Sturm mit ihrem
Netz in die Tiefe, gebietet über die Seelen der Ertrunkenen,
Weib des Ägir

Es regnete leicht, als die Schnigge[33] des Sklavenhändlers Styrbjörn Arnarsson die Bucht, in der der Hafen von Sotenäset lag, erreichte. Styrbjörn stand neben Gunnar auf dem Heckstand und beobachtete den Rotbart mit strengem Blick. Dieser Rotbart war nicht wie sein alter Schiffsführer Ubbe, doch er machte seine Arbeit bisher zu seiner vollsten Zufriedenheit. Allerdings war Ubbe ein wirklich räuberischer Kerl gewesen, und Gunnar war damals dessen Handlanger, doch nun war Ubbe tot. Getötet von dem Mann, den er jagte, und der auch ihn hatte umbringen wollen!

„Los, refft das Tuch und bringt die Pinne ins Wasser", befahl der rotbärtige Gunnar, und die Männer taten, wie ihnen befohlen worden war. Er hielt die Stange des Seitenruders fest in seinen Händen.

„Wir hätten vielleicht doch noch mehr Männer mitnehmen sollen", murmelte sich Styrbjörn in seinen langen Bart, denn außer ihm selbst und Gunnar hatte er nur weitere zehn Männer an Bord.

„Wozu das? Es sind doch nur zwei Kerle", rief Gunnar, der die Worte des Anführers doch verstanden hatte. „Es wird schwieriger sein, sie zu finden, als sie zur Hel zu schicken!"

„Warum sind sie dann nicht längst tot, du Maulhure?" Styrbjörn lehnte sich auf die Reling und sah in die Bucht, wo er die Dächer von Sotenäset zu erkennen hoffte. Und diese bekam er auch nach der nächsten Biegung zu Gesicht. Nachdem der Wogenhengst, so nannte Styrbjörn seine schnelle Schnigge, an einem der Anleger festgemacht hatte, schickte der Sklavenfänger sofort Gunnar und einige Männer aus, die Erkundigungen einholen sollten. Es galt nun, diesen Schiffsbauer zu finden, auf dessen Hof der Skalde jetzt leben sollte.

---

[33] Schnigge – Langschiff der Nordmänner, hatte bis zu vierzig Riemen

Nach der Überfahrt hatten die Männer des Styrbjörn jedoch auch großen Durst und nutzten die Gelegenheit der Suche dazu, sich in einer Kaschemme in Sotenäset zu vergnügen. Erst spät am nächsten Morgen kamen Gunnar und die fünf Männer wieder an Bord des Wogenhengstes, und sie hatten sogar in Erfahrung gebracht, dass südlich der großen Stadt, nicht weit des Gaus Ranrike, ein Schiffsbauer namens Tryggve Egilsson einen Hof besaß.

Eigentlich war Styrbjörn über das Gelage seiner Männer erbost, die Nachricht aber hatte ihn jedoch milde gestimmt. Dies aber sollte sich schnell ändern, denn es dauerte nicht lange, da kamen Berittene in den Hafen. Ein halbes Dutzend Krieger zügelten ihre Pferde vor dem Anleger, an dem die Schnigge festgemacht hatte. Es waren Krieger des Jarls, und ihr Hauptmann trat mit einigen Männern an die Reling des Schiffes.

„Wer ist der Schiffsführer?", fragte er streng, und Styrbjörn trat ihm entgegen. „Ich bin Jarl Styrbjörn! Was willst du?" Der Hauptmann sah sich um, und als er Gunnar erblickte, zeigte er auf diesen. „Der da ist es, den ich will!"

Styrbjörn wandte sich um und sah Gunnar streng an, dann blickte er zurück zu dem Krieger. „Sagst du mir auch, warum?"

„Er hat einen Mann erschlagen! In einer Kaschemme! Der Kerl hat den Handelsfrieden gebrochen und das wird hier streng bestraft!"

Gunnar streifte der zornige Blick seines Anführers. „Der Jarl, ist er aus dem Daneland?", fragte Styrbjörn den Hauptmann, und dieser nickte. „Vingulmark gehört Sven Gabelbart, sowie Ranrike und alle Gaue Norwegens."

„Wir sind ebenfalls Dänen", versuchte sich der Jarl anzubiedern. „Und wir sind auf der Suche nach einem Kerl. Dazu brauche ich alle meine Männer und bin nicht willens, auch nur einen zurückzulassen!"

Er musterte den Hauptmann und sprang über die Reling.
Nah trat er an den Mann heran, so dass die anderen nicht
verstehen konnten, was sie sprachen.

„Ich könnte dem Stadthersen[34] eine Mannesbuße für
meinen Steuermann zahlen, doch vielleicht ist uns beiden
geholfen, wenn ich sie gleich dir gebe!" Sein freches
Grinsen reizte den Hauptmann der Wache, und er fragte
empört: „Willst du mich bestechen?"

„Nenne es, wie du willst! Ich brauche den Mann und werde
ihn nicht kampflos hergeben", drohte Styrbjörn offen, und
da der Hauptmann sah, dass er an Männern denen des
Schiffsführers unterlegen war, willigte er ein. „Deinen
Krieger würde es den Kopf kosten, Jarl, bedenke das!"

Der Sklavenhändler reichte dem Mann ein Geldstück, und
dieser sprach zufrieden: „Ich habe euch nicht gesehen, aber
ich rate dir, sofort den Hafen zu verlassen."

„Sage mir noch: Ich suche einen Schiffsbauer, der in
Vingulmark seinen Hof hat. Kennst du ihn?", fragte
Styrbjörn.

Der Hauptmann fuhr sich nachdenklich mit der Hand über
den Bart. „Es gibt einen Schiffsbauer, sein Name ist
Tryggve Egilsson, der wohl gute Schiffe baut. Vielleicht ist
das der Mann, den du suchst. Aber sein Hof ist weit im
Süden!"

„Wo im Süden?"

Der Hauptmann sah dem Styrbjörn auf die Geldkatze und
grinste. Dieser verstand und zog widerwillig ein weiteres
Geldstück hervor. „Nun rede schon, Mann!"

„Segele die Küste entlang nach Süden. Suche nach einem
hellen, langen Strand, dort erblickst du ein großes
Bootshaus. Dort, landeinwärts, findest du den Hof des
Tryggve Egilsson!"

---

[34] Stadtherse – Befehlshaber der Stadt, Bürgermeister

Ohne den Mann eines weiteren Blickes zu würdigen, wandte sich Styrbjörn um und sprang zurück auf sein Schiff.

„Beim Thor, schon wieder der Name Tryggve Egilsson! Macht die Leinen los", rief er und blaffte Gunnar an: „Du schuldest mir Geld, du Lump! Und nun bring uns zu diesem Tryggve Egilsson!"

„Odin wird dir dein Fell noch gerben, du elender Hundsfott", grunzte der Hauptmann und begab sich zu seinen Männern.

In strömendem Regen segelte der Wogenhengst die Küste entlang, und bald erblickte der Mann am Vordersteven den langen Strand mit dem hellen Sand.

„Da, seht, der weiße Strand", rief er über das ganze Schiff, und Styrbjörn eilte beim Klang der Worte sofort auf das Vorderschiff.

Auf die Reling gelehnt, stand der Schiffsführer da und suchte nach dem Gebäude, welches der Hauptmann ihm beschrieben hatte. Und plötzlich sah er, wonach er suchte. Ein großes, zu allen Seiten offenes Bauwerk, unter dem sich das Gerippe eines Schiffes befand, stand nahe dem Wasser. Triefend vor Nässe ging Styrbjörn zum Heckstand zurück.

„Gunnar, dort rüber", befahl er und zeigte auf einen Abschnitt des Strandes, an den eine mit Gras bewachsene Erhöhung grenzte, die den Teil des Strandes abtrennte, auf dem sich das Bootshaus des Tryggve befand.

„Los, refft das Segel! Runter mit der Rahe!"

Bald schon bohrte sich der Kiel des Wogenhengstes in den Sand des Strandes, und die Männer sprangen von Bord.

Schon von weitem hatte Thoke das Schiff in den Wellen gesehen, und es war eher Langeweile, die seine Aufmerksamkeit auf die Reisenden lenkte. Der Teil des Strandes und die Wiese hinter der Böschung gehörten zu seinem Hof, und er war hier, um einen Widder von der Weide zu holen, dessen Fleisch für den Topf vorgesehen war. Der heftige Regen aber hatte den jungen Bauern in den Schutz des Baumes getrieben.

Hätte das Schiff Kurs auf das Bootshaus seines Vaters genommen, wäre Thoke sicher nicht misstrauisch geworden, doch diese Seefahrer schienen größten Wert darauf zu legen, unentdeckt zu bleiben. So blieb Thoke im Schatten des großen Baumes und beobachtete die Ankömmlinge.

Er erkannte, wie die Fremden ihre Waffen von dem Schiff holten und ahnte, dass diese Kerle nichts Gutes im Schilde führten. Die Ankunft der Fremden schob den Tod des Widders auf, und so blieb dieser auf der Weide und Thoke begab sich eiligst auf seinen Hof, um dann bewaffnet mit seinen beiden Knechten zum Hof des Tryggve zu reiten.

„Wieviel Männer hast du gezählt?", fragte Egil seinen Bruder. „Es sind zehn oder zwölf! Mehr nicht. Aber sie sind gut bewaffnet", antwortete Thoke.

„Wahrscheinlich sind es doch nur Händler, die ihr Nachtlager aufgeschlagen haben", zweifelte Tryggve Egilsson an den Befürchtungen seines Sohnes, doch dieser ließ sich nicht beirren. „Glaubst du, ich habe keine Augen im Kopf? Bei allen Göttern von Asgard[35], die Kerle suchen Streit!"

„Thoke ist kein Dummkopf, Vater", gab Egil zu bedenken und schlug seinem jüngeren Bruder auf die Schulter. „Bevor wir ein Risiko eingehen, ziehen wir an den Strand und jagen die Kerle zurück ins Meer!"

„Ich bin ein Mann, der seine Gäste willkommen heißt, das weißt du genau", missbilligte der Bauer den Rat seines Sohnes. „Und Odin wird es mir sicher nicht lohnen, wenn ich daran etwas ändere!"

---

[35] Asgard – Eine der neun Welten, Heimstatt der Götter

„Warten wir also ab, was geschieht?", rief Egil erbost, denn die Art seines Vaters, jeden Ankömmling freundlich zu empfangen, gefiel ihm in keiner Weise. „Es kommt der Tag, da wirst du es bereuen, dass du so wenig Vorsicht walten lässt! Ich aber werde mir nicht den Zorn der Götter zuziehen, weil ich dem Feind freudestrahlend in die Klingen gelaufen bin!" Er wandte sich ab und wollte aus dem Haus stürmen, doch Tryggve rief ihn zurück.

„Egil, was hast du vor?"

„Ich hole Männer her, denn wenn die Kerle in feindlicher Absicht gekommen sind, werden sie es sein, die es bereuen!"

„Wo ist Thoralf?", fragte Thoke, und sein Vater zeigte hinaus auf den Hof. Dies sollte wohl bedeuten, dass der Bruder irgendwo seiner Arbeit nachging. „Ich bringe ihm sein Schwert!"

Auch Thoke verließ die Halle des Langhauses.

Tryggve Egilsson sah sein Weib Asta fragend an: „Wer gibt hier auf dem Hof eigentlich die Befehle?"

„Ach, gräme dich nicht, mein geliebter Mann, so ist es wohl, wenn die Söhne Männer werden", sprach Asta und strich dem Tryggve zärtlich über den Kopf.

Der Schiffsbauer Tryggve Egilsson war ein guter Mann, hatte die junge Sklavin zu seinem Weib genommen und ihr ein Heim gegeben. Fremde begrüßte er stets freundlich und gab ihnen Gastrecht. Dazu kam, dass er gute Schiffe baute.

Es regnete unaufhörlich den ganzen Tag über, auch noch, als der rotbärtige Gunnar auf den Hof des Bauern Tryggve kam und den Herrn des Hauses zu sprechen verlangte.

„Bist du Tryggve Egilsson, der Schiffsbauer?", fragte Gunnar wenig freundlich.

„Der bin ich, und wer bist du?"

Der Steuermann des Wogenhengstes überhörte die Frage des Hausherrn und zeigte wenig Respekt. Ungebeten setzte er sich auf eine der Bänke, sah Asta gierig an und fragte: „Eine schöne Sklavin hast du da, Mann. Sie bringt bestimmt einen guten Preis! Gibt es hier etwas zu trinken?"

„Sie ist weder eine Sklavin noch geht dich das etwas an", sprach der Herr des Hauses streng. Tryggve sah sein Weib an, nickte, und Asta zog sich zurück. Dann fiel der Blick des Bauern wieder auf den Fremden, dieser zog seinen Rotz hoch und erhob sich. „Sage mir, Bauer, kennst du einen Skalden oder einen Kerl namens Thorbart?"

Tryggve schwieg, wartete ab.

„Mein Herr, Jarl Styrbjörn, sucht nach seinem Eigentum. Die Kerle haben ihm zwei gute Sklavinnen, Mutter und Tochter, gestohlen und sogar versucht, ihn nach Walhalla zu schicken. Also, wenn du etwas zu sagen hast, Bauer, rate ich dir zu sprechen!"

Plötzlich wurde die Tür geöffnet und Thoke, seine beiden Knechte, Thoralf und einer der Knechte des Tryggve traten in die Halle ein. Und auch Asta kam mit einem Becher voll Bier aus einem der hinteren Räume und wollte dem Fremden den Trunk reichen. Doch Tryggve nahm ihr den Becher aus der Hand und leerte ihn in einem Zug. Erstaunt sah Asta ihren Gemahl an, und dieser sprach mit einem Grinsen zu dem Rotbart: „Beim Thor, Fremder, deine Art zu fragen mag ich nicht! Wenn dein Herr vom gleichen Schlag ist wie du, geschieht es ihm sicher recht, wenn man ihn erschlägt und beraubt. Vielleicht ist es sogar der Wille Odins, dass es ihm so ergeht!"

Mit zornigem Blick sah Gunnar den Mann an, der um viele Sommer älter war als er selbst, und Gunnar war kein junger Bursche mehr. „Kennst du die Männer, von denen ich sprach?", fragte er noch einmal streng und sah die Männer drohend an.

„Selbst wenn ich sie kennen würde, wärest du der Letzte, dem ich davon erzählen würde! Und nun verlass meinen Hof, oder meine Söhne werden dir dabei behilflich sein", drohte Tryggve, und Gunnar verließ ohne Gruß das Haus.

„Los, folge ihm, und behalte ihn im Auge", befahl Thoke einem seiner Knechte, und dieser tat, wie ihm befohlen.

*

Der Sand spritzte unter den Hufen von Egils Pferd, als er dieses vor dem Haus seines Bruders zügelte und aus dem Sattel sprang. Ohne zu zögern trat er ein, und erstaunt grüßte Sigrun den Mann, der der Bruder ihres neuen Gemahls Björn war.

Nur wenige Tage, nachdem Rune den Hof verlassen hatte, waren sie und Björn nach den alten Riten der Asen auf dem Hof von Tryggve verheiratet worden. Doch kaum war dies geschehen, zeigte der hinkende Björn sein wahres Gesicht. Die Strenge und Boshaftigkeit eines von Selbstmitleid zerfressenen, verkrüppelten Mannes, unter der schon seine Sippe zu leiden hatte, bekam nun auch das Weib zu spüren, das er zuvor umgarnt und liebevoll umworben hatte. So versuchte er sich zu beweisen, nicht weniger wert zu sein als ein gesunder Mann. Ja, er hatte nun einen Hof und ein schönes Weib, was ihn überheblich werden ließ. Nun besaß er mehr als seine beiden Brüder Egil und Thoralf, denn diese lebten noch ohne Familien auf dem Hof des Vaters. Oft stritten Sigrun und Björn, und auch Sif und Thorune bekamen nun zu spüren, dass sie die Kinder eines anderen waren. So begann Sigrun schnell, die Vermählung mit dem hinkenden Björn zu bereuen.

„Egil, was treibt dich hierher?"

„Wo ist Björn?", fragte dieser ohne Umschweife, und Thorune kam heran gelaufen, um Egil zu begrüßen. Dieser strich dem Knaben über den Kopf.

„Nimm Platz, ich bringe dir etwas zu trinken", lud Sigrun ihren Gesippen ein.

„Nein, danke, Schwägerin. Ich suche Björn, denn es gibt Ärger!"

„Ärger?" Sigrun sah Egil fragend an. „Was bedeutet das?"

„Ein fremdes Schiff ist am Strand gelandet, und Thoke, der es entdeckte, befürchtet einen Überfall. Nun suche ich alle Krieger zusammen, die bereit sind, den Hof zu verteidigen."

Da trat Sigrun zu ihrem Sohn. „Thorune, laufe und suche Björn. Er soll sofort ins Haus kommen, sage ihm das!"

Der Knabe nickte und verschwand durch die Tür.

Sigrun sah Egil streng an und forderte: „Nun setze dich schon und erzähle." Dabei wandte sie sich ab, füllte einen Becher mit Bier und reichte diesen dem Gast. Dann trat sie beiseite und begann sich umzukleiden. Als sie wieder vor dem Egil erschien, trug sie eine hirschlederne Hose und ihren knielangen Kirtel[36]. In den Händen hielt sie ein Schwert.

„Was soll das, Sigrun?", fragte Egil überrascht.

„Was schon? Ich gehe mit euch, ihr braucht jedes Schwert!"

„Aber … das kannst du nicht", empörte sich Egil, doch Sigrun widersprach ihm. „Ich bin die Tochter eines Jarls und führe die Klinge besser als jeder von euch Bauern. Ich war eine Schildmaid und habe schon viele Schlachten geschlagen!"

---

[36]Kirtel – Langärmlige Jacke, die bis über die Hüften reichte und von einem Gürtel zusammengehalten wurde

Es schien, als fehlten dem ältesten Sohn des Egil die Worte, doch dann sprach er: „Um so besser kannst du auf deine Kinder achten und den Hof verteidigen!"

Da trat Björn hinkenden Schrittes in den Raum und sah seinen Bruder fragend an. „Streitet ihr?" Und nun erst fiel sein Blick auf die Kleidung seines Weibes. „Was trägst du da?"

„Wonach sieht es aus? Höre, was Egil zu sagen hat", blaffte Sigrun nun erzürnt.

Nachdem Egil seinen Bruder über die Vorfälle aufgeklärt hatte, widmete dieser sich wieder seinem Weib. Er zeigte auf das Schwert in Sigruns Hand. „Warum trägst du dieses Schwert, Weib?" Noch ehe Sigrun ihrem neuen Gemahl antworten konnte, sprach Egil vorwurfsvoll: „Sie will uns begleiten!"

„Du bist mein Weib, und ich verbiete es!", begehrte der hinkende Björn auf, doch Sigrun war fest entschlossen.

„Du verbietest es?", rief die Schildmaid wütend und sah ihren Gemahl verachtend an. „Du bist ein Bauer, Björn. Ich aber bin eine Kriegerin, eine Schildmaid, und habe oft im Schildwall der Männer meines Vaters gekämpft. Ich führe das Schwert besser als jeder deiner Sippe, und auch wenn du mein Gemahl bist, lasse ich mir von dir nicht befehlen!"

Die Worte der Sigrun entsprachen zwar der Wahrheit, denn Björn war schon aufgrund seines verkrüppelten Beines kein großer Kämpfer, und da er Zeit seines Lebens ein Bauer war, mochte er wohl auch im Umgang mit der Klinge durchaus seinem Weib unterlegen sein.

Doch die Demütigung vor seinem Bruder Egil konnte und wollte er nicht auf sich sitzen lassen. „Was erlaubst du dir, Weib? Ich bin dein Gemahl", brüllte Björn zornig, „ich befehle dir sehr wohl, was du zu tun hast! Zwinge mich nicht, dich zu züchtigen!"

Nun wollte sich Egil einmischen, doch Björn fuhr ihm über den Mund. „Sie ist mein Weib, und sie hat zu gehorchen!" Nun aber sprach Sigrun mit beherrschter, aber doch überlegener Stimme: „Ich nahm dich zu meinem Gemahl, weil du ein guter und fleißiger Bauer bist, doch der Hof ist mein, und ich bin es nicht gewohnt, mir befehlen zu lassen. Ich bin die Tochter eines Jarls! Wenn du es wagen solltest, mir oder meinen Kindern Gewalt anzutun, so werde ich dich fortjagen!"

Der Kopf des hinkenden Björn leuchtete rot vor Zorn und drohte fast zu zerplatzen, die Frechheit seines Weibes aber ließ ihn verstummen.

Jetzt ergriff Egil das Wort, denn das schien ihm ratsam, bevor es noch zu Handgreiflichkeiten zwischen den Eheleuten kommen würde. „Lass es gut sein, Bruder! Soll sie uns begleiten, wenn ihr so viel daran liegt. Ein Schwert mehr in unseren Reihen kann sicher nicht schaden."

„Nun gut", brummte Björn beleidigt, wandte sich dann aber wieder der Sigrun zu. „Deinen Ungehorsam werde ich dir noch austreiben. Und wenn es sein muss, mit der Peitsche!"

Kurz darauf machten sich die beiden Brüder und das Weib auf den Weg zum Hof des Tryggve, und die Kinder blieben in der Obhut der Magd.

Noch bevor sich die Dunkelheit über den Hof des Schiffsbauers legte, hatten sich diejenigen eingefunden, die bereit waren, den Hof gegen die Fremden zu verteidigen. Neben seinen eigenen vier Söhnen und drei Knechten war auch noch ein Nachbar mit seinen drei jugendlichen Söhnen dem Tryggve zu Hilfe geeilt. Diesen hatte Egil auf seinem Rückweg vom Hof seines Bruders alarmiert. Somit waren mit der Sigrun dreizehn Bewaffnete auf dem Hof und erwarteten nun besorgt den Angriff der Fremden.

Wenn Thoke sich am Strand nicht verzählt hatte, waren sie dem Gegner an Zahl durchaus ebenbürtig. Waren diese aber erfahrene Krieger und Wikingfahrer, brauchten sie den Schutz der Götter. So begab sich Tryggve hinter das Haus und opferte dem Thor ein Huhn.

Doch davon ahnte Styrbjörn Arnarsson nichts. Nachdem Gunnar zum Schiff zurückgekehrt war und dem Anführer von den Ereignissen im Haus des Tryggve berichtet hatte, zeigte er sich äußerst zufrieden. „Sind wir hier also am rechten Ort! Dieser Kerl wird wissen, wo wir diesen verfluchten Skalden finden, und er wird reden. Kein Gott in Asgard oder sonst wo kann ihn schützen, wenn er sich weigert!" Und so rief er seine Männer zusammen.

„Greift zu den Waffen! Das Spiel beginnt!"

Bald schon hatten die Angreifer aus Haithabu den Hof erreicht, und siegessicher traten sie auf das Langhaus zu. Da wurde die Tür geöffnet und Tryggve Egilsson trat mit Schild und Schwert hinaus ins Freie. Ihm folgten seine vier Söhne und die Schildmaid Sigrun.

Da wandte sich Styrbjörn dem Gunnar zu. „Siehst du, was ich sehe? Mir scheint, hier sind wir richtig!" Ein grimmiges Lächeln machte sich auf seinem Gesicht breit, dann hob er den Finger und zeigte auf das Weib.

„Die da ist mein Eigentum! Sie ist meine Sklavin und wurde mir geraubt!"

„Du musst dich irren, Fremder, denn dieses Weib hier ist meine Schwiegertochter", antwortete Tryggve und legte seine Hand an den Griff des Schwertes. „Und ich denke nicht, dass du daran etwas ändern kannst!"

Da lachte der Sklavenhändler böse auf. „Wir sind den weiten Weg nicht gesegelt, um mit leeren Händen heimzukehren. Gib sie heraus, wenn du leben willst!"

„Wenn du es wagst, komm und hole mich! Nichts würde ich lieber tun, als dir deinen Schwanz abzuschneiden", forderte Sigrun giftig, denn sie hätte es tatsächlich diesem

Kerl zu gerne heimgezahlt, was der Sklavenhändler ihr in der Zeit ihrer Gefangenschaft angetan hatte.

„Nimm dein Maul nicht zu voll, Weib", drohte nun Gunnar. Da sah Tryggve seinen Sohn Thoke an und nickte kurz. Dieser pfiff einmal durch die Finger, und um die Ecke des Hauses traten weitere sieben Männer. Alle trugen Schild und Schwert oder Axt und stellten sich den Angreifern entgegen.

„Wer hat dir gesagt, dass du noch einmal heimkehren wirst, Fremder?", rief Egil herausfordernd. „Mit euren Kadavern werden wir die Krabben füttern, und dein Schiff werden wir verkaufen!"

„Du siehst, für dich gibt es hier nichts zu holen. Also ziehe dich mit deinen Männern zurück, ehe du es bereust", drohte nun der Schiffsbauer und zog sein Schwert.

Zerknirscht sah Styrbjörn den Tryggve an. Selbst wenn sie einen Angriff überstehen würden, so groß war die Übermacht der Verteidiger ja nicht, könnte ihn der Verlust einiger Männer an der Heimreise hindern. Dies war keine Sklavin wert!

„Ich bin willens, euch zu verschonen", sprach der selbsternannte Jarl großspurig, „wenn du mir sagst, wo dieser elende Skalde ist, der mir das Weib raubte!"

Da lachte Tryggve erheitert auf. „Du willst uns verschonen? Deine Güte rührt mich zu Tränen, Däne!"

„Der Kerl ist auch mir zuwider", rief der hinkende Björn verärgert, „doch niemand hier weiß, wohin es den Rune verschlagen hat, also lass uns unsere Ruh und verschwinde, oder kämpfe und sterbe!"

„Komm her, du Maulheld! Und ich tue dir einen Gefallen und beende dein verkrüppeltes Leben!" Gunnar hob sein Schwert und wollte auf den hinkenden Björn losstürmen, doch Styrbjörn hielt ihn zurück.

„Noch gebe ich die Befehle, Mann!"

Dann sah er den Tryggve mit festem Blick an. „Zahle mir etwas für das Weib, und ich will in Frieden gehen. Das Kind gebe ich dir als Dreingabe. Ich nehme doch an, dass auch das Kind, welches man mir stahl, bei euch ist."

Doch ehe der Herr des Hofes antworten konnte, rief Thoke erbost: „Es reicht, beim Thor! Hier hast du, was dir gebührt!"

Er war dem Rune immer noch freundschaftlich zugetan und ihm gefiel es nicht, dass dieser Kerl Jagd auf den Skalden machte, so zog er seine Axt aus dem Gürtel und schleuderte diese dem Styrbjörn entgegen. Der Jarl riss seinen Schild empor, und das scharfe Blatt grub sich krachend in das buntbemalte Holz, erfüllte aber seinen Zweck und schützte seinen Träger vor Unheil. Jetzt hatte alles Gerede ein jähes Ende gefunden und die Klingen schlugen aufeinander.

Sigrun und Thoke stürzten sich auf den Anführer der Sklavenfänger, während Egil sich dem rotbärtigen Gunnar widmete. Auch der Nachbar und seine Söhne sowie auch die Knechte fanden schnell Gegner, auf die sie einschlugen. Doch die Wikingfahrer waren erfahrene Kämpfer und wussten sich zur Wehr zu setzen. So war auch einer der Knechte der erste, der sein Leben ließ.

Styrbjörn aber wurde von Sigrun und Thoke arg bedrängt, so dass ihm zwei seiner Männer zu Hilfe eilten. Von diesen zurückgedrängt, ließen sie von Styrbjörn ab und kämpften nun gegen dessen Beschützer. Und dies taten sie mit großem Glück, denn ein Schwerthieb verfehlte den Kopf des jungen Bauern nur um Haaresbreite und schnitt ihm einen Teil seines Ohres ab. In diesem Moment war es der Sigrun jedoch gelungen, dem Angreifer des Thoke ihrerseits das Eisen in den Leib zu treiben.

Auch Egil hatte mit der Hilfe des Nachbarn bereits einen der Wikinger getötet und nach kurzem Kampf rief Styrbjörn den Befehl, einen Schildwall zu bilden. Sofort drängten sich die

Kämpfer nebeneinander, Schild neben Schild. Nun sammelte auch Tryggve seine Gefolgschaft und rief dem Anführer der Wikingfahrer entgegen: „Ist es das, was ihr wollt? Wir schicken euch einen nach dem anderen zur Hel!"
„Behalte das Weib, Mann!", antwortete der Sklavenhändler wütend. „Das wäre ein schlechtes Geschäft für mich. Doch glaube mir, wir sehen uns wieder!" Dann gab er seinen Männern den Befehl, die gefallenen Krieger aufzunehmen und abzurücken. Und nun geschah es, dass der hinkende Björn, während alle anderen sich in großer Freude auf die Schultern klopften, den Fremden folgte und verächtlich rief: „He, Rotbart, hast das Maul zu voll genommen! Ich lebe noch!"
Da wandte sich Gunnar um, entriss einem seiner Gefährten den Speer und schleuderte diesen gegen den Gemahl der Sigrun.

*

6

Der Götter Wille

*W*eit waren die Reiter des Uwulfur Eisenschädel nach Südenwesten geritten, bis tief in den Gau Vingulmark hinein, doch die Spur des geflohenen Skalden fanden sie nicht. Jede Stadt, jedes Dorf und jeden Hof, den sie passierten, wurde von den Schweden nach dem Skalden durchsucht, doch dieser war wie vom Erdboden verschluckt. Nun hatten sie ein Lager aufgeschlagen, um zu rasten und zu beratschlagen, was zu tun sei.

„Es ist wie verhext, der Kerl ist fort", sprach einer der Krieger zu seinem Anführer. „Wo sollen wir noch suchen?"

„Woher soll ich das wissen?", antwortete dieser mürrisch.

„Reiten wir also weiter nach Süden?", fragte der Krieger.

„Was soll die dämliche Fragerei? Natürlich reiten wir weiter. Ich will den Kerl vor meine Klinge bekommen!"

„Ich will dir nicht widersprechen, Uwulfur, doch halte ich diese Jagd für wenig gewinnbringend. ", zweifelte ein anderer Krieger am Sinn und Erfolg der Verfolgung des Mörders eines seiner Gefährten. Der Mann war nun einmal tot, und ein Beutezug, wo sie doch schon einmal hier in Vingulmark waren, schien ihm wesentlich sinnvoller zu sein, als planlos durch die Gaue zu reiten.

„Hier gebe ich die Befehle, und deine Zweifel interessieren mich nicht", blaffte der Anführer seinen Gefolgsmann an. „Und nun wollen wir uns niederlegen und ruhen.

Am nächsten Morgen hatten sie früh das Lager abgebrochen und waren weiter nach Süden geritten. Die Stimmung unter den Männern war schlecht, denn die Worte des Kriegers am Vortag hatten einige nachdenklich gemacht und auch

Begehrlichkeiten geweckt, schließlich lebten sie davon, auf Raubzüge zu gehen. Doch keiner wagte es, das Thema noch einmal anzusprechen.

„Noch vor dem Sonnenuntergang werden wir den Hof des Jarls erreichen", sprach der Knecht, der neben dem mit feinen Schnitzereien verzierten Wagen herging.
Die Machart des Gefährts zeugte davon, dass sein Besitzer kein armer Mann sein konnte.
„Euer Vater, der Jarl, erwartet euch schon mit großer Sehnsucht und Freude", versuchte der Knecht die Stimmung der Kinder aufzuheitern. Auf dem Wagen saßen drei Kinder, zwei Mädchen und ein Knabe. Dazu eine Sklavin, die die Amme der Kinder war.
Einer der beiden Krieger, die zum Schutz der Kinder den Wagen begleiteten, lächelte dem ältesten der Mädchen zu und sprach: „Der Tod eurer Mutter ist schon eine tragische Geschichte, doch ihr werdet am Hof eures Vaters ein gutes Leben führen. Und sein neues Weib wird euch eine gute Mutter sein!"
„Sie wird nicht unsere Mutter sein", entgegnete das Mädchen störrisch. Da strich ihr die Amme über den Kopf.
„Ach, Gyda, sicher wird sie euch lieben wie ihr eigenes Kind!"
„Das wird sie nicht!", bockte das Mädchen und wandte sich schweigend ab.
„Seht dort, diesen Hügel und den Wald", der Krieger zeigte voraus, auf eine Anhöhe, die mit dichtem Wald bewachsen war. „Wenn wir den Wald durchquert haben, dann sehen wir das Meer, und dann seid ihr bald daheim!"
„Ich habe kein Daheim mehr", trotzte das Mädchen den Worten des Kriegers.
„Aber Kind, so glaube doch …!"
„Lass sie", fuhr die Amme dem Krieger über den Mund.

„Sie wird ihre Meinung noch ändern ... irgendwann."
Plötzlich mischte sich der andere Krieger ein, stieß seinen
Gefährten an und wies nach Osten, von wo eine Reiterschar
sich näherte. „Dort, sieh!"
Die Hoffnung, die Reiter würden die Reisenden nicht
beachten, erfüllte sich nicht, denn schnell zeigte sich, dass
diese sie ebenfalls entdeckt hatten.
Bald darauf zügelten die Fremden ihre Pferde vor dem
Wagen, und der Anführer stieg aus dem Sattel. Langsam trat
er auf den einen Krieger zu.
„Man nennt mich Uwulfur Eisenschädel, und dies sind
meine Männer", stellte sich der Schwede vor. „Wir sind auf
der Suche nach einem Skalden. Einem Kerl aus dem
Vestfoldgau. Ist euch ein solcher Mann begegnet?"
Der Krieger verneinte die Frage und wollte die Reise
fortsetzen, doch Uwulfur hielt ihn zurück. „Wer seid ihr,
wenn ich fragen darf?"
Ein weiterer Mann stieg aus dem Sattel und stellte sich
neben seinen Anführer. „Sieh dir den Wagen an, Uwulfur",
flüsterte er dem Schweden in sein Ohr. „Hier gibt es was zu
holen. Das rieche ich!"
Uwulfur schüttelte den Mann ab wie eine lästige Fliege und
schenkte seine Aufmerksamkeit wieder seinem Gegenüber.
„Nun ... wer seid ihr?"
„Ich denke nicht, dass dich das etwas angeht", entgegnete
der Krieger nun weit unfreundlicher.
„Warum so trotzig, Freund?", lächelte Uwulfur falsch und
trat an den Wagen. „Welch hübsche Kinder! Das sind aber
nicht die deinen, oder?"
Der Schwede griff nach dem Ärmel des Knaben, fühlte den
Stoff und sah dann die Amme an.
„Du! Sag mir, wessen Kinder sind das?"
„Schweig, Weib!", befahl da der Krieger der Sklavin, doch
da zog Uwulfur unvermittelt sein Schwert und schlug zu.

Die Klinge fuhr tief in das Haupt des Kriegers, und dieser ließ unverzüglich sein Leben. Das Weib und die Kinder schrien erschrocken und vor Entsetzen auf. Der zweite Krieger erhob seine Axt, um sich auf den Schweden zu stürzen, doch da ritten einige der Reiter den Mann nieder, und er starb blutend unter den Hufen der Pferde. Der Knecht aber ließ die Zügel des Zugtieres aus den Händen gleiten und lief um sein Leben.

Ohne sich umzusehen, rannte der Knecht, so schnell ihn seine Füße trugen, in den Wald, und er bemerkte nicht, dass keiner der fremden Reiter ihm folgte.

„Nun, Weib, wessen Kinder sind das? Ihre Kleidung und der Wagen zeugen davon, das es sich um einen reichen Mann handeln muss", sprach Uwulfur erneut zu der Amme, doch diese schwieg. Da trat der schwedische Anführer zurück, griff nach dem Arm eines seiner Krieger und befahl: „Sorgt dafür, dass sie redet, aber lasst sie am Leben!" Der Mann nickte, zeigte auf drei weitere Männer. „Bewacht die Kinder!" Dann packte er die schreiende Sklavin, zog sie vom Wagen, und sofort griffen unzählige, dreckige Hände nach ihr und rissen ihr die Kleider vom Leib. „So, Täubchen, freue dich, für deine Möse soll heute ein Festtag sein!", rief er lachend.

Weinend und unbekleidet kauerte die Sklavin auf dem Boden, während der Krieger vor den Uwulfur trat, der gelangweilt im Gras lag und döste.

„Vier Schwänze hat es gebraucht, bis sie redete, Uwulfur, Es sind die Kinder eines Jarls namens Vagn Grimsson", verkündete er grinsend und richtete seine Beinkleider, dann ließ er sich neben seinem Anführer nieder. „Wir sind bereits auf seinem Land, und dort hinter dem Wald steht seine Hofburg."

„Ein Jarl also! Ich ahnte es, ein reicher Mann … der sicher bereit ist, für das Leben seiner Kinder zu zahlen!"
Der Schwede begann listig zu grinsen.

„Wir sollten von hier verschwinden, bevor man uns entdeckt", schlug der Krieger vor, und Uwulfur legte ihm seine Hand auf die Schulter. „Du sagst es, Mann!"

*

Langsam zog das Schiff mit geblähtem Segel durch den Fjord, und wie es der Schiffsführer versprochen hatte, stand die Sonne noch nicht im Zenit, als sie den Hafen von Sotenäset erblickten. Zähneknirschend beobachtete Thorbart, wie Rune dem Schiffsführer die Überfahrt durch das Kattegat bezahlte, denn die Unverschämtheit dieses Mannes ärgerte ihn immer noch fürchterlich, und er hätte ihm diese gerne mit dem Schwert vergolten.
Bald schon ritten die beiden Männer nach Süden, um Tryggve Egilsson und seine Sippe zu warnen. Nicht ahnend, dass zur selben Zeit auf dem Hof des Tryggve gekämpft wurde.

„Was wird sein, wenn du dem hinkenden Björn gegenüber stehst?", fragte Thorbart ein wenig beunruhigt, während sie Seite an Seite ritten.

„Was denkst du wohl? Nichts wird sein!", antwortete Rune und grinste.

„Nun, als ihr euch das letzte Mal gegenüber standet, hattest du seine ganze Sippe gegen dich. Ich befürchte, du wirst dich an ihm rächen wollen, schließlich nahm er dir das Weib und die Familie."
Einen Moment schwieg Rune, dann sprach er grinsend:

„Nun ja, ich gebe zu, einen Moment dachte ich daran, ihm mein Eisen in die Rippen zu stoßen, doch ich gab mein Wort, und werde mir wegen dieses hinkenden Bauern nicht

Odins Zorn aufladen. Die Liebe der Sigrun ist erloschen, und daran kann ich nichts ändern. Also sei beruhigt!"

„Ich hoffe, du erinnerst dich an deine Worte, wenn Sigrun und der hinkende Björn vor dir stehen."

Es klangen Zweifel in den Worten des dunkelhaarigen Kriegers mit, doch er musste auf das Wort seines Freundes vertrauen.

Lange waren sie geritten, mal trieben sie die Pferde zur Eile, mal schonten sie die Tiere mit langsamem Gang. Doch als der Tag sich dem Ende zuneigte, verlangte Thorbart nach einer Rast.

„Du willst rasten?", fragte Rune erstaunt. „Es ist doch nicht mehr weit zum Hof des Tryggve Egilsson."

„Ich bin müde, Rune, und ich muss ruhen. Wer weiß, wie man uns auf dem Hof des Schiffsbauers empfangen wird. Sollte es zum Kampf kommen, was die Götter verhindern mögen, brauche ich einen wachen Geist!"

„Du glaubst …?"

„Nun, man hat uns nicht gerade freundlich verabschiedet. Und was, wenn man uns nun als Feinde betrachtet? Nein, wir werden lagern und neue Kräfte sammeln", bestimmte Thorbart, und Rune fügte sich, denn die Worte des Norwegers machten ihn nachdenklich. Im Schutz eines Buchenhains banden sie ihre Pferde an die Äste eines Busches, sammelten Holz und entfachten ein Feuer.

Im roten Schein der Flammen saßen die beiden Männer an Bäume gelehnt und schliefen. Plötzlich schreckte Rune mit einem Schrei auf, der auch Thorbart hochfahren ließ.

„Was ist mit dir?", fragte er erschrocken, und der schwitzende Rune sah ihn abwesend an. „Ich … ich habe geträumt", langsam kam er zur Besinnung. „Odin sprach zu mir!"

Er wischte sich den Schweiß aus dem Gesicht und lehnte sich wieder gegen den Stamm. „Der Allvater ist erzürnt, denn ich habe seinen Willen noch nicht erfüllt."

„Du glaubst immer noch fest daran?" Thorbart schüttelte ungläubig seinen Kopf.

„Natürlich tue ich das! Es ist Odins Wille, und es ist mein Schicksal!"

Thorbart legte einige Äste auf das Feuer, ließ sich gegen den Stamm fallen, schloss seine Augen und döste vor sich hin. Plötzlich hob er seinen Kopf. „So oft ich auch darüber nachdenke, ich verstehe es nicht. Also sage es mir! Warum hast du dich so schnell geschlagen gegeben, als Björn dir deine Familie nahm? Hättest du nicht um Sigruns Liebe kämpfen müssen?"

Langsam wandte sich Rune dem Mann zu, auf dessen Gesicht das Licht der Flammen tanzte. Zwar war ihm diese Frage unangenehm, aber Thorbart war ihm ein treuer Freund geworden, so konnte er diesem nicht böse sein. Er starrte in die Flammen und überlegte einen Augenblick, um seine Worte zu wählen. „Ich tötete ihren Vater! Es war zu erwarten, dass Sigrun mir diese Tat nicht verzeihen kann. Sollte ich mich um ein Weib schlagen, das ich längst verloren hatte?"

„Ich hätte wohl anderes von dir erwartet, aber ich gebe zu, es war eine kluge Entscheidung, mein Freund. Schließlich ist Björn des Tryggves Sohn." Thorbart schloss wieder seine Augen.

„Glaubst du, das hätte mich gehindert? Nein, sicher nicht! Odin hätte mich gestraft, denn auch ich war meinem Weib mehr als nur einmal untreu", sprach Rune plötzlich leise, und auf dem Gesicht des dunkelhaarigen Kriegers zeichnete sich ein Grinsen ab. Langsam öffnete er ein Auge und linste zu dem Skalden hinüber. „Dem Odin wäre es sicher gleich gewesen, aber das, mein Freund, hätte dir die Sigrun bestimmt übel genommen. Sie war schon immer ein besitzergreifendes Weib."

Nun war Thorbarts Neugier allerdings geweckt, er richtete sich wieder auf und fragte: „Wer war sie? Oder soll ich fragen, wer ist sie?"

Nun musste auch Rune grinsen. „Es gab da schon einige … aber eine ist etwas Besonderes für mich. Ihr Name ist Thurid! Sie ist ein schönes, junges Weib und lebt in einer Hütte im Grenzland zum Reich der Schweden."

Im roten, flackernden Licht der tanzenden Flammen erfuhr Thorbart von der schönen Völva und von der Zeit in der Rune ihre Gastfreundschaft genossen hatte.

„Eine junge Völva", staunte Thorbart nicht schlecht. „Und, willst du sie wiedersehen?"

„Das ist mein Wunsch, und ich glaube, es ist sogar der Wunsch der Freya, dass ich Thurid wiedersehe."

„Warum soll es der Freya daran gelegen sein, dass du diese Völva wiedersiehst? Ich glaube, den Göttern ist es einerlei, was wir Menschen hier in Midgard treiben", sprach der einstige Hauptmann voller Überzeugung.

„Was bist du doch für ein ungläubiger Tropf, und doch schenken die Götter dir ihr Heil, mein Freund", grinste der Skalde, lehnte sich wieder gegen den Stamm und schloss seine Augen.

„Dann willst du die Sigrun also gar nicht zurück?" Thorbart schien ein wenig enttäuscht zu sein.

„Nein, ich will sie nicht! Soll Björn mit ihr glücklich werden, denn mich zieht es zu der Thurid. Doch es wird nicht ohne Probleme sein, das Weib wiederzusehen."

Mit fragendem Blick sah der große Gefährte den Sachsen an. „Das verstehe ich nicht, wo ist das Problem?"

„Das Problem heißt Uwulfur Eisenschädel, und er ist der Häuptling der Siedlung, in der Thurid lebt", erklärte Rune seine Bedenken. „Sicher würde es ihm größte Freude bereiten, mich zu töten. Ich schlug seine Gastfreundschaft aus und tötete auch einen seiner Männer, um aus seiner Hofburg zu fliehen. Mich würde es nicht wundern, würde der Kerl nach mir suchen!"

Thorbart begann zu lachen. „Mein Freund, es ist dir, wie mir scheint, ein Leichtes, immer wieder neue Feinde zu finden." Nachdem sich der große Mann beruhigt hatte, sprach er: „Das dürfte eine Rückkehr in das weiche Bett des Weibes allerdings wirklich erschweren. Wenn es dieser Eisenschädel auf dich abgesehen hat, wäre ein Besuch in seiner Siedlung mehr als riskant!"

„Ich würde die Gefahr nicht scheuen, sollte ich so das Herz der Thurid gewinnen", sprach Rune fest entschlossen. „Und wir würden sicher einen Platz finden, an dem wir sorglos leben könnten."

„Du bist ein guter Skalde, mein Freund. Suche dir einen Jarl oder gar einen König, an dessen Hof du deine Kunst zum Besten geben kannst. So bist du versorgt und in Sicherheit", grinste Thorbart. Da zog Rune seine Achseln hoch. „Wir werden sehen, wohin mich die Nornen führen und welches Schicksal sie für mich erdacht haben. Und nun lass uns noch ein wenig ruhen, bald geht die Sonne auf."

*

Der hinkende Björn lag rücklings im Staub, und aus seinem Leib ragte der Speer, den Gunnar ihm entgegen geschleudert hatte. Zuerst hatten sie ihn in ihrer Schadenfreude über den Rückzug der Wikinger gar nicht beachtet, doch nun erkannten sie voller Entsetzen, was mit Björn geschehen war.

„Seht nur, Björn hat es erwischt!", rief Thoralf und eilte zu seinem niedergestreckten Bruder. Bis auf Thoke, dem Asta die Wunde seines verlustierten Ohres versorgte, sowie dem einen Sohn des Nachbarn, dem ein Schwerthieb eine tiefe Fleischwunde beigebracht hatte, folgten alle dem jüngsten von Tryggves Söhnen. Egil und Thoralf knieten bereits neben dem Todgeweihten, als Tryggve, Sigrun und die anderen diesen erreichten. Nur noch wenig Leben war in dem Mann, und sein Versuch zu sprechen blieb ein solcher. Egil hob seinen Kopf, sah seinen Vater an und sagte leise: „Er begibt sich nun auf den Weg, um an Odins Tafel zu speisen."

Dann erhob er sich.

„Wir müssen an den Strand", rief er wütend, „sie können noch nicht fort sein!"

Doch Tryggve hielt seinen Sohn bei der Schulter. „Warte, Egil! Ich will nicht noch mehr Söhne verlieren an diesem Tag. Der Feind zieht sich zurück, danke den Göttern!"

„Aber Tryggve … er … er ist dein Sohn. Wir müssen seinen Tod rächen", sprach der Nachbar und schien ein wenig erzürnt über die Entscheidung des Schiffsbauers.

„Nein! Heute ist genug Blut geflossen. Wir lassen sie ziehen", sprach Tryggve mit fester Stimme. „Wenn die Götter es wollen, werden wir eines Tages die Gelegenheit für unsere Rache bekommen."

Stumm stand Sigrun vor ihrem Gemahl, doch sie beugte sich nicht nieder, weinte nicht, sah nur stumm und regungslos hinab auf den Mann, der in einer großen Lache seines Blutes lag und im Arm seines jüngeren Bruders sein Leben aushauchte.

„Ich werde an den Strand gehen und Björns Mörder töten", rief Egil erzürnt aus und wandte sich dann der Sigrun zu.

„Was sagst du, Schildmaid, wirst du mir folgen, um den Tod deines Mannes zu rächen?"

Das Zögern der Jarlstochter aus Frigghavn steigerte den Zorn des ältesten der Tryggve-Söhne noch mehr.

„Ich sehe keine Tränen, Sigrun! Mir scheint, der Tod
meines Bruders kommt dir nicht ungelegen", keifte er das
Weib wütend an, da aber mischte sich Tryggve ein.
„Schweig, Egil! Ich bin immer noch das Oberhaupt dieser
Sippe, und ich sage, was zu geschehen hat", sprach er ruhig,
aber doch drohend. „Und ich sagte, wir lassen sie ziehen.
Außerdem erlaube ich es nicht, dass du so mit Sigrun
sprichst!"
Wütend zog sich Egil zurück und schwor, den Hof seines
Vaters baldmöglichst zu verlassen.
„Was tust du, Vater? Björn ist tot!", rief nun Thoralf
entsetzt. „Egil hat recht!"
„Es ist genug, Thoralf! Kein Wort mehr! Sorge dafür, dass
dein Bruder nicht im Dreck liegt, sofort!" Tryggve war nun
sichtlich erbost, wandte sich um und ging zum Haus.

Noch am Abend rief der Schiffsbauer seine Sippe in das
Langhaus, denn er hatte bestimmt, dass am nächsten Tag die
Toten auf die Reise nach Walhalla geschickt würden. So
hatten die Knechte damit begonnen, einen Scheiterhaufen zu
errichten.
Wütend hatte sich Egil erhoben, und er wagte sich sogar,
dem Vater heftige Vorwürfe zu machen. „Du hast die
Mörder deines Sohnes ziehen lassen! Die Götter werden uns
unser Heil nehmen, wenn nicht Schlimmeres", keifte er in
höchster Erregung und wandte sich dann der Sigrun zu.
„Und du, du bist nicht weniger schuld an Björns Tod!
Vielleicht kommt er dir gar gelegen?"
„Was erlaubst du dir, Egil, hüte deine Zunge, bevor ich sie
dir aus dem Maul schneide", erwiderte Sigrun erbost. „Du
selbst hast mit eigenen Ohren gehört, dass dein Bruder mir
Gewalt androhte. Und nun forderst du von mir, Trauer zu
heucheln? Björn war kein liebevoller Ehemann, wie er es

mir versprochen hatte. Es war der Hof, den er wollte, nicht ich. Björn war ein Schwein!"

Wütend zog Egil sein Schwert. „Schildmaid, fordere nicht dein Glück heraus!"

Ehe Sigrun Gleiches tun konnte, trat Thoke neben sie und hielt ihre Hand fest im Griff. „Tue es nicht, Sigrun", sprach er ruhig und sah dann seinen Bruder herausfordernd an.

„Er widersetzte sich dem Befehl unseres Vaters, die Fremden ziehen zu lassen, indem er ihnen folgte. Er hat den Tod gesucht, und er fand ihn! Fort mit der Klinge, Bruder!"

„Egil, stecke das Schwert zurück und setz dich wieder hin", befahl Tryggve böse und forderte Ruhe ein.

„Björn hat mit seinen Taten die Götter erzürnt", sprach Tryggve nun mit ruhiger Stimme, und sein Gesicht war seltsam fahl und stumpf. „Er nahm einem anderen das Weib, darum haben sie ihr Heil von ihm genommen, und doch erwiesen sie ihm die Ehre, im Kampf zu sterben."

„Er nahm einem anderen sein Weib? Es war die Sigrun, die ihm schöne Augen machte und ihn auf ihr Schlaflager lockte, wie eine Hure es tut. Dir ist dieser Skalde wohl mehr wert als dein Sohn?", empörte sich Egil.

„Ist es dir egal, dass dein Sohn nun unter den Toten weilt?", rief Thoralf entsetzt.

„Rede nicht dumm daher, Thoralf. Es schmerzt mich und zerschneidet mir das Herz, doch es ist der Wille der Götter, und kein Sterblicher kann sich den Göttern widersetzen!"

Da erhob sich Thoke, trat auf seine beiden Brüder zu und wandte sich mit seinen Worten zuerst an den jüngeren.

„Sage mir, Thoralf, woher kommt deine plötzliche Liebe zu Björn?" Thoke sah ihn streng an. „Und du, Egil, behaupte nicht, dass dir Björn je ein guter Bruder war. Er war ein Scheusal, und das nicht erst, seit er ein Krüppel wurde. Björn hatte nichts mit uns gemein, und ich glaube auch, dass er der Sigrun nur wegen des Hofes nachstellte. Ich weiß, dass er schon lange ein Auge auf Ingves Hof geworfen hatte."

„Ich bin der Älteste, und mir hätte der Hof zugestanden", beschwerte sich nun Egil, und Thoke begann zu grinsen.

„Wer aber von euch beiden bekam letztendlich den Hof?" Mit leerem Blick starrte Egil seinen Bruder an, und nun überkam ihn das Gefühl, überrumpelt worden zu sein.

„Thoke, du wusstest das? Ihr alle wusstet, dass Björn nur den Hof wollte?" Enttäuscht sah Sigrun den Sohn des Tryggve an, von dem sie bisher geglaubt hatte, er sei ihr freundschaftlich verbunden gewesen.

„Hättest du auf uns gehört, wenn wir dich vor Björn gewarnt hätten?", fragte nun Thokes Weib Una. „War es nicht dein Zorn auf Rune, der dich in Björns Arme trieb?" Sigrun senkte ihren Blick, und nach einer Weile des Schweigens sprach sie enttäuscht: „Mein Gemahl ist tot, und darum habe ich mich entschieden, in meine Heimat, den großen Fjord von Vestfold, zurückzukehren. Dort steht der Hof meines Vaters, der nun der meine sein wird!"

„Du willst uns verlassen?", erstaunt sah Tryggve die Sigrun an. „Das musst du nicht, denn du gehörst zu meiner Sippe." Die Tochter des Jarls schüttelte entschieden ihren Kopf. „Oh nein, Tryggve, du weißt so gut wie ich, dass die Vermählung mit deinem Sohn ein Fehler war. Auch ich bin es, die nun von den Göttern dafür gestraft wurde!"

Da trat Thoke neben die Sigrun, lächelte freundlich und sprach: „Wenn es dein Wunsch ist, so werde ich dich mit dem Schiff in deine Heimat bringen."

„Dafür danke ich dir, Thoke. Ja, das ist mein Wunsch!" Dann wandte sie sich dem Egil zu. „Um des Friedens Willen, schlage ich dir vor: Du kannst den Hof kaufen, wenn du das wünschst."

Erstaunt sah der älteste der Tryggves-Söhne die Schildmaid an.

„Du sagtest, du wolltest den Hof besitzen, und ich bin bereit, ihn dir zu geben. Sicher werden wir uns einigen! Aber es muss schnell geschehen", fügte das Weib hinzu. „Ich werde es mir überlegen", nickte Egil der Sigrun zu. „Aber überlege nicht zu lang, ich werde mit den Reisevorbereitungen sofort beginnen."

Tryggve Egilsson zeigte sich bereit, seinem Sohn die benötigte Summe zur Verfügung zu stellen, denn so konnte er sicher sein, dass keiner seiner drei verbliebenen Söhne seine Sippe verlassen würde. Thoke besaß ja bereits einen eigenen Hof, und nun würde Egil den Hof der Sigrun bekommen. Sein jüngster Sohn Thoralf könnte somit auf dem Hof des Vaters bleiben und diesen einmal von Tryggve übernehmen.

Die Stimmung beim Abendmahl in der Halle des Hauses war sehr gedrückt, nicht so ausgelassen, wie es sonst im Haus des Tryggve üblich gewesen war. Obwohl man den Angriff der fremden Krieger abgewehrt hatte, wiegte doch der Tod des Björn so schwer, dass den Männern sogar der Durst verging.

Tags darauf brannte auf dem Platz vor dem Langhaus der Scheiterhaufen, und als das Feuer erloschen war, begab sich Sigrun auf den Weg nach Hause. Sie wollte den Kindern ihren Entschluss mitteilen und damit beginnen, ihren Besitz zu packen. Thokes Knecht würde in zwei Tagen mit einem Karren auf dem Hof erscheinen, um das Weib und die Kinder an den Strand zu holen.

Doch schon am folgenden Abend erschien Egil auf Ingves Hof. Wenig freundlich trat er der Frau, die für kurze Zeit seine Schwägerin war, gegenüber, zog einen kleinen Lederbeutel unter seinem Kirtel hervor und reichte diesen der Sigrun.

„Dies ist genau die Summe, die Rune meinem Vater für den Hof gezahlt hat. Mehr werde ich dir nicht geben", sprach er streng.

„Willst du mir die Arbeit nicht bezahlen, die ich in den Hof steckte? Und das Vieh? Was ist mit dem Vieh?", fragte Sigrun und war bereits ein wenig erzürnt über die Dreistigkeit des Egil.

„Bist du taub, Weib? Ich sagte doch, mehr will ich dir nicht geben! Nimm es oder lass es! Du kannst den Hof ja nicht mit dir nehmen!" Er begann hämisch zu grinsen, und es zeigte sich, dass Egil nicht besser zu sein schien als sein Bruder Björn.

„Nun gut, ich bin einverstanden", willigte die Schildmaid zähneknirschend in den Handel ein und nahm den Beutel an sich. „Sobald ich den Hof verlassen habe, gehört er dir. Aber ich rate dir, Egil, komm nicht eher hierher, es könnte dir schlecht bekommen!"

Laut lachend bestieg der Sohn des Tryggve sein Pferd und verließ den Hof.

Schon früh am Morgen hatte Thoke seinen Knechten befohlen, die Habseligkeiten sowie das Vieh der Sigrun auf das Schiff zu verladen. Sigrun hatte dem Egil nicht ihr Vieh gelassen, und auch den Knecht und die Magd wollte sie mit sich nach Frigghavn nehmen. Die Schildmaid und ihre Kinder hatten auf dem Hof des Tryggve-Sohnes und dessen Weib Una genächtigt, so dass sie schon früh in See stechen konnten. Es war kühl, als sie zum Strand gingen, zu kühl für diese Jahreszeit, und graue Wolken kündigten Regen an. Es schien, als hätten die warmen Sommertage plötzlich ein jähes Ende gefunden.

Groß war die Freude der Sigrun, als sie auf dem Strand den Tryggve und sein Weib Asta erblickte. Und ergreifend war der Abschied, denn besonders die Asta weinte bittere

Tränen, als sie sich von dem Knaben Thorune verabschiedete. Bald schon pflügte der Kiel des Schiffes durch die See, und der Schiffsbauer Tryggve sowie die beiden Frauen Asta und Una blieben am Strand zurück.

*

Graue Wolken zogen über den Himmel, als Rune und Thorbart den Hof des Tryggve Egilsson erreichten. Es war zur Mittagszeit, und der Hof war menschenleer, als sie ihre Pferde vor dem Langhaus zügelten.

„Tryggve Egilsson!", rief Rune laut, und bald darauf wurde die Tür geöffnet.

„Rune, der Schmied! Was willst du schon wieder hier?" Es war Thoralf, der ins Freie trat. „Verschwinde, du hast unserer Sippe genug Ärger gebracht!"

„Ich fürchte, wir kommen zu spät", mutmaßte Thorbart, und Rune nickte.

„Warum so unfreundlich, Thoralf? Wo ist dein Vater?", fragte nun Thorbart den jüngsten Sohn des Schiffsbauers.

„Ich wüsste nicht, was euch das angeht?", sprach Thoralf frech. Da aber wurde Thorbart böse. „Hör zu, Bürschchen, wenn du nicht willst, dass ich dir deine Ohren langziehe, solltest du ein wenig freundlicher sein!"

„Das dürfte dir aber schlecht bekommen, Norweger!" Thoralf zog seine Axt aus dem Gürtel und war tatsächlich bereit, dem großen Krieger mit Gewalt entgegenzutreten. Doch Rune versuchte Schlimmeres zu verhindern. „Komm, lass den jungen Hund bellen. Ich denke, wir finden Tryggve am Bootshaus!" Der große Krieger aber schüttelte seinen Kopf, nahm seine langstielige Bartaxt vom Sattel und trat auf den jungen Thoralf zu. Wütend schrie der Sohn des Schiffsbauers auf und stürzte sich dem Thorbart entgegen. Und dieser machte einen kleinen Schritt zur Seite und eine flinke Wendung, angelte mit dem Bart des Axtblattes nach dem Fußgelenk des Angreifers, und dieser fiel mit schmerzverzerrtem Gesicht zu Boden.

Einen Wimpernschlag später schlug die große Axt zwei Fingerbreit neben dem Kopf in die Erde. „Ist es das, was du willst, junger Thoralf?" Mit grimmiger Miene sah er den Bauern an, dann zog er die Axt aus dem Boden und trat zu seinem Pferd. Rune grinste und schüttelte belustigt seinen Kopf.

Die beiden Männer wandten sich ab, bestiegen ihre Pferde und verließen den Hof.

Sowie Rune es vermutet hatte, arbeitete der Schiffsbauer im Bootshaus, doch die Verwunderung der beiden Ankömmlinge war groß, denn lediglich zwei Knechte halfen dem Tryggve bei der Arbeit. Keiner seiner Söhne war zu sehen.

Als Tryggve die Reiter sah, die sich über den Strand näherten, schlug er seine Axt in den Stamm und trat ihnen entgegen. Sein Gesicht erhellte sich, als er die beiden Männer erkannte. „Rune! Thorbart! Was führt euch so schnell wieder hierher?"

„Wir kommen, da Gefahr droht, vor der wir dich warnen müssen", sprach Rune und sprang aus dem Sattel.

Die Männer begrüßten sich herzlich und reichten sich die Hände. Auch Thorbart war vom Pferd gestiegen und grüßte Tryggve, doch im Gegensatz zu Rune sprach er zornig: „Du solltest besser auf deinen Sohn Thoralf achten. Er war wenig freundlich und griff mich mit der Axt an!"

Entsetzt starrte der Schiffsbauer den großen Norweger an, doch Rune erkannte sofort dessen Sorge. „Sei unbesorgt, es geht ihm gut!"

„Thorbart, mein Freund, du musst verzeihen, denn nach den Ereignissen, die über uns hereinbrachen, ist er nicht gut auf euch zu sprechen", versuchte Tryggve die Unbeherrschtheit seines Sohnes zu entschuldigen. „Ich denke, eure Warnung kommt zu spät!"

„Was ist geschehen?" Rune befürchtete das Schlimmste.

„Ein Schiff landete an unserem Strand, und bald darauf kam ein Kerl in mein Haus. Ein Rotbart mit Namen Gunnar! Dreist und frech!"

„Styrbjörn Arnarsson und seine Sklavenfänger", mutmaßte Thorbart, und Tryggve nickte zustimmend. „Er verlangte zu erfahren, wo ihr euch aufhaltet, und als er die Sigrun erblickte, verlangte er ihre Auslieferung. Sie sei sein Eigentum! Doch Thoke hatte die Ankunft des Feindes schon früh entdeckt, so konnten wir uns wappnen und den Feind vertreiben!"

„Ihr habt sie also geschlagen?" Überrascht sah Rune den Schiffsbauer an, und er konnte kaum glauben, was er hörte. Ein Bauer und seine Sippe sollten es tatsächlich vollbracht haben, die Wikinger des Styrbjörn in die Flucht geschlagen zu haben?

„Ja, wir waren ihnen im Kampf überlegen, und sie haben uns unterschätzt. So blieb ihnen nur, abzuziehen, denn der Tod mehrerer Krieger hätte ihnen die Besatzung für ihr Schiff genommen", sprach Tryggve nicht ohne Stolz.

„Odin sei gedankt! Dann steht ja alles zum Besten. So kann ich meinen Kindern noch einen Besuch abstatten, bevor wir uns wieder auf den Weg machen", lachte Rune erfreut, doch das Gesicht des Tryggve zeigte wenig Freude.

„Ich glaube, so einfach ist es nicht", ahnte Thorbart nun Schlechtes.

„Sigrun weilt nicht mehr auf Ingves Hof! Sie und die Kinder befinden sich auf dem Weg in den Vestfoldgau, zurück auf den Hof ihres Vaters", sprach Tryggve. „Meinen Sohn Björn riefen die Götter nach Walhalla!"

Erstaunt sahen die beiden Männer den freundlichen Bauern an. „Björn ist tot?", fragte Thorbart.

„Dieser Gunnar tötete ihn im Kampf", nickte der Egilsson. Da trat Thorbart vor den Tryggve, legte ihm seine Hand auf die Schulter und sprach: „Mein Freund, auch ich habe mit Gunnar noch eine Rechnung offen. Und ich verspreche dir, der Tod deines Sohnes wird gerächt werden!"

Da dankte der Schiffsbauer dem großen Krieger, doch seine Gastfreundschaft bot er den Männern nicht an. Und so entschieden sie sich, noch am selben Tag die Reise fortzusetzen.

*

7

Kindesraub

Das Gewissen der jungen Völva Thurid hatte sehr unter der Erkenntnis gelitten, den rachsüchtigen Häuptling der kleinen Siedlung auf die Spur des Skalden geführt zu haben. Denn es war ihr gewahr geworden, dass der Mann aus dem Saxland, den Uwulfur suchte, nur jener sein konnte, mit dem sie ihr Schlaflager geteilt hatte, und der ihr nicht gleichgültig war.

Als fast zwei Monde später Uwulfur Eisenschädel und seine Krieger in die Siedlung zurückkehrten, ließ Thurid keine Zeit verstreichen, um in Erfahrung zu bringen, was geschehen war, und sie dankte den Göttern, denn der Häuptling konnte des Skalden nicht habhaft werden. Zwar hatte er einige Gefangene mit sich gebracht, doch Rune schien weiterhin Odins Schutz zu genießen.

Die Schildhalle der Hofburg am Fuß der Berge war gut gefüllt, als Uwulfur den Bewohnern der Siedlung seine Beute vorführte. Schon die Kleidung der Gefangenen ließ erahnen, dass dies keine gewöhnlichen Bauernkinder waren.

„Zwei Monde wart ihr fort, und diese drei Kinder und das Weib sind alles, was du erbeutet hast, Uwulfur?", fragte einer der älteren Männer, der Bedda, der Gesippe des Häuptlings war und sich daher wagte, dem Anführer mit offenen Worten entgegen zu treten. „Ich sehe kein Gold und auch kein Silber. Und wo ist der Mörder, den du fangen wolltest?"

„Der Schein trügt, Bedda, denn diese hier sind sicher eine Menge Gold und Silber wert", grinste der Häuptling seinen Gesippen an. „Es sind die Kinder eines Jarls namens Vagn Grimsson, die mir in die Hände fielen, und dieser wird ordentlich bluten müssen, will er seine Brut lebend wiedersehen!"

Erbost sah der alte Mann, der ein Vaterbruder des Uwulfur war, diesen an. „Hast du den Verstand verloren, Neffe? Du nimmst die Kinder eines Jarls als Geiseln?"

„Sie liefen uns geradewegs in die Hände. Es kostete kaum Mühe, die wenigen Krieger niederzumachen, die sie zu schützen versuchten. Sollten wir so ein Göttergeschenk etwa verschmähen, du alter Uhu?"

„Dies scheint mir eher das Geschenk des Loki für einen Narren zu sein", beschwerte sich der Alte. „Dieser Jarl wird nach seinen Kindern suchen, und statt Gold und Silber wird er uns Feuer und den Tod bringen!"

Uwulfur winkte mit beiden Händen ab, trat neben eines der gefangenen Kinder, fasste dem Mädchen, das nicht älter als zwölf Sommer und Winter zu sein schien, in ihr blondes Haar und sprach ruhig: „Du warst einmal ein mutiger Krieger, Bedda, doch heute bist du nur noch ein feiger, alter Mann, der darauf wartet, den Strohtod zu sterben. Sollte dieser Jarl Dummheiten riskieren, schicke ich ihm seine Kinder stückchenweise in sein Haus!"

Da trat Thurid aus der Menge und ging auf die Gefangenen zu. Vor der Sklavin blieb sie stehen und betrachtete das Kleid, welches vom Schoß an mit Blut beschmutzt war. Sie ergriff das Kleid und zog es ein wenig hoch, so dass sie die Füße der Frau betrachten konnte. Diese waren ebenfalls mit Blut beschmutzt, und das Weib stand bereits in einer kleinen Lache. Dicke Schweißtropfen standen dem Weib auf der Stirn, und Thurid erkannte sofort, dass sie mit ihren Kräften am Ende war. „Was ist mit diesem Weib geschehen, Uwulfur?", fragte sie streng. „Sie wird sterben, wenn ich ihr nicht helfe!"

„Na und, sie ist nur eine Sklavin! Nur die Kinder sind von Wert!", entgegnete der Häuptling gleichgültig. „Kümmere dich um deine Angelegenheiten, Völva!"

„Ich heile, so ist es meine Angelegenheit, Uwulfur."

„Eine tote Sklavin ist nichts wert, Neffe", meldete sich Bedda wieder zu Wort. „Du weißt nicht, wie viel dem fremden Jarl an ihr gelegen ist. Sie wacht schließlich über seine Kinder!"

Der Häuptling kratzte sich verärgert den Bart, gab aber doch nach. „Bringt sie in das Gesindehaus, damit die Völva sie heilen kann. Ich will nicht, dass die Götter über mich zürnen, weil die Völva mich verflucht!"

Sofort wurde die Sklavin aus der Halle geführt, und Thurid folgte ihr.

„Und nun lasst uns darüber beraten, wie hoch das Lösegeld sein soll, damit ich einen Boten zu diesem Jarl schicken kann."

„Sage mir, Völva, werde ich leben?" fragte das Weib mit Tränen in den Augen. „Ich habe keine Angst, in das Reich der Göttin Hel einzukehren, doch was wird aus den Kindern, wenn ich fort bin?" Thurid hatte sich mit eigenen Augen von den Verletzungen überzeugt, die immer wieder zu bluten begannen und die der Sklavin ihre Kraft raubten. Sofort hatte sie erkannt, was dem Weib widerfahren war, und auf welche Art die Kerle ihr beigekommen waren. Die Wunden wollten nicht heilen, und so verlor sie immer wieder Blut.

„Uwulfur ist ein übles Schwein", fluchte sie leise. „Ich werde tun, was in meiner Macht steht. Doch entscheiden werden die Götter!"

„Ich bitte dich, befrage die Götter, damit ich weiß, ob ich ohne Sorge sterben kann", bat die Sklavin, und Thurid nickte. Mit Salben und sauberen Tüchern versorgte Thurid

die Wunden zwischen den Beinen des Weibes. Ein Trank sollte die Blutung stillen und für heilenden Schlaf sorgen, während Thurid sich zurückzog, um die Götter zu befragen. Die Flammen züngelten empor, und die trockenen Blätter, die die Völva in das Feuer legte, qualmten stark und verbreiteten einen süßlichen, berauschenden Duft. Der nackte, von Schweiß glänzende Körper wiegte sich leicht wie Äste im Wind. Verwirrend waren die Visionen, die sie im Rausch erblickte. Brennende Häuser, kämpfende Krieger, schreiende Weiber und Kinder. Des Uwulfurs Gesicht, als hässliche Fratze mit toten Augen über dem blutbeschmierten Leib eines Weibes.
Die Gesichter der Sklavin und der gefangenen Kinder … und immer wieder das Antlitz des Skalden Rune. Die Götter erlaubten ihr einen kleinen Blick in die Zukunft, doch blieb ihr der Sinn der Bilder, die sich vor ihrem inneren Auge abspielten, noch verborgen. Warum das Gesicht des Rune?

Schon am nächsten Tag machte sich der Bote des Häuptlings auf den Weg in den Süden. Er sollte den Hof des Jarls Vagn suchen und die Forderung des Uwulfur überbringen. Die Kinder blieben derweil unter Bewachung im Haus des Häuptlings, der, auf Druck des alten Bedda befohlen hatte, dass es ihnen an nichts fehlen sollte.
Der Thurid hatte er gestattet, die Sklavin mit sich in ihre Hütte zu nehmen, damit diese das Weib gesundpflegen konnte. Er rechnete nicht mit einem Fluchtversuch der Sklavin ohne die Kinder, und außerdem war sie ihm sowieso nicht so viel wert.
Die Visionen hatten der Thurid nicht gezeigt, dass die Sklavin leben würde, doch dies waren die Worte, die das Weib hören sollte, damit die von der Völva verabreichten Salben und Tränke ihre Wirkung nicht verfehlen würden.
An jedem Tag kam morgens und abends ein Krieger zur

Hütte der Völva, um sich zu vergewissern, dass die Sklavin nicht geflohen war.

„Uwulfur will wissen, wann die Sklavin genesen ist, damit ich sie mit mir nehmen kann?", war die immer wiederkehrende Frage des Mannes, die die Thurid listig abzuwiegeln wusste. Doch auch die Sklavin begann die Thurid zu bedrängen.

„Wann lässt du mich zu den Kindern?", fragte das Weib nun immer wieder, denn ihre Angst um die ihr anvertrauten Kinder des Jarls war groß.

„Wünsche dir nicht, ins Haus des Uwulfur zu gehen", warnte Thurid. „Hier bist du sicher und dir wird kein Leid geschehen. Unter dem Dach des Häuptlings aber war noch nie ein Weib sicher. Eine Unfreie schon gar nicht!"

„Aber die Kinder … ich muss auf die Kinder …!"

„Sorge dich nicht, den Kindern wird es gut ergehen, denn sie sind tot für ihn nicht von Wert. Deine Gesundheit ist nun wichtiger, damit du die Kinder heimführen kannst", versuchte die Völva, die Amme der Kinder zu überzeugen.

„Sollte dir jetzt ein Mann beiwohnen, wären meine Heilkunst und alle Bemühungen umsonst, und du würdest am Verlust deines Blutes sterben!"

Das Weib aber hörte nicht auf die warnenden Worte der Völva, und so sprach sie an einem Tag zu dem Krieger:

„Höre, Krieger, es geht mir gut und ich bin bereit dir zu folgen. Die Götter werden mich strafen, wenn ich meine Aufgabe vernachlässige!"

„Hast du meine Worte nicht verstanden?" Thurid schüttelte ungläubig und verärgert ihren Kopf. Doch dies waren die Worte, auf die der Krieger gewartet hatte, denn der Häuptling war längst ungeduldig geworden. So nahm er die Sklavin mit sich.

*

„Du willst mich wirklich nicht nach Haithabu begleiten, Rune?", vergewisserte sich Thorbart noch einmal über die Absichten des Skalden, und dieser schüttelte seinen Kopf. „Nein, Thorbart, mich zieht es nach Norden. Du weißt ja, warum." Er grinste frech „Außerdem wird es für mich Zeit, einen Jarl zu finden, der die Kunst eines Skalden zu schätzen weiß. Meine Geldkatze ist leer und muss gefüllt werden, so dass ich den Winter im Haus der Thurid verbringen kann."

„Wenn dies dein Plan ist, bitte ich dich, vorsichtig zu sein, und dich vor diesem schwedischen Häuptling in acht zu nehmen." Thorbart machte sich wirklich Sorgen um seinen Freund, doch diesem erging es ähnlich. „Und du denke daran, dass dir dieser Styrbjörn nicht in die Quere kommt", warnte er.

„Ach was, dieser Sklavenhändler ist mir gleich. Doch sein Handlanger, dieser Gunnar, wird es noch mit mir zu tun bekommen. Das versprach ich ihm!"

Noch einmal umarmten sich die beiden Männer, dann bestiegen sie ihre Pferde und machten sich auf den Weg. Thorbart lenkte sein Pferd nach Süden, denn sein Ziel war der südlichste Zipfel von Götaland, wo er im Hafen von Trelleborg ein Schiff nach Haithabu besteigen wollte. Rune trieb Thoki nach Norden, denn sein Ziel waren die Gaue von Vingulmark, wo er endlich wieder die Gunst der reichen Jarls erringen wollte. So wählte er den Weg an der Küste entlang und nach einem Tagesritt erreichte er ein kleines Gehöft. Da sich der Tag dem Abend zuwandte, beschloss Rune, hier um Quartier zu bitten.

Der Bauer arbeitete auf seinem Hof, war damit beschäftigt, das Gatter der Schweinesuhle zu reparieren. Rune zügelte

Thoki und stieg ab. „Einen guten Tag wünsche ich dir",
grüßte er den Mann, der nicht viel älter war als er selbst.
„Sag mir, wo bin ich hier?"

„Dies ist das Land des Jarl Vagn", antwortete der Bauer,
erhob sich und sah Rune herausfordernd an. „Und wer bist
du?"

„Ich bin ein reisender Skalde, mein Name ist Rune, und ein
Quartier für die Nacht wäre mir angenehm."

„Ich bin Ole, und dies ist mein Hof. Wenn du zahlen
kannst, werde ich dir gestatten, in meinem Haus zu
übernachten", bot der Bauer dem Reisenden an.

„Nun, ich habe zwar nicht viel, aber ich denke, etwas kann
ich dir geben für ein Dach über dem Kopf und ein Mahl."

„Dann soll es so sein. Komm, wir gehen ins Haus."
Der Bauer legte den Hammer beiseite und schritt voraus.
Im Haus arbeitete ein Weib an einem Webrahmen, auf dem
Boden spielten zwei Knaben, die sicher nicht älter als drei
Winter waren, und auf einem Bett lag, in ein Fell gewickelt,
ein Säugling. „Dies sind mein Weib Helga und meine
Kinder", stellte Ole seine Familie vor. „Helga, dieser Mann
ist Rune. Er wird über Nacht unser Gast sein, also bereite
ihm ein Mahl!"
Der Blick des Weibes ließ Rune sofort erkennen, dass ihr
seine Anwesenheit nicht gefiel, doch Ole schien keine
Widerworte seines Weibes zu dulden. So schwieg sie.
Die beiden Männer nahmen am Tisch Platz, und Ole füllte
zwei Becher mit Bier.

„Dieser Jarl Vagn, ist er ein Mann, der der Dichtkunst
zugetan ist?", fragte Rune nachdem er den Becher von
seinem Mund abgesetzt hatte.

„Nun ja, er könnte vielleicht etwas Zerstreuung gebrauchen
in diesen Tagen. Ihm ist großes Unheil widerfahren."

Fragend sah Rune den Bauern an, und dieser zögerte nicht, von den Geschehnissen zu berichten. „Ihm wurden vor nicht allzu langer Zeit seine Kinder geraubt."

Rune runzelte seine Stirn.

„Es waren die Kinder seines ersten Weibes, das in Ranrike den Tod fand, wie man sich erzählt. So ließ er die Kinder zu sich holen, doch sie erreichten den Hof des Vagn nicht. Eine Horde Reiter soll die Kinder mit sich genommen haben."

„Das ist wahrlich ein großes Unglück! Ich werde diesen Jarl aufsuchen und versuchen, ihm Trost zu spenden", zeigte Rune Mitleid mit dem Vater. „Wo finde ich den Hof dieses Jarls?"

„Reite nach Norden, bis du den großen Wald erreichst. An einer Weggabelung führen ein Pfad in den Wald und einer am Rande des Waldes entlang. Folge dem Weg am Waldrand nach Westen, auf die Küste zu, und bald wirst du die Palisadenwehr der Rundburg des Jarls erblicken", erklärte Ole den Weg. „Die Siedlung ist von einer hohen Wehr umgeben, und der Giebel des großen Langhauses ist mit den Köpfen zweier Drachen geschmückt. Dies ist die Heimstatt des Jarl Vagn Grimsson!"

Zufrieden nahm Rune sein Mahl ein, und gesättigt legte er sich früh nieder, so dass er ausgeruht am folgenden Tag den Weg zu diesem Jarl einschlug.

Es war eine große Siedlung, die Rune vor sich erblickte, nachdem er aus dem Schatten der Bäume geritten war, mit einer Palisadenwehr und mehreren Türmen. Auch erkannte er das Dach mit dem Drachenkopfgiebel, das ihm der Bauer beschrieben hatte, und er sah den Strand mit den kleinen Fischerhütten, auf dem die Boote lagen und von dem aus ein breiter Steg in die Fluten ragte. Eine große Schnigge war daran fest vertäut.

Bald schon erreichte Rune das östliche Tor der Siedlung und trat vor den Mann, der dort als Wächter seinen Posten bezogen hatte. „Ich suche den Jarl Vagn Grimsson", sprach er freundlich und stieg von Thokis Rücken.

„Was willst du, Fremder?" Der Krieger hob seinen Schild und streckte Rune den Speer entgegen.

„Ich bin ein Skalde, und man nennt mich Rune. Ich komme, um dem Jarl meine Dienste anzubieten!"

„Ein Skalde bist du! Was soll der Jarl mit einem Skalden, er hat andere Sorgen?"

„Das solltest du besser deinen Jarl entscheiden lassen", rügte Rune den Mann.

„Was erlaubst du dir, Mann?" Der Ton und die Worte des Skalden gefielen dem Wächter keineswegs, doch wollte er das Risiko nicht eingehen, am Ende von seinem Herrn gescholten zu werden. So ließ er den Fremden passieren.

„Aber gut, dort, bei dem großen Langhaus, findest du den Jarl." Er rief einen Jungen heran, der gerade vorüber ging und gab ihm den Befehl, Rune zur Schildhalle zu geleiten. Der Knabe murrte zwar, da er wohl etwas Besseres zu tun hatte, doch wollte er auch keinen Ärger mit dem Krieger bekommen, so folgte er dem Befehl.

„Hier, den Fremden soll ich herbringen", sprach der Junge zu einem Krieger, der vor dem Eingang des großen Langhauses Wache stand, zeigte auf Rune und lief dann fort.

Noch bevor der Mann fragen konnte, sprach der Skalde: „Ich wünsche vor den Jarl geführt zu werden."

Der Mann zeigte auf einen liegenden Baumstamm. „Da setze dich hin und warte. Ich werde sehen, ob der Jarl bereit ist, dich zu empfangen!"

Es dauerte eine ganze Weile, bis der Krieger wieder erschien, und während Rune wartete, trat ein Weib vor den Skalden. „Dein Gesicht ist mir unbekannt. Wer bist du?"

„Man nennt mich Rune, den Skalden, und wie heißt du?"
„Ich bin Gudrun!", antwortete das Weib freundlich.
„Gudrun also! Bist wohl eine Magd im Haus des Jarls?",
lachte Rune das Weib an. Sie hatte schönes, rotes Haar, war
von schlanker Gestalt und nicht älter als der Skalde selbst.
Da lachte das Weib auf und verschwand hinter der Pforte
des großen Langhauses mit dem Drachengiebel.
Kurz darauf erschien endlich der Wächter und führte Rune
in die große Schildhalle, in der Jarl Vagn auf seinem
Hochstuhl saß und auf den Gast wartete. An seiner Seite saß
ein Weib, sicher um einige Sommer jünger als der Jarl. Es
war Gudrun, das Weib, welches Rune für eine Magd
gehalten hatte, und als der Skalde näher trat, begann sie zu
lachen. Auch das Weib trug nun Kleidung, die davon
zeugte, dass Jarl Vagn Grimsson nicht am Hungertuch
nagte. Neun Männer saßen an einem der Tische in der Nähe
des Jarls, die wohl allesamt Hauptmänner und Berater des
Anführers waren.
In Begleitung des Kriegers trat Rune vor den Jarl.
„Nun, wer bist du und was willst du von mir?", fragte der
Herr der Siedlung.
„Rune nennt man mich, und ein Skalde, das bin ich.
Vom Vestfoldstrand zum Götaland, auf Burg und Hof ich
bin bekannt. Die Zunge spitz, die Klinge scharf. Ein jeder
meiner Kunst bedarf", sprach Rune lächelnd und verbeugte
sich leicht.
„Ein Skalde bist du also", stellte der Jarl fest. „Woher
kommst du?"
„Ich bin von Geburt aus dem Saxland, doch nenne ich kein
Land meine Heimat. Ich bin ein freier Mann und reise von
einem Hof zum nächsten. Manchmal trete ich für eine Weile
in die Gefolgschaft eines Jarls und trage bald seine Saga
durch das Land."

„Und nun suchst du nach einem neuen Herrn, Skalde?",
fragte die junge Jarlsgattin, und Rune nickte. „Wohl eher
nach einem Schlaflager und einer sich immer wieder
füllenden Schüssel", sprach der Jarl ein wenig brummig,
und kleinlaut fügte er hinzu: „Verzeih mir meine Worte, ich
konnte nicht wissen ..." Doch die Jarlsgattin winkte ab und
lächelte. „Es hat mir doch Spaß bereitet, dich in die Irre zu
führen, Skalde."

„Wer sagt uns, dass der Kerl nicht einer dieser
Kinderräuber ist, der hier herumschnüffeln soll", unterbrach
einer der Männer die Gudrun und zog sofort sein Messer.
Die Hand des Skalden fuhr an den Griff seines Saxmessers,
doch beließ er es noch in der ledernen Scheide. „Langsam,
Freund! Ich weiß nicht, wovon du redest!"
Doch der Krieger war ein Hitzkopf und stürzte sich auf den
Skalden. Missachtete die Rufe des Jarls und hörte auch nicht
die Entsetzensschreie der Jarlsgattin. Rune aber wandte sich
geschickt zur Seite, und der Stich ging ins Leere. Er bekam
den Arm des Angreifers zu fassen, drehte sich, riss dem
Mann den Arm auf den Rücken und zog gleichzeitig seine
Klinge, die nun am Hals des stürmischen Kriegers lag. Der
Mann jaulte vor Schmerz kurz auf, denn ihm drohte der
Arm zu brechen.

„Schluss damit!", rief der Jarl wütend. „Siegbert, was soll
das? Gab ich dir den Befehl zu diesem Angriff? Und du, lass
ihn los!"

„Schwöre mir bei Odin, dass du deine Klinge ruhen lässt,
Mann", verlangte Rune streng, und der Krieger grummelte
zornig seine Zustimmung. Da löste Rune seinen Griff und
zog sein Messer zurück, um es in die Scheide zu stecken.

„Sage mir, Jarl Vagn, ist das eure Art, einem Fremden
Gastfreundschaft entgegenzubringen?"

„Nun hast du uns beides bewiesen: deine spitze Zunge und
auch deine scharfe Klinge, Skalde." Der Jarl erhob sich und

rief nach einer Magd. Als ein junges Weib die Halle betrat, gab er ihr den Befehl, für den Gast etwas zu Essen aufzutischen. „Du wirst dich stärken, Skalde. Dann werden wir sprechen!"

Rune bedankte sich und setzte sich auf den Platz, den ihm einer der Krieger zuwies. Während Rune die ihm dargebotenen Speisen aß, versammelten sich die Krieger um ihren Jarl und begannen sich mit diesem zu beraten. Bis auf zwei, die saßen am Tisch des Gastes.

„Komm", befahl einer der Krieger und führte Rune wieder vor den Hochstuhl. „Ich hoffe, den Gesetzen der Gastfreundschaft nun Genüge getan zu haben?" Der Skalde nickte.

„Und nun hör mir zu. Meine Krieger sind sehr aufgebracht, denn es ist mir ein großes Unheil widerfahren", begann der Jarl zu erzählen, und Rune hielt es für besser, zu verschweigen, dass er von dem Kindesraub bereits wusste.

„Es ist jetzt ein halber Mond vergangen, da wurden meine drei Kinder von einer Horde Kerle geraubt und verschleppt. Meinem Knecht, der die Kinder begleitete, ist die Flucht gelungen. So erfuhren wir von dem Überfall. Obwohl wir sofort die Verfolgung aufnahmen, sind uns die Dreckskerle entkommen. Und nun müssen wir auf Odins Wohlwollen hoffen und abwarten!"

„Wir hoffen, dass es keine Sklavenfänger waren, die die Kinder raubten", fügte die Jarlsgattin noch hinzu und brach dann in Tränen aus.

„Nun, ich bin weitgereist, und wenn ich dir helfen kann, so will ich das gerne tun", bot Rune seine Hilfe an und erntete von den Kriegern des Jarl Vagn Grimsson dafür Hohn und Spott. Bis auf einen, der schwieg und Rune aus zusammengekniffenen Augen ansah. Plötzlich erhob er sich und ergriff das Wort. „Du bist Sachse, sagst du. Aber du sprichst unsere Sprache, als seiest du ein Nordmann."

Rune nickte. „Es sind schon viele Winter vergangen, seit ich in den Norden kam."

„Auch ich bin schon viel herumgekommen, und ich hörte so manche Saga", sprach der Mann mit herausforderndem Ton in seiner Stimme, und nun wurde der Jarl neugierig und befahl den anderen Männern, endlich zu schweigen.

„Du musst wissen, dass Thorstein hier oft für mich auf Wiking fährt", erklärte der Jarl.

„So ist es, und wenn ich aus dem Westen heimkehre, verschlägt es mich oft in die Siedlungen von Hardanger oder Vestfold. Dort, in den nördlichen Gauen, erzählt man sich die Saga von einem Skalden."

Langsam trat er an den Gast heran. „Er soll dereinst als Sklave aus dem Saxland in das Land am Nordweg gekommen sein, und bald zeigte sich, dass er eine große Begabung für die Dichtkunst hatte. So blieb er nicht lange ein Sklave und wurde sogar der Schwiegersohn eines Jarls. Doch er war nicht nur der Skalde des Jarls, sondern hatte auch noch eine andere Begabung. Er tötete unliebsame Gegner dieses Jarls, und zwar auf unehrenhafte Weise, darum nannte man ihn bald den bösen Skalden. Kommt dir diese Saga vielleicht bekannt vor?"

Rune lächelte den Mann herausfordernd an. „Ja, ich hörte davon."

„Stell dich nicht dumm, Kerl", fauchte Thorstein, der keinen Zweifel daran hegte, wer dieser Gast war. „Du bist sehr geschickt im Umgang mit dem Messer, und bei Odin, Freyr und Thor, ich bin mir sicher, den bösen Skalden vor mir zu sehen!"

„Deine Einbildungskraft könnte dich zu einem guten Skalden machen, Thorstein", lachte Rune sein Gegenüber frech an.

„Rede nicht dumm daher! Was, wenn du nicht zufällig hierher gekommen bist, sondern jemand dir den Auftrag erteilte, Jarl Vagn zu meucheln? Vielleicht ist ja dieser Uwulfur Eisenschädel der Mann, der dir den Auftrag erteilte?"

„Was sagst du da?", wurde Rune beim Klang des Namens hellhörig.

„Vielleicht hat dich üblen Mordknecht ja ...", wiederholte Thorstein seinen Gedanken, doch Rune fuhr ihm über das Maul. „Nein, den Namen! Nenne mir den Namen!"

„Uwulfur Eisenschädel!", sprach Thorstein, und der Jarl fragte erstaunt. „Kennst du den Kerl?"

Da nickte der Skalde. „Ja, ich kenne diesen Hundsfott! Woher kennt ihr seinen Namen?"

„Dieser Kerl ist es, der die Kinder raubte", mischte sich nun die Jarlsgattin ein. „Was hast du mit dem Kerl zu schaffen?"

„Bist vielleicht doch mit ihnen im Bunde?", keifte der Krieger, der die Klinge von Runes Messer an der Kehle hatte, doch da fuhr ihn der Jarl an. „Halt dein Maul, Mann, und lass ihn sprechen!"

Vagn Grimsson stürzte auf Rune zu und packte ihn bei den Schultern. „Was weißt du über diesen Kerl? Ist er ein Sklavenfänger?"

„Oh, Odin", lachte Rune. „Nun verstehe ich!" Er sah den Jarl grinsend an. „Ja, ich kenne Uwulfur Eisenschädel! Ich denke, er würde mich zu gerne zur Hel schicken, denn ich tötete einen seiner Männer!" Und nun begann Rune davon zu berichten, was er über den schwedischen Häuptling wusste.

„Du weißt also, wo wir diesen Dreckskerl finden?", fragte Thorstein aufgeregt, und Rune bejahte dies. „Ich war dereinst sein Gast, und ich weiß, wo sich die Siedlung des Häuptlings befindet." Verstohlen sah er den Thorstein an.

„Ein Weib lebt dort in der Nähe, das ich gerne wiedersehen würde, doch macht es mir dieser Kerl unmöglich!"

Nun war Rune in der Siedlung des Jarls willkommen, und Vagn Grimsson bestand sogar darauf, dass der Skalde ein Schlaflager in seinem Haus bekam. Immer wieder fragte er seinen Gast nach diesem Schweden aus, um sich dann mit seinen engsten Vertrauten zu beraten, wie sie dem Raubgesindel am besten beikommen könnten. Dann riefen sie Rune vor den Hochstuhl.

„Ich werde meine Krieger sammeln, und du wirst uns zu dieser Siedlung führen. Willst du dies tun?", fragte der Jarl.

„Hoffen wir, dass er meine Kinder noch nicht verkauft hat!"

„Ich bin natürlich bereit, euch zu führen, doch ich gebe euch zu bedenken, dass das Dorf des Uwulfur einer Burg in den Bergen gleicht. Sie dürfte schwer zu erstürmen sein, und selbst wenn es dir und deiner Kriegerschar gelingen sollte, das Dorf einzunehmen, so bin ich sicher, dass dies deine Kinder ihr Leben kosten könnte!"

Die Stimmung war betrübt, und noch lange sprachen die Männer an diesem Abend, bis sie sich zur Ruhe legten.

Doch am nächsten Tag sollte sich die Lage ändern, denn zur Mittagszeit kam ein Reiter an das Tor der Rundburg.

„Führe mich zu Jarl Vagn Grimsson", forderte er von dem Mann am Tor.

„Was willst du von meinem Jarl?"

„Das werde ich ihm selber sagen. Aber glaube mir, wenn du mich nicht vorbei lässt, wird dich das sicher deine Eier kosten!", antwortete der Reiter frech.

„Ich hoffe für dich, dass du nicht lügst, Kerl, sonst erlebst du was", drohte der Wächter und ließ den Reiter ein. Dieser schlug seinem Pferd die Hacken in die Flanken und ritt zu dem großen Gebäude mit dem Drachenkopfgiebel. Dort sprang er aus dem Sattel und trat an dem Wächter vorbei, in das Langhaus ein. Dieser sah dem Mann verblüfft nach, und es dauerte eine Weile, bis er ihm rufend hinterher stürzte.

„He, was fällt dir ein?", rief der Krieger, doch da war der Fremde schon in der Schildhalle. Sofort zogen die Männer, die sich in der Halle versammelt hatten, ihre Schwerter, und stürmten auf den Fremden zu, doch der Jarl rief seine Vertrauten zurück.

„Tritt näher, und sage, wer du bist und was du willst!", befahl er, und der Fremde gehorchte.

„Ich bin ein Bote des Uwulfur Eisenschädel, und ich komme, um dir zu berichten, dass deine Kinder leben. Du vermisst sie doch, deine Kinder?" Der Mann grinste hämisch. „Wenn du sie wiederhaben willst, die Kleinen, verlangt mein Häuptling für jedes deiner Bälger eintausend Silberlinge."

Sofort begannen die Männer des Vagn zu murren, und Thorstein hätte dem Fremden am liebsten gleich den Schädel eingeschlagen, doch wieder zügelte der Jarl seine Männer. „Woher weiß ich, dass meine Kinder noch leben?", fragte er den Fremden, und wieder grinste dieser frech.

„Das musst du mir schon glauben, Jarl, aber mein Häuptling lässt dir ausrichten, dass er bereit ist, die Kinder auszutauschen, und zwar beim nächsten Vollmond. Reite nach Nordosten, Vagn Grimsson, einen Tagesritt von Sotenäset entfernt, im Grenzland zum Reich König Eriks, findet ihr ein Dorf und einen See, an dessen Ufer große Weiden wachsen, dort steht ein großer Opferstein, an dem wird die Übergabe stattfinden. Und bringe nicht mehr als drei Männer mit dir. So verlangt es mein Herr!"

„Wie soll ich bis zum nächsten Vollmond eine solch große Summe zusammen bekommen?", zürnte der Jarl, und der Bote kicherte überlegen, doch dann wurde er aufmerksam. Langsam trat er auf die Männer zu, die sich hinter ihm versammelt hatten.

„Du!", sprach er und zeigte mit dem Finger auf Rune.

„Dich kenne ich doch! Du bist dieser Skalde, den Uwulfur sucht!"

Doch anstatt einer Antwort zog Rune blitzschnell sein Messer. Die Klinge fuhr dem Kerl in den Hals und trat im Nacken wieder heraus. Die Augen des Schweden wurden groß, seiner Kehle entfuhr ein Gurgeln und er sank in die Knie. Jetzt empörten sich die Männer, und der Jarl rief entsetzt: „Bist du von allen Göttern verlassen? Ergreift ihn!" Und die Männer griffen zu.

„Warum hast du das getan, Mann?" Der Jarl war außer sich vor Zorn.

„Kannst du dir das nicht denken? Der Kerl hat mich erkannt und wusste somit, dass ich den Unterschlupf des Uwulfur kenne", verteidigte Rune sein Vorgehen.

„Er hat recht", sprach Thorstein. „Dieser Häuptling darf nicht erfahren, dass wir wissen, wo er sich versteckt. Und da der Kerl Rune erkannt hat …!"

„Lasst ihn los", befahl Vagn, zeigte auf den Toten und verlangte: „Schafft den Kerl hier raus!"

„Sage mir, Jarl Vagn, bist du in der Lage, die dreitausend Silberlinge heranzuschaffen?" Der Skalde sah den Jarl fragend an, und dieser schüttelte hoffnungslos seinen Kopf.

„Nicht in solch einer kurzen Zeit."

„Dann gibt es nur einen Weg! Wir müssen die Kinder mit Gewalt befreien", schlug Thorstein vor, und sofort stimmten die anderen zu.

„Die Lage hat sich verändert, und dies nicht zum Guten", sprach Rune ernst. „Die Kinder sind also Geiseln, und dieser Uwulfur weiß ganz genau, mit wem er es zu tun hat. Wenn dein Heer vor seiner Siedlung aufmarschiert, ist das Leben deiner Kinder nichts mehr wert!"

Mit bedrückten Gesichtern sahen die Männer den Skalden an. Er hatte sicherlich recht damit, dass der Kerl die Kinder töten würde.

„Was werden wir nun tun?", fragte Thorstein ratlos, denn der Plan, die Siedlung des Eisenschädels zu überrennen, war dahin. „Mit einem Heer auf schwedisches Gebiet zu ziehen, könnte König Erik erzürnen!"

„Bei Thor, wir werden meine Kinder befreien, und wenn ein Krieg ausbricht", rief Vagn wütend.

„Es darf nicht zum Kampf kommen, solange die Kinder noch in der Gewalt des Häuptlings sind", bemerkte Rune.

„Dann muss einer die Kinder schützen, bevor ihnen jemand ein Leid antun kann", dachte Thorstein laut.

*

8

Auge um Auge

*E*s war schon spät am Abend, als das Knarr an dem Anlegesteg festmachte. Der Schiffsführer hatte es geschafft, den Hafen von Haithabu zu erreichen, bevor die Finsternis einsetzte. Nun aber, da das Schiff im sicheren Hafen war, legte sich schnell Dunkelheit über das Land an den Ufern der Slie. Der große Krieger stand auf dem Steg und sah zu, wie man sein Pferd von Bord führte. Er fühlte sich seltsam!

Obwohl er noch nicht so lang in Haithabu lebte, so verspürte er doch Glück und das Gefühl, heimgekehrt zu sein. Er freute sich darauf, in die Arme der Eira zu sinken, ihre großen Titten zu spüren und es mit dem Weib zu treiben. Der Ärger darüber, diesen Gunnar nicht in seine Hände bekommen zu haben, hatte sich gelegt, und er hatte sich eingeredet, dass die Götter ihm sicher noch einmal die Gelegenheit geben würden, diesen Kerl angemessen zu bestrafen.

Plötzlich trat ein Mann an den Steg und ging geradewegs auf den großen Krieger mit dem dunklen Haar und dem grauen Bart zu. „Thorbart?" Er begann zu grinsen.

„Thorbart, alter Rumtreiber", sprach der Mann und war sichtlich erfreut, den Graubärtigen zu sehen. „Es ist auch wirklich an der Zeit, dass du heimkehrst! Ich würde gerne einmal wieder die Dienste von Eiras Huren in Anspruch nehmen."

Verständnislos sah Thorbart den Mann an. Er verstand nicht, was seine Heimkehr mit den Gelüsten dieses Kerls zu tun haben sollte. „Was hindert dich daran, unser Haus zu besuchen?"

„Kaum einer wagt sich noch in das Haus der Eira. Gunnar, dieser dreckige Haufen Hundescheiße, vertreibt alle, die es wagen, der Kaschemme zu nahe zu kommen. Nur noch wenige erhalten Einlass!"

„Gunnar ist in Haithabu?" Erstaunt blickte Thorbart den Mann an, hatte er die Sklavenfänger des Styrbjörn doch noch auf der Suche nach Rune vermutet.

„Der Wogenhengst des Styrbjörn kam vor nicht ganz einem halben Mond hier an, und kurz darauf kamen Gunnar und einige Krieger des Sklavenhändlers in die Kaschemme und verkündeten, dass diese nun dem Styrbjörn gehöre. Die Eira haben sie vertrieben", erklärte der Mann.

Das Gesicht des Thorbart wurde finster, er sah den Mann an und fragte: „Warum habt ihr Eira nicht geholfen?"

Eine Antwort erhielt er aber nicht, stattdessen machte sich der Mann auf den Weg. Und auch Thorbart nahm sein Pferd am Zügel, und die erloschene Wut in ihm war wieder hell entfacht.

Langsam, fast bedächtig, trat der große Krieger durch die weitgeöffnete Tür der Kaschemme, sah sich kurz um, Eira erblickte er tatsächlich nicht, und das schien ihm auch gut so, denn was nun geschehen würde, sollte sie nicht sehen. Da entdeckte Thorbart, wonach er suchte. Auf einer Bank saß der rotbärtige Gunnar mit einem Gefährten, und sie hatten ihren Spaß mit einem der jungen Weiber. Kaum einer in der Kaschemme beachtete den Mann, der nun langsam auf die beiden Kerle zuging. Und auch der Rotbart hatte sich so eindringlich mit den Brüsten der Sklavin beschäftigt, dass er Thorbart noch nicht erblickt hatte.

„Hab ich dich endlich erwischt, Gunnar", fauchte Thorbart dem Kerl entgegen. „Lange hab ich nach dir gesucht, und jetzt hab ich dich endlich gefunden."

Jetzt erst ließ Gunnar von dem Weib ab, erhob sich, so dass die Sklavin ihm vom Schoß rutschte, und musterte den Kerl, von dem er wusste, was zu erwarten war. Nun wurden auch die anderen Besucher der Kaschemme auf die Männer aufmerksam, und es wurde still in dem staubigen, warmen Raum.

Gunnar sah seinen Gefährten an, der nun an seiner Seite stand. „Hör dir diesen Maulhelden an, Thure", grinste er überlegen. „Der Kerl glaubt doch tatsächlich, er könnte gegen uns überleben!" Er schlug dem Mann freundschaftlich auf die Schulter, dann wandte er sich wieder dem Thorbart zu. „Wie du siehst, sind wir zu zweit, Thorbart. Du aber bist allein! Wo ist übrigens dein Freund, der Skalde?"

„Das geht dich einen feuchten Hühnerdreck an", antwortete Thorbart böse. „Außerdem bist auch du allein!"

„Bist du wirr im Kopf oder nur dumm? Kannst du nicht zählen?", lachte Gunnar, doch ehe er sich versah, hatte Thorbart sein Schwert gezogen und es dem Mann an dessen Seite mit großer Kraft auf den Schädel geschlagen.

Der Wikinger riss entsetzt seine Augen auf, das Blut rann ihm über das Gesicht, und er fiel um. Entsetzensschreie der Weiber und aufbegehrendes Rufen der wenigen anwesenden Männer erfüllte die Kaschemme.

Die Überraschung des Gunnar hielt aber nicht lange an, und er zog nun seinerseits seine Klinge, um auf Thorbart einzuschlagen. Doch dieser hatte natürlich mit dem Angriff gerechnet, war einen langen Schritt zurückgetreten, und so verfehlte die Klinge seinen Körper. Sein eigenes Schwert aber schlug er mit solcher Kraft gegen das des Gegners, so dass dessen Klinge zurückfederte und ihm der Schmerz in die Hand fuhr.

Das Schwert des Gunnar war seinem Besitzer dabei in hohem Bogen aus der Hand geglitten, und dieser stöhnte vor

Schmerz. Er wollte sein Saxmesser aus der Scheide ziehen und sich dem Thorbart entgegenwerfen, doch seine schmerzende Hand versagte ihm den Dienst, und so war es der Krieger, der den rotbärtigen Wikinger zu fassen bekam.

Thorbart hätte ihn ohne weiteres mit dem Schwert erschlagen können, doch dies schien ihm nicht angemessen für solch einen Hundsfott. Sollte dieser Kerl etwa ehrenvoll an der Tafel Odins einziehen?

Mit einem kräftigen Hieb schlug er zu, und die rechte Hand des Gunnar sowie drei Finger seiner linken, mit der er die schmerzende Hand gehalten hatte, fielen auf den Boden. Ein entsetzlicher Schrei entfuhr der Kehle des Sklavenfängers, und er überschüttete Thorbart mit den wildesten Flüchen. Doch dieser ließ sein Schwert in das Wehrgehäng gleiten und fasste Gunnar mit einer Hand beim Hals.

„Erinnerst du dich an den Tag, an dem du mein Weib mit dem Messer verletzt hast?", fragte Thorbart kalt. „Du hast ihr eine Rune in die Brust geschnitten!"

„Was stören mich die Titten dieser elenden Hure?", stöhnte Gunnar. „Ich bin ein Krieger, ein Wikingfahrer, ein Sklavenfänger, und ich werde jetzt wohl nach Walhalla an die Tafel Odins gehen! Das kannst selbst du mir nicht mehr nehmen!" Gunnar versuchte hämisch zu lachen, doch es misslang ihm, und es reichte nur zu einer hässlichen Grimasse. „Die Töchter Odins werden mich holen und an den Hof des Göttervaters führen!"

„Aber ihre Schönheit wird dir verborgen bleiben, denn du wirst sie nicht sehen können", zischte Thorbart den verhassten Kerl giftig an, zog sein Messer aus der Scheide und stach ihm kurzerhand damit in das linke Auge. Das Blut spritzte dem Thorbart in sein Gesicht, und wieder entfuhr dem Gunnar ein kreischender Schrei.

„Und auch Odin selbst wird deinen Augen verborgen bleiben!", rief Thorbart zornig und stieß das Messer nun tief in das rechte Auge des dänischen Wikingers.

Der kräftige Griff des Mannes aus dem großen Fjord von Vestfold hielt den schreienden und zappelnden Gunnar an den Haaren, riss den Kopf in den Nacken und stieß die Klinge in den Hals des Rotbarts. Die Pranke des dunkelhaarigen Kriegers hielt den Verhassten so lange, bis aus dessen zitterndem Körper alle Kraft entwichen war, erst dann ließ er den Leichnam zu Boden fallen und spuckte ihm verächtlich auf den Kopf.

Am Kirtel des Toten reinigte er die Klinge seines Messers und ließ dieses zurück in die lederne Scheide gleiten, dann sah er in die Runde. Keiner in dem Raum sprach ein Wort! Langsam trat er auf einen Kerl zu, auf dessen Schoß eine der jungen Huren saß. „Fort mit dir", befahl er der Sklavin, und diese lief in den hinteren Raum.

„Bist auch du ein Mann des Styrbjörn Arnarsson?"
Der Mann schüttelte zuerst seinen Kopf, nickte dann aber doch verschämt. Er hatte sich von dem Abend erwartet, eine der Huren mit seinem Samen zu füllen, nun aber drohte ihm ein Kampf. Und der Tod seiner beiden Gefährten ließ befürchten, dass es ihm ähnlich ergehen würde.

„Das ist gut! Du wirst Styrbjörn eine Nachricht von mir überbringen", befahl Thorbart streng. „Sage ihm, dass dieses Haus der Eira gehört! Sollte er bereit sein, Frieden zu halten, so bin ich es auch. Wenn nicht, werde ich Styrbjörn und jeden seiner Männer niederschlachten, der es wagen sollte, noch einmal nach unserem Besitz zu greifen! Und nun verschwinde!"

Als wenig später die Eira das Haus betrat, Thorbart hatte eines der Mädchen nach ihr geschickt, war die Freude des Wiedersehens groß. Das Weib umarmte den großen Krieger und weinte heiße Tränen. Die Wunden in ihrem Gesicht zeugten davon, dass Gunnar wenig rücksichtsvoll mit dem Weib umgesprungen war, doch die dunklen Flecken frischen Blutes ließen Eira bereits erahnen, was hier geschehen war.

„Gunnar liegt tot hinter dem Haus", sagte Thorbart ruhig. „Nie wieder wird er dir ein Leid antun!"

Am nächsten Morgen begaben sich Thorbart und Eira zu einem der Nachbarn, berichteten von der Tat und dem Tod der beiden Sklavenfänger. Somit war die Tat kein Mord, allerhöchstens ein Totschlag!

Drei Tage waren vergangen, bis sich der Krieger des Sklavenhändlers in dessen Siedlung wagte, denn ihm war gar nicht wohl zumute, dem Styrbjörn von den Vorfällen in dem Hurenhaus in Haithabu zu berichten.

„Gunnar und Thure sind tot?" Styrbjörn sah den Mann mit überraschtem Blick an, der vor seinen Hochsitz getreten war. „Wie konnte das geschehen? Und warum erfahre ich das jetzt erst? Wer waren die Kerle, die ihnen dies antaten?"

„Es war nur ein Kerl, Jarl. Es war dieser Thorbart, der Mann, den sich die Hure Eira zum Schutz in ihr Haus geholt hat", erklärte der Krieger kleinlaut.

„Der Dreckskerl ist also tatsächlich zurückgekehrt. War dieser Skalde bei ihm?"

Der Krieger schüttelte seinen Kopf. „Nein, der Kerl war allein!"

„Und ihr habt euch zu dritt von ihm überrumpeln lassen? Was seid ihr nur für Weiber? Aber dieser Norweger hat Mut, das muss man ihm lassen." Styrbjörn lachte bitter auf.

„Und seine Worte, die er an dich richtet, waren wenig freundlich und sollten dir Warnung sein, Jarl", sprach der Mann betreten. „Solltest du nicht Frieden halten, droht er, jeden deiner Männer und dich selbst zu töten, solltest du es wagen, noch einmal nach dem Besitz der Hure zu greifen!"

Styrbjörn, der Sklavenhändler, strich sich nachdenklich durch seinen Bart. „Glaubt der Kerl tatsächlich, ich werde ihm das Hurenhaus oder gar sein Leben lassen? Er hat meine Männer getötet!"

„Der Kerl ist wirr im Kopf, das steht fest", schüttelte der Krieger ungläubig seinen Kopf.

„So, glaubst du das?" Mitleidig sah Styrbjörn seinen Gefolgsmann an.

„Was sonst treibt diesen Kerl und seinen Gefährten an? Zuerst töteten sie Ubbe. Dein Leben schützten die Götter, Jarl, doch sie raubten dir die Sklavinnen. Jetzt gingen Thure und Gunnar nach Walhalla. Warum das alles?" , fragte der Krieger ratlos.

Ärgerlich erhob sich der Sklavenhändler und rief: „Es wird schon einen Grund geben, aber wenn dieser Norweger glaubt, ich hätte Angst vor ihm, so täuscht er sich! Ich will seinen Kopf!"

„Bedenke aber, dass wir gute Männer verloren haben, Styrbjörn, und es gilt immer noch ein Schiff zu bemannen, wollen wir in diesem Sommer auf Raubfahrt gehen", wandte der Krieger ein.

„Es gilt einen Mann zu töten! Einen einzigen!", brüllte der Jarl verärgert. „Das kann doch so schwer nicht sein!"

„Es gibt noch eine andere Möglichkeit, Styrbjörn", grinste der Mann verschlagen.

„Du sollst mich Jarl nennen, du Hundsfott", giftete Styrbjörn seinen Gefolgsmann an.

„Verzeih mir, Jarl. Aber wie wäre es, wenn der Jarl von Haithabu für uns den Kerl erledigt?"

„Was meinst du damit? Soll ich ihn vor das Thing bringen und des Mordes anklagen?", erkannte Styrbjörn den Gedanken seines Gegenübers. „Ja, das ist gar nicht so dumm! Ein Totschlag, oder besser zwei, kann einen Mann schnell den Kopf kosten."

Schnell gewöhnte sich der Sklavenhändler an die Idee seines Gefolgsmannes, und so begab sich Styrbjörn Arnarsson auf den Weg nach Haithabu, um vor den schwedischen Hersen zu treten und Thorbart des Mordes zu beschuldigen. Lange ließ man ihn in einem Vorraum warten, und seine Laune wurde darum merklich schlechter, bis man ihn vor den Hochsitz des Herrn über die Handelsstadt führte.

„Styrbjörn Arnarsson", sprach der Mann, der die rechte Hand des Jarls war, als dieser näher trat. „Was willst du von dem Jarl, Styrbjörn?"

„Ich komme, um den Mord an meinen Gefolgsmännern Gunnar und Thure anzuzeigen. Der Norweger Thorbart, der im Hurenhaus der Eira lebt, hat beide getötet", begehrte der Sklavenhändler auf.

„Kannst du deine Anschuldigung beweisen?", fragte der Mann, der von hagerer Statur war und dessen Haut so bleich war wie die eines Toten.

„Natürlich kann ich das." Er zeigte auf seinen Krieger. „Dieser Mann hier hat es mit eigenen Augen gesehen!"

„Ich werde deinen Fall vor den Jarl bringen, und wir werden alle Beteiligten in die Halle rufen, um die Sache zu klären! Du kannst nun gehen, Styrbjörn Arnarsson!", befahl der Mann.

„Aber …", wollte Styrbjörn aufbegehren, doch er schwieg, wandte sich ab und ging.

Bald schon kamen der bleiche Berater und einige Krieger des Jarls zum Hurenhaus und forderten den Thorbart zu sprechen. Dieser trat vor das Haus.

„Man bezichtigt dich des Mordes, Norweger! Darum werden wir dich in Gewahrsam nehmen, bis der Jarl über dich richten wird", sprach der Gesandte, doch da trat Eira vor den Mann und erzählte, was ihr widerfahren war. Sie schickte eines der Mädchen, um die Nachbarn herbeizuholen, denen sie von der Tat erzählt hatten. Und diese bestätigten, dass Thorbart ihnen von der Tat erzählt hatte und somit dem Gesetz genüge getan war.

„Wenn es sich so zugetragen hat, wie du es mir erzählst, Weib, werde ich davon absehen den Norweger mit mir zu nehmen", sprach der Berater des Jarls. „Doch wage es nicht, dich aus dem Staub zu machen. Du wirst Haithabu nicht mehr betreten können!"

Thorbart sah den Mann ruhig an und sprach: „Es gibt keinen Grund zu fliehen, denn ich tat nichts Unrechtes! Die Kerle haben Odin erzürnt und dafür gebüßt!"

Der Berater winkte ab, gab sich aber zufrieden und zog sich zurück.

Einige Tage vergingen bis zum Tage des Thing, da rief man Thorbart in die große Schildhalle, die gefüllt war mit den Vertrauten des Jarls und vielen freien Männern der Stadt. Auch Styrbjörn und seine Krieger waren anwesend.

Der Mann, der es hier in Haithabu nicht wagte, sich selbst Jarl zu nennen, um den wahren Jarl nicht zu erzürnen, hoffte darauf, nun endlich diesen Norweger loszuwerden.

Thorbart brachte aber genügend Zeugen vor den Hersen, die für den Norweger und gegen Gunnar und Thure sprachen, und so fiel der Rechtsspruch des schwedischen Jarls und seiner Vertrauten zugunsten Thorbarts aus.

„Meine Überzeugung ist es", sprach der Herr über Haithabu mit ruhiger Stimme, „dass der Norweger sein Heim und das seines Weibes verteidigen musste. Es waren die beiden Männer, die er tötete, die Unrecht taten. Und da keine Gesippen der beiden Kerle bekannt sind, werde ich auch keine Zahlung einer Mannesbuße verlangen!"

Da fuhr Styrbjörn hoch und rief aufbrausend: „Das nennst du Recht? Er hat die Männer kaltblütig getötet! Männer aus meiner Gefolgschaft!"

„Halt dein Maul, Styrbjörn Arnarsson!", rief der Jarl nun zornig. „Die Zeugen haben für den Beschuldigten gesprochen, und deine Männer haben sich des Hurenhauses der Eira bemächtigt! Es geschah ihnen recht, und ich denke, das war die Strafe Odins! Und nun ist es genug!"

Dann wandte er sich dem Thorbart und der Eira zu. „Du bist ein freier Mann und kannst gehen!"

Der Jarl erhob sich. „Und Styrbjörn … wage keine Rachetat an dem Norweger. Es würde dir schlecht bekommen!"

*

Es war die Neugier, die die Menschen an den Anlegesteg kommen ließen, nachdem der Ruf „Segel in der Bucht" durch die Siedlung hallte. Und die Überraschung der Bewohner von Frigghavn war nicht gering, als sie erkannten, wer dort auf dem Knarr herangesegelt kam. Bei manchen war die Freude groß, die Tochter des Jarls zu erkennen, doch es gab auch einige die murrten, die in ihr das Weib des Mannes sahen, der ihren Jarl getötet hatte.

Nun, da Thorbart ja nicht mehr in Frigghavn weilte, gab es niemanden mehr, der Sigrun schützen konnte. Wollte sie also in der Siedlung bleiben, war sie auf sich allein gestellt. Es traten Männer heran, deren Gesichtsausdruck wenig Freude zeigten, und die auch sofort losmaulten. „Was willst du hier?", fragte einer, und ein anderer rief: „Wo ist der Mörder unseres Jarls? Wo ist dein Gatte?" Ein Weib keifte: „Verschwinde, oder bring uns den Kopf des Skalden!"

„Was soll der Aufruhr? Los, tretet zurück!" Der Mann, der zwischen die Dorfbewohner auf den Anlegesteg getreten war, hatte die Tochter des Jarls sofort wiedererkannt. Sein Name war Ulfger, und er hatte dem Jarl schon gedient, als Sigrun noch ein Kind war. Oft hatten sie die Klinge gekreuzt, damit die Jarlstochter den Umgang mit dem

Schwert erlernte. Der Krieger war damals noch ein junger Bursche gewesen, und mit seinem blonden Haar, der schlanken Statur und den Muskeln hatte er so manches Mädchen im Dorf ins Schwärmen versetzt. Und auch die junge Sigrun konnte sich damals der Ausstrahlung des Kriegers nicht entziehen. Acht Winter waren es, die Ulfger älter war als die Jarlstochter.

„Sigrun Siegmarsdottir! Es freut mich, dich zu sehen. Was verschlägt dich in die alte Heimat?", fragte er und war sichtlich erfreut, Sigrun wiederzusehen.

„Ulfger, der Blonde", lächelte Sigrun. „Auch ich bin erfreut, dich zu sehen. Es ist das Heimweh, das mich hierher gebracht hat."

„Ich sehe deinen Gemahl nicht. Wo ist Rune?"

„Der Sachse ist schon lange nicht mehr mein Ehemann. Er mordete meinen Vater, weißt du das nicht?", empörte sich Sigrun.

„Dann hast du ihn also getötet und deinen Vater gerächt?", vermutete Ulfger und grinste zufrieden.

„Nein, leider nicht! Aber wer weiß, welches Schicksalsnetz die Nornen für mich gesponnen haben. Sage mir, Ulfger, wer ist nun Herr in Frigghavn?"

Ulfger verzog sein Gesicht. „Es ist Ragnar, den man den Bartlosen nennt, der nach Jarl Siegmars Tod zum Häuptling gewählt wurde. Ich sage dir, meine Wahl war er nicht!"

„Ragnar! Dieser Speichellecker?", wunderte sich Sigrun, und Ulfger nickte. „Ich sehe, du kennst ihn noch!"

„Wie konnte das geschehen?"

„Er wusste viel von dem, was Siegmar wusste, und so konnte er den Männern beim Thing Honig um den Bart schmieren. Viele sind darauf hereingefallen!" Der Krieger schüttelte verständnislos seinen Kopf, dann sah er auf die Kinder. „Der Knabe hat das Gesicht seines Großvaters", lachte er und zeigte auf den jungen Thorune. „Sicher wird er einmal ein guter Jarl!"

„Doch vorher gilt es, die von den Göttern erwünschten Verhältnisse wieder herzustellen. Begleitest du mich zu meinem Haus, Ulfger?", sprach Sigrun mit strengem Gesichtsausdruck, die Hand auf den Griff des Schwertes gelegt, das an ihrer Hüfte hing.

Da lachte der Krieger und nickte. „Du bist immer noch die Alte! Schildmaid und Kriegerin!"

Der Krieger rief nach einigen Sklaven, die der Sigruns Hab und Gut ausladen sollten. Das Weib aber sprach derweil mit ihrem einstigen Schwager Thoke. „Komm und sei mein Gast, Thoke! Es ist besser, wenn ihr einige Tage ausruht, bevor ihr die Heimreise antretet."

„Ich danke dir, Sigrun, doch es scheint mir, als könnte es hier bald Ärger geben. Verzeih mir, aber ich möchte nicht in eure Streitigkeiten verwickelt werden, darum werden wir noch heute das Segel setzen. Wir nehmen nur Proviant und Wasser an Bord."

„Wie du es wünschst! Ich danke dir für alles, was du für mich getan hast, Thoke Tryggvesson. Mögen dich die Götter beschützen, und grüße mir die Una herzlich!"

Dann wandte sie sich ab und ging.

„Sag, welches Haus meinst du, zu dem ich dich begleiten soll?", fragte Ulfger ein wenig erstaunt und ahnte, dass der Ärger nicht lange auf sich warten lassen würde.

„Dumme Frage! Natürlich das Haus meines Vaters! Siegmar hatte keinen Sohn, und ich denke, die Asrun ist nicht mehr aufgetaucht, so bin ich die Erbin des Jarls. Du wirst mein Anliegen dem Thingrat vorbringen, Ulfger! Wirst du das für mich tun?" Sigrun ließ keinen Zweifel daran, welches Vorhaben sie verfolgte.

„Was ich dir nun sage, wird dir nicht gefallen, Sigrun. Ragnar lebt nun als Anführer in dem Haus. Wir werden dir

und den Kindern eine andere Unterkunft suchen müssen!"
Fast entschuldigend klang die Stimme des Kriegers. „Und
ich denke, Ragnar wird auch wenig erfreut sein über dein
Erscheinen in Frigghavn."
„Ha", lachte Sigrun auf. „Er hat auch allen Grund dazu!"

Ulfger besaß ein Haus am Rande der Siedlung, und da er
kein Weib und keine Kinder hatte, versorgte ein Sklave
seinen Besitz. Hierher brachte er Sigrun und die Kinder.
Als Siegmar noch lebte, hielt er sich meist in dem großen
Haus auf, das die Krieger des Jarls bewohnten. Nun aber
lebten dort nur noch wenige Männer, nämlich diejenigen,
die Ragnar treu und freundschaftlich ergeben waren. Die
anderen besaßen nun ein eigenes Haus oder einen Hof,
hatten Familien gegründet und dem Dasein als Krieger den
Rücken gekehrt.
Anfangs sträubte sich Sigrun, doch sie musste sich
eingestehen, dass Ragnar nun mal der gewählte Häuptling
war und somit das Recht besaß, das Langhaus zu bewohnen.
Und für ihr Vorhaben war es wohl besser, den Häuptling in
Sicherheit zu wiegen.
Der Krieger Ulfger ließ keine Zeit verstreichen und begann
sofort damit, jene Männer des Dorfes, die beim Thing
stimmberechtigt waren davon zu überzeugen, dass der Jarl
einen Erben, oder besser eine Erbin hinterlassen hatte.
Und da Sigrun nicht mehr das Weib dieses Skalden war,
zeigten sich schon bald einige bereit, der Schildmaid zu
folgen. Allerdings gab es auch diejenigen, die sich ein Weib
als Jarl nicht vorstellen mochten.
Ragnar, der Bartlose, hatte Sigrun schon am Tage nach ihrer
Ankunft in der Jarlshalle empfangen und der Tochter des
Jarls in seiner Überheblichkeit erlaubt, in Frigghavn zu
bleiben. So verhielt er sich ruhig.

Bald aber würde es Vollmond werden, und die Männer der Siedlung würden in der Halle zum Thing zusammentreffen, um Entscheidungen zu fällen oder Recht zu sprechen. Ulfger, der Blonde, war keineswegs untätig gewesen, und die Götter hatten ihn glücklicherweise mit einer außerordentlichen Überzeugungskraft gesegnet. Außerdem besaß er großes Ansehen in der Siedlung.

*

9

Der Kampf am Berg

Jarl Vagn Grimsson hatte seine Krieger um sich gesammelt. Dazu waren auch noch viele Männer aus seinem kleinen Herrschaftsbereich gekommen, die ihre Höfe verlassen oder ihre Söhne und Knechte geschickt hatten, um sich an der Befreiung der Kinder ihres Anführers zu beteiligen. Und so waren es weit mehr als fünfzig Krieger, die dem Jarl folgten. Bald schon machte sich das Heer des Jarls auf den Weg nach Nordosten.

Rune ritt auf seinem Braunen neben dem Jarl, als dieser ihn streng ansah und sprach: „Es ist wahr, du bist dieser Jarl aus dem Vestfold! Der, den sie den bösen Skalden nennen!"

Er sah den Reiter neben sich nicht einmal an. „Es ist mir gleich, Skalde. Aber lasse dir gesagt sein, wenn du es auf mein Leben abgesehen hast, werde ich es dir nicht leicht machen."

„Glaube mir, Jarl Vagn, es ist nicht dein Leben, nach dem ich trachte. Es war der Jarl, welcher mein Herr war, der mich zum Mordknecht machte. Doch dieser Mann lebt nicht mehr. Ich bin davon überzeugt, dass es der Wille des Allvaters ist, der mich ausgerechnet auf deinen Hof führte!"

„Schwöre, bei Odin und allem, was dir heilig ist, Skalde, das du nichts Böses gegen uns im Schilde führst", verlangte der Jarl, und Rune sah den Reiter neben sich mit festem Blick an. „Das schwöre ich dir gerne, Jarl Vagn! Im Gegenteil, ich werde dir helfen, deine Kinder zu befreien. Und ich habe auch schon einen Plan."

„Du hast einen Plan?" Der Jarl war sichtlich erstaunt.

„Ja", nickte Rune. „Heute Nacht im Schlaf sprach Odin zu mir und führte mich auf die richtige Spur. Einen Angriff auf die Siedlung des Uwulfur können wir nicht wagen, denn dann wäre das Leben der Kinder nicht zu retten! Doch ich weiß jemanden, der sich in der Siedlung frei bewegen kann und der es bestimmt vermag, die Kinder in Sicherheit zu bringen."

„Du meinst das Weib, von dem du sprachst?", vermutete der Krieger Thorstein, der zu den beiden Reitern aufgeschlossen hatte. Rune nickte. „Ja, sie wird uns helfen!"

Einen halben Tagesmarsch von der Siedlung am Fuße des Berges entfernt schlugen sie ihr Lager auf. Hier hofften sie vor den Männern des räuberischen Häuptlings unentdeckt zu bleiben, und der Jarl sollte mit seinen Kriegern warten, bis Rune zurückkehren würde. Und dieser machte sich sofort auf den Weg, denn bis zum nächsten Vollmond war es nicht mehr lang.

Rune ritt einen großen Bogen, so dass er sich von Osten her der Hütte der Völva näherte. An dem Pferd in der Koppel hinter dem Haus erkannte er, das Thurid wohl daheim war. Es galt äußerste Vorsicht walten zu lassen, darum band er Thoki an ein dichtes Gebüsch, hinter dem man den Braunen nicht gleich entdeckte. Rune selbst schlich sich im Schatten der dicken Baumstämme näher an die Hütte, und erst als er sich sicher sein konnte, dass Thurid allein war, wagte er sich zur Tür.

Schnell huschte er in die Hütte, und Thurid erschrak, als ein Mann in ihr Heim trat, doch sie jauchzte erfreut auf, als sie den Skalden erkannt. „Rune!", rief sie freudig überrascht aus, wurde aber sofort ernst. „Warum wagst du dich hierher? Wenn Uwulfur dich in seine Finger bekommt, geht es dir schlecht!"

Da lachte Rune die schöne Völva an. „Glaubst du etwa, dass dieser Hundsfott mich daran hindern kann, in dein schönes Antlitz zu blicken? Oh, nein! Das niemals!"

Da umschlangen ihre zarten Arme den Rune, und sie küsste den Mann innig und voller Leidenschaft. „Die Götter haben es bestimmt, dass wir uns wiedersehen. Ich habe es gewusst", hauchte sie in sein Ohr, dann löste sie sich aus seiner Umarmung, trat an das Schlaflager und begann sich zu entkleiden. „Komm", verlangte sie sanft, und Rune konnte ihr nicht widerstehen, obwohl der Grund seines Erscheinens ein anderer war.

Wie hatte er es vermisst, diesen schönen Körper zu berühren. Ihre festen Brüste zu liebkosen und mit Thurid in heißer Leidenschaft zu verschmelzen. Er blickte in ihre großen, braunen Augen, und seine Lenden stießen gegen die ihren. Der Duft ihrer langen, blonden Haare zog in seine Nase und ließ seine Sinne schwinden.

Noch lange lagen die beiden verschwitzten Körper engumschlungen auf den weichen Fellen des Schlaflagers. Rune sah auf die Kräuterbündel, die von der Decke hingen und ihren Duft verströmten.

„Wie geht es dir mit deinem Leiden? Ist dir Odin wohlgesonnen, mein Liebster?", fragte die Schöne.

„Der Allvater ist noch nicht zufrieden mit mir, doch manchmal zeigt er sich gnädig!"

Da strich Thurid dem Rune tröstend über die Wange. „Es wird der Tag kommen, glaube mir! Und nun sprich", forderte Thurid lächelnd und spielte mit den Haaren auf Runes Brust.

„Was?", fragte er erstaunt.

„Ich bin eine Völva, hast du das vergessen? Ich weiß, dass es einen Grund dafür gibt, dass du zu mir zurückgekehrt bist, Rune. Und es war nicht die Wolllust allein, die dich zu mir führte."

„Du hast recht, Thurid", gab Rune beschämt zu. „Es gibt tatsächlich einen Grund für mein Erscheinen. Es kann nur der Wille Odins gewesen sein, der mich auf den Hof des

Jarls Vagn Grimsson führte. Der Eisenschädel hat die Kinder dieses Jarls geraubt!"

Thurid richtete sich auf. „Und eine Sklavin", bestätigte die Völva die Worte des Skalden.

„Du weißt also davon!"

„Natürlich … die Sklavin bedurfte einer Heilerin. Doch sie ging freiwillig zurück in das Langhaus des Uwulfur", berichtete die junge Völva. „Dieses dumme Weib!"

„Nicht weit von hier lagert Jarl Vagn mit seinem Heer, doch ein Angriff auf Uwulfur könnte die Kinder das Leben kosten", eröffnete Rune der Thurid seinen Plan. „Du kannst in der Siedlung ein und aus gehen. So wäre es dir ein Leichtes, im Durcheinander der Kampfereignisse die Kinder in Sicherheit zu bringen. Niemand wird es wagen, einer Völva ein Haar zu krümmen!"

„Du solltest Uwulfur Eisenschädel nicht unterschätzen", warnte die Völva. „Der Kerl wurde von einer räudigen Wölfin gesäugt! Aber wenn du es wünschst, werde ich dir helfen!"

Rune legte dem Weib zärtlich seine Hand auf die Wange.

„Glaube mir, Odin wird uns schützen!"

„Ja, das wird er!"

Noch einmal sanken Rune und die Völva auf das Schlaflager, um sich innig zu lieben, und als sie später gemeinsam an der Feuerstelle saßen und ein Mahl einnahmen, sprach Rune: „In zwei Tagen werden wir die Siedlung des Uwulfur angreifen. Wenn die Dunkelheit einbricht, wird im Süden ein brennender Pfeil in den Himmel steigen. Dies wird das Zeichen für den Angriff sein. Dann musst du die Kinder fortschaffen."

Bald darauf verließ Rune die schöne Völva, um zum Lager des Vagn Grimsson zurückzukehren.

*

Nachdem der Skalde mitten in der Nacht das Lager erreicht hatte, unterrichtete er umgehend den Jarl. Und als der Morgen graute sammelte sich das Heer Vagn Grimssons, um gegen die Siedlung des Uwulfur Eisenschädel zu ziehen und seine Kinder aus der Gewalt dieses räuberischen Häuptlings zu befreien.

Währenddessen hatte sich die Völva Thurid wieder in die Siedlung begeben, um in die Nähe der Geiseln zu gelangen.

„Was willst du denn schon wieder hier? Niemand hat dich rufen lassen", blaffte der Leibsklave des Häuptlings die Thurid an, als diese in die große Schildhalle trat.

„Ich bin die Heilerin dieses Dorfes! Hast du das etwa vergessen? Wo ist die Sklavin, die Uwulfur hergebracht hat? Ich muss noch einmal ihre Wunden beschauen."

„Dem Weib geht es gut! Es wird sich schon jemand finden, der ihr auf die Möse glotzt. Also verschwinde, oder muss ich erst die Wache rufen?", drohte der Kerl auf unverschämt dreiste Weise. Da trat Bedda in den Raum, sah die Völva und fragte freundlich: „Thurid, was führt dich hierher? Gibt es ein Problem?"

„Dieser Kerl da droht mir mit der Wache und will mich fortjagen lassen, Bedda", klagte die Thurid und erreichte damit, was sie bezweckte, denn der alte Bedda war schönen Frauen sehr zugetan. „Du elender Lump! So wagst du mit unserer Völva zu sprechen? Willst du den Zorn der Götter auf uns lenken? Verschwinde, oder ich reiße dir eigenhändig die Eier ab!", schimpfte er, und der Leibsklave des Uwulfur trollte sich.

Thurid dankte dem Gesippen des Häuptlings und erzählte auch ihm, was sie angeblich in die Siedlung führte.

„Folge mir, ich führe dich zu der Sklavin. Die Amme und die Kinder sind sicher in einer Kammer verwahrt", grinste der alte Krieger und führte die Völva durch die Halle in den hinteren Teil des Hauses. Vor einer der Türen stand ein Krieger, und Bedda befahl ihm, die Tür zu öffnen, so dass Thurid eintreten konnte.

„Du wirst den Anordnungen der Völva folgen", befahl Bedda, und der Wächter nickte. Der Onkel des Uwulfur zog sich zurück, und der Wächter schloss hinter der Thurid die Tür.

Diese lehnte ihren Stab, den Völvr, gegen die Wand und nahm auf einem Hocker Platz. „Hört mir zu", flüsterte sie leise. „Eure Rettung naht! Doch wenn ihr leben wollt, müsst ihr tun, was ich sage! Fragt mich nicht, warum ich das tue!" Sie öffnete den Beutel aus Hasenfell, der über ihrer Schulter hing und zog ein Fläschchen hervor. „Das hier müsst ihr trinken. Jeder nur einen Schluck."

„Was ist das?", fragte die Amme. „Willst du uns vergiften?"

„Du musst mir vertrauen, und nun trink!"

Bald darauf verließ Thurid die Siedlung wieder, denn sie wollte es vermeiden, dem Häuptling zu begegnen.

Noch vor Sonnenuntergang erreichte das Heer des Jarls den Fuß des Berges, auf dem die Siedlung erbaut war. In dem nahen Wald hielten sich die Krieger verborgen, um die Dunkelheit abzuwarten.

Zur selben Zeit trat ein Krieger aus der Siedlung in die Hütte der Völva. „Los, Weib, der Bedda verlangt nach dir. Die Gefangenen sind erkrankt und brauchen dich."

Der Mann sah das Grinsen im Gesicht der Völva nicht, als diese ihren Fellbeutel mit Fläschchen und Tiegeln füllte, ihren Umhang und den Stab nahm und dem Krieger folgte.

Die Kinder und auch die Amme hatten, kaum hatte die Völva sie verlassen, begonnen, sich auf das heftigste zu übergeben. Sie wurde eiligst zu der Kammer geführt, und es schlug ihr ein unangenehmer, saurer Gestank entgegen, als sie eintrat.

„Kannst du sie retten?", fragte Bedda, der sie in die Kammer begleitet hatte. „Uwulfur ist auf das äußerste erzürnt, denn wenn die Kinder sterben, verliert er sein Pfand."

„Ich werde tun, was in meiner Macht steht", gelobte Thurid, und Bedda sowie der Krieger wandten sich ab und verließen die Kammer.

„Dieser Gestank ist ja unerträglich", sagte er noch angeekelt, bevor er ging. „Die Geiseln dürfen nicht sterben, hörst du, Weib! Morgen schon müssen sie in der Lage sein zu reisen, denn es ist bald Vollmond", rief er noch, ohne sich umzuwenden. So sah er das Lachen der Völva nicht, die in ihrem Beutel kramte.

„Hier, trinkt das!"

Sie reichte jedem ein Fläschchen, welches die Amme und die Kinder leeren sollten. Alle waren sie leichenblass und entkräftet.

„Bald wird es euch besser gehen", versprach Thurid und fügte hinzu: „Ich werde euch jetzt verlassen, doch haltet euch zur Flucht bereit. Sobald die Zeit gekommen ist, werde ich euch holen!" Dann verließ sie die Kammer, und der Wächter verschloss die Tür.

„Völva, wie kannst du diesen Gestank nur ertragen?", fragte der Mann und verzog sein Gesicht. „Glaubst du, die Methalle riecht besser, wenn ihr eure Saufgelage abhaltet?", entgegnete sie frech und ging. „Und höre, halte dich von den Geiseln fern", riet Thurid dem Mann, „sonst läufst du Gefahr, dich anzustecken."

Da wurde der Wächter blass, denn erkranken wollte er auf keinen Fall. „Sage, Völva, kannst du mir nicht ein Mittel geben, das mich vor der Krankheit schützt?"

„Da wirst du eine Weile warten müssen, denn ich gab den letzten Trank den Kranken. Doch ich werde dir noch etwas bringen, wenn ich zurückkehre."

Langsam senkte sich die Sonne dem Horizont entgegen und ein schöner Tag näherte sich seinem Ende. Thurid war aus dem Langhaus getreten und blickte nach Süden in den Himmel, in Erwartung des Brandzeichens, das Rune ihr angekündigt hatte. Doch noch geschah nichts!
Auch im Dorf des Uwulfur herrschte Ruhe. Das Tor in der Palisade war weit geöffnet, ein Wächter saß gelangweilt auf einem großen Stein, und er war völlig ahnungslos darüber, dass mehrere Augenpaare auf ihn gerichtet waren. Der steile Weg, der hinauf zum Dorf führte, fiel zu beiden Seiten um mindestens zwei Manneslängen schräg ab. Hier standen Tannen und Kiefern in dichtem Grün eng beieinander und ragten hoch über den Weg hinaus. Sie dienten den Spähern des Jarls als Ausguck, denn von hier konnten sie ungesehen das Dorf beobachten.
Als sich der Wächter von dem Stein erhob und begann, das Tor zu schließen, kletterten die Späher auf den Boden hinab und begaben sich zu ihrem Hauptmann.
„Was geschieht nun?", fragte der Jarl den Skalden. „Das sage ich dir", antwortete dieser. „Lass einen brennenden Pfeil in den Himmel schießen! Nur einen, hörst du!"

Der Krieger, der vorher an der Palisade auf dem Stein gehockt hatte, stand nun auf dem Wehrturm, der neben dem Tor erbaut war. Teilnahmslos lehnte er mit beiden Armen auf dem Geländer. Die Dämmerung hatte eingesetzt, und der Wächter auf dem Turm kämpfte inzwischen gegen die Müdigkeit an. Er hatte ja schon seit der Mittagszeit in der Wärme gesessen und sich gelangweilt. So war seine Aufmerksamkeit längst ein Opfer der Wärme und seiner

Mattigkeit geworden. Was war das? War da nicht ein Licht über den Baumwipfeln? Oder gaukelte ihm seine Müdigkeit etwas vor? Der Mann war sich nicht sicher.

Die Völva Thurid aber war sich ganz sicher, den brennenden Pfeil gesehen zu haben, und sie wusste, dass nun Eile geboten war.

Der Krieger, der vor der Kammer Wache hielt, war nicht wenig erfreut, als er die Völva sah, und fragte sofort: „Hast du den Trank für mich?"

Thurid nickte und begann in ihrem Beutel zu suchen. Der Krieger atmete sichtlich auf, als sie ein Fläschchen hervorzog und es ihm reichte. Der Mann schluckte gierig den bitteren Trunk und warf das Fläschchen achtlos fort. Die Völva trat grinsend in die Kammer ein.

„Was wird nun geschehen?", fragte die Amme der Kinder, und das ältere der beiden Mädchen, Gydia, begann zu weinen. „Sie werden uns töten!"

Thurid strich ihr über den Kopf und sprach leise: „Hab keine Angst, euch wird kein Leid geschehen." Dann wandte sie sich der Sklavin zu. „Ich bringe euch fort von hier."

„Wie willst du das denn fertigbringen? Der Kerl vor der Tür wird uns töten", zweifelte die Sklavin, doch Thurid winkte ab. Lächelnd sprach sie: „Das glaube ich nicht. Die Götter werden uns gnädig sein."

Plötzlich drang ein dumpfes, metallenes Geräusch in die Kammer. „Es ist soweit!"

Die Völva öffnete langsam die Tür der Kammer, und vor ihr lag der Krieger und schlief tief und fest. Verwundert sah die Sklavin auf den Wächter, doch bevor sie etwas sagen konnte, drang der Klang des Hornsignals an ihr Ohr. „Es beginnt!"

„Alarm! Wir werden angegriffen!"

Der Ruf des Mannes auf dem Wehrturm hallte durch das Dorf, und kurz darauf ertönte der dröhnende Klang des Signalhornes.

Ein Krieger stürmte in die Methalle, in der Uwulfur mit seinen Vertrauten an einem Tisch saß, denn am kommenden Tag wollte man aufbrechen, um zu dem Ort zu ziehen, den der Häuptling und Kinderräuber für die Übergabe der Geiseln bestimmt hatte.

„Wir werden angegriffen!", rief der Mann außer Atem. Überrascht sahen sich die Männer an, und Uwulfur sprang von seinem Platz auf. „Los, die Krieger an die Palisade. Schützt das Tor!" Dann wandte er sich dem Bedda zu. „Los, hole die Geiseln her! Dieser Jarl ist wohl von allen Göttern verlassen?"

Thurid hatte die Gefangenen an den Ort geführt, von dem sie glaubte, dass niemand nach den Kindern suchen würde, in Häuptling Uwulfur Eisenschädels Kammer. Es hatte keine Möglichkeit für sie gegeben, die Kinder ungesehen aus dem Langhaus zu bringen, und jetzt, wo der Angriff stattfand, hoffte sie, dass Uwulfur keine Zeit blieb, nach ihnen zu suchen.

Über die gesamte Breite des Weges standen die Krieger des Vagn Grimsson dicht gedrängt und bildeten einen Schildwall aus ihren buntbemalten Rundschilden. Hinter dem Wall standen die Bogenschützen und begannen das Tor und den Wehrturm mit Brandpfeilen zu beschießen. Von der Palisadenwehr schossen die Krieger des Uwulfur ihre Pfeile gegen die Angreifer, in der Hoffnung, diese damit zurückschlagen zu können. Doch ein brennender Pfeil nach dem anderen schlug in das Holz des Tores und auch in die Dächer der Häuser des Dorfes. Lange würde es nicht mehr dauern, und die Verteidiger waren gezwungen, den schützenden Palisadenwall zu verlassen und die Eindringlinge anzugreifen.

Als Uwulfur und seine Vertrauten die Palisadenwehr erreichten, hatte das Tor bereits Feuer gefangen, so viele Brandpfeile steckten darin. „Los, holt Wasser und löscht endlich das Feuer", befahl der Häuptling lautstark, und nun sah er, dass der Feind schon nah vor dem Dorf stand.

„Wo bleiben die Geiseln?", rief er zornig aus, denn diese wollte er dem Feind präsentieren, diesem Jarl da unten zeigen, wie er mit den Kindern verfahren würde, sollte sein Heer nicht abziehen. Da kam Bedda aus dem Langhaus gelaufen und rief schon von weitem: „Sie sind fort! Die Geiseln sind fort!"

Der Häuptling traute seinen Ohren nicht. „Bist du wirr im Kopf, du alter Uhu?"

„Sie sind fort, so hör doch", rief Uwulfurs Onkel zornig aus. „Und wenn du mich noch einmal einen alten Uhu nennst, werde ich dir persönlich meine Axt in den Arsch rammen, Neffe!"

„Sucht sie! Sie können nicht weit sein, beim Thor!" Nun wurde es dem Eisenschädel unwohl in seiner Haut. Das fremde Heer näherte sich Schritt für Schritt, das Tor brannte lichterloh und würde sicher nicht mehr lange standhalten, und was das Schlimmste war: Seine Kriegerschar war dem anrückenden Heer des Jarls Vagn Grimsson an Kriegern unterlegen.

„Bald ist es soweit und wir können das Tor stürmen", sprach Vagn zu Thorstein. „Holt die Ramme heran!"

Dann wandte er sich dem Skalden zu. „Woher weiß ich, dass es meinen Kindern gut geht, Rune?"

„Ich bin davon überzeugt, dass sie in Sicherheit sind. Sonst hätte dieser Hundsfott sie längst als Schutzschild und Pfand benutzt." Dies leuchtete dem Jarl ein, und er gab den Befehl, vorzurücken.

Über der Palisade hingen bereits einige der Krieger des Uwulfur, gespickt mit unzähligen Pfeilen, und der Häuptling

erkannte, dass er die Angreifer nicht aufhalten konnte. So rief er alle waffenfähigen Männer und Frauen auf den Platz vor dem Tor. Die Enge des brennenden Durchgangs sollte ihm den nötigen Vorteil gegen die Übermacht verschaffen. So ließ der Beschuss auf die Angreifer nach, und diese rückten nun schnell den steilen Weg zum Dorf vor.
Der Schildwall wurde geöffnet, und die Krieger mit der Ramme, einem angespitzten Baumstamm, der von zehn Kriegern getragen wurde, stürmten durch die Gasse der Krieger gegen das brennende Tor.

Der alte Bedda und zwei Krieger hatten bereits die Methalle durchsucht und traten nun noch einmal in die immer noch nach Erbrochenem riechende Kammer. Natürlich war die Kammer, wie schon zuvor, menschenleer. Es gab noch einen Küchenraum und drei weitere Kammern, eine davon war die Schlafkammer des Häuptlings. Doch die wagte niemand zu betreten, denn dies hatte Uwulfur untersagt. Mit gezogenen Schwertern gingen sie zur nächsten Tür, öffneten diese und sahen in den kleinen Raum. Nichts! Einer der Männer blickte in den Küchenraum, der keine Tür besaß. Auch dieser war leer. Bedda trat an die Tür der Schlafkammer seines Neffen, legte seine Hand auf den Riegel, doch einer der Männer mahnte: „Bedda, tu das nicht!"
„Ach was", wiegelte der Alte ab und öffnete, da erschallte eine tiefe Stimme in dem Gang. „Sofort alle raus! Der Feind dringt ein, wir brauchen jedes Schwert!"
Bedda zog die Tür, die er nur um einen Spalt geöffnet hatte, wieder zu, und folgte mit seinen beiden Männern eilig dem Krieger hinaus ins Freie.
Erstarrt vor Schreck saßen die Völva, die Sklavin und die Kinder auf der Bettstatt des Häuptlings. Die Thurid sah auf

das Amulett in ihrer Hand und flüsterte: „Oh, Frigga, ich danke dir!"

Brennende Holzscheite flogen durch die Luft, und die beiden Flügel des Tores barsten unter der Gewalt der Ramme, die sich krachend in das flammende Holz bohrte. Funken sprühten, und die Flügel rissen dröhnend aus den Angeln. Mit lautem Kriegsgeschrei stürmten die Angreifer über die brennenden Trümmer in das Innere des Dorfes und wurden dort von den Verteidigern des Uwulfur Eisenschädel in Empfang genommen.

Die ersten Krieger liefen direkt in die Speere der Verteidiger und stürzten sterbend in den Staub. Den Folgenden aber gelang es, sich mit ihren Schilden zu schützen, und sie stürmten mit Kampfeswut gegen den Schildwall der Krieger aus dem Dorf. Äxte und Schwerter schlugen gegen die Schilde. Krieger sprangen mit Todesmut gegen die Reihen der Verteidiger, bis diese die Schilde senkten und sich der Wall auflöste. Es entbrannte nun ein wilder Kampf, und jeder versuchte seine Haut so teuer wie möglich zu verkaufen.

Die Krieger des Häuptling Uwulfur waren mutige Kämpfer, doch schnell zeigte sich, dass die Wikinger des Jarls Vagn Grimsson in der Schlacht erfahrener waren. Durch die sommerlichen Beutezüge an den Küsten des Saxlandes und des Polenreiches sowie auf der Insel der Angelsachsen erschienen die Männer und Frauen des Bergdorfes als einfache Gegner. Die Befehle des Vagn und seiner Hauptmänner schallten über den Dorfplatz, und die Zahl der Toten auf Seiten des Uwulfur stieg nun schnell an, während die der Angreifer abnahm.

Rune lief auf das Langhaus zu. Er suchte nach einem ganz bestimmten Mann, den er auf dem Platz nicht erblickte, und außerdem hielt er es für wichtig, die Kinder und die Völva zu finden, die sicherlich seines Schutzes bedurften.

Der Riegel bewegte sich und langsam schwang die Tür in den Raum, die Kinder begannen vor Angst und Entsetzen zu schreien. Thurid und die Sklavin erstarten vor Schreck. In der Pforte stand Uwulfur mit blutigem Gesicht, die langstielige Axt in Händen. „Hier habt ihr euch also verkrochen, ihr Asseln", grinste er böse. „Und du, Völva, steckst dahinter!"
Langsam trat er in seine Schlafkammer ein. „Ich werde mir wohl den Zorn der Götter zuziehen, doch das ist mir gleich, denn ich werde deinen Verrat bestrafen, Weib!"
Da zog Thurid ihr Messer aus der Scheide, doch dies erweckte in Uwulfur nur Heiterkeit. „Du glaubst doch nicht, dass du mich damit aufhalten kannst?", lachte er.
„Sie nicht, aber ich!", erklang da eine drohende Stimme im Rücken des Häuptlings. Mit Schild und Sax in den Händen stand Rune in der Tür, bereit zum Kampf.
„Der Skalde", zischte Uwulfur Eisenschädel. „So sieht man sich wieder!"
Er riss die Axt empor und stürzte sich dem Rune entgegen. Krachend schlug das Axtblatt auf den Schildbuckel und hinterließ eine tiefe Kerbe in dem Eisen. Und auch ein zweiter Schlag traf den Schild, und einen dritten Hieb konnte Rune durch das Drehen des Schildes ablenken, so dass Uwulfur durch die Wucht zu straucheln drohte. Nun schlug Rune zu, und der Sax traf den Häuptling an der Schulter. Der Schwede wandte sich um, riss in größter Wut die Axt in die Höhe, und das eherne Blatt schlug krachend in die Tür. Da sprang Rune vor und schlug mit dem Schild zu, so dass die Kante des Schildes den Häuptling im Nacken traf und dieser auf die Knie sank. Rune wusste, wenn er diesen Kerl nicht töten würde, wäre es um die Kinder, die

Amme und auch um Thurid geschehen. So schlug er mit dem Sax zu.

*

Es war der Tag vor dem Thing, Sigrun und ihre Kinder sowie der Sklave hielten sich im Haus auf. Thorune spielte mit dem Sklaven, während Sigrun und Sif damit beschäftigt waren, Gemüse für die Suppe zu schneiden, die auf dem Feuer köchelte. Plötzlich traten zwei Männer durch die offene Tür des Hauses.

Sigrun sah von ihrer Arbeit auf, und sie ahnte, was die Kerle im Schilde führten. Sie kannte die Männer als enge Vertraute des Ragnar, doch gehörten sie nicht zu dessen Leibwache.

„Geh mit Thorune nach draußen spielen", befahl sie dem Sklaven, und dieser gehorchte stumm. „Und du, hole etwas Holz für das Feuer", sprach sie zu Sif.

„Aber es ist genug Holz da", zeigte das Mädchen auf einen Stapel neben der Feuerstelle.

„Tue, was ich dir sage!"

Sif sah die beiden Männer ängstlich an und drängte sich an ihnen vorbei ins Freie.

„Was wollt ihr?", fragte die Jarlstochter streng.

„Kannst du dir das nicht denken?", grinste der eine böse.

„Es geht ein Gerücht im Dorf um, das unserem Häuptling nicht gefällt. So ist es besser, wenn wir die Angelegenheit gleich regeln!" Sie zogen ihre kurzen Äxte aus den Gürteln, doch ehe sie zum Angriff übergehen konnten, hatte die Schildmaid einen schnellen Satz nach vorne gewagt. Das Messer, welches gerade noch das Gemüse für die Suppe schnitt, fuhr dem einen unterhalb seines Kinns in den Hals. Sigrun packte den Mann bei den Schultern und riss diesen schützend vor ihren Körper. Gerade noch zur rechten Zeit, denn die Axt des anderen fuhr dem sterbenden Kerl mit dem Geräusch berstender Knochen zwischen die Schulterblätter. Sie stieß den Toten von sich, dem Angreifer entgegen, und bückte sich nach der Axt.

„Habt ihr etwa geglaubt, ich mache es euch so einfach? Ich bin die Tochter des Jarls Siegmar! Ich bin die Schildmaid Sigrun!", rief sie laut aus.

„Das wird dir wenig nützen, dir und deiner Brut", zischte der Mann. „Deine Zeit ist abgelaufen, Weib!"

„Wenn du dich da mal nicht irrst." Geschickt wich Sigrun dem Schlag des Kerls aus, doch der Angreifer trieb sie mit den Hieben seiner Axt zurück in den Raum. Sie stieß mit dem Fuß gegen den Rand der Feuerstelle, konnte sich gerade noch unter einem Hieb wegducken, sprang über das Feuer und trat den Topf mit dem heißen Wasser, der darauf stand, dem Gegner entgegen. Das kochende Nass ergoss sich über dessen Füße und Beine, so dass der Mann vor Schmerzen aufjaulte. Diesen Moment nutzte Sigrun, stieß sich vom Rand der Feuerstelle ab, sprang in die Höhe und schlug dem Mordknecht des Ragnar die Axt mit aller Kraft in den Schädel.

Tief atmend setzte sie sich auf den steinernen Rand, sah auf den Toten zu ihren Füßen und spuckte in die Blutlache, die sich aus seinem Kopf auf den Boden ergoss.

Nach einer Weile der Ruhe steckte der Sklave seinen Kopf durch die Tür. „Sigrun, geht es dir gut?", fragte er zögerlich.

„Ja, komm herein."

Erschrocken und verwundert sah der Sklave auf die beiden toten Männer. „Du hast sie … wie hast du …?", stammelte er fragend.

„Rede nicht, hol einen Karren und lade die Kerle darauf. Danach säuberst du den Boden", befahl Sigrun, erhob sich und trat ins Freie, um nach den Kindern zu schauen.

„Ich sehe, du hast nichts verlernt“, sprach Ulfger grinsend beim Anblick der Toten, als er am Nachmittag zu seinem Haus kam. „Ragnars Männer?“

Nachdem Sigrun ihm berichtet hatte, was vorgefallen war, rief er nach dem Sklaven. „Nimm den Karren und komm.“ Unter den Augen der Bewohner von Frigghavn ging er zum Langhaus des Häuptlings, und nicht wenige Neugierige folgten ihm.

„Ragnar!“, rief er laut, bis sich die Pforte öffnete und ein Mann erschien.

„Was brüllst du hier so herum?“, fragte der Mann, der ein Knecht des Häuptlings war.

„Los, hol Ragnar her!“

Der Mann sah auf den Karren mit der leblosen Ladung, wandte sich ab und verschwand im Haus. Kurz darauf erschien der Gerufene.

„Ich bringe dir etwas, das wohl zu dir gehört, Ragnar“, sprach Ulfger, der Blonde, und grinste frech.

„Was soll das, Mann?“ Ragnar trat an den Karren und sah auf die beiden Männer herab.

„Nun, die Kerle gehören doch zu dir, also bringe ich sie hierher. Sie kamen in mein Haus, um die Tochter Jarl Siegmars zu töten!“

Ein Raunen ging durch die Menge der Neugierigen.

„Was weiß ich, was in die Kerle gefahren ist? Mein Befehl war das nicht“, wiegelte Ragnar den Vorwurf des blonden Kriegers ab.

„Die Götter werden es wissen, Ragnar“, sprach Ulfger drohend. „Aber wie du siehst, ist die Schildmaid immer noch eine gute Kriegerin. Also sei gewarnt!“

„Was soll das heißen, Ulfger? Willst du mir etwa drohen?“ Der Blonde nickte seinem Sklaven zu, und dieser warf die Toten vom Karren, dann wandte er sich ab und ging. Der Sklave folgte mit dem Karren.

Am nächsten Tag, die Sonne war bereits untergegangen, da kamen die Bewohner der Siedlung zu dem Langhaus, das einmal dem Jarl gehört hatte. Sie hatten ihr Tagwerk hinter sich gebracht, und nun war die Zeit gekommen, um der Ratsversammlung beizuwohnen. In einem großen Halbkreis standen die Männer vor dem Hochstuhl, auf dem Ragnar Platz genommen hatte. Einige seiner Vertrauten standen dem Häuptling zur Seite. Die wenigen Frauen, die gekommen waren, hielten sich im Hintergrund, denn sie hatten im Thing keine Stimme.

Nacheinander traten Männer vor den Hochstuhl und brachten ihr Anliegen vor. Gestohlenes Vieh, Streit um eine Weide, die Weigerung, eine Lieferung Fisch zu bezahlen, und der Verdacht eines Mannes, das Kind eines anderen großzuziehen. All dies wurde durch Abstimmung der Anwesenden geregelt. Dann trat Ulfger vor den Hochstuhl.

„Was willst du, Ulfger?", fragte Ragnar streng.

„Ich bringe die Angelegenheit eines Weibes vor. Ich spreche für Sigrun Siegmarsdottir!"

„Ich wüsste nicht, was das Weib vorzubringen hätte?"

„Das wirst du erfahren. Wir beschuldigen dich, deine Mordknechte ausgeschickt zu haben, um Sigrun zu töten!"

Ein Raunen und Murren ging durch die Reihen der Anwesenden.

„Das ist eine schwere Anschuldigung. Wie willst du das beweisen?", grinste Ragnar frech. „Das wirst du nicht können!"

Ulfger wandte sich den Männern zu. „Jeder von euch kennt die beiden Kerle, die gestern durch die Hand der Sigrun zur Hel gingen. Ihr alle wisst, zu wem sie gehören!"

Es wurde unruhig in der Halle.

„Ruhe!", rief Ragnar, und es dauerte eine Weile, bis sich die Anwesenden beruhigt hatten. „Und das nennst du einen Beweis für meine Schuld?"

„Nun, ich gebe dir Recht, Häuptling, es ist kein Beweis." Ulfger hatte gar nicht damit gerechnet, dass man über diese Anklage gegen Ragnar richten würde. Er verfolgte einen ganz anderen Zweck, nämlich den, die Anwesenden auf das eigentliche Anliegen der Sigrun einzustimmen.

„Dann wird es nun Zeit, dass wir trinken", rief Ragnar und wollte den Mägden den Befehl erteilen, Bier zu bringen. Doch Ulfger unterbrach den Häuptling.

„Nicht so eilig, Ragnar! Auch ich bin durstig, aber es ist noch nicht alles besprochen."

Neugierig sahen ihn die Anwesenden an, und es wurde wieder ruhig in der Halle.

„Es gab immer einen Jarl in Frigghavn", rief er. „Einen Häuptling wählten wir nur, da kein Nachfolger aus der Ahnenreihe des Siegmar hier in Frigghavn weilte. Nun aber ist die Tochter Siegmars heimgekehrt, und sie bringt einen Sohn mit sich!"

„Was willst du damit sagen? Sollen wir ein Kind oder gar die Sigrun zu unserem Jarl machen? Das kann doch nur ein Scherz sein, das hat dir Loki in den Kopf gesetzt! Sie ist ein Weib!", lachte Ragnar auf.

„Ihr alle kennt Sigrun. Sie ist eine mutige Kriegerin und könnte es mit manchem von euch aufnehmen. Gibt es nicht auch Königinnen, die ganze Länder regieren?" rief Ulfger. Da sprach ein Mann namens Gorm: „Sie war die Gemahlin des Mannes, der Jarl Siegmar tötete! Hast du das vergessen, Ulfger?"

„Ich habe genau aus diesem Grund den Skalden Rune verlassen!" Sigrun hatte das Wort ergriffen und war aus der Menge getreten. Keiner hatte sie vorher beachtet, nun aber trat sie vor den Hochstuhl. Sofort begehrten einige auf, sie

möge schweigen. Als Weib dürfe sie auf dem Thing nicht
sprechen.

„Ich bin Sigrun, die Tochter Jarl Siegmars, und ihr wollt
mir verbieten, in dem Haus, das eigentlich das meine ist, zu
sprechen? In dieser Halle bin ich aufgewachsen!"
Nun begannen die Anwesenden zu streiten, denn viele
waren der Meinung, Sigrun habe recht. Andere wiederum
fanden, sie müsse Ulfger sprechen lassen.

„Wie soll ich schweigen? Ich bin der Jarl!", rief sie laut aus.

„Los, ergreift sie", befahl Ragnar, doch Ulfger stellte sich
schützend vor Sigrun. „Willst du, dass in der Jarlshalle Blut
fließt? Ich fordere eine sofortige Abstimmung, denn das
Blut unseres Jarls ist in dieses Haus zurückgekehrt!"
Nun begannen die meisten der Anwesenden zu jubeln,
während das Gesicht des Ragnar bleich wurde.
Da trat einer der Männer aus der Menge. „Sage mir, Sigrun,
wirst du den Tod deines Vaters rächen, so, wie es Sitte ist?"
Sigrun sah Ulfger an, und dieser nickte ihr zu. Da rief sie:
„Ja das werde ich! Vor Odin, Thor und Freyr schwöre ich,
ich werde den Mord an meinem Vater rächen!"
Wieder brach Jubel aus, und noch in dieser Nacht wurde die
Tochter des Siegmar zum Jarl von Frigghavn.

„Du hast das Unmögliche möglich gemacht, Ulfger",
sprach Sigrun dankend, als sie in das Haus des Kriegers
zurückgekehrt waren. Sie trat heran und küsste den blonden
Mann.

„Wir müssen auf der Hut sein. Ragnar wird sich nicht so
schnell geschlagen geben. Erst wenn du in dem Langhaus
bist und wir eine Leibwache für dich aufgestellt haben,
kannst du dich sicher fühlen."
Ulfger war noch nicht wohl bei der Sache, und er wusste, es
war längst nicht überstanden. Zu außergewöhnlich war, was
an diesem Abend geschehen war. Und Ulfger wusste, sicher

waren Sigrun und die Kinder erst, wenn alle Männer vor
dem neuen Jarl den Gefolgschaftseid abgelegt hatten.

*

10

Im Gefolge des Jarl Vagn

Der Kampf in dem Bergdorf hatte bald ein schnelles Ende gefunden. Die überlebenden Krieger des Uwulfur Eisenschädel erkannten, dass sie den Kampf nicht gewinnen konnten, denn nun waren alle Krieger des Jarls innerhalb des Palisadenwalls.

Ihr Häuptling war verschwunden, und fast die Hälfte ihrer Krieger lag tot im Staub. So hatten sie auf den Befehl Beddas hin ihre Waffen sinken lassen und legten ihr Schicksal in die Hände der Götter.

Was sie nicht wussten, ihr Häuptling Uwulfur, der Eisenschädel genannt wurde, war zu den Göttern gegangen. Er lag in dem Gang vor seiner Schlafkammer, in einer Pfütze seines Blutes. Auf dem Bett des Häuptlings lag Rune, schwer atmend und mit schmerzverzerrtem Gesicht, denn in seiner linken Seite klaffte eine große Wunde, die Thurid eilig versorgte, bevor Rune zu viel von seinem Lebenssaft verlor.

Der Kampf zwischen dem Skalden und dem Häuptling hatte ein schnelles Ende gefunden. Eine tiefe Wunde auf dem Rücken hatte der Skalde dem Uwulfur bereits beigebracht, doch dieser hing an seinem Leben, und wie er nach dem Schlag mit dem Schild vor dem Sachsen röchelnd auf die Knie gegangen war, hob dieser seinen Sax, um den Kampf zu beenden. Doch der Schwede riss noch einmal seine Axt in die Höhe, und das Blatt schlug dem Rune knapp über der Hüfte in die Seite. Ein Schrei entfuhr ihm, und er ließ den Sax sinken. Heißer Schmerz durchfuhr seinen Körper, und er wankte zurück, so dass es dem Häuptling gelang, sich auf die Axt gestützt aufzurichten. Schwer rang er nach Luft, wandte sich um und sah seinen Widersacher mit zornigem Blick herausfordernd an. Und dieser wusste, er musste den Kampf nun schnell beenden, bevor ihm seine Kräfte schwanden. Mit dem Schild vor der Brust stürzte sich Rune noch einmal auf den Schweden, hob den Rundschild der Axt entgegen, so dass diese auf das Holz traf und Rune darunter her schlagen konnte. Die Saxklinge traf den Arm des Uwulfur und ließ das Blut spritzen. Krachend fiel die Axt zu Boden. Ein zweiter Hieb traf den Kopf und öffnete diesen über dem rechten Ohr des Schweden wie eine überreife Muschel. Das Ende des schwedischen Häuptlings war gekommen, denn mit beiden Händen hatte Rune den Griff mit dem Bärenkopf umklammert und dem Häuptling die Klinge in die Brust gestoßen. Dann war er kraftlos und erschöpft zu Boden gesunken und lag neben dem Toten in der Lache des sich mischenden Blutes.

Sofort war Thurid herbeigeeilt. „Los, hilf mir!", befahl sie der Sklavin, und gemeinsam schleppten sie Rune zum Schlaflager des toten Häuptlings.

„Ist es das, was Odin wollte?", fragte er die Völva. „Nein, mein Liebster! Der Allvater wird dich mir noch nicht entreißen." Sie lächelte und zog ihr Messer, um die blutdurchtränkte Tunika des Verwundeten aufzuschneiden.

„Reiche mir meinen Beutel", sprach sie zu der jungen Gyda und diese gehorchte. Ruhig besah sich die Heilerin die Wunde, dann sagte sie:

„Die Klinge schnitt nur das Fleisch, es sind keine Innereien verletzt. Danken wir den Göttern!"

Plötzlich erklangen Schritte im Gang, und die Kinder sowie die Sklavin drängten sich hinter dem Schlaflager eng zusammen. Was würde nun geschehen? Sie wussten nicht, was draußen vor sich ging. Nahte nun ihr Ende?

Mehrere Männer erschienen unter dem Türstock, und den Kindern entfuhr ein Schreckensschrei, doch dieser wurde schnell zu einem Schrei der Freude. Einer der Männer war Vagn Grimsson, ihr Vater.

Dieser stürzte beim Anblick seiner Kinder in den Raum, schloss diese überglücklich in seine Arme und küsste sie.

Thorstein trat an das Bett, sah auf den verwundeten Skalden und fragte die Thurid: „Wird er leben?"

Diese nickte. „Ja, er wird noch nicht an Odins Tafel speisen!"

Da lächelte der Mann und sprach zu dem Skalden: „Ohne dich hätten wir das nicht geschafft, Rune! Mögen die Götter dir immer ihr Heil schenken!" Dann zeigte er mit dem Finger über seine Schulter. „Der Kerl da draußen, ist das Uwulfur?"

„Ja, das ist der Mann, der die Kinder stahl", antwortete Rune und verzog sein Gesicht, denn Thurid stach mit einer Nadel in den Rand der Verletzung, um die klaffende Wunde mit einem Faden zu verschließen.

Da trat auch Jarl Vagn an das Schlaflager und reichte dem Rune die Hand. „Ich habe dir viel zu verdanken, böser Skalde", grinste er. „Ich stehe tief in deiner Schuld, und ich schwöre dir ewige Freundschaft. Odin soll mein Zeuge sein!"

Da Jarl Vagn Grimsson sich auf schwedischem Land befand und keinen Krieg zwischen seinem König Harald Gudrödsson und dem schwedischen Gaukönig oder gar mit Erik dem Siegreichen selbst vom Zaun brechen wollte, verschonte er das Dorf und seine Bewohner. Die meisten Krieger des räuberischen Häuptlings waren sowieso nach Walhalla gegangen, und er hatte seine Kinder lebend und unversehrt zurückbekommen. Das reichte ihm.

So zogen die Norweger, ohne das Dorf zu plündern und zu brandschatzen, wieder ab. Doch nicht, ohne die Bewohner der Siedlung vor Rachetaten gegenüber dem Skalden und der Völva zu warnen und für diesen Fall mit dem Ende des Dorfes zu drohen.

Im Dorf dagegen gab es nicht wenige, die den Tod ihres Häuptlings keineswegs betrauerten. Denn der Eisenschädel war den Bewohnern seiner Siedlung gegenüber nur allzu oft ein Tyrann, und seine Krieger gaben ihm die Macht dazu. Selbst seine Gesippen, wie der alte Bedda, weinten dem Uwulfur keine Träne nach.

Rune wurde von der Völva Thurid aus der Siedlung gebracht. Ihn wollte sie in ihrer Hütte gesundpflegen, und sie war sicher, dass dies viel Zeit in Anspruch nehmen würde. Und Rune verspürte kein Fernweh. Er fühlte sich an der Seite der Völva sehr wohl, und so schritt seine Genesung zwar schnell voran, was ihn aber nicht einen Gedanken daran verschwenden ließ, das Weib zu verlassen.

*

Im Sommer des Jahres 993 n. Chr. änderte sich die politische Lage in den Ländern des Nordens erneut. Sven Gabelbart kehrte mit einer großen Flotte aus dem Danelag zurück, um sein dänisches Reich von dem Schweden Erik, den man den Siegreichen nannte, zurückzuerobern. Die Flotte des Dänen fuhr entlang der Südküste Norwegens und dann nach Süden, ohne auf großen Widerstand zu treffen. Das Ziel war der Südwesten Jütlands, denn hier war Ribe, die alte Königsstadt der Dänen, und darum musste Jütland als erstes wieder unter dänische Herrschaft fallen. Und da die Übermacht der dänischen Flotte groß war, waren die Kämpfe gegen die schwedischen Besatzer nur von kurzer Dauer. Der schwedische Herse der Stadt Ribe fand den Tod, so wie viele seiner Gefolgschaft, und nur wenigen gelang die Flucht nach Götaland.

Nachdem der Dänenkönig die gesamte Insel von den Besatzern befreit hatte, segelte er mit einem großen Teil seiner Flotte zur Insel Fünen, und auch hier waren die Besatzer den Angreifern unterlegen, so dass sie die Insel dem Feind überlassen mussten.

Nun, nachdem sich die Ankunft des Sven Gabelbart im Dänenreich herumsprach, begehrten die dänischen Jarle gegen die Hersen des Schwedenkönigs auf. Zuerst waren es die kleinen Inseln, die sich, nun da man wusste, dass eine große dänische Flotte nahte, gegen die Besatzer erhoben. Und auch in den anderen Städten der Halbinsel Jütland begann es zu brodeln.

Als die Nachricht vom Einfall des Sven Gabelbart in die besetzten Gebiete an den Hof des Schwedenkönigs getragen wurde, rüstete dieser eine Flotte aus und machte sich auf den Weg, den Dänen wieder zu vertreiben. Durch die dänischen Jarle und Großbauern waren das Heer und die Flotte des Gabelbart aber stetig angewachsen, und als die Kriegsflotten aufeinander trafen, musste der Schwede bald schon den Rückzug antreten, wollte er nicht seine gesamte Flotte auf den Meeresgrund sinken sehen.

Das Dänenreich war wieder in der Hand Sven Gabelbarts, und dieser vertrieb alle verbliebenen schwedischen Hersen aus seinem Land.

Doch der Däne wollte auch die einst von ihm oder seinem Vater Harald besetzten Gebiete Norwegens wieder unter seine Kontrolle bringen, und so schickte er seine Flotte, um auch in den Städten am Nordweg die schwedischen Hersen zu vertreiben und statt derer seine eigenen einzusetzen. Kleinkönige, die dem Dänen den Eid verweigerten, liefen Gefahr, aus ihrer Herrschaft vertrieben zu werden.

Einer aber verweigerte dem Gabelbart strikt die Abgaben zu zahlen. Schon seit drei Wintern hatte Jarl Hakon von Lade,

König des Tröndelag, den Besatzern die Steuergelder vorenthalten. Und dies sollte auch so bleiben.

Zähneknirschend ließ der Dänenkönig den Tröndner gewähren, denn er wollte sich keinesfalls in einen Krieg mit den Tröndnern stürzen, schließlich hatte er gerade erst seine Königsherrschaft zurückerobert und musste immer noch mit dem erneuten Einfall König Eriks von Schweden in sein Reich rechnen.

Im Spätsommer verbreitete sich die Kunde, dass der König der Dänen sich mit der polnischen Prinzessin Gunnhild, einer Schwester des Polenkönigs Boleslaw, vermählt hatte, und es ging das Gerücht, dass er dies nicht ganz aus freien Stücken getan hatte. Jarl Sigwaldi, oberster Häuptling der Jomswikinger, sollte die Heirat mit einem frechen Streich eingefädelt haben, indem er Sven Gabelbart auf die Jomsburg entführt hatte. Es hieß, die Liebe zu der polnischen Prinzessin Astrid, einer weiteren Schwester des Boleslaw, hätte ihn zu diesem Wagnis getrieben. Dies kostete den Sigwaldi und den Jomswikingern ein Versprechen, um Rachetaten des Dänenkönigs gegenüber ihren Familien, die ja im Dänenreich lebten, zu vermeiden.

*

Der Herbst und auch der Winter zogen ins Land, und es war für Rune eine schöne, ruhige Zeit. Seit langem fühlte er sich wieder richtig wohl. Und auch Odin schien ihm jetzt ein wenig Ruhe zu gönnen, denn er ließ ihn schlafen.

Die Völva wurde für ihre Arbeit in der Siedlung gut entlohnt, und Rune ging auf die Jagd. So überstanden sie die kalte Jahreszeit, ohne zu darben.

Mit den Leuten aus der Siedlung verkehrten sie jetzt kaum noch. Es lag nicht nur daran, dass das Wetter sie mehr und mehr an die Hütte fesselte, vielmehr hatte sich, nachdem einige Zeit vergangen war, die Meinung des alten Bedda, der nun Häuptling war, gegen die Völva Thurid gewandt. Er hielt sie für eine Verräterin und legte ihr den Tod seines Neffen zur Last. Einzig die Drohung des fremden Jarls hinderte ihn daran, Rache zu nehmen.

An einem Abend, das Fest zur Wintersonnenwende lag bereits einen halben Mond zurück, da klopfte es an der Tür der Hütte. Rune und Thurid saßen am Feuer und unterhielten sich angeregt, blickten sich erstaunt an, denn Besuch kam nur selten. Der Sachse erhob sich, ergriff seinen Sax und öffnete die Tür. In der Dunkelheit stand ein Mann, sein Pferd am Zügel haltend, Mütze und Schultern mit Schnee bedeckt, denn es schneite unaufhörlich in den letzten Tagen.

„Ist dies die Hütte der Völva Thurid?", fragte der Mann. Streng und ohne zu antworten sah Rune den Mann an, und dieser verstand. „Ich bin ein Krieger des Jarls Vagn Grimsson, mein Name ist Einar."

„Ein Mann des Vagn bist du? Bring dein Pferd in die Koppel hinter dem Haus und komm herein", bot Rune dem durchgefrorenen Mann an, und dieser eilte sich, sein Pferd zu versorgen.

Als Einar am Feuer saß und seine Hände über den Flammen rieb, um wieder Leben in seine Finger zu bekommen, sprach er: „Mein Jarl schickt mich, um die Völva Thurid an seinen Hof zu holen. Sein Weib Gudrun …", er begann herumzudrucksen, „sie ist … sie hat große Probleme beim … es geht um …!"

„Nun sprich endlich, so schlimm kann es nicht sein", drängte Thurid den Mann, und der versuchte es weiter.

„Es geht um die Brut, die Nachkommenschaft. Der Jarl macht sich große Sorgen um sein Weib."

„Sie bekommt ein Kind", lachte Thurid amüsiert. „Warum sagst du das nicht gleich?" Rune reichte dem Einar eine Schüssel mit dampfender Suppe. „Deswegen schickt er einen Mann im tiefsten Winter hierher? Gibt es in seinem Gau keine Heilerin?"

„Natürlich gibt es in König Haralds Reich auch Heilerinnen", sprach Einar, „aber Jarl Vagn will die Thurid an der Seite seines Weibes. Es soll ihr Schaden nicht sein. Außerdem hofft er so, den bösen Skalden wiederzusehen. Was immer das bedeuten soll?"

Rune begann zu lachen. „Wenn Thurid einverstanden ist, werden wir dir an den Hof Jarl Vagns folgen." Er sah das Weib an, und diese stimmte zu. „Es gibt hier für mich nur wenig zu tun, seit Bedda sich gegen mich wandte. Außerdem ist es ziemlich eintönig. Lass uns also nach Vingulmark gehen."

Schon am nächsten Morgen packten sie ihre Reisebündel mit allem, was sie für den Weg brauchen würden. Die Völva packte zusätzlich eine große Tasche mit allerhand Zeug wie Fläschchen und Tiegel, Bündel von Kräutern und allem, was sie glaubte zu benötigen. Auch ihren Völvenstab nahm sie natürlich mit sich. Rune hatte seinen dicken, grauen Kirtel angezogen und darüber seinen mit einem Fellkragen besetzten Umhang, dazu trug er eine Mütze, die seinen Kopf wärmen sollte, als er in die Koppel trat, um die Pferde zu satteln. Seinen Schild und den Speer hatte er bereits an Thokis Sattel befestigt. Dann führte er die Tiere vor die Hütte. Nun traten auch Einar und die schwedische Völva heraus und brachten das Gepäck, welches sie an den Sätteln ihrer Pferde befestigten.

Sie bestiegen die Tiere und machten sich auf den Weg. Thurid sah sich noch einmal wehmütig um, denn die Runen hatten ihr gesagt, dass sie nicht mehr hierher zurückkehren würde.

Kniehoch bedeckte der Schnee das Land. Bäume, riesigen Gerippen gleich, Sträucher, Wiesen, Berge und Felsen lagen unter einem weißen Kleid. Langsam stapften Thoki und Ulla, so nannte Thurid ihre weiße Stute, durch den tiefen Schnee. Der Krieger Einar ritt voran.

Lang und anstrengend war der Weg durch die verschneite Landschaft des schwedischen Grenzgebietes zu den norwegischen Gauen. Doch irgendwann kamen sie in den Machtbereich des Kleinkönigs Harald Gudrödsson, ließen die Königsstadt Sotenäset hinter sich und erreichten das Gebiet in dem Gau Vingulmark, welches Jarl Vagn Grimsson seine Herrschaft nannte.

Jarl Vagn war zwar ein Lehnsmann des Harald, doch war er dies nur widerwillig, denn der Gudrödsson war ein Vasall des Dänenkönigs Sven, und dies gefiel dem Jarl keineswegs. Doch er musste sich fügen, wollte er nicht von den Dänen aus seinem Gau vertrieben werden.

Bald erreichten sie den Rand eines Waldes, und da sich Einar in dieser Gegend natürlich bestens auskannte, führte er sie zu einem Pfad, der in den Wald führte. „Jetzt ist es nicht mehr weit. Bald werden wir die Siedlung erreichen", sprach er hoffnungsvoll, denn die Kälte hatte besonders der Thurid arg zugesetzt, und als sie den Wald wieder verließen, blickten sie von einer Anhöhe auf die Weiten des Kattegat, der See zwischen dem dänischen Jütland und dem norwegischen Vingulmark.

Längs des Ufers führte ein Küstenweg nach Süden. Und so ritten sie nun entlang des verschneiten Strandes, felsiger Klippen oder mit Schilf bewachsener Landzungen, die in die See hineinreichten, bis sie erblickten, wonach sie suchten. Die Dächer der Fischerhütten waren das erste, was sie von der Siedlung sahen, dann die Wehrtürme und Palisaden. Da

Rune nun von Norden kommend in die Siedlung ritt, erblickte er das Dach des Langhauses mit den Drachengiebeln erst, als sie längst auf dem breiten Hauptweg waren, der durch die Siedlung führte, denn der Sitz des Jarls lag im Süden der Siedlung.

Vagn Grimsson selbst trat vor das Haus und begrüßte die Ankommenden mit großer Freude.

„Rune, der Skalde! Thurid, die Völva!", rief er hocherfreut. „Ihr seid meinem Ruf gefolgt." Er wandte sich um und rief einen Namen in das Langhaus, worauf sofort ein Sklave herangeeilt kam.

„Los, kümmere dich um die Pferde und das Gepäck", befahl der Jarl, und der Sklave nickte. „Kommt ins Haus, ihr müsst doch durchgefroren sein bis auf die Knochen."

„Da hast du sicherlich nicht unrecht", stimmte Einar seinem Jarl zu und stieg aus dem Sattel. „Zu einem Becher mit heißem Met würde ich sicherlich nicht Nein sagen."

„Ich denke, den hast du dir auch verdient, Einar", lachte Vagn. „Also, kommt."

Auch Rune und Thurid waren von ihren schnaubenden Pferden abgestiegen, und während der Skalde den Jarl mit Handschlag begrüßte, nahm Thurid ihre Tasche und den Völvenstab vom Sattel, bevor der Sklave die Stute Ulla fortführen durfte.

In der großen Halle war es gemütlich warm, denn in der großen Feuerstelle, die sich mittig des Raumes über fast die Hälfte der Halle zog, brannte hell lodernd ein Feuer. An einem der Tische saß Gudrun, das Weib des Vagn, mit den zwei Mädchen, die ihre Befreiung wohl dem Rune zu verdanken hatten und dementsprechend war auch die Freude der Kinder groß, als sie die Gesichter des Sachsen und der schönen Völva erkannten. Sofort sprangen sie auf und umarmten die Gäste mit großem Überschwang. Nicht weniger freudig war die Begrüßung der Jarlsgattin ausgefallen, die sofort den Befehl an eine Sklavin gab, ein Mahl zuzubereiten. Als letzter bemerkte der Knabe Grim, wer da angekommen war, denn er hatte ausgelassen mit seinem jüngeren Bruder gespielt, dem Kind, das Gudrun dem Jarl bereits vor zwei Wintern geboren hatte.

Nachdem sie ein ausgezeichnetes Mahl zu sich genommen hatten, bezogen Rune und Thurid eine Kammer in dem großen Langhaus. Ein Sklave hatte bereits all ihre Habseligkeiten dort hingebracht.

„Ich denke, ihr werdet euch nach der beschwerlichen Reise ausruhen wollen", vermutete Gudrun und erriet, was eigentlich nicht zu übersehen war. So zogen sich die Gäste in die Kammer zurück, um zu ruhen. Bald schon, nachdem sie sich auf das bequeme Bett gelegt hatten, waren sie fest eingeschlafen.

Ein lautes Pochen ließ Rune erwachen. Verschlafen öffnete er seine Augen, und erst jetzt gelang es ihm, das Geräusch zu deuten. Jemand stand vor der Tür und pochte gegen das Holz. „Skalde! Bist du wach?", vernahm er eine Stimme, und nun, da sich Rune erhob, erwachte auch Thurid.

„Es wird Zeit, in die Halle zu kommen", sprach der junge Sklave, als Rune die Tür öffnete. „Jarl Vagn wünscht euch zu sehen." Mit einem Zuber Wasser trat er in die Kammer, stellte diesen auf den Tisch und ging.

Rune trat an den Tisch, ergriff den Lappen, der in dem warmen Wasser schwamm, und begann sich zu waschen, während die schöne Thurid sich aufgesetzt hatte und ihn dabei beobachtete. Interessiert besah sie den Mann, den sie sich zum Lebensgefährten gewählt hatte. Er war nicht besonders groß, doch kräftig war er trotzdem, und er war nicht dumm. Ganz im Gegenteil, dieser Sachse war ein schlauer Mann. Ihr Blick lag auf seinem muskulösen Nacken und dem Rücken, den einige vernarbte Striemen verunstalteten. Siebenundzwanzig Sommer und Winter hatte

Rune bereits erlebt, gute und schlechte waren darunter, und einige hatten nun mal ihre Narben hinterlassen.

Thurid erhob sich, streifte ihr Hemd ab und trat langsam auf den Mann zu. Ihre Arme umschlangen den Oberkörper des Rune und sie hauchte in sein Ohr: „Weißt du, wonach mir jetzt zumute ist?"

„Ich glaube, ich kann es erraten", kicherte der Skalde, wandte sich um und küsste das Weib. Ihre nackten Brüste schmiegten sich an seinen Körper, und seine Männlichkeit schickte sich an, dem Weib zu Diensten zu sein. Doch er besann sich. „Meine Liebste, es gibt sicher nichts, was ich jetzt lieber täte, doch unser Gastgeber wartet auf uns."

Er löste sich aus ihrem Griff und trat einen Schritt zurück. Thurid seufzte leise. „Du hast ja recht." Dann ergriff sie den Lappen und begann sich ausführlich den Körper zu waschen. Nun saß Rune auf dem Bett und beobachtete das schöne Weib. „Ich verspreche dir, ich werde heute noch nachholen, was wir jetzt versäumen."

Bald darauf traten beide in die große Methalle des Langhauses, die bereits mit zahlreichen Leuten gefüllt war, Einige Gesichter erkannte Rune sofort, so wie jenes des Thorstein. Sie saßen an den Tischen, die zu beiden Seiten der Hochstühle des Jarlspaares aufgestellt waren. Die vorderen beiden Plätze zur Linken, nah bei dem Jarl, waren unbesetzt geblieben.

„Ah, endlich. Rune und Thurid", rief Jarl Vagn, als er seine Gäste erblickte. „Kommt, nehmt Platz. Los, bringt meinen Gästen zu trinken und ein Mahl."

Sofort eilte eine Magd heran und brachte gutgefüllte Becher mit würzigem Met. Eine andere stellte einen Teller mit gebratenem Fleisch vor die Gäste auf den Tisch. Dann trat Jarl Vagn vor den Rune und reichte ihm ein Stück Brot sowie etwas Salz. Dieser nahm und aß. Nun genossen Rune und Thurid Gastrecht im Hause des Jarls.

An diesem Tage feierten sie ausgelassen ihre Ankunft, und
Jarl Vagn bat den Skalden, etwas von seiner Kunst
darzubieten. Rune erbat sich ein wenig Zeit, um über einen
passenden Vers nachzudenken. Und nach weiteren fünf
Bechern Met erhob er sich, trat vor den Jarl und sein Weib
und begann zu reimen.

Ehrlos der Troll die Kinder raubte,
Schätze und Silber zu erringen er glaubte.
Groß war des Uwulfurs Schande.
Odin erzürnte, drum den Fremden er sandte.
Jarl Vagn dem Hundsfott Rache schwor,
wütend er reißt seine Fäuste empor.
Zahlreich die Männer kamen herbei,
zu jagen den Troll, dass die Kinder sind frei.
Vom Fremden geführt, durch des Allvaters Hand,
die Krieger zieh'n in das fremde Land.
Völva braut den magischen Trank,
der Wachhund in tiefem Schlaf versank.
Der Zorn des Uwulfur ist nun geweckt,
doch die Kinder sind vor dem Unhold versteckt.
Mit Schwert und Schild, mit Axt und Speer,
bereit sie sind, zu erstürmen die Wehr.
Jarl Vagn seine Kinder zurück gewann,
durch Mut, durch List und Schwerterklang.

Der Beifall war groß, als Rune geendet hatte, und besonders
Jarl Vagn freute sich über den Vers. „Das ist ein sehr guter
Reim, Skalde", rief er lachend. „Solch einen Mann wie dich
würde ich nur zu gerne in meine Gefolgschaft aufnehmen."
Noch einige Verse musste der Skalde zum Besten geben, bis
ihm der Met seine Stimme versagte. Als Thurid den Rune in
die Schlafkammer führte, war es schon spät und der Skalde

nicht mehr fähig, das Versprechen, welches er dem Weib gab, einzulösen.

Am folgenden Tag befahl Jarl Vagn, dass man den beiden Gästen ein Haus herrichten sollte. Und dies tat er nicht ohne Hintergedanken, darum sollte es ein schönes Haus sein in einer guten Lage und nicht zu weit von dem Langhaus des Häuptlings entfernt. Schnell hatte Thorstein, der mit der Aufgabe betraut wurde, ein passendes Haus gefunden, und mit einer angemessenen Summe und der Schärfe seines Schwertes hatte er den Besitzer vom Verkauf überzeugt. Doch von alldem erfuhren Rune und die Völva nichts. Und während sich Thurid um die schwangere Gudrun kümmerte, sie hatten sich in die Schlafkammer der Jarlsgattin zurückgezogen, bat Vagn Grimsson den Skalden, ihm zu folgen.

Die Männer gingen durch die verschneite Siedlung, bis sie vor einem Haus Halt machten. Ein geschnitzter Pferdekopf zierte den ausladenden Giebel, und das Gebäude war in einem hervorragenden Zustand. Das Dach schien dicht zu sein, und die Tür war äußerst stabil und mit Eisen beschlagen.

„Ich möchte nicht, dass du mich falsch verstehst, Rune, doch ich möchte, dass du mit der Völva dieses Haus beziehst", sprach der Jarl ruhig. „Ihr sollt nicht in einer kleinen Kammer leben, solange ihr meine Gäste seid."

Erstaunt sah Rune den Jarl an. „Das ist sehr großzügig von dir, Jarl Vagn. Aber warum?"

„Ich will es so", antwortete der Häuptling nur knapp. Dann traten die Männer in das Haus ein.

*

Oft ging Thorbart hinunter an den Hafen, sah, wie die
Schiffe der Kaufleute an den Stegen anlegten und auch, wie
sie wieder mit geblähtem Segel in die große Bucht der Slie
hinausfuhren, um dann auf dem Fluss immer kleiner zu
werden und letztendlich zu verschwinden. Nicht, dass er
sich an der Seite der Eira unwohl fühlte. Es fehlte ihm an
nichts, sogar, dass er hin und wieder eine der jungen Huren
besprang, verzieh sie ihm, wenn sie selbst dabei nicht zu
kurz kam. Und trotzdem gab es Tage, da fühlte sich der
große Krieger unwohl. Es mochte der Wunsch sein, wieder
einmal hinaus auf das Meer zu segeln, um Beute zu machen
und Ruhm zu erkämpfen. Aber es war auch die Sehnsucht
nach dem Freund, dem Skalden Rune. Wo mochte dieser
wohl sein? Vielleicht hatte er sich zu der Völva aufgemacht,
von der er ihm erzählt hatte, und führte nun ein ruhiges
Leben an der Seite dieser schönen Frau. Thorbart jedenfalls
fühlte sich allein.
Styrbjörn Arnarsson hatte den Sommer über Ruhe gegeben,
wohl weil seine Männer hinaus gesegelt waren, um Beute zu
machen. So hatte er nur noch wenige Krieger in seiner
kleinen Siedlung, die für ihn gekämpft hätten. Also hielt er
sich zurück, was den Thorbart und die Eira anging.
Außerdem war der Krieg zwischen den Dänen und den
Schweden auch nach Haithabu gekommen. Und er als Däne
hatte sich nur zu gerne an dem Aufstand gegen den
schwedischen Jarl und seine Krieger beteiligt.
Da die Menschen nun wussten, dass sie auf die Hilfe ihres
Königs Sven vertrauen konnten, wagten sie es, sich gegen
die schwedischen Besatzer aufzulehnen. Aus der ganzen
Umgebung kamen die Krieger in die Stadt, um Haithabu für
den Gabelbart zurückzuerobern.
Den Schweden blieb nur die Flucht, wollten sie ihr Leben
nicht verlieren. Thorbart, der zwar Norweger war, schloss
sich den Dänen in ihrem Kampf an. Und er tat dies so, dass

es jedem auffiel, denn er ahnte, dass ihm dies einmal zugute kommen würde.

Als im Herbst das Schiff des Arnarsson in den Hafen einlief, befürchtete der Krieger aus Frigghavn, dass sich der Sklavenhändler erneut auf einen Streit einlassen könnte. Doch der Styrbjörn verhielt sich ruhig. Vielleicht hatte er eingesehen, dass es Rune war, den er wollte, und nicht Thorbart. Der Norweger kaufte sogar auf dem Sklavenmarkt ein junges Weib für das Bordell von dem Händler, und dieser zeigte sich äußerst friedlich. Doch der norwegische Krieger sollte sich täuschen, wenn er glaubte, der Streit wäre vorbei, denn Styrbjörn Arnarsson hatte seinen Groll mitnichten begraben. Er hatte lediglich begriffen, dass, wenn er diesen Sachsen wiedersehen wollte, er nur geduldig abwarten musste, bis dieser in Haithabu erscheinen würde. Der Sachse würde sicher eines Tages in dem Haus des Norwegers auftauchen, denn die Männer waren schließlich Freunde. Und dann wäre Styrbjörn mit seinen Kriegern zur Stelle, um die offene Rechnung zu begleichen.

*

11

Der Auftrag

*T*horbart saß an einem der Tische in der Schänke der
Eira, nippte gelangweilt an einem Becher Bier und
grübelte über dies und jenes nach. Sein Blick lag auf der
jungen Sklavin, die er im letzten Herbst auf dem Markt von
Styrbjörn gekauft hatte. Das Weib saß an einem der Tische,
gemeinsam mit zwei anderen Huren und einem Gast. Dem
einzigen, der zu so früher Stunde den Weg in das Bordell
gefunden hatte. Sie hatte sich schnell in ihr Schicksal gefügt
und schien sogar froh darüber zu sein, als Hure nun keine
schwere körperliche Arbeit mehr verrichten zu müssen.
Daher leistete sie gute Dienste.
Jedesmal, wenn er sie ansah, musste er an diesen
Sklavenhändler denken, und dies wiederum brachte ihn
dazu, auch an Rune zu denken. Was mochte wohl aus dem
Sachsen geworden sein?, fragte er sich wieder einmal. Wo
würde Rune den Winter verbringen?
„Was starrst du sie so an?" Eira hatte sich zu dem
Norweger gesetzt. „Wenn dir danach ist, ein Weib zu
bespringen, dann nimm gefälligst mich", sagte sie
eifersüchtig.
„Ach, rede doch nicht dumm daher. Es ist sicher nicht diese
kleine Hure, an die ich denke", brummte Thorbart beleidigt.
Er mochte Eira wirklich, aber manchmal ging sie ihm
gehörig auf die Nerven.
„Deine Gedanken sind wieder einmal bei dem Sachsen",
stellte sie ein wenig verärgert fest, denn sie befürchtete, dass
Thorbart sich irgendwann auf die Suche nach dem Freund
begeben könnte. „Seine Sehnsucht nach dir scheint mir

weniger groß zu sein, sonst hätte es ihn sicher längst hierher verschlagen. Den Winter hätte er doch unter unserem Dach verbringen können. Wir haben genug zu essen, ein Schlaflager hätte er ebenfalls und dazu noch junge Weiber, die ihn wärmen und ihm die Nacht versüßen."

„Er wird bei der Völva im Schwedenreich sein, und frieren wird er in ihrem Bett sicher auch nicht", vermutete Thorbart grinsend, wurde dann aber wieder ernst. „Und ich langweile mich hier zu Tode."

Er erhob sich, nahm seinen dicken, wollenen Kirtel und sein Wehrgehäng. „Ich gehe zum Hafen!"

„Sage mir, Styrbjörn, liegst du mit dem Kerl der Eira noch immer in Fehde?", fragte der Mann, der am Vormittag noch in dem Bordell mit den Huren dem Thorbart gegenüber saß, den Sklavenhändler.

„Was geht dich das an, Skögul?", blaffte Stybjörn seinen Gast an, sprach dann aber: „Es ist eigentlich nicht dieser Norweger, sondern sein Freund, der Skalde, den ich suche. Und bald werde ich diesen Thorbart zwingen, mir zu sagen, wo ich diesen Skalden finde."

„Nun ja, ich hätte da etwas im Sinn, das könnte dir mit deinem Problem weiterhelfen", sprach der Gast unbeirrt. Er kratzte sich seinen Bart und sprach: „Weißt du, Styrbjörn, wenn du jeden Tag soviel Honig essen kannst, wie du nur magst, hängt dir irgendwann der Honig aus den Ohren." Fragend sah der selbsternannte Jarl den Mann an, denn er verstand nicht, worauf dieser hinaus wollte. „Rede nicht in Rätseln mit mir, Skögul. Sag, was du meinst, oder halt dein Maul!"

„Dieser Thorbart lebt in einem Bordell. Man könnte doch denken, dass man sich da ausgesprochen wohl fühlt. Stell dir vor, wenn es dich juckt, kommt sofort eine der Huren und lutscht dir den Schwanz. Aber bei dem Thorbart und den Huren ist es wie mit dem Honig. Sie hängen ihm aus den Ohren, und der Kerl stirbt vor Langeweile. Die Eira nimmt ihm die Luft zum Atmen."

„Und was geht mich das an?"

„Wenn du von dem Norweger etwas erfahren willst, dann wäre es ratsam, ihn zum Vertrauten zu haben und nicht zum Feind." Ein fragender und wenig freundlicher Blick traf den Gast.

„Bei den Göttern!" Skögul verdrehte seine Augen. „Dem Kerl ist es langweilig, es zieht ihn fort. Ein Krieger, dessen einzige Freude es ist, in den Mösen zu stecken, dessen Schwert wird stumpf. Also biete ihm an, für dich auf Sklavenfang zu gehen. Mach ihn zu einem deiner Männer und gib ihm, wonach es ihn dürstet. Vielleicht wird er dir dann verraten, wo du diesen Skalden finden kannst."

Nun verstand Styrbjörn und begann zu grinsen. „Du bist ein schlauer Fuchs, Skögul!" Er nahm einen Schluck aus seinem Becher. „Seit dieser Kerl mir den Gunnar erschlagen hat, fehlen mir sowieso gute Männer. Und wenn er mir dann verraten hat, wo sich dieser Hundsfott versteckt hat, rechnen wir ab. Mit beiden!"

Die kalte Zeit des Winters zog vorüber, und es wurde bald merklich wärmer. Das Eis in den Fjorden begann dünner zu werden und irgendwann kam der Tag, da brach es. Das laute Knacken und Krachen dröhnte durch die Fjorde, dass man glauben mochte, die Eisriesen hätten den Weg aus Udgard in das Menschenreich Midgard gefunden. Die Flüsse begannen anzuschwellen, denn das Schmelzwasser aus den Bergen floss zu Tal, und so wurde aus manchem friedlichen Bächlein nun ein reißender Fluss. Über mächtige Wasserfälle stürzte das Wasser die Klippen hinab in die Fjorde.

Die Zeit des Winters hatte dem Thorbart sehr zugesetzt, und dies hatte auch schwer an seinem Zusammenleben mit der Eira genagt. Immer öfter hatte seine schlechte Laune dazu geführt, dass sie sich heftig stritten. So grübelte Thorbart darüber nach, was er nun tun sollte. Das Leben mit der Eira war ihm jedenfalls gründlich verleidet. Viele Einfälle gingen ihm durch den Kopf, was er tun könnte: Vielleicht sollte er nach Rune suchen, oder er könnte sich einen Schiffsführer suchen und auf Wiking ausfahren. Oder vielleicht sollte er nach Frigghavn zurückkehren.

Und dann geschah etwas, das der eigentlich nicht sehr asentreue Thorbart als ein Zeichen Odins deutete. Er saß wieder einmal in der gut gefüllten Schänke an einem der Tische. Starrte auf das heitere Treiben der Kerle, die sich mit den Huren vergnügten, als der Mann, den er als Skögul kannte, an den Tisch trat und sich ungefragt zu ihm setzte.

„Du siehst nicht glücklich aus, Mann, dabei lebst du mit den schönsten Huren", sprach Skögul grinsend.

Mit einem grimmigen Blick sah Thorbart den Mann an. „Ich war einmal ein Krieger. Der Hauptmann eines Jarls. Und nun friste ich mein Dasein als Aufpasser für einen Hühnerhof. Soll ich da etwa glücklich dreinschauen?"

Skögul begann zu lachen, sah den Thorbart dann aber ernst an und sprach: „Vielleicht hätte ich da was für dich, aber gib mir erst dein Wort, dass du es mir nicht nachtragen wirst, wenn dir mein Vorschlag missfällt."

Der Norweger sah den Skögul verwirrt an, versprach dann aber, ihm nicht gram zu sein.

„Der Arnarsson rüstet sein Schiff aus, um auf Sklavenfang zu gehen. Und er sucht einen Stevenhauptmann!"

„Styrbjörn Arnarsson? Bist du verrückt geworden, Skögul? Der Kerl hasst mich und würde mich lieber tot sehen, als mir das Kommando über sein Schiff zu geben", empörte sich Thorbart, und nun war ihm auch klar, warum sich Skögul vorher seines Wohlwollens versicherte.

„Du irrst dich, Thorbart! Styrbjörn will endlich Frieden mit dir, und nachdem erst dieser Skalde den Ubbe und dann du den Gunnar nach Walhalla schicktet, sucht er einen guten Mann, der für ihn auf die Jagd geht. Auch wenn ihr in Fehde lebt, so hält Styrbjörn doch große Stücke auf dich!"

Der norwegische Krieger fuhr sich nachdenklich durch den Bart. Er hatte es tatsächlich satt, ständig damit rechnen zu müssen, dass ihm einer der Kerle des Arnarsson ein Messer in den Rücken stoßen könnte. Vielleicht war dies ja ein Zeichen Odins, denn es konnte doch kein Zufall sein, dass Skögul ihm dies Angebot gerade jetzt unterbreitete, wo ihn das Fernweh plagte.

„Der Jarl wird dich sicher gut bezahlen für deine Dienste", fügte Skögul noch hinzu, denn er erkannte, dass Thorbart bereits in seiner Meinung wankte.

„Nun gut! Ich will mit Styrbjörn Arnarsson reden", willigte er in den Vorschlag des Skögul ein. „Doch nicht eher, bis er mir freien Abzug versichert, egal wie unsere Verhandlung ausgeht."

„Dafür werde ich sorgen, Thorbart, und nun musst du mich entschuldigen, denn ich habe noch mit diesem jungen Weib dort drüben Verhandlungen zu führen." Kichernd erhob er sich und ging.

*

Im Sommer des Jahres 994 n. Chr. war es soweit, dass König Sven Gabelbart das Versprechen der Jomswikinger einforderte, das sie ihm geben mussten für den Streich, den sie ihm im vergangenen Jahr gespielt hatten.

Der Tröndnerkönig Hakon war dem Gabelbart immer noch ein Dorn im Auge, verweigerte er doch immer noch die

Gefolgschaft und somit die Abgaben. So verlangte er von Jarl Sigwaldi, dass die Jomswikinger den Tröndner in die Knie und zum Gefolgschaftseid gegenüber dem Dänenkönig zwingen sollten. Dies hatte für Sven den Vorteil, dass er seine eigenen Krieger schonen konnte, denn er trug sich immer noch mit dem Gedanken, die Königreiche auf der Insel der Angelsachsen in sein eigenes Königreich einzuverleiben.

Und so zog eine große Flotte der gefürchteten Wikinger aus der Burg im Oderhaff nach Norden. Da die Jomswikinger in ihrer Gier aber bereits im Süden Norwegens zu heeren begannen, erreichte Hakon von Lade die Nachricht der nahenden Dänenkrieger frühzeitig, und es gelang ihm, ein Bodenheer und auch eine große Flotte aufzubieten. Und so geschah, was kaum einer zu glauben gewagt hatte: Die weit gefürchteten Krieger von Jom unter dem Befehl des Jarls Sigwaldi verloren die Schlacht. Ohne den Moment der Überraschung fuhr die Flotte geradewegs in die Falle des Jarls Hakon, und der Zorn der Tröndner zwang die Krieger in die Knie. Jarl Sigwaldi gelang die Flucht, doch viele seiner Männer starben in der Schlacht. Unter ihnen auch berühmte Häuptlinge wie Bui, der Dicke von Borgundarholm.

Andere wurden gefangen genommen und ihnen wurde der Kopf abgeschlagen, doch es gab auch Krieger, denen Odin hold war, und die ihr Leben retteten, indem sie dem Tröndnerkönig den Gefolgschaftseid schworen.

Als die Kunde von der Niederlage der Jomswikinger nach Ribe getragen wurde, war König Sven Gabelbart verständlicherweise wenig erfreut. Doch tun konnte er nichts, denn die Jomswikinger unterstanden nicht ihm, sondern dem Polenkönig Boleslaw. Dem Hakon aber festigte der Sieg seine Herrschaft über das Tröndelag, und es gelang ihm sogar, die dänischen Jarle und Hersen aus den Gauen in Westnorwegen zu vertreiben.

Regen prasselte auf das Dach der Hütte. Schon seit Tagen regnete es unaufhörlich, mal mehr, mal weniger. Es wurde kaum richtig hell, und das trübe Herbstwetter schlug dem Skalden mächtig auf sein Gemüt. Rune saß an der Feuerstelle, inmitten des Raumes, auf der an einem Dreibein ein Topf hing, aus dem heißer Met seinen köstlichen, würzigen Duft in die Hütte verströmte. Ihm gegenüber saß Thurid und nähte an einem Kleid, das sie sich für den nächsten Sommer fertigte. Plötzlich klopfte es an der Tür. Fragend sah Thurid den Sachsen an, legte ihr Nähzeug beiseite und erhob sich, um zur Tür zu gehen. Sie öffnete und blickte in das Antlitz eines Unbekannten.

„Ich bin Gudbrand", stellte sich der Fremde vor, sah dann an der Thurid vorbei in die Hütte, wo er Rune erblickte.

„Und ich hoffe, du bist der Mann, nach dem ich suche."

„Da ich nicht weiß, nach wem du suchst, kann ich dir nicht helfen." Rune erhob sich und trat zur Tür. „Wen suchst du, Gudbrand?"

„Ich suche nach einem Skalden, und mein Weg führte mich zu dir. Bist du der Mann, den man Rune nennt?", fragte der Fremde. Da kratzte sich Rune nachdenklich den Bart, nickte dann aber zustimmend. „Ja, ich bin Rune, der Skalde."

„Und bist du jener Skalde, der aus dem Gau des Jarls Ulf stammt? Kommst du aus dem Tunsberggau im großen Fjord von Vestfold?"

Wieder nickte Rune.

„Dann bist du der, den ich suche", sprach Gudbrand. „Darf ich eintreten, es ist wenig gemütlich hier draußen?"

Der Wind pfiff ungemütlich um die Hütte und peitschte dem Mann den Regen in sein Gesicht. Dazu kam, dass er längst durchgeweicht war bis auf die Haut und fror. Rune trat einen Schritt beiseite und bat den Fremden einzutreten.

„Thurid, reichst du uns heißen Met?" Er lächelte die Völva an und diese nickte.

„Komm ans Feuer und erzähle, was ich für dich tun kann, Gudbrand." Rune nahm an der Feuerstelle Platz, und der Gast folgte ihm, nachdem er seinen Umhang und den wollenen Kirtel abgelegt hatte. Über den Flammen rieb er sich die klammen Hände und nahm dankend den Becher mit der dampfenden Köstlichkeit entgegen, den Thurid ihm reichte.

„Also?" Rune sah den Mann ernst an. „Sagst du mir, wer dich schickt und was du von mir willst?"

„Du hast sicher davon gehört, dass die Jomswikinger im vergangenen Sommer auf Befehl König Sven Gabelbarts gegen das Tröndelag gezogen sind?", begann Gudbrand zurückhaltend. „Jarl Hakon, der König des Tröndelag, weigert sich nämlich hartnäckig, die Königsabgaben zu leisten. Und so etwas gefällt keinem Herrscher."

„Das mag wohl sein, aber was geht mich das an?", fragte Rune, denn er verstand nicht, worauf dieser Gudbrand hinaus wollte. „Es verschlägt mich nicht allzu oft ins Tröndelag, und am Hof des Hakon war ich auch noch nie."

„Genau darum komme ich zu dir", lächelte Gudbrand seinem Gegenüber zu. Rune und Thurid aber sahen sich fragend an.

„Derjenige, der mich auf die Suche geschickt hat, ist eine wichtige Person, und daher werde ich dir noch nicht verraten, wer mein Auftraggeber ist." Dann sah er Rune mit ernstem Blick an und sprach: „Man erzählt sich von einem Skalden aus dem Vestfoldgau, der nicht nur zu dichten vermag. Auch soll er sehr begabt sein, wenn es darum geht, unliebsame Mitmenschen aus Midgard zu beseitigen. Wenn du verstehst, was ich meine!" Gudbrand fuhr sich mit der

Hand durch den Bart, lächelte und sprach: „Es lassen sich hundert Silberlinge verdienen."

Schweigend sah Rune den Mann an. Was in Odins Namen sollte er tun? Hundert Silberlinge waren eine Menge Geld, ja ein Vermögen, welches sie hätten gut gebrauchen können, denn der Winter nahte.

„Nun, bist du der Mann nach dem ich suche, Rune?" Der Blick des Gudbrand drang tief in die Augen des Skalden, und Rune war, als wusste der Mann längst, dass er vor dem Richtigen stand. Ohne es eigentlich zu wollen, nickte Rune mit dem Kopf. „Ja, ich bin der, den man den bösen Skalden nennt."

Gudbrand wandte sich der Thurid zu. „Schöne Frau, darf ich dich um noch einen Becher des köstlichen Tranks bitten?" Er hielt der Thurid seinen Becher hin, und diese nahm das Gefäß entgegen, um es erneut zu füllen.

„Nachdem wir das nun geklärt haben, meine Frage: Bist du bereit, für meinen Herrn einen solchen Dienst zu leisten?"

„Ich fürchte, du hast den Weg umsonst gemacht, Gudbrand. Ich bin schon lange kein Mordknecht mehr. Es war mein Jarl, der mich zu diesen Taten zwang. Doch nun ist der Jarl tot, und ich bin von diesem unehrenhaften Tun befreit. Nein, für diesen Auftrag musst du dir jemand anderes suchen!", lehnte Rune das Angebot des Mannes ab.

„Das ist aber sehr schade, denn ich denke, du wärest der Richtige für diese Aufgabe." Er nahm einen Schluck aus seinem Becher und sagte dann: „Und wenn ich mein Angebot verdopple, wie sieht es dann aus?"

Da mischte sich Thurid in das Gespräch. „Fünfhundert Silberlinge!", sagte sie knapp, und Rune blickte sie erschrocken an.

„Das ist eine stolze Summe", bemerkte Gudbrand, begann dann aber zu grinsen. „Fünfhundert Silberlinge! Bei Odin, so soll es sein!" Er streckte Rune seine Hand entgegen und dieser ergriff sie. Allerdings etwas zögerlich.

„Nun zu deinem Auftrag. Du sollst vollbringen, was den Jomswikingern misslungen ist. Der Mann, den du töten sollst, ist kein geringerer als Hakon Sigurdsson, der König des Tröndelag", offenbarte nun Gudbrand dem Rune und der Thurid, auf was sie sich eingelassen hatten.

„Einen König soll ich töten?" Rune war entsetzt. „Weißt du eigentlich, was du da von mir verlangst?"

„Du gabst mir doch deine Hand, oder? Und ich biete dir eine schöne Summe für deinen Dienst. Bei Odin, gilt ein Handschlag für den bösen Skalden nichts?"

Rune hatte mit ihm einen Pakt geschlossen, und wie er nun zu spüren bekam, etwas zu voreilig. Doch Geschäft war Geschäft!

„Du hast Recht, Gudbrand, ich habe dir meine Hand gereicht, und somit gilt unsere Abmachung." Rune streckte ihm die offene Hand entgegen. „Bezahle!", verlangte er. Gudbrand zog einen kleinen Lederbeutel aus der Tasche, die an seinem Gürtel hing. „Fünfzig Silberlinge gebe ich dir als Anzahlung. Den Rest erhältst du, wenn die Tat vollbracht ist." Er reichte Rune den Beutel mit dem Geld, dieser gab ihn weiter an die Thurid.

„Aber wie …"

„Wie du den Rest bekommst?", ahnte der Bote die Frage des Skalden, der nun wieder ein Mordknecht war.

„Natürlich verlange ich nicht von dir, dass du mir den toten Hakon herbeischleppst. Der Tröndnerkönig trägt im rechten Ohr einen bestimmten Ring. Bring mir also das Ohr mit dem Ring. Er wird dir das Ohr nicht freiwillig geben, so weiß ich, dass du ihn getötet hast. Dann bekommst du deinen Lohn."

„Aber wohin bringe ich das Ohr?", fragte Rune. Da begann Gudbrand zu grinsen.

„Bringe es nach Gammel Leijre[37] auf der Insel Seeland, auf die Burg König Sven Gabelbarts."

*

Einige Tage waren vergangen, in denen Thorbart über die Worte des Skögul gegrübelt hatte. Und irgendwie musste er sich eingestehen, dass ihm der Vorschlag gefiel.

Die Fehde mit dem Sklavenhändler wäre beigelegt, und dazu konnte er wieder auf Wiking ausfahren, vielleicht sogar als Befehlshaber und Schiffsführer des Wogenhengstes. Einzig seine Freundschaft mit dem Rune bereitete ihm dabei Kopfzerbrechen. Doch vielleicht konnte er Styrbjörn Arnarsson ja irgendwann davon überzeugen, dass es Runes Recht, ja sogar Pflicht war, sein Weib und die Tochter zu befreien. Und wer wusste schon, ob er Rune überhaupt noch einmal wiedersehen würde?

So gab er dem Skögul sein Einverständnis, dass dieser eine Zusammenkunft mit dem Styrbjörn arrangieren sollte. Der Eira gegenüber hatte Thorbart geschwiegen. Sie sollte erst von seinen Plänen erfahren, wenn er Gewissheit hatte. Das Weib war sowieso nicht bester Laune, und nur die Götter wussten, wie sie Thorbarts Entscheidung aufnehmen würde.

Dass Skögul schon morgens in das Bordell kam, war nicht ungewöhnlich, so schöpfte die Eira keinen Verdacht, als sie den Mann mit Thorbart an einem der Tische sitzen sah.

„So, wie du es verlangt hast, schwört dir Styrbjörn freien Abzug, wenn du in sein Haus kommst", berichtete Skögul. „Er hat mir versichert, dass er dich wie einen Gast behandeln wird. Also, willst du es wagen?"

---

[37] Gammel Leijre – Siedlung auf der Insel Seeland, vermutlich entstand aus ihr die Königsstadt Roskilde

Thorbart nickte. „Bevor ich hier an Langeweile sterbe, gehe ich das Risiko ein, von Styrbjörn hinterrücks ermordet zu werden. Beim Tyr, das kann nicht schlimmer sein!"

„Gut! Dann lass uns aufbrechen."

Thorbart erhob sich, ging in einen der hinteren Räume, und als er wieder herauskam, trug er sein Wehrgehäng und eine langstielige Axt in der Hand. „Komm!", sagte er knapp, und die Männer verließen das Haus.

Als sie nebeneinander aus dem westlichen Tor ritten, sah Thorbart den Skögul streng an und sprach: „Lass dir noch eines gesagt sein, Skögul, wenn du ein falsches Spiel mit mir treibst, verspreche ich dir, wirst du mich in das Totenreich begleiten!"

Mit bleichem Gesicht nickte der Mann und hatte keinen Zweifel daran, dass es dem Norweger gelingen würde, ihn zu erschlagen, bevor ihn der Tod ereilte.

Doch die Sorge Thorbarts schien unberechtigt, denn schon am Tor der kleinen Siedlung empfing man ihn freundlich. Sofort wurde er in die Halle des Langhauses geführt, wo Styrbjörn Arnarsson auf seinem Hochstuhl saß und mit einigen Männern sprach, die sich um ihn versammelt hatten. Als dieser ihn erblickte, gebot er den Männern zu schweigen, die auf ihn einredeten. Er erhob sich, trat an einen Tisch, nahm ein Stück Brot und Salz und ging damit auf den Thorbart zu.

„Wozu die Axt, Norweger? Du bist mein Gast." Er reichte Thorbart das Salz und das Brot. Dieser nahm es und aß. Nun stand er unter dem Schutz des Gastrechts.

„Ich danke dir, Styrbjörn, und hoffe, diese nicht gebrauchen zu müssen", antwortete Thorbart frech.

„Jarl Styrbjörn!", beleidigt sah der Sklavenhändler Thorbart an. Dieser atmete kräftig ein, sprach dann aber ruhig: „Nun gut. Jarl Styrbjörn!"

„Ich habe es satt, mit dir in Fehde zu liegen, Norweger. Darum bin ich bereit, dir ein Angebot zu machen. Schmerzhaft musste ich nun mehr als einmal erfahren, dass du ein großer Krieger bist." Die Stimme des Styrbjörn klang streng, aber nicht feindselig. „Doch genau so einen Mann kann ich gut gebrauchen, seit man mir den Gunnar weggeschlachtet hat." Vorwurfsvoll sah er den Thorbart an, und dieser konnte sich ein freches Grinsen nicht verkneifen. Doch der Sklavenhändler übersah dies gönnerhaft. „Hast du Erfahrung darin, ein Schiff zu führen?"

„Ich war der Hauptmann eines Jarls in Vestfold, bin oft für diesen auf Wiking ausgefahren, und die Götter waren mir dabei stets gewogen", antwortete Thorbart nicht ohne Stolz.

„Das ist gut", nickte der Jarl und strich sich über seinen dunkelblonden Bart, der schon reichlich silbern schimmerte.

„Du wärest sicher der geeignete Mann, um meine Schnigge, den Wogenhengst, zu führen, wenn es uns gelingt, die Fehde beizulegen."

„Das wäre auch nach meinem Sinn, doch gibt es da einige Bedingungen, die ich dir stelle", sprach Thorbart fordernd.

Da wollte Styrbjörn aufbegehren, doch sah er den Blick des Skögul und besann sich. „So, so. Bedingungen willst du stellen! Dann lass mich hören."

„Zuallererst verlange ich, dass du deine Finger von der Schänke der Eira lässt. Ich werde der Befehlshaber deiner Männer sein und der Schiffsführer des Wogenhengstes. Meinen Anteil an der Beute werden wir noch aushandeln. Und zuletzt, du wirst nicht von mir verlangen, gegen Rune, den Skalden, zu kämpfen!"

Mit festem Blick sah der große Norweger dem Sklavenhändler in sein versteinertes Gesicht. Doch nach einer Weile begann der Däne zu grinsen. Er sah den Skögul an, und dieser nickte leicht mit dem Kopf.

„Nun gut! Und jetzt meine Bedingungen: Du wirst mir den Gefolgschaftseid leisten, und du wirst meine Befehle befolgen. Dazu wirst du hier in der Siedlung ein Haus beziehen, so dass ich dich in meiner Nähe habe." Er machte einen kurzen Moment Pause und sprach dann: „Und du wirst nicht gegen mich Partei beziehen, sollte es irgendwann zu einer Auseinandersetzung mit diesem elenden Skalden kommen!"

Ein wenig freundlicher Blick traf den Jarl, doch nach einem Moment des Schweigens willigte Thorbart ein. Die Männer schüttelten sich die Hände, und Skögul stand daneben und grinste verschlagen.

„Der Wogenhengst liegt bereits überholt am Strand und kann von den Schiffsrollen gelassen werden. Also sieh zu, dass du Wasser unter den Kiel kriegst", verlangte Styrbjörn, denn jetzt, wo er wieder einen Schiffsführer hatte, wollte er Sklaven sehen.

Als Thorbart sich auf den Heimweg machte, überkam ihn das schlechte Gewissen. Hatte er recht gehandelt? Was würde Eira sagen?

Er begann sich ihre Zustimmung einzureden, denn schließlich war es ihm gelungen, dass der Sklavenhändler sich das Bordell aus dem Kopf schlug und die Eira nun in Sicherheit leben konnte. Und der Anteil, den er von der Beute erhalten sollte, war auch nicht gering. Er bekam das Doppelte von dem, was die anderen Männer erhielten. Allerdings würde er fortan nicht mehr an der Seite des Weibes unter dem Dach der Eira schlafen, denn er zweifelte daran, dass diese ihn in die Siedlung des Styrbjörn begleiten würde.

Eira aber war alles andere als erfreut. „Raus hier! Alle raus!", brüllte sie zornig, und die Mädchen flohen verschreckt ins Freie. Das üppige blonde Weib war außer sich vor Zorn. „Was ist in dich gefahren? Bist du von allen Göttern verlassen? Dies kann doch nur ein Streich des Loki sein! Der Kerl ist dein Feind! Er hat versucht, mich zu töten. Er trachtet deinem Freund nach dem Leben, und du willst für ihn auf Menschenfang gehen, leistest ihm gar den Eid der Gefolgschaft."

Mit gesenktem Kopf stand der große Krieger wie ein gescholtener Knabe vor dem zeternden Weib. „Das ist noch nicht alles", sprach der Norweger kleinlaut, und Eira sah ihn mit fragendem Blick an. „Was noch?"

„Ich werde ein Haus in der Siedlung des Styrbjörn Arnarsson beziehen. Als sein Hauptmann muss ich in seiner Nähe bleiben!"

Mit großen Augen sah Eira den Thorbart an, nun aber schwieg sie, wandte sich ab, und Thorbart hörte ihr leises Schluchzen.

„Eira, ich …", wollte Thorbart das Weib trösten, doch diese fuhr ihm über den Mund. „Schweig! Sage nichts, Thorbart. Du hast dich entschieden, und nun mögen dir die Götter gnädig sein. Ich aber kann es nicht! Gehe in mein Haus und hole deine Habseligkeiten." Dann trat auch sie aus der Tür ins Freie.

Es war eine kleine Hütte am Rande des Dorfes nicht weit des Palisadenzaunes, das man Thorbart als Behausung gab. Es war eine ärmliche Bruchbude, nicht viel besser als ein Stall. Das Dach war undicht, und auch durch die Wände pfiff der Wind. Als sich der große Mann auf die Bettstatt setzte, krachte diese staubend unter seiner Last zusammen. Verärgert sah er Skögul an, der ihn geführt hatte. „Was soll das? Will der Kerl mich zum Narren halten? Dieser Stall ist nicht einmal gut genug für das Vieh", rief er erzürnt. „Es scheint mir, als sei die Fehde doch noch nicht beendet!"

Wütend warf der Krieger aus Frigghavn einen Stuhl gegen die Wand, so dass dieser in viele Teile zerbarst.

„Beruhige dich, Thorbart. Wenn du von deiner ersten Wikingfahrt zurückkehrst, wird das Haus gerichtet sein", versprach, Skögul grinsend. „Styrbjörn wird einen Zimmerer herschicken, und du wirst dein Heim nicht wiedererkennen. Sorge du dich lieber darum, dass du genügend Sklaven herbeischaffst. Ich will nämlich nicht bei dem Jarl in Ungnade fallen, weil ich euer Bündnis einfädelte. Und nun komm, wir müssen an den Strand. Dort warten die Männer, die du fortan befehligen wirst."

Schweigend war Thorbart dem Vertrauten des Jarls an den Strand gefolgt, dorthin, wo der Wogenhengst auf den Schiffsrollen darauf wartete, in die Fluten geschoben zu werden. Etwa zwei Dutzend Männer waren am Strand, unter ihnen auch Jarl Styrbjörn Arnarsson, der die beiden Männer bereits ungeduldig erwartete.

„Ich warte nicht gerne, Skögul, das weißt du doch. Willst du mich erzürnen?", rief er den beiden Männern entgegen, und Skögul winkte mit beiden Händen ab. „Wir kamen, so schnell es uns möglich war."

„Komm zu mir, Thorbart", verlangte der Jarl. Da rief plötzlich einer der Männer: „Das ist ja der Kerl, der Gunnar tötete!"

Sofort kam Unruhe unter den Kriegern des Styrbjörn auf. Einige zogen gar ihr Schwert, und die Beschimpfungen, die Thorbart über sich ergehen lassen musste, waren von der schlimmsten Art. Doch der Jarl sorgte schnell für Ruhe.

„Wenn noch einer sein Maul aufreißt, den werfe ich den Krabben zum Fraß vor!", drohte er lautstark und zog sein Schwert. Sofort wurde es ruhig.

„Thorbart ist fortan euer Anführer. Und wem das nicht passt, der soll jetzt sprechen. Aber bedenkt, noch gebe ich hier die Befehle!"

Einer der Männer, ein Kerl mit langem Haar, das als dicker Zopf auf seiner Schulter lag, trat vor. „Der Kerl ist unser Feind. Er hat Gunnar nach Walhalla geschickt!", sprach er vorwurfsvoll.

„Glaubst du, das weiß ich nicht? Thorbart ist nun mein Hauptmann, er hat mir den Gefolgschaftseid geschworen, und unsere Fehde ist beendet, Ölmod!", rief der Jarl laut.

„Ich befehle euch, diesen Mann als euren Anführer anzuerkennen, beim Thor!"

Da begehrten wieder einige Männer auf, denn sie waren freie Krieger und wollten sich nicht befehlen lassen, wer sie anführte. „Wie sollen wir diesem Kerl folgen?", rief einer verärgert.

„Warum wählen wir nicht einen aus unseren Reihen, der uns anführt, so wie es sich gehört?", schlug einer der Männer vor.

Nun wurde Styrbjörn böse. „Bist du taub, du Ochse? Ich sagte, Thorbart ist der Schiffsführer, und dabei bleibt es! Ich bin der Eigner des Wogenhengstes, und ich bestimme, was geschieht. Wem das nicht passt, der soll sich trollen!"

Dies gefiel den Männern nicht, denn in der Siedlung des Arnarsson ging es ihnen recht gut. Sie lebten angenehm, mit genug zu Essen, einem Dach über dem Kopf, und manchmal überließ ihnen der Jarl sogar einige Sklavinnen, bevor er sie auf dem Markt verkaufte. Und er war ehrlich, wenn es darum ging, den Anteil der Beute zu verteilen. So murrten die Männer zwar, doch gehen wollte keiner.

„Beim einen Auge Odins, ihr habt euch also entschieden. Gut!", rief Styrbjörn. „Bringt den Hengst zu Wasser und macht ihn am Steg fest. Morgen segelt ihr!"

Dann wandte er sich Thorbart zu. „Komm heute Abend in mein Haus, da bekommst du deine Befehle!"

So wie es der Sklavenhändler befohlen hatte, geschah es. Thorbart bekam den Befehl, nach Britannien zu segeln, und am nächsten Morgen zog der Wogenhengst die Slie hinunter, vorbei an dem Haff, in dem die Stadt Haithabu lag.

*

12

Jarl Hakon, König des Tröndelag

*A*n Bord des Schiffes eines Händlers aus Sotenäset gelangte Rune in die Stadt Kap Lindesnäs. Dort suchte er nach einer Überfahrt in das Tröndelag und fand einen Händler, der ihn auf die Insel Munkholm brachte. Lange musste er warten, bis sich endlich eine Mitfahrgelegenheit nach Lade ergab.

Die Stimmung in der großen Handelsstadt sowie im gesamten Tröndelag war nach dem Überfall der Jomswikinger, der gerade einmal zwei Monate zurück lag, nicht sehr gut, obwohl man die Wikinger aus dem Polenreich besiegt hatte. Doch die Verluste waren hoch gewesen, und es gab kaum eine Sippe im Tröndelag, die nicht ein oder mehrere Mitglieder zu betrauern hatte. Daher wurden Fremde mit größtem Misstrauen beäugt.

Rune machte sich auf die Suche nach dem königlichen Langhaus und musste zu seinem Ärger feststellen, dass Jarl Hakon sich nicht in den königlichen Hallen aufhielt. Mit seinem Gefolge zog er durch die Gaue Westnorwegens, um es sich auf den Burgen und Höfen der Jarle und Großbauern gut gehen zu lassen und sich der Ergebenheit der Männer zu vergewissern.

Die Vorstellung, bis in den Herbst warten zu müssen, in der Hoffnung, der Gaukönig würde nach Lade zurückkehren, gefiel ihm keineswegs. So trieb er sich zwei Tage in Lade herum, bis ihm ein Seefahrer begegnete, der behauptete, er hätte den König und seinen Tross vor nicht mehr als drei Tagen auf einem Hof östlich von Lade gesehen. Da bestieg Rune sein Pferd Thoki und ritt die Küste des Fjordes entlang nach Osten. Und Rune begriff schnell, dass der König des

Tröndelag trotz des unerwarteten Sieges über die Jomswikinger bei seinem eigenen Volk nicht sehr angesehen war. Überall dort, wo sich Rune niederließ und er das Gespräch auf Jarl Hakon brachte, schlug ihm Ärgernis oder gar blanker Hass entgegen.

„Hakon, dieser Lump", sprach der Bauer, auf dessen Hof Rune ein Nachtlager fand. „Mit fünfzig Kriegern kam er auf meinen Hof. Das ist jetzt einen halben Mond her, und ich danke den Göttern, dass der Kerl schnell weitergezogen ist."

„Aber er ist dein König", erwiderte der Skalde. „Ist es dir nicht eine Ehre, wenn dein König sich an deinem Tisch niederlässt?"

„An meinem Tisch? Pah! Dieser alte Bock gibt sich nicht mit dem Tisch zufrieden. Nicht nur, dass er mir mit seiner Gefolgschaft die Vorratskammer leer gefressen hat, zwangen mich seine Krieger auch noch, ihm meine älteste Tochter auf seine Bettstatt zu schicken. Der Kerl ist unersättlich, besonders was die Weiber angeht."

„Aber Hakon Sigurdsson hat doch ein Weib und eine große Sippe, wie ich hörte."

Der Bauer nickte. „Ja, die Götter haben ihn mit einer großen Nachkommenschaft beschenkt, doch man erzählt sich auch, dass er seit dem Krieg gegen die Jomswikinger seine Heimstatt meidet."

Rune sah den Bauern fragend an, und dieser begann zu erzählen: „Es stand schlecht um die Flotte des Tröndnerkönigs, und die Jomswikinger glaubten den Sieg bereits sicher, da begab sich der Hakon auf die Insel Höd und wandte sich an die Göttinnen Irpa und Thorgerd. Von ihnen erflehte er sich Hilfe. Doch die Wettergöttinnen verlangten ein Opfer. Und Hakon Sigurdsson gab ihnen ein Opfer, das sie nicht ablehnen konnten. Die Göttinnen nahmen seine Gabe an. Noch in derselben Nacht färbte sich der Himmel schwarz und es wurde kalt. Ein Unwetter zog über dem Fjord auf, in dem die Flotte der Jomswikinger vor Anker lag, ein wahrlich fürchterliches Unwetter, und viele Segler des Feindes versanken in den Fluten. Und als Jarl Sigwaldi, der Anführer der Jomswikinger, sein Schiff zur Flucht wandte, war der Kampf gewonnen."

„Welches Opfer brachte Hakon den Göttinnen, dass sie so für ihn sorgten?", fragte Rune neugierig.

„Er gab seinen Sohn. Der Knabe zählte sieben Winter, und er ließ ihn von seinem Sklaven schlachten", antwortete der Bauer, und man sah ihm an, dass er diese Tat missbilligte.

„Das scheint dir aber nicht zu gefallen", stellte Rune fest.

„Ein Kind ist ein Segen der Götter und nicht dazu gedacht, als Opfer zu dienen. Und ich bezweifle, dass diese Tat in den Augen der Frigga großes Wohlwollen fand", brummte der Bauer und sah auf seine sieben Kinder, die, sowie sein Weib auch, mit an dem Tisch saßen und das Abendmahl aßen.

„Aber so blieb dein Herrscher ein Norweger!"

„Glaubst du, es macht einen Unterschied, ob dich der Hakon, König Sven aus dem Dänenreich oder dieser Schwede Erik um deinen schwerverdienten Lohn bringt? Nein, mein Freund, es macht keinen! Den Kerlen ist es gleich, ob du im Winter Hunger leidest, denn ihnen geht es um ihre Macht und ihren Geldbeutel", schimpfte der Bauer nun laut, und sein Weib legte ihm ihre Hand auf die seine. Da lächelte der Mann und sprach nun leiser: „Jedenfalls hat der Kerl sich so seine Herrschaft gesichert. Doch seitdem zieht der König rastlos durch das Land."

„Vielleicht ist das die Strafe Odins", mutmaßte das Weib des Bauern, und dieser nickte zustimmend.

Als sich Rune am nächsten Morgen verabschiedete und in den Sattel stieg, trat der Bauer noch einmal an ihn heran.

„Wenn du einen Rat von mir willst, dann sage ich dir, halte dich von Jarl Hakon fern. Er ist ein seltsamer Mann!"

„Ich bin ein Skalde, und ein König schreckt mich nicht, mein Freund. Ich suche seine Nähe, denn ein Herrscher zahlt gut", lachte Rune und schlug dem Thoki seine Haken in die Flanke, auf dass dieser lospreschte.

Sein Weg führte ihn weiter nach Osten durch das Gebirge, und erreichte er einen Hof oder eine Siedlung, so erkundigte er sich vorsichtig nach dem König. Und endlich sah er sein Ziel vor Augen.

Ein heftiger Sommerregen hatte dafür gesorgt, dass es merklich kühler geworden war, und als Rune ein kleines Gehöft erreichte, bat er hier um Einlass. Die Wiesen und moosbewachsenen Felsen waren durchnässt und glatt, und es stand ihm keineswegs der Sinn danach, in einer felsigen Spalte den Tod zu finden. So klopfte er an der Tür, und als diese geöffnet wurde, durchfuhr ihn der Schreck. Ein riesiger Kerl stand vor ihm, der trotz eines gekrümmten Buckels fast noch an die Balken des Daches stieß. Was musste die Mutter dieses Geschöpfes wohl verbrochen haben, dass sie mit einem solchen Kind bestraft wurde, dachte Rune, denn es war nicht nur die Gestalt des jungen Mannes, die den Skalden schreckte. Sein Gesicht war merkwürdig entstellt. Seine Augen quollen unter einer weitausladenden, bulligen Stirn aus den Höhlen hervor, und sein Mund war seltsam zu einer Seite verschoben. Langes strähniges, rotes Haar hing ihm auf die Schultern, und als der Mann seinen Mund öffnete, presste er zwischen den schiefen Zähnen Laute hervor, die Rune kaum als sprechen bezeichnen wollte. Die Hand des Skalden war, ohne dass er es eigentlich wollte, an den Griff seines Saxes geglitten.

„Was ... willst ... du?", stammelte der entstellte Riese, von dem der Wanderer annahm, dass er sicher nicht mehr als achtzehn Winter erlebt hatte. Plötzlich vernahm der Skalde aus dem Inneren des Hauses eine weibliche Stimme.

„Guntur, wer ist da?"

„Ich … weiß … nicht", antwortete der Riese stammelnd. Da griff eine Hand nach seinem Arm und zog den Mann zurück. Ein Weib erschien an der Pforte und sah den Reisenden fragend an. „Wer bist du?"

„Man nennt mich Rune, den Skalden", antwortete er lächelnd. „Ich suche nach einer Unterkunft und einem Mahl. Thor scheint es zu gefallen, dass ich meine Reise hier unterbrechen muss."

Das Weib musterte den Reisenden, und dieser das Weib. Sie war von schlanker Statur, hatte wie der Riese rotes Haar und war, zu Runes Verwunderung, ein ausgenommen schönes Weib. Dem Aussehen nach war sie nicht viel älter als Rune, doch dies konnte schlecht möglich sein, wenn dieser hässliche Kerl ihr Sohn war.

„Ich bin nur eine arme Witwe, doch will ich dir gerne für eine Nacht Obdach geben, Fremder", lud das Weib den Reisenden in ihr Haus. „Guntur, versorge das Pferd", befahl sie, der Riese nickte und entriss dem Rune unsanft die Zügel des Pferdes.

„Komm! Ich bin Arla", nannte sie ihren Namen. „Wohin führt dich dein Weg?"

„Mal hierhin, mal dorthin. Immer auf der Suche nach einem Herrn, dem ich meine Dienste anbieten kann", sprach Rune, während Arla an ihn herantrat und begann, ihn seiner nassen Kleidung zu entledigen. Erstaunt sah der Skalde das Weib an und Arla lachte auf. „Wenn du weiter geritten wärest, bis zu dem Hof meines Nachbarn, hättest du gefunden, wonach du suchst." Ihre warmen, zarten Finger strichen über seine nackten, kalten Schultern.

„Das musst du mir erklären."

„Nun, mein Nachbar besitzt den größten Hof in dieser Gegend, und einen Skalden könnte er momentan bestimmt gut gebrauchen", erklärte Arla grinsend, und Rune nickte. Er hatte neben der Feuerstelle Platz genommen und rieb seine klammen Hände über den Flammen. Arla legte ihm ein Fell über und setzte sich zu ihm.

„Außerdem hat er hohen Besuch. König Hakon und sein Gefolge haben sich seit einigen Tagen bei ihm breit gemacht."

Erstaunt hob Rune seinen Kopf. „So ... bist du dir da sicher?"

„Natürlich, der Tross zog ja an meinem Hof vorbei. Außerdem arbeite ich an einem Kirtel, der ein Geschenk für den König werden soll. Ein Knecht meines Nachbarn kam und gab ihn in Auftrag. Ich bin nämlich eine Näherin, musst du wissen."

Damit gab sich Rune zufrieden, denn der Auftrag für den Kirtel konnte nur bedeuten, dass Hakon noch eine Weile auf dem Hof des Nachbarn zu verweilen gedachte. So wechselte er das Thema der Unterhaltung und erfuhr, dass der Gemahl der Arla im Kampf gegen die Jomswikinger nach Walhalla gerufen wurde. Der Riese war das Kind einer alten Magd, die, wohl auf Grund ihres fortgeschrittenen Alters, die Geburt nicht überlebt hatte. Und da Arla und ihr Gemahl von der Frigga nicht mit Kindern gesegnet worden waren, zogen sie den Guntur auf.

Als die Nacht über dem kleinen Gehöft hereinbrach, ließ sich Rune einen Platz zeigen, an dem er sein müdes Haupt betten konnte, und da die Hütte nicht besonders groß war, zeigte das Weib auf den Platz, an dem er bereits saß. Neben dem Feuer.

„Guntur, geh!", befahl Arla, und der Riese erhob sich, ohne zu murren. Nahm sich noch eine Schüssel mit Grütze und ging.

„Er schläft im Stall, denn er schnarcht fürchterlich, und er furzt im Schlaf, weil er so viele Zwiebeln frisst."

Rune musste grinsen, legte sich nieder und wollte sich in das Fell hüllen, doch da ergriff Arla den Bund seiner Beinkleider, lächelte ihn an und streifte ihm diese herunter.
„Du solltest sie nicht anbehalten, denn sie sind noch klamm vom Regen", lächelte sie den Skalden an. Erstaunt blickte er nun drein, und die Gier überkam ihn, denn ihre flinken Finger hatten seine Lanze jetzt fest im Griff. Kein Zweifel bestand nun mehr daran, dass sich Arla einen Lohn für ihre Gastfreundschaft holen wollte. In Windeseile entledigte sie sich ihrer Kleidung. Er streckte seine Hand aus und berührte ihre Brüste. „Schon lange hat mich kein Mann mehr berührt", sprach sie leise und schloss genussvoll ihre Augen, dann beugte sie sich hinab und widmete sich erneut seiner Männlichkeit. Nach einer Weile saß sie auf und holte sich, worauf sie seit dem Tode ihres Gemahls verzichtet hatte. Rune gab alles, was ihm möglich war, doch irgendwann verließ ihn die Kraft und er schlief in den Armen der rothaarigen Arla ein. Und auch diese schloss zufrieden ihre schönen, grünen Augen.

„Du warst mir ein guter Gast", lächelte das Weib am Morgen, als sie dem Rune eine Schüssel mit einer dicken Gemüsesuppe reichte. „Wenn es dich wieder einmal hierher verschlägt, scheue dich nicht, an meine Tür zu klopfen."
„Das werde ich sicher tun", grinste Rune.
Bald darauf verabschiedete sich der Skalde von dem Weib und ritt in die Richtung, die sie ihm gewiesen hatte.

*

Thorbart stand auf dem Vorderdeck des Wogenhengstes und sah dem Land entgegen, auf das sie zusegelten. „Dort!", rief er und zeigte mit dem Finger in die Richtung, in der Rauchsäulen in den Himmel stiegen. „Ein Dorf!"

„Wird das unsere Beute sein?", fragte Ölmod grinsend. „Warum sollen wir lange suchen, wenn die Götter uns hierher geführt haben? Sehen wir uns an, was uns erwartet", lachte Thorbart. „Aber es ist helllichter Tag", sprach da Skögul, der von hinten herangetreten war. „Sie werden uns längst gesehen haben."

„Gebe dem Steuermann den Befehl abzudrehen. Wir werden uns einen schönen Ankerplatz suchen und auf die Dunkelheit warten", befahl der Schiffsführer.

So fanden sie eine Bucht etwas südlich der Siedlung, die sie zur Beute erwählt hatten. Dort gingen sie an Land und errichteten ihr Lager. „Skögul, schick Späher aus. Ich will alles über dieses Dorf wissen, bevor wir auf die Jagd gehen", befahl der Graubart, und bald schon bekam Thorbart alle Auskünfte, die er brauchte.

Am Abend saßen die Männer um das Feuer und besprachen sich, wie sie vorgehen wollten.

„Es ist ein Dorf, nicht allzu groß, doch sicher gibt es da genug junges Fleisch, das es sich lohnt einzusammeln", sprach der Anführer. „Sie sind uns an Zahl sicher überlegen, doch haben wir die Überraschung auf unserer Seite, und außerdem sind wir Nordmänner und Krieger."

„Wann schlagen wir los?", fragte Ölmod.

„Bei Sonnenaufgang, Ölmod, wenn der neue Tag anbricht!"

Nicht weit des Dorfes lagen die Männer Thorbarts versteckt im Dickicht eines Eichenhains und warteten auf das Zeichen zum Angriff. Nur eine Wiese, nicht viel länger als ein Pfeilschuss, lag zwischen ihnen und den ersten Hütten des Dorfes. Noch umgab die Nordmänner Dunkelheit, und als dem Hahn des Dorfes sein erster Schrei aus der Kehle entfuhr, setzte Thorbart das Horn an die Lippen. Ein düsterer Ton durchdrang die morgendliche Ruhe, und die Krieger brachen hervor. Sie liefen über die von morgendlichem Nebel bedeckte Wiese, schlugen mit den Schwertern und Äxten auf die Schilde und stürmten in das Dorf. Den Dorfbewohnern war es noch nicht gelungen, sich zu sammeln, so mancher lag noch im Schlaf, als das Getöse der Angreifer an sein Ohr drang. Nur einige Männer und auch Frauen liefen wie aufgescheuchte Hühner über den Dorfplatz.

Einige der Wikinger liefen durch die Gassen dem Dorfplatz entgegen, andere schlugen die Türen ein, und ihre Äxte machten blutige Beute.

Als Thorbart die Mitte des Dorfes erreichte, trat ihm ein Mann mit ausgebreiteten Armen entgegen, der wohl der Dorfälteste zu sein schien. Er sprach Worte, die Thorbart nicht verstand, doch das war ihm auch einerlei, denn ohne zu zögern schlug er dem Kerl seine Axt in den Schädel. Der ungleiche Kampf nahm seinen Lauf. Die meisten Männer des Dorfes starben schnell, doch es gab auch Männer, die durchaus in der Lage waren zu kämpfen. Deren Sterben zog sich in die Länge und schien den Wikingern sogar Spaß zu bereiten. Mehrere Männer Thorbarts hatten damit begonnen, geeignete Dorfbewohner einzufangen, bevor es allen Dorfbewohnern gelang, in die nahen Wälder zu fliehen. So sammelten sich in einer gut bewachten Hütte Kinder, junge Männer, die dem Knabenalter noch nicht wirklich entwachsen waren, und vor allem junge Weiber. Schon bald fand der Spuk sein Ende.

Der kräftige Tritt Thorbarts hatte die Tür krachend aufschlagen lassen, und der Graubart trat langsam in die Hütte ein. Es roch, dass es dem Anführer der Wikingerschar sofort übel wurde. „Bah … was für ein bestialischer Gestank, wie kann man so hausen?"

Er schlug mit der Axt gegen einen Balken, so dass die gesamte Hütte erbebte. Da plötzlich vernahm er ein Wimmern hinter einer hölzernen Wand und trat näher.

Hinter der Wand lag auf dem Boden ein Strohlager, und darauf lag eine Gestalt. Langsam näherte sich der Wiking, doch plötzlich erstarrte er. Sein Blick fiel auf das von Pusteln übersäte Gesicht eines Mannes. Der Kerl begann leise zu husten und wandte sein entstelltes Antlitz dem Thorbart zu.

„Wasser", stöhnte er leise in einer Sprache, die Thorbart nicht verstand.

„Was hast du für einen Gott, der dich so leiden lässt, armer Kerl?", sprach Thorbart leise, dann hob er seine Axt und schlug zu.

Die Beute war sehr gering, denn es gab in diesem Dorf nichts von Wert, das sich gelohnt hätte, es auf das Schiff zu bringen. So blieben außer ein paar Kühen nur die Menschen ihre einzige Beute.

Drei junge Männer, die Thorbart auf etwa zwanzig Winter schätzte, dazu drei männliche Kinder und zwei Burschen, die sicher nicht älter als vierzehn Winter waren. Dazu kamen noch acht junge Weiber.

„Es waren neun", sagte Ölmod zu Thorbart. „Aber eine habe ich abgestochen, die war zu hässlich, als dass man sie hätte verkaufen können." Die Kerle lachten auf, bis auf den Graubart. Er sah sich die Sklavinnen an, ging von einer zur anderen. „Gut! Alle haben sie schon Titten. Bindet sie und bringt sie an Bord. Wir müssen fort von hier!"

„Gehen wir noch einmal auf die Jagd, oder gibst du dich zufrieden mit dem, was du hast?", fragte Ölmod den Thorbart, als sie auf dem Weg zum Strand waren. Thorbart wandte sich um, sah auf die Sklaven, die mit Seilen um den Hals hintereinander her gingen und von den Wikingern vorangetrieben wurden. „Es ist zu erwarten, dass einige bei der Überfahrt sterben werden. Dann wäre unsere Ernte doch recht karg, Ölmod. Hier aber werden wir nicht bleiben!"

Er kratzte sich den Bart und grinste. „Da ich noch nicht einmal weiß, wo wir hier sind!"

Skögul trat zu dem Sklaven, der vorneweg lief, einem der jungen Männer, er fasste ihn bei dem Seil an seinem Hals und fragte ihn: „Wo sind wir hier?"

Doch der Mann verstand ihn nicht. „Ostanglia? Northumbria? Wo?"

Er hob seine Axt und hielt dem Mann das Axtblatt an die Kehle. „Essex", sprach der Sklave schnell. Da nickte Skögul und trat wieder mit schnellem Schritt an die Seite des Anführers.

„Dann lass uns nach Norden segeln", schlug Skögul vor.

„Warum schlägst du das vor?", wollte Ölmod wissen.

„Weil wir hier im Süden der Insel sind. Sie nennen dieses Land Essex, und ich weiß von früheren Fahrten, dass es im Süden liegt. Segeln wir nach Northumbria oder weiter nach Piktland[38] und fangen uns ein paar rothaarige Weiber."

„Mir ist es gleich, Skögul, wenn Ölmod einverstanden ist, segeln wir also nach Norden", zeigte sich Thorbart einverstanden, und auch Ölmod nickte zustimmend.

*

Der Hof des Großbauern war gut bewacht. Schon von weitem sah Rune die Krieger, die mit Schild und Speer an der flachen Mauer Wache standen. Arla hatte also recht behalten, der König des Tröndelag weilte auf diesem Hof. Über dem Haus wehte das Banner des Königs, und als Rune näher kam, sah er nicht weit des Hauses auf einer Wiese die Zelte der Gefolgschaft des Hakon stehen. Langsamen Schrittes näherte sich Thoki dem Hof, doch kaum war Rune nahe genug heran gekommen, traten die Wächter vor und

---

[38] Piktland – Land der Pikten, Schottland

legten ihm ihre Speerspitzen auf die Brust. „Was glaubst du, was du hier treibst, Mann?", fragte einer der Krieger barsch. „Nun, ich reite dort hinein", er zeigte mit dem Finger auf den Hof. Da begannen die Krieger zu lachen. „Hörst du das? Er reitet dort hinein."

„Hör gut zu, Kerl", sprach nun der andere. „Der Bauer hat bereits Besuch, also troll dich!"

„Nun, da komme ich doch gerade recht. Ich bin ein Skalde, und was ist schon eine Festlichkeit ohne einen Skalden?", antwortete Rune dreist. Da schlug der eine Krieger dem anderen auf die Schulter. „Da hat er eigentlich recht!"

„Tja, dann hole mal Tormod, der wird wissen, was zu tun ist."

Der eine Krieger wandte sich ab und verschwand auf dem Hof, um wenig später mit einem anderen Mann zurückzukehren. „Dies ist Tormod Kark, der Leibsklave König Hakons. Sprich mit ihm, Skalde."

Dem Sklaven sah man nicht an, dass er ein Unfreier war, so wie man es auch Rune damals auf dem Hof Jarl Siegmars nicht angesehen hatte. Er war groß gewachsen, hatte dunkles Haar und ein rundes Gesicht. Auch trug er Waffen wie ein freier Mann. Langsam trat der Mann auf Rune zu, streichelte Thoki über den Kopf.

„Du bist also ein Skalde?", fragte er und Rune nickte. Da ergriff Tormod den Hengst beim Zaumzeug und führte ihn schweigend auf den Hof. Vor dem Langhaus des Bauern blieb er stehen und sah Rune an. „Warte hier, Mann!"

Dann verschwand er in dem Gebäude, und es dauerte eine Weile, bis er wieder erschien. Rune war aus dem Sattel gestiegen, hatte seinen Rundschild, den er zuvor auf dem Rücken getragen hatte, an den Sattel gehängt und wartete gelangweilt. In seinen Gedanken spielte sich ein ums andere Mal der Anschlag auf den Jarl vor seinem inneren Auge ab, obwohl er genau wusste, dass er einzig auf die passende

Gelegenheit warten musste und nichts planen konnte. Da endlich trat Tormod aus dem Haus. „Los, komm!"

Die Halle des Hauses war nicht sehr groß, daher hatte der König des Tröndelag auch nur wenige Krieger in seiner Nähe. Dies war dem Rune sofort aufgefallen.

An einem langen Tisch gegenüber einer Feuerstelle saßen mehrere Männer und auch einige Frauen. Die Krieger des Hakon saßen an einem anderen Tisch, etwas abseits.

„Bleib hier stehen", befahl Tormod und trat durch den Raum an den Tisch. Er beugte sich zu dem Mann, der in der Mitte des Tisches saß, und sprach zu diesem. Da beugte sich dieser zur Seite, sah an dem Sklaven vorbei und winkte den Rune heran.

„Weißt du, wer ich bin?", fragte der König, als Rune bis zu der Feuerstelle vorgetreten war. Jarl Hakon von Lade war kein junger Mann mehr, im Gegenteil. Er zählte weit mehr als fünfzig Winter, doch sein Blick war klar und scharf. Sein Gesicht zierten ein dichter Schnauzbart und ein spitz zugeschnittener, grauer Kinnbart. Sein Haar war lang und wellig. Die Kleidung, die Hakon Sigurdsson trug, war nicht die eines Königs. Nicht, dass er dem Rune abgerissen erschien, doch war seine Kleidung eher die eines reichen Bauern denn die eines Königs.

„Die Männer am Tor sagten mir, du seiest König Hakon", nickte Rune.

„Und mit wem habe ich es zu tun?"

„Mein Name ist Bran, der Skalde. Ich komme aus dem Saxland, doch reise ich schon seit einigen Wintern durch die Königreiche Thules", stellte sich Rune mit dem Namen vor, den ihm einst seine Eltern gegeben hatten. Hakon erhob sich und besah sich den Skalden von oben bis unten, und sein Blick fiel auf den Sax an Runes Gürtel, und er lächelte herablassend.

„Nun, Skalde Bran, dann gib uns eine Kostprobe deiner Kunst", bat der Ladejarl den Skalden.

„König Hakon, leerer Magen dichtet schlecht", grinste Rune den König an. „Ich habe lange nicht gegessen."

Da lachte Hakon laut auf. „Los, bringt ihm ein Mahl. Du gefällst mir, Kerl!"

Nachdem der Skalde ausgezeichnet gespeist hatte und alles mit einem großen Becher Bier heruntergespült hatte, wischte er sich den Schaum aus dem Bart und erhob sich.

„Nun, bist du jetzt bereit?", lachte der König.

Rune nickte freundlich und dichtete aus dem Stehgreif einen Vers über den glorreichen Sieg der Tröndner über die Jomswikinger. Nur zu genau wusste er, dass ein solcher Vers einem König wie Öl herunter ging. Schließlich wusste er, wie man sich bei den Herrschern lieb Kind machte, und dies galt besonders für diejenigen, die sich selbst zum König ernannt hatten. Und Rune war sich seines Könnens wohl bewusst.

Als der Skalde geendet hatte, applaudierte Hakon leise, dann begann der Jubel und er erstarb erst, als der Tröndnerkönig mit der Hand ein Zeichen gab.

„Das hat mir gefallen", sprach er. „Odin hat dir eine Gabe geschenkt, die du gut zu nutzen weißt. Bleib einige Tage mein Gast, und es soll dir an nichts fehlen!"

„Nichts täte ich lieber, denn ich weiß, dass die Gastfreundschaft eines Königs meist königlich ist", grinste Rune frech und war mit sich zufrieden.

Schnell verging die Zeit, und Rune zog mit dem König des Tröndelag durch das Land, von einem Hof zum nächsten. Und wie die Maden fraßen sie sich durch die Vorratskammern der Jarls und Bauern. Vergnügten sich hemmungslos mit den Mägden und Sklavinnen und manchmal auch mit den Töchtern des Hauses. Und oft rief der Ladejarl den Skalden an seinen Tisch oder saß am Abend mit ihm am Feuer, um lange Gespräche zu führen. Dann schickte er meist die anderen fort, was dem Tormod Kark überhaupt nicht gefiel.

Eines Abends fragte Hakon den Skalden, ob er gewillt sei, in seine Gefolgschaft einzutreten, was sein Schaden nicht sein sollte. Rune erbat sich ein wenig Bedenkzeit, denn er war sich nicht sicher ob er sich an einen einzigen Herrn binden sollte, so sagte er. Dies gefiel König Hakon von Lade keineswegs, doch er willigte leicht verärgert ein.

Zwei Tage ließ der Skalde vergehen, bis er sich einverstanden erklärte und dem König den Gefolgschaftseid leistete. Selbstverständlich hatte Rune die Zuneigung, die der König ihm entgegen brachte, längst gespürt, und er wusste, dass ihm dies seinen Auftrag natürlich erleichtern würde. Dummerweise musste er zugeben, dass dieser Mann, der vom Alter her auch sein Vater hätte sein können, ihm zu gefallen begann und er die Gespräche mit Hakon sehr schätzte und genoss. Denn er sprach viel mit dem Hakon, da dieser wie er nur wenig zu schlafen schien, und sie so meist bis tief in die Nacht vor dem Feuer saßen.

Ohne es sich einzugestehen, zögerte der Mordknecht Bran die Tat immer wieder hinaus. Die Gelegenheit hatte sich ihm längst mehr als einmal geboten, dem Hakon seine Gurgel von einem Ohr zum anderen aufzuschneiden.

Als sie auf dem Hof eines Jarls namens Sigtrygg verweilten, sollte sich dem Bran endlich eine Gelegenheit bieten, die ihn selbst vor der Verfolgung schützen sollte.

Jarl Sigtrygg besaß eine sehr schöne Tochter, die siebzehn Winter erlebt hatte. Dieses junge Weib hatte schnell die Aufmerksamkeit des Hakon erregt, und so wuchs dessen Gier nach dem jungen Weib ins Unermessliche. Und die Tochter des Jarls war sich ihrer Schönheit wohl bewusst und hatte diese auch schon des Öfteren dazu genutzt, den

Männern der Gegend die Köpfe zu verdrehen. So machte sie auch dem alten Mann schöne Augen, woraufhin bei diesem die Gier noch mehr wuchs. Da bekam Tormod Kark den Auftrag, dem König das Weib auf sein Schlaflager zu holen. Und der Leibsklave des Königs tat meist das, was ihm sein Herr befahl. Dem Jarl Sigtrygg gefiel aber gar nicht, was vor sich ging, und so versuchte er die Schändung seiner Tochter zu verhindern. Die Zahl seiner Krieger reichte aber nicht aus, und so musste er es dulden, dass seine schöne Tochter von dem gierigen König genommen wurde. Fortan war der Besuch des Königs für Jarl Sigtrygg eine noch größere Last, und sein Hass auf den Hakon war groß. Der Mann zog sich darum immer öfter zurück und überließ dem König seine Jarlshalle.

Und dann kam ein Abend, an dem es geschehen sollte. Der König hatte an diesem Tag bereits früh begonnen, dem Met zu frönen, und so war er längst besoffen, als er den Skalden zu sich rief. Die Götter schienen Rune gewogen zu sein, denn an diesem Abend schickte der König auch seinen Sklaven Tormod Kark fort, obwohl dieser darüber wenig erfreut war. Doch er musste gehorchen.

Still war es geworden in dem großen Haus, und nur zwei Männer saßen noch am Feuer und sprachen leise miteinander. Auf den Podesten an den Längsseiten der Halle lagen einige Krieger des Gaukönigs und schliefen tief und fest. Jetzt oder nie, dachte Rune, denn es drängte ihn heim zu der schönen Thurid.

Er erhob sich. „Ich muss pissen", entschuldigte er sich und trat auf leisen Sohlen aus der Halle ins Freie. Auch hier war es ruhig, und Rune suchte sich einen Platz, um seine Blase zu entleeren. Als er wieder in die Halle trat, fiel sein Blick sofort auf den König, der, mit dem Rücken zur Tür gewandt, am Feuer saß und eingenickt war, wie dem Rune schien.

Noch einmal schweifte sein Blick über all die schlafenden Krieger, dann glitt seine Hand an den Griff seines Messers. Doch je näher er kam, umso schwerer wurden seine Schritte. Ihm schien, als wolle eine unsichtbare Macht ihn an der Tat hindern. War es Odin, der nicht wollte, dass Hakon stirbt? Gedanken flogen dem Skalden durch den Kopf. Wirre Gedanken! Und erst jetzt bemerkte er, dass er stehen geblieben war. Er stand auf Armeslänge vor dem breiten Rücken des Hakon Sigurdsson, sein Blick lag auf dem Ohr mit dem Objekt seiner Begierde. Dieser Ohrring war fünfhundert Silberlinge wert. Tu es, durchfuhr ihn eine Stimme. Jetzt! Alle werden denken, es war Sigtryggs Werk. Langsam zog Rune das Messer aus der ledernen Scheide, und nun würde seine Hand den Mund des Königs bedecken, würde den Kopf fest im Griff halten und die scharfe Klinge könnte durch seinen Hals gleiten und diesen von einer Seite zur anderen öffnen, so dass sein Lebenssaft aus dem Körper hervorschießen und der König sterben würde. Doch es geschah nichts von dem!
Rune stand wie angewurzelt, und nun erkannte er, dass er diesen Mann nicht töten würde.

Noch in derselben Nacht schlich sich Rune in den Stall, sattelte Thoki und führte diesen unbeobachtet am Zügel vom Hof des Jarls Sigtrygg.

*

221

13

Auf Seeland

*D*er Wind wehte kräftig, und leichter Regen fiel auf das Schiff nieder, als es in den großen Fjord hineinsegelte, der zu der Siedlung führte, die man Gammel Leijre nannte. Der Herbst war gekommen, brachte kräftigen Wind und hohe Wellen. Der Schiffsführer war ein mutiger Mann und wagte es, auch des Nachts zu segeln. So war er weit schneller als alle anderen Händler, die des Nachts den Strand aufsuchten, um nicht in den hohen Wellen zu versinken.

Es war noch sehr früh am Morgen, als Rune Thoki über die angelegte Planke vom Schiff an Land führte. Zum ersten Mal betrat er den Boden der Insel Seeland. Er zahlte dem Schiffsführer die ausgehandelte Summe für die Überfahrt und erfuhr von diesem noch die Richtung, in die er reiten musste, um nach Gammel Leijre zu gelangen.

Er musste nicht weit reiten, um zu finden, wonach er suchte. An einem Hang gelegen, in Sichtweite des Fjordes, erhob sich eine mächtige Rundburg. Inmitten eines Erdwalles, auf dem eine hohe Palisadenwehr errichtet war, erblickte Rune das zweiflügelige, mächtige Tor zwischen zwei hohen Wachtürmen, die mit einem Wehrgang verbunden waren. Als die beiden Männer, die als Wächter vor dem Tor standen, den Reiter nahen sahen, traten sie ihm entgegen und streckten ihm die Lanzen entgegen.

„Was glaubst du, wohin du reitest?", rief einer der Männer, als Rune Thoki vor ihnen zügelte und die Männer freundlich grüßte. „Ich suche einen Mann namens Gudbrand! Er bestellte mich genau hierher!"

Der eine Krieger sah den anderen an und fragte: „Weißt du, wo er Gudbrand findet?"

„Wahrscheinlich in König Svens Arsch", gab der Krieger zur Antwort und kicherte. „Blöder Kerl!", maulte der Fragende in Richtung seines Gefährten, wandte sich dann wieder Rune zu und sprach: „Reite den Hauptweg auf das große Langhaus des Königs zu. Dort siehst du auch die Langhäuser der Krieger. In dem, das der Königshalle am nächsten steht, wohnt Gudbrand."

Rune dankte für die Auskunft und ritt langsam durch das Tor. Ein bisschen wunderte er sich schon, wie einfach es war, in die Burg des Sven Gabelbart zu gelangen. Die Arbeiten an der neuen Rundburg des Dänenkönigs waren noch in vollem Gange. Ein langer, gerader Weg führte vom nördlichen großen Haupttor eine Anhöhe hinauf, auf der die Königshalle thronte. Davor befand sich ein großer Platz, von dem aus gegenüberliegend zwei Wege abgingen, die zu den östlichen und westlichen kleineren Toren führten.

Zu beiden Seiten dieser Wege, hatte man die Langhäuser für die Krieger und Mannschaften der Schiffe erbaut. Vier an der Zahl. Rune schätzte, dass jedes dieser Häuser sicherlich mehr als hundert Männer beherbergte. An Vorratshäusern und Stallungen wurde noch gebaut.

Rune war tief beeindruckt, das musste er zugeben. Langsam ritt er auf den Platz vor der Königshalle, und kaum einer der vielen Kerle und Weiber, die hier umher liefen, beachteten ihn. Er schwang sich aus dem Sattel, als endlich ein Mann auf ihn aufmerksam wurde.

„He, Kerl, ich hab dich noch nie hier gesehen. Wer bist du?", fragte der Mann, der sicher einer der Krieger des Königs war, denn er trug sein Schwert und auf dem Rücken einen Schild. Ein Arbeiter war dieser Mann jedenfalls nicht.

„Ich bin der Skalde Rune und suche nach einem Mann namens Gudbrand, der mich hierher bestellte", antwortete Rune. „Kennst du Gudbrand?"

„Hier stelle ich die Fragen", blaffte der Mann, dessen rotes Haar kurzgeschoren war, wie das der Sklaven. Dafür war allerdings sein Bart umso länger.

„Lass es gut sein, Olaf", ertönte eine Stimme, und Gudbrand trat aus der Königshalle auf den Platz. „Dieser Mann gehört zu mir! Sei gegrüßt, Rune!"

„Sei auch du gegrüßt, Gudbrand", erwiderte der Skalde den Ruf.

„Wenn das so ist …" Der Krieger wandte sich ab und ging, während Gudbrand näher kam.

„Sei gegrüßt an Roars Quelle[39], Skalde", begrüßte Gudbrand den Rune, als er diesen erreicht hatte. „Kommst du, um mir zu bringen, was mein Herr wollte?"

„Nun ja, ich bin hier, wie du es wolltest", wich Rune aus.

„Komm, wir müssen uns ein ruhiges Plätzchen suchen. Was wir zu bereden haben, geht nur uns etwas an." Gudbrand führte Rune in eines der großen Langhäuser, und dort in einen Kochraum. Die Mägde, die dort arbeiteten, schickte er fort.

„Also, gib mir das Ohr", verlangte der Vertraute des Dänenkönigs und streckte dem Skalden seine Hand entgegen. Mit festem Blick sah Rune sein Gegenüber an und sprach dann: „Ich kann dir nicht geben, was du verlangst, denn ich habe es nicht!"

„Du hast es nicht?" Gudbrand sah Rune erstaunt an.

„Nein, es war mir nicht möglich, den König des Tröndelag zu töten!" Rune berichtete von seinem Versuch, den Auftrag auszuführen, und wie sein Unterfangen scheiterte.

---

[39] Roars Quelle – Roars Kilde, im Jahr 998 n. Chr. als Stadt Roskilde gegründet, Königssitz Sven Gabelbarts

Mit bösem Blick starrte Gudbrand den Skalden an. „Du hast versagt, Sachse! Das wird meinem Auftraggeber sicher nicht gefallen, und er wird zornig werden!"

Der Sachse sah den Dänen an und zog gleichgültig seine Schultern hoch. „Es ist doch keine Schande, wenn mir missglückte, was auch Hunderten von Jomswikingern nicht gelang. Es ist nun mal nicht so einfach, einen König zu töten."

„Einen König? Der Kerl ist nur ein aufsässiger Jarl, ein Vasall. Aber nun gut, die Götter waren wohl auf seiner Seite. Wieder einmal!" Mürrisch sah Gudbrand den Rune an, dann wischte er mit der Hand von sich, als würde er eine lästige Fliege verscheuchen. „Du kannst gehen, böser Skalde!"

Da hob Rune eine Augenbraue und sprach: „Hast du nicht etwas vergessen, Gudbrand?"

„Was soll ich vergessen haben?"

Rune lächelte freundlich. „Meinen Lohn, Gudbrand!"

Da lachte der Knecht des Dänenkönigs auf. „Deinen Lohn? Bist du von Sinnen? Für was soll ich dich entlohnen?"

„Für meine Mühen und für die Zeit, die ich dazu verwendet habe, deinen Auftrag auszuführen. Das müsste dir doch etwas wert sein", forderte der Skalde.

„Für wie töricht hältst du mich? Mein Auftraggeber würde mich schelten, wenn ich dich für deine schlechte Arbeit entlohnen würde", lachte Gudbrand, doch das Lachen sollte ihm schnell vergehen.

„Wie würde es deinem Auftraggeber gefallen, wenn ein Skalde von Hof zu Hof zieht und die Mär erzählt von dem missglückten Mordauftrag des Sven Gabelbart gegen den Jarl Hakon von Lade?" Nun war es Rune, der lachte, doch jetzt wurde Gudbrand böse.

„Glaubst du wirklich, dass du die Burg lebend verlassen wirst, wenn ich das nicht will?", drohte er, doch er hatte kaum ausgesprochen, da lag auch schon die Klinge des Saxmessers an seiner Kehle.

„Oh ja, das glaube ich. Hast du vergessen, wer ich bin, Gudbrand?", fauchte Rune. „Zahle mir die Hälfte der ausgemachten Summe, dann will ich mich zufrieden geben."

„Du wirst Seeland nicht mehr lebend verlassen", drohte nun Gudbrand seinerseits.

„Rede nicht! Entscheide dich! Willst du mein Angebot annehmen oder sterben?"

„Der König würde es mir nicht verzeihen, wenn ich dich für dein Versagen auch noch bezahle", brummte der Mann, der eigentlich keine Wahl hatte. „Aber ich werde dich von meinem Geld bezahlen, so falle ich nicht beim König in Ungnade. Doch habe ich nicht mehr als achtzig Silberlinge, die ich dir geben kann."

Rune atmete tief ein und überlegte kurz. Von den fünfzig Silbermünzen, die ihm Gudbrand bereits gegeben hatte, besaß er noch dreißig. So hätte er mit den achtzig Silberlingen immer noch ein gutes Geschäft gemacht. Er nickte. „Gut, holen wir meinen Lohn. Aber sei gewarnt, versuchst du mich zu hintergehen, bist du tot. Das schwöre ich bei Odin!"

Die beiden Männer durchquerten die Halle des Langhauses und betraten einen Teil des Hauses, der in einzelne Kammern aufgeteilt war. Hier wohnten die Männer, die eine höhere Stellung einnahmen, während die einfachen Krieger sich einen Schlafplatz in der Halle suchten. Gudbrand, der immer noch die Klinge in seinem Rücken spürte, öffnete die Tür seiner Kammer und die beiden Männer traten ein.

In der Kammer standen nur ein einfaches Bett mit einer Strohmatratze und eine Seekiste, mehr nicht. Rune ließ das Messer in die Scheide gleiten.

Gudbrand trat zu der Seekiste, die reichlich mit Schnitzereien verziert war. Während Rune die Tür schloss, trat Gudbrand an die Kiste, öffnete diese und kramte darin herum, bis er fand, wonach er suchte. Er reichte dem Rune ein ledernes Säckchen, und das Klimpern verriet dem Skalden den Inhalt. Zufrieden grinste er, hob das Säckchen empor, auf das Gudbrand voller Wehmut starrte. Und noch während der Blick des Kriegers Sven Gabelbarts auf dem Lederbeutel ruhte, zog Rune seine kurzstielige Axt und schlug zu. Gudbrand verdrehte seine Augen und fiel zu Boden. Ein schmales Rinnsal seines Blutes floss an seiner Stirn herab und färbte das Gesicht des Mannes rot. Doch Gudbrand lebte, denn Rune hatte mit der stumpfen Seite der Axt zugeschlagen.

„Ich danke dir, Gudbrand, und richte deinem Herrn meine besten Grüße aus", verbeugte sich Rune vor dem bewusstlosen Mann und verließ dann die Kammer. Ohne bei den wenigen Männern, die sich in der Halle aufhielten, besondere Aufmerksamkeit zu erregen, verließ er das Langhaus und trat auf den Platz. Dort wartete Thoki auf seinen Herrn. Rune schwang sich in den Sattel und ritt langsam den Weg, der zum westlichen Tor führte. Unbehelligt ließ man ihn das Tor passieren, und erst dann schlug er Thoki seine Hacken in die Flanke.

Es hatte eine ganze Weile gedauert, bis Gudbrand wieder zu sich kam. Mit zitternden Knien erhob er sich, rieb sich den Kopf und eilte dann hinaus in die Halle. Dort saß der Rotbart mit dem kurzgeschorenen Haar. „Wo ist er?", rief Gudbrand.

„Wer?" Der Krieger sah gelangweilt auf und pulte sich mit dem Finger zwischen den Zähnen.

„Dieser elende Skalde! Wer sonst?", brüllte Gudbrand zornig. Olaf zog seine Schultern hoch. Da trat Gudbrand an den Tisch heran. „Nimm dir drei Männer und suche diesen

Hurenschiss. Bring mir seinen Kopf, und es soll dein Schaden nicht sein!"
Da grinste Olaf, erhob sich, nahm seine Axt und verließ das Langhaus. „Wie du wünschst!"
„Und bring mir meinen Geldbeutel zurück!", rief er dem Krieger nach.
Als der Dänenkrieger Olaf endlich herausgefunden hatte, in welche Richtung sich der Skalde davongemacht hatte, galoppierten vier Verfolger aus dem westlichen Tor.

Rune war eine ganze Weile nach Westen geritten, und ihm schien es, als brauchte er keine Verfolger mehr zu fürchten. Eigentlich hatte er erwartet, dass, wenn Gudbrand zu sich kommen würde, ihm bald die Häscher auf den Fersen wären. Und so fest hatte er doch gar nicht zugeschlagen. Doch so oft er sich auch umsah, niemand folgte ihm. Also zügelte er Thoki an einer Quelle und machte Rast.
„Nun, mein Freund, wohin führt uns der Weg?" Er streichelte dem Braunen mit der weißen Mähne über die Stirn, und dieser wieherte leise, als würde er Antwort geben.
„Wenn ich wüsste, wo wir sind wäre es mir wohler. Aber dies ist eine Insel, da müssen wir ja irgendwann auf eine Küste stoßen. Und wo eine Küste ist, sind auch Siedlungen."
Hätte man ihn verfolgt, wäre er nach Süden abgebogen, um seine Verfolger zu verwirren. Da Rune scheinbar aber niemand folgte, beschloss er, weiter nach Westen zu reiten, denn dies hielt er für den kürzeren Weg, um an die Küste zu gelangen. Doch während Rune rastete, trieben Olaf und seine Männer ihre Pferde voran, so dass der Vorsprung des Skalden schnell zusammenschmolz wie Schnee im Frühling. Und während Rune etwas abseits des Trampelpfades, dem er folgte, an einem kleinen Feuer saß und seine klammen Finger wärmte, bemerkte er nicht, wie die Häscher an ihm

vorbei ritten, in der Hoffnung, den Verfolgten bald zu erreichen.

So war die Überraschung des Skalden groß, als er wenig später einen Hof erreichte und dort zwischen mehreren Männern den Kerl mit dem langen, roten Bart erkannte, den Gudbrand Olaf genannt hatte. Sofort lenkte Rune sein Pferd unter die tief hängenden Äste einer Weide, die nahe dem Hof stand, und fand dort ein wenig Schutz vor den Augen der Männer, die er ohne Zweifel für seine Verfolger hielt.

„Ich hätte es mir denken können, dass Gudbrand es nicht dabei belässt", flüsterte er Thoki ins Ohr. „Nun, mein Freund, was sollen wir tun?"

Dieser Hof kam Rune gerade recht, denn hier konnte er sich erkundigen, welchen Weg er einschlagen müsste, um in eine Küstensiedlung zu gelangen. Er entschied sich zu warten, bis die Männer weiterzogen, so konnte er einen anderen Weg einschlagen, um seinen Verfolgern zu entgehen. Und all zu lang, so schien es, würden die Kerle nicht auf dem Hof bleiben, denn der Bauer zeigte sich nicht sehr erfreut über den Besuch. Er bat die Männer nicht in sein Haus, sondern forderte lautstark, sie mögen von seinem Hof verschwinden. Nur ihre Pferde ließ er sie tränken. Und nach einem kurzen Streit ritten die Männer um den Rotbart vom Hof. Vier waren es also, die ihm folgten, und sie ritten weiter nach Westen. Eine Weile wartete Rune noch ab, bis die Reiter aus seinem Sichtfeld verschwunden waren, dann ritt er unter den dichten, langen Weidenästen hervor und näherte sich dem Hof.

„Ich denke, ich weiß, wer du bist", sagte der Bauer, als Rune Thoki vor ihm zügelte. „Du hast die Kerle gesehen, nehme ich an?"

Rune nickte. „Ja, das habe ich, und ich ziehe es vor, ihnen nicht zu begegnen. Mein Name ist Bran, der Skalde, und ich komme aus dem Saxland."

Der Bauer war viel älter als Rune, hatte bereits graues Haar, aber im Gegensatz zu Olaf und seinen Kriegern war er dem Fremden, wie es schien, freundlich gesinnt.

„Soso, aus dem Saxland bist du. Ich weiß nicht, was du ausgefressen hast, aber ich mag die Kerle dieses Königs Sven auch nicht." Der Bauer rief nach einem Knecht, und ein junger Bursche erschien, dem er den Befehl gab, Thoki zu versorgen.

„Komm ins Haus und stärke dich, bevor du weiter reitest!" Kurz darauf saß Rune mit der Familie des Bauern an einem Tisch und wurde gut bewirtet. Neben seinem Weib hatte der Bauer zwei erwachsene Söhne und drei Töchter, von denen die jüngste etwa fünfzehn Winter zählte, wie Rune schätzte. Alle lebten sie, wie es schien, noch auf dem elterlichen Hof.

„Sag, was hast du getan, dass dir der Gabelbart seine Hunde auf den Hals hetzt?", fragte einer der Söhne neugierig, und Rune antwortete mit vollem Mund.

„Eigentlich gar nichts! Ich holte mir nur, was mir zustand. Aber das gefiel meinem Auftraggeber nicht. Aber mir scheint, dass du auch nicht gut auf den Gabelbart zu sprechen bist", wandte sich Rune an den Bauern. Dieser legt seinen hölzernen Löffel in die Schüssel, sah Rune mit versteinertem Gesicht an. „Ich war ein Mann König Haralds, doch dieser elende Sohn einer Magd hat unseren König getötet! Und seit er begonnen hat, hier seine Burg zu bauen, stiehlt er mir auch noch mein Holz! Nein, ich bin wahrlich nicht gut auf ihn zu sprechen. Möge der Herr Christus ihn in das Fegefeuer des Gehörnten schicken!"

Rune horchte auf und begriff, dass er mit Christen an einem Tisch saß. Natürlich, König Harald Gormsson, den sie Blauzahn nannten, war ein Christ, und somit sicher auch viele seiner Anhänger. Darum hatte der Bauer die Krieger von seinem Hof geschickt, und da Rune aus dem Saxland kam, dachte er, einen Glaubensbruder vor sich zu haben. So kam es, dass man ihm ein Nachtlager anbot, denn die Abenddämmerung hatte eingesetzt und Rune nahm die Einladung gerne an.

„Reite nach Süden", schlug der Bauer am nächsten Morgen seinem Gast vor, „bis du an einen Weiher gelangst, an dem eine große einzelne Eiche steht. Dort schlägst du dann den Weg nach Westen ein und gelangst in ein Dorf an der Küste. Dort findest du Männer von uns, die sicher für eine Überfahrt sorgen können."
Männer von uns, dachte Rune und wusste, was der Bauer damit meinte. Doch wenn es ihm half, von dieser Insel herunterzukommen, war es dem Skalden gleich, dass man ihn für einen Zimmermannsanbeter hielt.
Er bedankte sich bei dem Bauern und trieb Thoki an.

*

Der Wogenhengst war gut mit menschlicher Beute gefüllt, als er die Einfahrt zu der Bucht passierte, die in den Hafen von Haithabu führte und weiter die Slie hinauf nach Westen segelte.
Styrbjörn Arnarsson war damit beschäftigt, sein Mittagsmahl einzunehmen, als der dumpfe Ton des Signalhornes an sein Ohr drang. Ein Schiff erwartete er eigentlich nicht, und den Wogenghengst schon gar nicht. So lang war seine Schnigge noch nicht fort, als dass sie jetzt schon heimkehren würde. Es sei denn, es wäre etwas passiert, das die Männer zum Abbruch der Wikingfahrt gezwungen hätte.
„Ich Ochse", fluchte Styrbjörn leise, denn dies schien ihm die einzig einleuchtende Möglichkeit zu sein, wenn dies

denn der Wogenhengst war. „Hätte ich doch bloß nicht auf diesen dämlichen Skögul gehört."

Er erhob sich, sah die junge Sklavin an, die mit ihm an dem großen Tisch saß. „Bring mir mein Schwert", befahl er, und das Weib gehorchte. „Komm!"

Thorbart stand am Vordersteven, einen Fuß auf die Reling gestellt, als der Wogenhengst langsam an den Anlegesteg glitt.

„Was ist geschehen? Warum kommt ihr zurück?", rief der Jarl der Siedlung erbost.

„Weil wir keinen Platz mehr haben", antwortete Thorbart grinsend. „Das Schiff ist voll!"

Skögul sprang über die Reling auf den Steg und trat neben den Jarl. „Der Kerl ist der geborene Menschenfänger! Vielleicht erhält er von den Göttern besonderes Heil, ich weiß es nicht. Aber es war ein Kinderspiel, das Schiff zu füllen", flüsterte Skögul dem Styrbjörn zu. Doch dieser wehrte ab. „Nicht jetzt!"

„Wie ich sehe, warst du erfolgreich, Norweger", grinste Styrbjörn. „Bringt die Sklaven auf den Hof, ich will sie begutachten. Dann zieht den Wogenhengst auf den Strand und überholt ihn."

Thorbart trat auf den Anleger, zeigte mit der Hand auf die Sklaven, die zahlreich auf den Planken des Wogenhengstes kauerten, und sprach: „Hier hast du, wonach du verlangtest. Sie sind von bester Qualität. Keine Alten oder Kranken."

„Wir werden sehen!" Styrbjörn verzog keine Miene. „Aber lassen wir das jetzt. Komm heute Abend in mein Haus."

Dann wandte er sich der Besatzung zu und rief: „Kommt alle heute Abend in mein Haus!"

Da jubelten die Männer, denn sie wussten, was das bedeutete.

Die Ware, die der Norweger dem Sklavenhändler gebracht hatte, war tatsächlich von guter Qualität, das musste Styrbjörn zugeben. Alle hatten die Überfahrt gut überstanden, sogar die Kinder. Die Weiber waren jung und die Kerle kräftig. Ubbe und auch später Gunnar hatten ihm alles herangeschafft, was ihnen in die Hände gefallen war. Sogar Alte schleppten sie ihm an, die er nur noch den Göttern opfern konnte, damit sie ihm nicht die Vorräte wegfraßen. Oft brachten sie sogar Sklaven mit, die ihnen während der Überfahrt verreckt waren. Doch was Thorbart brachte, war von Wert!

„So, nun sprich", befahl Styrbjörn dem Skögul, als dieser vor seinen Hochstuhl trat. Er hatte ihn rufen lassen, als die Mannschaft das Schiff auf den Strand zog. Mit der Hand winkte er die Sklavin herbei. „Bring uns Bier", rief er, und das Weib gehorchte. Grinsend sah Skögul der Schönen auf den Hintern. „Sag mir, Styrbjörn, was bekomme eigentlich ich für meine Dienste?"

Dem Jarl der Siedlung war der Blick seines Gefolgsmannes natürlich nicht entgangen. „Ich schicke sie dir heute Nacht auf dein Schlaflager, aber nun erzähle."

Da grinste Skögul zufrieden. „Unser Plan ist gut, ohne Zweifel, aber ich glaube fast, es wäre besser, den Thorbart auf unsere Seite zu ziehen."

„Bist du völlig von Sinnen, Kerl?", empörte sich Styrbjörn Arnarsson und warf wütend seinen Becher Bier von sich.

„Höre doch, der Thorbart könnte dir großen Reichtum einbringen. Er ist ein guter Anführer …" Dann beugte er sich dem Jarl entgegen und flüsterte: „Und vielleicht bringen wir ihn ja dazu, diesen Skalden zu verraten!"

„Du glaubst …?"

„Natürlich glaube ich dass! Mache ihn zu einem reichen Mann! Mache ihn zu einem wichtigen Mann! Lasse ihn glauben, du meinst es ehrlich mit ihm, dann wird er tun, was immer du verlangst", schlug Skögul mit einem verschlagenen Lächeln vor. „Außerdem scheint es mir, als hätten die Männer seine Führung anerkannt, denn er mehrt ihren Anteil an der Beute."

„Was denkst du dir, Skögul, der Kerl ist immer noch mein Feind. Hast du unseren Plan vergessen?"

„Nein, das habe ich nicht. Aber manchmal ist es besser, wenn man sich den Begebenheiten anpasst, mein Jarl", grinste Skögul verschlagen. „Vielleicht würdest du sogar die Männer gegen dich aufbringen, wenn du Thorbart tötest. Ich denke, wir warten ab, was geschieht."

„Nun gut, wir werden sehen", grummelte Styrbjörn in seinen Bart.

Lange war Thorbart nicht in seiner Hütte geblieben, hatte sich in dem großen Regenfass, das neben der Tür stand, gewaschen und saubere Kleidung angezogen. Dann holte er sein Pferd von der Koppel und ritt durch das Tor Richtung Haithabu. Es zog ihn zu der Eira hin, denn die Zeit auf See hatte ihm gezeigt, dass ihm das Weib doch fehlte. Aller Streit war vergessen!

Wie oft hatte er von dem Weib geträumt, wenn er in seinen Schlafsack gerollt auf den Planken des Wogenhengstes lag und versuchte, Schlaf zu finden. Hatte in seinen Träumen ihre drallen Titten liebkost und es mit ihr getrieben. Und dies musste jetzt endlich wieder geschehen.

Vor der Kaschemme zügelte er sein Pferd, stieg ab und band dieses an dem Knüppelzaun vor dem Haus fest.

Stimmengewirr drang auf den Weg hinaus, und Thorbart trat freudig durch die Tür. Es war ihm, als käme er heim.

Neun Männer zählte er, die an den Tischen mit den Huren soffen und sie mit ihren schmutzigen, schwieligen Händen begrapschten. Und dann erblickte er Eira, die neben einem Kerl, den Thorbart nicht kannte, an dem Tisch saß, der der

Besitzerin des Bordells vorbehalten war. Für einen kurzen Augenblick wurde es still und sie sahen ihn an, doch sofort beschäftigten sich die Gäste wieder mit den Huren und ihren gefüllten Bechern. Thorbart trat an den Tisch, doch die Begrüßung der Eira war eisig. „Was willst du hier?", fragte sie streng. „Du bist doch jetzt ein Gefolgsmann des Styrbjörn, und dieser versuchte mir mein Eigentum zu nehmen."

„Was redest du da? Ich bin immer noch der Mann an deiner Seite, und dem Styrbjörn folge ich, weil er mir sein Wort gab, dich fortan in Ruhe zu lassen."

Der Kerl an dem Tisch sah die Eira fragend an: „Soll ich ihn hinauswerfen?"

Da wurde Thorbart böse, und er fuhr den Kerl zornig an: „Halt dein Maul, oder heute ist der letzte Tag, den du in Midgard verbringst!"

Grimmig erhob sich der neue Beschützer der drallen Eira und stützte sich mit den Händen auf die Tischplatte, doch der norwegische Krieger zögerte nicht damit, zu beweisen, dass niemand es wagen sollte, so mit ihm zu sprechen. Die Klinge seines Messers fuhr dem Mann in die Hand und nagelte diese an der Tischplatte fest. Und noch bevor der Kerl aufschreien konnte, fasste Thorbart ihn bei der Kehle und begann, dieses kräftig zuzudrücken. „Du solltest deine Drohungen nochmals überdenken, Kerl!"

„Es reicht", rief Eira zornig aus. „Verschwinde, Thorbart, du hast mich verraten. Ich will dich hier nicht mehr sehen!"

Der norwegische Nordmann löste den Griff und ließ von dem neuen Beschützer der Eira ab, griff nach seinem Messer, legte seine Hand auf die des Mannes und zog mit einem kräftigen Ruck die Klinge aus der Tischplatte.

„Du wünschst, dass ich gehe, also gehe ich!"

Mit schmerzverzerrtem Gesicht rief der Gescholtene dem Thorbart, der sich abgewandt hatte und auf die Tür zuging,

drohend nach: „Das wirst du bereuen, bei allen Göttern, ich
schwöre es!"
Zutiefst verletzt verließ der Hauptmann des Styrbjörn die
Stadt Haithabu. Hier gab es nun nichts mehr, das ihn hielt.

*

Im Schatten einer gewaltigen Eiche, deren Blätter sich
bereits zu färben begannen, lag ein kleiner Weiher. Vögel
erhoben sich aus dem Schilf, das am Ufer wuchs, als der
Reiter sich näherte. Ja, dies musste der Ort sein, den der
christliche Bauer Rune beschrieben hatte. Von nun an sollte
er nach Westen reiten. Seine Verfolger, so nahm Rune an,
hatten sich bestimmt längst auf den Rückweg begeben, um
Gudbrand zu berichten, dass der elende Skalde
verschwunden sei. Ein Grinsen machte sich auf Runes
Gesicht breit.
Es begann leicht zu regnen, ein unangenehmer Regen, dünn
und fadenartig, der sofort durch die Kleider drang. Und
dann geschah, womit Rune niemals mehr gerechnet hätte.
„Sieh an, wen wir da haben!"
Rune erschrak, als der Rotbart hinter der Eiche hervortrat.
Wie, bei allen Göttern, hatte es dieser Kerl geschafft, ihn zu
finden?
„Da staunst du, kleiner Skalde, aber ich bin hartnäckig
wenn es darum geht, eine Beute zu jagen", grinste Olaf
hochmütig. Langsam glitt Rune aus dem Sattel.
„Du fragst dich sicher, wie ich dich finden konnte. Es war
der gute Rolf, der einen Mann unter der Weide vor dem Hof
gesehen hat." Er lachte laut auf. „Ja, Rolf hat sehr gute
Augen!"
Rune sah sich suchend um, wo waren die anderen drei Kerle
geblieben? Würden sie aus dem Unterholz stürmen, um ihn
zu überraschen?

„Sie sind nicht hier", erriet Olaf die Gedanken des Sachsen. „Ich schickte sie weiter nach Westen, um nach dir zu suchen. Schließlich bist du meine Beute, und warum soll ich teilen, wenn Gudbrand etwas springen lässt?"

Langsam schritt er durch das hohe Gras auf Rune zu, und dieser nahm seinen Schild, der an Thokis Sattel befestigt war. Fest umschloss seine Linke den Griff, dann zog er den Sax aus der ledernen Scheide, denn er hatte nicht vor, sich von dem rotbärtigen Dänen schlachten zu lassen. Ohne Zweifel war Olaf ihm an Körperkraft überlegen, doch er war nicht der erste Gegner, der trotzdem nach Walhalla ging.

„Odin, schenke mir dein Heil", sprach Rune leise. „Thor verleihe mir Kraft."

Da riss der Mann, der Rune um mehr als eine Kopfeslänge überragte, seine Axt empor und schlug zu. Der Sachse hob seinen Schild, der zwar klein, aber von guter Machart war, und das Axtblatt schlug auf den mit einem ehernen Band beschlagenen Schildrand. Der Arm erzitterte von der Wucht des Hiebes, doch der Schild hielt stand. Wieder und wieder hob Olaf die schwere Waffe und ließ sie niedersausen, in der Hoffnung, den Schild zu zerschlagen. Doch Rune war flink auf den Beinen, umkreiste den Gegner, wartete auf den rechten Moment, die Klinge vorzustoßen. Sein Blick folgte den Bewegungen des Kriegers, der Art, wie er die Axt schwang und sich bewegte. Plötzlich machte Olaf einen mächtigen Satz nach vorn und trat gegen den Schild, so dass es Rune von den Beinen hob. Ein kräftiger Schlag traf den Schildbuckel und hinterließ eine tiefe Kerbe in dem Metall. Ein weiterer Hieb hätte Rune sicher das Leben gekostet, doch die Arroganz und Überheblichkeit des Rotbarts gierte danach, den Feind recht lange zu quälen. Er grinste böse und forderte den Gegner mit der Hand auf, sich zu erheben und weiterzukämpfen. Langsam und mit weichen Knien stellte sich der Sachse auf die Beine, hob den Schild und das Saxschwert, um für den erneuten Angriff gewappnet zu sein.

„Ich werde Gudbrand deinen Kopf bringen", lachte Olaf hämisch.

„Noch hast du ihn nicht", erwiderte Rune mit einem schmerzverzerrten Lächeln. Und da kam der nächste Hieb auf ihn nieder. Diesmal aber drehte sich Rune seitwärts, und das Axtblatt prallte vom Schild ab. Der Sachse machte einen Schritt vor und schlug mit dem Sax gegen den Schaft der Axt. Ein Fluch entfuhr den Lippen des Olaf, die Axt fiel zu Boden, sowie ein blutiger Daumen. Der große Krieger war für einen Moment unachtsam gewesen. Sein Blick fiel auf die blutüberströmte Hand, und so sah er die Klinge nur aus den Augenwinkeln, die auf ihn zukam. Geistesgegenwärtig riss er seinen unverletzten Arm in die Höhe und hatte nicht einmal Zeit, seinen Fehler zu bereuen, denn die scharfe Klinge grub sich tief in den Unterarm, durchtrennte das Fleisch und die Knochen. Der nächste Hieb traf den Kopf und ließ ein Stück des Kinns weit davonfliegen. Der Krieger sank jammernd auf die Knie.

„Möge Odin dich in seine Halle aufnehmen", sprach Rune und schlug dem rotbärtigen Olaf seine Saxklinge in den Nacken.

Ohne weitere Zwischenfälle erreichte Rune eine Siedlung an der Westküste von Seeland. Die anderen Krieger des Gabelbart hatte er nicht mehr zu Gesicht bekommen. Wahrscheinlich waren die längst wieder nach Roars Kilde zurückgeritten.

Und wie es der Bauer gesagt hatte, fand er ein Schiff, das nach Götaland segelte. Von dort aus nahm er den Landweg nach Norden, überquerte die Götaelv und erreichte einen halben Mond später die Siedlung des Jarls Vagn Grimsson.

Groß war die Freude der Thurid, als sie den Mann sah, dem sie ihr Herz geschenkt hatte, und Rune zog sich mit der Völva für ganze zwei Tage in ihre Hütte zurück, ohne dem Jarl und seiner Familie gegenüberzutreten. Und Thurid sorgte dafür, dass er deshalb kein schlechtes Gewissen hatte.

*

Im Frühsommer des Jahres 995 n. Chr. spitzte sich die politische Lage im Westen von Norwegen plötzlich zu, denn die Bauern waren mit dem König des Tröndelag überhaupt nicht mehr zufrieden. Die Gier nach jungen Weibern sollte den Jarl Hakon von Lade letztendlich seinen Kopf kosten. Es war die Sonne von Lunde, ein besonders schönes Weib, das zum Auslöser des Aufstandes gegen den König wurde. Der Gemahl dieses Weibes, ein Großbauer in Guldalen, war keineswegs bereit, seine Gemahlin dem nach Weibern gierenden, alten König zuzuführen, und so braute sich das Unheil über dem Kopf des Gaukönigs zusammen. Die Jarle und Großbauern sammelten ein Heer gegen ihren König und zwangen diesen so zurück auf seinen Hof nach Lade. Zur gleichen Zeit schickten sie einen Mann namens Thorir auf die Insel der Vestmannen, denn dort, so hatten sie gehört, sollte der Seekönig Olaf Tryggvesson leben, der ein Enkel des großen Norwegerkönigs Harald Schönhaar war. Diesem sollte Thorir die Krone des Tröndelag anbieten. Die Wut der Tröndner aber war so groß, dass sie nicht auf die Ankunft des Seekönigs warten wollten, um den Hakon Sigurdsson zu beseitigen. In Örkedalen sammelte sich ein großes Bauernheer, dem der Ladejarl seine Söhne Erik und Sven mit dem größten Teil seiner ihm verbliebenen Krieger entgegen schickte. Sein Sohn Erlend bekam den Befehl, die drei Königsschiffe nach Viggen zu segeln, wo er sie in Sicherheit wähnte. Der Gaukönig selbst, den man nun den bösen Jarl nannte, machte sich mit seinem Sklaven Tormod auf den Weg, denn er glaubte, dass man zwei Wanderer sicher nicht behelligen würde.

Als dann der Wikingerkönig aus seinen Ländereien in Irland nach Westnorwegen kam, stellten die Jarls des Tröndelag enttäuscht fest, das Olaf Tryggvesson nicht mehr als fünf Schiffe befehligte. Die große Flotte, die der Seekönig einst sein Eigen nannte, war von Olaf Tryggvesson im letzten Sommer aufgelöst worden, denn er hatte sich auf den Hof seines Weibes nach Irland zurückgezogen. Einzig die fünf Schiffe und ihre Besatzungen hatte er als Leibwache bei sich behalten. Diese aber reichten aus, um Erlend Hakonsson mit seinen Schiffen auf den Grund des Meeres zu schicken.

Und auch das Heer der beiden Hakonssonbrüder musste sich bald geschlagen geben. Die Söhne schworen Rache für den Tod ihres Bruders und flohen in das Schwedenreich.

So wurde der Enkel des großen Königs Harald Schönhaar als Befreier gefeiert und von den Jarls zum König gewählt. Allerdings hatte die Geschichte mit dem neuen König einen Haken: Olaf Tryggvesson war ein überzeugter Christ, die Tröndner dagegen, waren zum großen Teil Anhänger der alten Asen- und Vanengötter. Nur der Schwur des Tryggvesson, den Untertanen ihren Glauben zu lassen, bescherte ihm den Thron.

So zog der neue König des Tröndelag durch sein Reich und unterwarf sich die Jarls, die ihm die Gefolgschaft noch verweigerten. Und als der Winter kam, hatte er die alleinige Herrschaft über große Teile Westnorwegens.

Sven Gabelbart hatten die Götter doch noch seinen Wunsch erfüllt, denn Jarl Hakon von Lade hatte den Tod gefunden. Ihn hatte sein Leibsklave in der Hoffnung auf eine Belohnung getötet und sein Haupt dem neuen König in Lade vor die Füße gelegt. Doch dieser dankte es dem Sklaven nicht, denn er war empört über die Tat und ließ dem untreuen Leibsklaven den Kopf abschlagen.

*

14

Im Reich des Dänenkönigs

*D*ie Priester schrieben das Jahr 996 n. Chr. und der neue
König hatte, vom Tröndelag kommend, einen Gau
nach dem anderen unter seine Herrschaft gebracht.
Die dänischen Jarle und Hersen hatte er mit seiner
Kriegsflotte und einem starken Heer aus den Städten gejagt
oder getötet. Und der Dänenkönig Sven hatte ihn
widerstandslos gewähren lassen, denn seine Schatzkammern
waren geleert, und er hatte dazu ein Augenmerk auf die
Insel der Angelsachsen geworfen, denn diese versprach
größere Beute als die kargen norwegischen Gaue. Bald
schon erreichte die Kriegsmacht des neuen Königs
Vingulmark und Ranrike, und Olaf Tryggvesson betrat die
Hallen in Sotenäset, die einst sein Vater hatte erbauen
lassen, als dieser noch König der südöstlichen Gaue war.
König Harald Gudrödsson, der Herrscher über Vestfold,
Agde, Vingulmark und Ranrike, hatte schon ein Jahr zuvor
sein Leben gelassen, und so bezog die Sippe König Olafs
die königlichen Gebäude von Sotenäset.
Mit dessen Mutter Astrid, der Witwe des alten Königs
Tryggve, kam die einstige Königin zurück in das Reich ihres
Gatten. Und mit ihnen kamen die Priester und Missionare,
die mit der Heeresmacht des Königs im Rücken viel Volk zu
taufen hatten. Überall im Norden machte sich der neue
Glauben breit, selbst der junge Schwedenkönig, dessen
Mutter Sigrid eine glühende Anhängerin der Asen und
Vanen war, ließ sich von den Priestern taufen.

Rune hatte eine gute Zeit hier am Hof des Jarls Vagn
verbracht, war ein angesehener Mann und Krieger. Und
auch Thurid hatte sich hier wohlgefühlt. Sie hatte es mit

ihrer Kunst und natürlich der Hilfe der Göttinnen Frigga und
Freya geschafft, nach einer schweren Geburt das Leben der
Gudrun und ihres Kindes zu retten. Daher war auch ihr
Ansehen in der Siedlung und weit darüber hinaus sehr groß.
Doch die Bekehrungswut des neuen Königs machte nicht
vor der Siedlung des Jarls Vagn Grimsson halt, und so rief
König Olaf alle Jarls und Häuptlinge des Gaus nach
Sotenäset auf ein Thing und befahl diesen, die Taufe
anzunehmen und Kirchen zu bauen. Anfangs weigerten sich
die Stammesoberhäupter, doch der König hatte
überzeugende Mittel, um seine Forderungen durchzusetzen.
So kam der Jarl von dem Thing zurück und brachte einen
christlichen Priester mit sich, der sofort damit begann, die
Bewohner der Siedlung zu taufen. Natürlich gab es auch
Männer, die sich weigerten und lieber weiterhin ihren alten
Göttern ihr Vertrauen schenken wollten. Da verließen die
taufunwilligen Familien die Siedlung.

„Jarl Vagn, es gibt etwas zu bereden." Rune war vor den
Hochstuhl des Jarls getreten, und ihm war gar nicht wohl
zumute.
„Rune, mein Freund, warum schaust du so bitter drein?
Natürlich können wir reden, du weißt doch, ich habe immer
ein offenes Ohr für dich. Also, sprich."
„Du weißt, ich bin ein überzeugter Anhänger Odins. Nun
aber, seit dieser Olaf König über Norwegen geworden ist
und alles Volk zur Taufe gezwungen hat, fühle ich mich
nicht mehr wohl in Vingulmark. Es ist an der Zeit für mich
zu gehen!"
Groß war das Entsetzen aller Anwesenden, denn der Skalde
und die Völva waren ja längst ein Teil der Gemeinschaft
geworden, und kaum ein Bewohner der Siedlung konnte
oder wollte sich vorstellen, dass beide nicht mehr da wären.

So musste Vagn erst für Ruhe sorgen, bevor er etwas sagen konnte.

„Ihr wollt uns verlassen?" Ungläubig sahen der Jarl und sein Weib, die auf dem Stuhl neben ihrem Gatten saß, den Skalden an. „Das … das kann ich nicht glauben, mein Freund."

„Ihr alle habt euch mit dem Wasser der Christen benetzen lassen", sprach Rune vorwurfsvoll. „Ich werde das nicht tun, denn du weißt, Jarl, dass mir der Allvater immer sein Heil schenkte, und darum werde ich den Asen treu bleiben."

„Aber Rune, wo wollt ihr denn hin?", fragte Gudrun traurig. „Es gibt nur noch das Helgeland hoch im Norden, sowie Hardanger, die sich dem Glaubenswechsel verweigert haben", sprach sie gut unterrichtet. „Dort wird der neue König auch bald mit dem Schwert den neuen Glauben verkünden. Und von den alten Göttern kam keine Hilfe für diejenigen, die sich dem König entgegen stellten. Kein Blitz fuhr aus dem Himmel, um das Heer der Christen zu zerschmettern. So denke ich, ist das Heil dieses neuen Gottes vielleicht doch größer als das der Asen!"

„Nein, ich werde kein Heuchler werden", trotzte Rune den Worten der Jarlsgattin. „Thurid und ich gehen nach Haithabu in das Dänenreich. König Sven Gabelbart ist ein asentreuer Mann, und ihn wird der neue Gott nicht so schnell in seinen Bann ziehen. Außerdem lebt dort ein alter Gefährte von mir, den ich schon seit mehr als zwei Wintern nicht mehr sah."

„Lasse dich taufen und opfere weiterhin den Göttern. Ich werde dich gewähren lassen, mein Freund. Du kannst doch deine Heimat nicht verlassen?", sprach Jarl Vagn fast flehentlich.

„Glaubst du wirklich, dieser König wird sich täuschen lassen? Nein, er wird all diejenigen aus den Dörfern und Städten jagen, die nicht gewillt sind, niederzuknien und das

Kreuz zu küssen. Dann wirst auch du verlangen, dass ich ein wahrer Christ werde", zweifelte Rune an den Worten des Jarls. „Ich danke dir, mein Jarl, doch bin ich von Geburt ein Sachse, und meine Familie starb genau aus diesem Grund. Nein, ich gehe dorthin, wo ich offen meinem Gott Odin huldigen kann. Ebenso ergeht es Thurid. Sie ist eine Völva und opfert der Freya und der Frigga. Soll sie sich vor den Häschern der Pfaffen verbergen?"

Rune war fest entschlossen, das Reich dieses Heuchlerkönigs zu verlassen.

„Ich bitte dich, entbinde mich vom Eid der Gefolgschaft, Jarl Vagn."

*

„Zwei Winter sind vorüber, und dieses Weib sitzt immer noch auf meinem Hochstuhl", machte Ragnar wieder einmal seinem Ärger Luft, als er mit einigen Verbündeten am Feuer in seinem Haus saß. Oft lud er die Männer zum Trunk, denn so wollte er dafür sorgen, dass sie ihm gewogen blieben. Viele Anhänger waren ihm jedoch nicht geblieben, denn Sigrun war als Jarl beliebt. Selbst die ärgsten Zweifler hatten ihren Widerstand aufgegeben, denn die Tochter Siegmars führte die Siedlung gut. Besser, als es ihr Vater getan hatte, wie viele meinten.

Der Handel blühte, und auch die Spannungen mit dem neuen Jarl von Tunsberg waren beseitigt. Auch auf Raubfahrt ging sie mit ihren Kriegern!

Rüstete ihr Schiff, denn es gab nur noch eines im Besitz der Jarlssippe, und segelte damit in das Land der Wenden oder Friesen, um Beute zu machen. Endlich konnte die Schildmaid so leben, wie sie es wollte, als Kriegerin und nicht als Bäuerin.

All dies war dem Ragnar natürlich ein Dorn im Auge, denn er hatte gehofft, dass man das Weib nach kurzer Zeit aus der Siedlung jagen würde. Doch mit Ulfger an ihrer Seite hatte sie einen Vertrauten, der hohes Ansehen genoss und dazu noch ein schlauer Fuchs war. Vor allem drängte es ihn nicht auf den Jarlsthron.

Und so hatte Ragnar die Kröte schlucken müssen und der Sigrun den Gefolgschaftseid geschworen, wollte er nicht aus der Siedlung gejagt werden.

Einer der Männer spuckte verächtlich in die Flammen. „Und wenn ich es bei jeder unserer Zusammenkünfte sagen muss: Lasst uns das Weib töten!"

„Und wenn ich es dir bei jeder unserer Zusammenkünfte sagen muss: Du bist ein Narr!", zischte Ragnar den Mann an. „Ein jeder wüsste sofort, wer die Meucheltat begangen hat, und ich schwöre dir, noch am selben Tage würden unsere Köpfe auf Stangen gespießt vor dem Tor von Frigghavn zur Belustigung aller zur Schau gestellt werden."

„Sie hat ihren Schwur immer noch nicht eingelöst", sagte einer der Männer da leise.

„Was sagst du?" Ragnar hatte nur beiläufig die Äußerung seines Gefolgsmannes gehört, und doch war ihm, als sei es ein Wink der Götter.

„Der Schwur! Sie hat doch geschworen, den Mörder Jarl Siegmars zur Strecke zu bringen", sprach der Mann und sah seinen Anführer grinsend an. „Sie hat es nicht getan. Ich denke, es widerstrebt ihr, den Vater ihrer Kinder zu töten, und vielleicht liebt sie den Bursche ja doch noch, schließlich hat er ihr lang genug die Furche beackert." Der Kerl fing kindisch an zu kichern.

„Bei allen Göttern", rief Ragnar erfreut aus, „du bist ja gar nicht so blöd, wie du ausschaust. Beim nächsten Thing werde ich sie wegen des Schwurbruches anklagen. Nicht einmal dieser elende Ulfger kann ihr da noch raushelfen." Doch bis zum nächsten Vollmond konnte Ragnar nicht warten. So vergingen nur wenige Tage, und er tat, was er in der letzten Zeit nur selten getan hatte. Er begab sich in die große Methalle.

An diesem Abend war die Halle gut gefüllt, obwohl es eigentlich dafür keinen Anlass gab. Allerdings war dies kein Zufall, denn Ragnars Männer hatten dafür gesorgt, dass sich die Jarlshalle an diesem Abend füllte.

„Was geht hier vor sich?", fragte Sigrun, die auf dem Hochstuhl saß, ihren Vertrauten Ulfger. „Warum sind so viele in die Halle gekommen? Ich habe sie nicht gerufen." Der blonde Krieger zog unwissend seine Schultern empor.

„Ich weiß es nicht, Sigrun. Aber ich werde es herausfinden."

Doch die Frage beantwortete sich nur einige Augenblicke später, als die Tür geöffnet wurde und Ragnar mit seinem Gefolge in die Halle trat. Ohne lange zu zögern, schritt er auf den Hochstuhl zu. Ein kurzer Wink Ulfgers mit der Hand, und mehrere Krieger stellten sich dem Ragnar entgegen, so dass dieser stehen blieb. Ein überhebliches Lächeln huschte über sein Gesicht.

„Ragnar, welch seltener Besuch", stellte Ulfger fest. „Ich vermute, dass wir die volle Methalle dir zu verdanken haben."

Der einstige Häuptling nickte. „So ist es, Stiefellecker!" Da fuhr die Hand des Kriegers an den Griff seines Schwertes, doch ehe er die Klinge ziehen konnte, fragte Sigrun: „Dann wirst du uns sicher auch verraten, was das bedeuten soll?"

„Aber natürlich, Jarl Sigrun. Darum bin ich ja hier. Darum sind wir alle hier!" Er sah sich beifallheischend um, doch außer seinen eigenen Männern, rührte sich niemand.

„Erinnerst du dich an den Tag, an dem du dir die Jarlswürde erschlichen hast?", sprach Ragnar provokant. „Erinnerst du dich auch an die Bedingung, die daran geknüpft war? Du hast geschworen, den Mörder Jarl Siegmars zu töten. Doch bisher geschah nichts! Soll der Mord an unserem Anführer etwa ungesühnt bleiben?"
Nun wurde es in der Halle unruhig, denn viele stimmten dem Ragnar zu. „Verrate mir den Grund, warum du den Schwurbruch begingst?"
„Schwurbruch?", begehrte Sigrun auf. „Was erlaubst du dir, mir vorzuwerfen? Ich habe meinen Schwur noch nicht eingelöst, das gebe ich zu, doch tat ich dies, weil es mir wichtiger erschien, auf Beute auszufahren und nicht diesen wertlosen Skalden zu jagen!"
Da lachte Ragnar böse. „Das soll ich dir glauben, Jarl Sigrun? Ist es nicht eher so, dass du dich davor scheust, den Vater deiner Kinder zu töten?"
Nun begehrten einige Männer in der Halle laut auf. Mancher empörte sich über die Dreistigkeit des Ragnar, andere aber stimmten diesem lautstark zu, denn er war ein freier Mann und konnte seine Meinung jederzeit vorbringen. Da trat Ulfger vor die Männer, hob seine Hände und wartete, bis Ruhe einkehrte.
„Bei Odins Auge, nichts ist einfacher zu lösen als dieses Problem", rief er. „Gehen wir in diesem Sommer auf Raubfahrt oder jagen wir den Mörder Jarl Siegmars? Ihr sollt entscheiden!" Er sah sich zu der Sigrun um, und diese nickte. Dann erhob sie sich von dem Hochstuhl, auf dem schon ihr Vater gesessen hatte. „Ulfger hat recht! Ihr sollt entscheiden, was wir tun werden!"
Längst schon hatten die Anhänger des Ragnar damit begonnen, die Anwesenden aufzuhetzen, und so fiel die Entscheidung ganz im Sinne des einstigen Häuptlings.

„Wir werden in diesem Sommer nach dem Skalden suchen, und wir werden ihn töten!", rief Sigrun laut in die Halle, und die Männer jubelten.

*

Das Haus, welches Thorbart nun bewohnte, war einem Hauptmann mehr als angemessen. Er besaß zwei Sklavinnen, die ihm den Haustand besorgten, und einen Sklaven, der einmal ein angelsächsischer Mönch gewesen war, der für die groben Arbeiten zuständig war. Er hatte sich sogar einen kleinen Reichtum angespart von seinem Anteil an den Sklavenfahrten. Man achtete ihn in der kleinen Siedlung des Styrbjörn Arnarsson, und selbst der Jarl rief Thorbart oft des Abends an sein Feuer, um mit diesem zu trinken und zu feiern. Der Norweger hatte seinen Zwist mit dem Sklavenhändler begraben. Warum sollte er auch einen Kampf weiterführen, der eigentlich nicht der seine war? Ein Weib hatte er sich nicht genommen. Wozu auch? Für die kalten Winternächte hatte er seine beiden Sklavinnen, die hübsch anzusehen und gut gebaut waren, und im Sommer zog es ihn auf die See hinaus, um Sklaven zu fangen. Nach Haithabu ging er nur, wenn Styrbjörn ihn mit den Sklaven auf den Markt schickte, und das kam selten vor, denn dies tat der Händler lieber selbst. Die Geschäfte, die Thorbart tätigte, fanden oft Styrbjörns Missfallen. Er war nun mal keine Krämerseele.

An den Skalden Rune verschwendete Thorbart kaum noch einen Gedanken.

Doch an einem Abend, den er wieder einmal in der Halle des Styrbjörn verbrachte, fragte Skögul plötzlich: „Sag, Thorbart, wie steht es eigentlich mit dir und dem Skalden Rune?"

„Ich denke nicht, dass ich ihn heiraten werde", lachte der
große Nordmann albern, denn er hatte schon reichlich
getrunken. Da lachte auch Skögul, und auch der Jarl lachte,
doch ihr Lachen klang nicht echt, und das war es wohl auch
nicht. „Das wohl sicher nicht." Er schlug dem Norweger
freundschaftlich gegen die Schulter. „Doch sage, wie steht
es mit deiner Freundschaft zu dem Kerl?"
Thorbart nahm einen tiefen Schluck aus seinem Becher,
dann sah er den Fragenden mit ernster Miene an. „Er ist mir
einerlei!" Mit der Hand klopfte er sich auf den
Oberschenkel. „Ja, hörst du, er ist mir gleich! Seit zwei
Wintern habe ich nichts mehr von ihm gehört. Vielleicht ist
er längst tot! So etwas kann einem Mordknecht schnell
widerfahren!"
Da sahen sich die Männer, die um das Feuer saßen erstaunt
an. „Was soll das heißen?", fragte Ölmod. „Willst du damit
sagen, der Skalde ist ein Mordknecht?"
Thorbart nickte betrunken und Skögul schenkte ihm nach.
„Genau! Rune ist der, den man den bösen Skalden nennt.
Ein gedungener Mörder ist er!"
Wieder leerte er seinen Becher in einem Zug und beugte
sich dann vor, um flüsternd, so als verrate er ein großes
Geheimnis, zu erzählen. „Jarl Siegmar, der viele Winter
mein Gefolgsherr war, hat aus dem Skalden einen
Mordknecht gemacht. Einen, der sich in das Vertrauen
einschleicht, um dir dann hinterrücks ein Messer in die
Rippen zu stoßen."
Da sah Styrbjörn den Thorbart streng an. „Ich habe dich zu
meinem Hauptmann und zu einem reichen Mann gemacht.
Nun sage mir, wie weit deine Treue mir gegenüber geht. Die
Fehde mit dir habe ich begraben, doch ist da immer noch die
leidige Sache mit dem Sachsen, die mir keine Ruhe lässt.
Und ich glaube, dass mir die Götter dereinst den Weg nach

Walhalla verweigern, wenn ich meine Angelegenheiten nicht geregelt habe."

„Ich sagte doch, er ist mir gleich", brummte Thorbart betrunken.

„Dann kann ich auf dich zählen. Das beruhigt mich!" Er erhob sich und schlug dem graubärtigen Mann freundschaftlich auf die Schulter.

Schon am nächsten Tag rief der Sklavenhändler, der sich in seiner Siedlung zum Jarl ernannt hatte, den Skögul vor seinen Hochstuhl. „Du wirst herausfinden, wo dieser Skalde sich aufhält. Und wage nicht zurückzukehren, ohne meine Wissensgier zu stillen."

Skögul nickte und verließ kurz darauf zu Pferd die Siedlung.

*

Schwer war der Abschied dem Skalden gefallen, doch sein Entschluss stand fest. Er wollte kein Heuchler werden, und niemand würde ihn dazu bringen, sich von Odin und den Göttern abzuwenden.

So fuhr das Schiff des Vagn Grimsson an einem schönen Frühlingstag über das Kattegat, erreichte einen Fluss an der Spitze Jütlands, dem sie in das Landesinnere folgten, und erreichte das kleine Dorf Aalborg, von wo aus Rune schon einmal fortgesegelt war.

„Bist du dir sicher, dass du das willst?", fragte Vagn Grimsson, der selbst mit an Bord war, nachdem sein Schiff an einem Anleger festgemacht hatte. „Ich halte es immer noch für einen Fehler!"

„Es gibt kein Zurück", sprach Rune und sah Thurid an, die zustimmend nickte. „Ich bin ein Mann Odins und werde es bleiben. Darum gehe ich in das Reich Sven Gabelbarts."

Nachdem die Pferde und alle Habseligkeiten des Skalden und der Völva vom Schiff geladen waren, schickte Vagn einen seiner Männer in das Dorf, um für den Skalden einen Wagen zu kaufen. Vor diesen spannten sie Thoki und beluden ihn mit all dem, was die beiden Reisenden besaßen. „Ihr werdet in meinem Haus immer willkommen sein, denn ich stehe tief in deiner Schuld. Wenn einmal der Tag kommen sollte, an dem du meine Hilfe brauchst, dann scheue dich nicht, zu mir zu kommen, mein Freund", hatte Jarl Vagn zum Abschied gesagt.

Der Wagen mit Rune auf dem Bock fuhr den Weg entlang des Haffes, in dem Aalborg lag, nach Westen, und Thurid ritt auf ihrer weißen Stute Ulla nebenher. Sie folgten dem Fjord, der breiter und breiter wurde, dann schwenkten sie in den Ausläufer des Fjordes, der nach Süden führte.

Die Landschaft wurde hügelig, mit weiten Wiesenflächen und Wäldern.

Es war schon am späten Nachmittag, als sie eine Stelle nicht weit des Fjordufers erreichten, der Rune als Lagerplatz geeignet erschien. Keine Menschenseele war ihnen begegnet an diesem Tag, kein Dorf, keinen Hof hatten sie passiert. Der Platz, den Rune erwählt hatte, lag auf einem Hügel, und von dort sahen sie auf den Strand und die Weite des Fjordes. Einige große Eichen und Buchen standen auf dem Hügel und ein Bach floss am Rande eines Waldes. „Dies ist ein schöner Platz", lobte Thurid die Landschaft, stieg vom Pferd und legte sich in das hohe Gras. „Ja, das ist es wohl. Wir werden hier unser Lager aufschlagen."

Es hatte nicht lang gedauert und Thurid war eingeschlafen. Rune hatte die Pferde versorgt, Ulla den Sattel abgenommen und Thoki ausgespannt. Nun standen die Tiere auf der Wiese und grasten friedlich das frische Grün. Besorgt sah der Skalde zum Himmel hinauf. Dunkle Wolken ließen erahnen, dass die Nacht feucht werden würde. So begann Rune, am Rande des Hains, nachdem er ein Feuer entfacht hatte, das Zelt zu errichten. Und er war froh darüber, dieses

Geschenk des Jarl Vagn angenommen zu haben. Neben einer gut gefüllten Geldkatze war das Zelt eines der Dinge, die der Jarl für nützlich erachtet hatte.

Die Nächte waren noch recht kühl, doch Rune und Thurid wussten sich zu wärmen, und als sie am nächsten Morgen gemeinsam am Feuer saßen und aßen, sagte Rune lächelnd: „Ich werde mich ein wenig in der Gegend umsehen. Mir gefällt es hier recht gut, vielleicht wäre dies ja der rechte Ort, um heimisch zu werden." Er zeigte auf den Fjord. „Fische wird es genügend geben, und auf die Jagd gehen kann man auch. Wir werden eine Hütte bauen und einen Steg für ein Boot, dort unten." Er beugte sich dem Weib entgegen und küsste sie.

„Es ist schön hier, doch wer ist der Herr dieses Landes?", blieb Thurid misstrauisch. „Irgendwo muss es ja eine Siedlung geben, und wer weiß, vielleicht ist man uns feindlich gesinnt."

„Ich werde herausfinden, wer der Jarl ist, der hier über das Land regiert. Und ich werde ihn bitten, hier siedeln zu dürfen." Rune erhob sich und pfiff nach Thoki, der sofort seine Ohren spitzte und herangelaufen kam. „Komm, mein Freund, wir wollen uns ein wenig umschauen."

Nachdem er Thoki gesattelt hatte, nahm er seinen Schild und band diesen an den Sattel. „Ich werde vor der Dunkelheit zurück sein", sprach er, küsste die Völva und schwang sich in den Sattel.

Er war schon eine ganze Weile nach Süden geritten, die Küste des Fjordes immer zu seiner Rechten, und als das Ufer endete, erreichte er einen Weg. Dieser Weg führte von Osten nach Westen. „Tja, mein Freund, wohin nun?" Thoki schüttelte seinen großen Pferdekopf, als wolle er seinem Reiter sagen, dass er dies auch nicht wisse. „Ich glaube, der Allvater wird uns den rechten Weg führen."

Er klopfte dem Hengst auf den Hals und ließ die Zügel los. Da wandte sich Thoki um und lief den Weg nach Osten. Die Entscheidung war gefallen!

Kaum war Rune eine Weile dem Weg gefolgt, begegnete er endlich einem Mann. Schon von weitem hatte er die Schafe entdeckt, die zahlreich auf einer Wiese grasten, und als Rune näher kam, sah er den Mann, der unter dem einzigen Baum weit und breit an einem Feuer saß. Langsam ritt der Sachse durch die Masse der weißen Leiber und stieg vor dem Schäfer aus dem Sattel. „Sei gegrüßt, mein Name ist Rune", stellte sich Rune vor, doch der Schäfer schwieg.

„Sag, hat man dir die Zunge genommen oder bist du nur stur?"

Da blickte der Mann auf, legte das Holzstück, an dem er schnitzte, beiseite und sah den Reisenden mit ernstem Blick an. „Weder das eine noch das andere. Ich verzichte nur gerne auf die Gesellschaft ungebetener Gäste."

„Es würde mir schon reichen, wenn du mir sagst, wo ich hier eine Siedlung finde und wer hier der Herr über diese Ländereien ist. Dann lasse ich dich gerne wieder allein."

Der Schäfer spuckte in die Flammen und atmete tief ein.

„Es ist nicht mehr weit. Folge dem Weg über diesen Hügel dort, dahinter liegt ein Wald, durch den der Weg führt, und wenn du den Wald verlässt, erblickst du die Siedlung Viborg. Der Jarl dort heißt Hrani und sie nennen ihn den Glücklichen, was ich nicht verstehe, denn er ist der Anführer eines Haufens nervtötender Kerle, Weiber und Kinder, deren einziges Ziel es zu sein scheint, sich gegenseitig das Leben zu vergällen. Stumpfsinniges Pack! Soll die Hel sie holen!"

Ohne Zweifel zog dieser Mann die Einsamkeit vor, doch Rune wusste nun, was er wissen wollte. Er dankte dem Schäfer und ritt den Weg weiter nach Osten.

Grinsend saß Rune im Sattel und sprach zu seinem Pferd Thoki: „Bei dieser Abneigung gegen seine Mitmenschen fickt der Kerl wahrscheinlich auch lieber seine Schafe statt eines drallen Weibes."

Kaum war Rune aus dem Schatten der Bäume herausgeritten, konnte er auch schon die ersten Dächer der Siedlung erkennen, aus denen Rauchfahnen in den Himmel zogen. Vorbei an einzelnen Hütten, die direkt an dem Weg lagen, der nach Viborg führte, ritt Rune in die Siedlung. Es gab keinen Palisadenzaun, der die Siedlung umgab, und auch Wächter gab es keine. Auch schenkten die Einwohner, die zahlreich in den Gassen, die von dem Weg zu beiden Seiten abgingen, umherliefen, ihm wenig Beachtung. Als er sich aber dem Kern der Siedlung näherte, änderte sich das Bild, denn mehr und mehr bewaffnete Krieger sah Rune nun. Und bald wurde auch er wahrgenommen.

„He, wohin?", ranzte ein stämmiger Kerl den Reiter unfreundlich an und zeigte mit der Spitze seines Speeres dorthin, wo diese stecken würde, wenn ihm die Antwort nicht gefiele.

„Ich bin Rune, der Skalde, und suche den Jarl, der über diese Gegend herrscht", antwortete der Reiter freundlich. Da trat ein weiterer Mann hinzu, dessen Haar zu einem dicken Zopf geflochten war, über den Ohren aber war sein Haupt kahl rasiert. „Lass mal", er legte dem stämmigen Kerl seine Hand auf die Schulter und dieser senkte seinen Speer, „ein Skalde bist du? Komm!", befahl er und nahm den Rune mit sich.

Bald schon standen sie vor dem Langhaus des Jarls.

„Komm", forderte der Mann den Skalden auf, da dieser vor der Tür stehen geblieben war, denn so kannte er es. „Was ist? Ich denke, du willst zu Hrani?"

„Nun, ich dachte …" Er unterbrach seinen Satz und trat in das große Haus ein. Es gab keinen Vorraum, der in die Halle führte, stattdessen fiel der Blick des Reisenden sofort auf den Hochstuhl des Jarls. Dieser aber war leer!

Plötzlich drang ein Stöhnen an sein Ohr, er wandte sich um und sah zwei Männer an einem Tisch sitzen, die ihre Kräfte im Armdrücken maßen. Der Mann deutet mit dem Kopf an, dass Rune ihm folgen möge, und die beiden Männer traten an den Tisch. Mit hochroten Köpfen saßen sich die zwei Kontrahenten gegenüber und man sah ihnen an, dass keiner gewillt war, nachzugeben. Plötzlich wandte sich der eine der Männer dem Rune zu. „Wer bist du und was führt dich in mein Haus?", fragte er keuchend und unter größter Anstrengung.

„Ich bin Rune, der Skalde", antwortete der Sachse. „Bist du Hrani, der Jarl von Viborg?"

„Wenn ich es nicht wäre, würde ich ohne Erlaubnis seinen Met saufen", alberte der Mann, sprang unverhofft auf und schlug seinem Gegenüber mit der Faust ins Gesicht. Der Mann kippte rücklings vom Stuhl und der Jarl begann lauthals zu lachen. Der Geschlagene saß auf dem Hintern und rieb sich das Kinn. „Das war hinterhältig, Hrani!", beschwerte er sich, begann dann aber zu grinsen.

Jarl Hrani war nicht viel größer als Rune, er hatte dunkelblondes, kurzgeschnittenes Haar und einen ebenso kurzgeschorenen Bart. Wenn die Kleidung, die er trug, auf seinen Reichtum schließen ließ, war dieser Mann nicht sehr wohlhabend, denn die Kleidung war die eines einfachen Mannes. Waffen trug der Jarl keine, außer einem Messer an einem Gürtel über dem knielangen Leinenkirtel.

Er ging in Richtung seines Hochstuhls, der im Gegensatz zu seiner Kleidung, von großem Reichtum zeugte. „Ein Skalde bist du also. Ich habe noch keinen Skalden in meiner Gefolgschaft." Er nahm Platz, da betrat ein Weib die Halle. Sie trug ein kleines Kind auf dem Arm und ein etwas älteres folgte ihr, mit der Hand an ihrem Kleid. „Sieh mal, Astrid, der Kerl ist ein Skalde", rief er ihr entgegen und lachte. Das Weib lächelte, trat an dem Rune vorbei und nahm auf dem Stuhl neben ihrem Gatten Platz. „Einen Skalden haben wir nicht. Gib etwas zum Besten", bat sie und setzte sich das andere Kind auch auf den Schoß.

Rune konnte sich nur noch wundern, er hatte bisher kaum ein Wort gesagt, geschweige denn erzählen können, was er überhaupt wollte. Trotzdem trug er einige Verse vor, und diese schienen dem Jarl und seiner Gemahlin zu gefallen.

„Du scheinst mir ein guter Skalde zu sein. Dies hier sind übrigens mein Weib Astrid und zwei meiner Kinder", er grinste erst sein Weib, dann Rune an, „ich habe eine Menge davon!"

Plötzlich schossen dem Skalden Gedanken durch den Kopf. Erinnerungen an seine eigenen Kinder, die er schon so lange nicht mehr gesehen hatte. Und dem Hrani fiel dies sofort auf. „Was hast du, Mann? Ist es dir nicht gut? Hast du Hunger oder Durst?"

„Entschuldige, Jarl, ich musste nur an meine Kinder denken, die ich schon sehr lange nicht mehr in meine Arme schließen konnte. Und dies wohl auch in diesem Leben nicht mehr werde."

„So! Warum das?", fragte nun Astrid neugierig, und Rune erzählte die Geschichte, ohne allerdings zu erwähnen, dass er seinen Schwiegervater getötet hatte.

„Das ist traurig", sprach Hrani mitleidig. „Ich liebe meine Kinder. Alle! Die Kinder, die ich mit meinen Sklavinnen gezeugt habe, nicht weniger als die, welche mir Astrid schenkte."

Nun aber versuchte der Skalde, endlich den wahren Grund seines Erscheinens dem Jarl vorzutragen. „Ich kam in dein Haus, um eine Bitte zu äußern", sprach er zögerlich, doch der Jarl lächelte wohlwollend. „Na, dann sprich doch."

„Nicht weit von hier fand ich einen Ort, der mir und meinem Weib besonders gut gefällt. Ich würde dort gerne ein Haus erbauen, um endlich einen Platz zu haben, an den ich zurückkehren kann. Der neue Glauben aus dem Süden trieb mich fort von dort, wo mein Haus stand."

„Wo stand denn dein Haus?", fragte Hrani, und es war nicht nur Neugierde in seinen Worten.

„Es stand in Vingulmark, im Reich des Königs Olaf, doch der Christ vertreibt all diejenigen, die nicht gewillt sind, von den alten Göttern abzulassen. Ich bin fest im Glauben an Odin, und mein Weib ist ein Freya-Priesterin, eine Völva aus dem Schwedenreich", erklärte Rune.

„Dein Weib ist eine Völva?" Erstaunt sah Hrani ihn an und schüttelte belustigt den Kopf. „Das kann doch nur eine Fügung der Götter sein. Ist sie eine gute Heilerin, deine Völva?"

Rune nickte und verstand die Erheiterung des Jarls nicht.

„Vor nicht einmal einem Mond gefiel es den Göttern, unsere Völva, die schon sehr alt war, in das Reich der Hel zu berufen." Er klopfte sich auf die Schenkel. „Ja, Mann, baue dein Haus und sei willkommen auf meinem Land. Ich werde dir sogar einige Männer schicken, die dir behilflich sein werden. Und dein Weib schicke hierher, denn es gibt viel für sie zu tun!"

Eine Einladung, die Mahlzeit mit dem Jarl und seiner Familie einzunehmen, schlug Rune aus, denn er hatte Thurid versprochen, noch vor der Dämmerung zurückzukehren. Der Krieger geleitete Rune aus dem Haus, erkundigte sich noch, wo denn dieser Platz sei, an dem er siedeln wollte und sprach zum Abschied: „Er ist ein guter und lustiger Mann, unser Jarl, doch rate ich dir, ihn niemals zu hintergehen. Schon mancher hat Hrani unterschätzt. Ich bin übrigens Hyrning."

Der dänische Jarl Hrani hielt sein Wort, denn schon am nächsten Tag kamen vier Männer zu dem Platz, den Rune dem Hyrning beschrieben hatte. Sie brachten außer ihren Pferden noch Äxte, Hämmer und Sägen mit sich.

Auch Hyrning war bei den Männern. „Ist dein Weib bereit, mich nach Viborg zu begleiten? Es gibt dort einige, die ihrer Hilfe bedürfen."

Schon kurz nach seiner Rückkehr in das Lager hatte Rune der Thurid ausführlich berichtet, was geschehen war. Und auch von der glücklichen Fügung, dass es in der großen Siedlung keine Heilerin mehr gab. Auch Thurid, wie zuvor der Jarl, hielt dies für den Willen der Götter und erklärte sich sofort bereit zu helfen, sollte dies von Nöten sein.

„Das frage sie doch selbst, dort kommt sie", antwortete Rune und zeigte zum Wald, aus dem Thurid gerade heraustrat. Sie hatte nach frischen Kräutern und Beeren gesucht. Hyrning konnte sein Erstaunen über die Schönheit der jungen Völva kaum verbergen und stotterte ein wenig, doch wiederholte er seine Frage, und Thurid willigte ein.

„Ja, ich werde dir folgen, Hyrning, wenn jemand meine Hilfe benötigt, werde ich helfen. Warte hier!"

Rune sah Hyrning grinsend an und hatte die Gedanken des Kriegers erraten. „Was hast du erwartet, Mann? Eine alte, zahnlose Hexe?" Er begann zu lachen, und nach einem kurzen Moment lachte der Däne mit ihm. „Sie ist wahrlich anders als die Heilerin, die wir bisher in unserer Siedlung hatten."

„Ja, mein Weib könnte ein Abbild der Göttin Freya sein", schmunzelte Rune, sah den Hyrning dann aber ernst an und sprach: „Aber vergiss besser nie, das sie mein Weib ist!"

Es dauerte eine Weile, bis Thurid alle ihre Utensilien auf dem Wagen zusammen gesucht hatte. Dann sattelte sie Ulla, nahm ihren Völr und folgte dem Krieger des Jarl.

Es verging nicht einmal ein halber Mond, da standen auf dem Hügel ein Haus, ein Stall für das Vieh, und im Fjord ragte ein kleiner Steg ins Wasser, an dem ein Boot festgemacht war. Rune hatte bereits auf einem Fest des Jarl Hrani seine Kunst zum Besten gegeben, und Thurid hatte sich schnell großes Ansehen als Heilerin erworben. Sie hatten ein neues Heim gefunden.

*

15

Sigruns Kampf

*E*s war schon spät, und die Kinder lagen bereits auf ihrer Bettstatt. Der kleine Thorune war sofort eingeschlafen und hatte den Kuss, den Sigrun ihm auf die Stirn gab, sicher nicht mehr bemerkt. Dann hatte sie sich zu ihrer Tochter gesetzt, und der Blick des Kindes war ein anklagender, und ihre Worte sollten die Sigrun hart treffen.

„Mutter, ist es wahr, dass du ausziehst, um meinen Vater zu töten?", fragte Sif mit Tränen in den Augen. „Ich habe die Hoffnung, meinen Vater irgendwann wiedersehen zu können."

Vorwurfsvoll blickte das Kind seine Mutter an. Trotz ihrer erst zehn Winter, die Sif erlebt hatte, war sie ein kluges Kind und verstand schon viel von dem, was vor sich ging.

„Er war es, der uns aus der Sklaverei befreite, und du warst diejenige, die ihn betrog", sprach sie vorwurfsvoll. „Wenn du meinen Vater töten lässt, werde ich dich hassen bis zu meinem letzten Atemzug!"

Entsetzt sah Sigrun ihre Tochter an und wusste, das diese Worte nicht nur dahergesagt waren, denn Sif hatte ihren Vater immer sehr geliebt. Die Schildmaid befand sich in einer misslichen Lage, denn auf der einen Seite ging es um nicht weniger als ihre Jarlswürde, andererseits stand die Liebe ihrer Kinder auf dem Spiel. Und sie wusste, dass sie sich entscheiden musste. Oh, sie hasste diesen elenden Ragnar, der ihr diese Suppe eingebrockt hatte!

„Er tötete meinen Vater, und nun verlangt die Ehre es, diese Tat zu rächen", sprach Sigrun leise. „Das musst du doch verstehen, Sif."

Beleidigt wandte sich das Kind von ihr ab, kehrte ihr den Rücken zu, und Sigrun wusste, dass dies nicht nur dahergesagte Worte waren.

Ein ganzer Mond war seit dem Krawall in der Jarlshalle vergangen, und nun kam der Tag, an dem das Schiff, das einst Jarl Siegmar gehörte, in den großen Fjord segeln sollte, um sich auf die Suche nach dem Mörder des alten Jarls zu machen. Sigrun hatte eingewilligt, nach Rune zu suchen, und sollte es auch den ganzen Sommer dauern. Sie würden ihn finden und töten. So zumindest hatte sie gedacht, bevor sie die Worte ihrer Tochter Sif gehört hatte.
„Sage mir, wie du diesen Kerl finden willst?", fragte Ulfger die Sigrun. Sie standen auf dem Vorderdeck, und der Wind spielte mit ihren Haaren. „Ich glaube, das ist eine Entscheidung der Götter, ob wir ihn finden oder nicht", antwortete Sigrun, und Ulfger sah ihr sofort an, dass sie wenig Freude hätte, wenn sie Rune wirklich finden würden.
„Vor einigen Tagen, kam der alte Roald in mein Haus. Der bringt zu jedem großen Markttag mit dem Karren seine Waren nach Tunsberg. Er behauptet, dort erfahren zu haben, dass Thorbart, der einstige Hauptmann Jarl Siegmars, nun in Haithabu lebt und dort ein Bordell besitzt. Ich bin mir sicher, wenn einer weiß, wo sich Rune aufhält, dann ist es Thorbart", berichtete Sigrun ihrem Hauptmann, und dieser grinste. „Also segeln wir nach Haithabu?"
„Ja, wir segeln in das Dänenreich und befragen Thorbart." Sigruns Stimme klang entschlossen, wenn auch wenig erfreut.

Zwanzig Männer hatte sie an Bord, darunter auch Ragnar und vier seiner Anhänger. „Es ist mir nicht wohl, wenn der Kerl während meiner Abwesenheit in Frigghavn sein Unwesen treibt. Sonst komme ich heim und habe meine

Herrschaft verloren", hatte sie gesagt und bestimmt, dass Ragnar sie begleiten müsse. Das hatte diesem zwar nicht gefallen, aber er gehorchte, schließlich wollte er nicht als feige gelten. Außerdem konnte er so vermeiden, dass Sigrun ihn betrog. So segelten sie geradewegs nach Süden, bis sie die Küste Jütlands erreichten.

Durch das Kattegat segelten sie in den großen Sund, vorbei an der Insel Fünen, bis zur Mündung der Slie.

Im Hafen von Haithabu fanden sie nach kurzem Suchen einen geeigneten Liegeplatz.

„Ich werde in die Stadt gehen und nach diesem Bordell suchen", sprach Ulfger und saß grinsend auf der Reling.

„Das glaube ich dir gerne." Sigrun trat lachend neben den Hauptmann. „Aber es ist besser, wenn ich selbst gehe. Thorbart kannte mich schon als Kind, und er wird mir vertrauen. Wenn er weiß, wo Rune sich aufhält, wird er es mir sagen."

„Das hoffe ich für dich", sprach Ragnar hämisch, der auf seiner Seekiste saß und die Worte der Sigrun mit angehört hatte. „Sonst ist es vorbei mit dem Weib, das ein Jarl sein wollte!" Er begann lauthals zu lachen, und Ulfger schwang sich zornig von der Reling. „Du elender Dreckskerl, ich werde dir dein Maul stopfen!"

Doch Sigrun hielt ihn zurück. „Lass ihn reden. Er wird jedenfalls niemals Jarl über Frigghavn werden." Dann beugte sie sich vor, umarmte Ulfger und küsste ihn, dabei flüsterte sie ihrem Hauptmann ins Ohr: „Suche sechs Männer aus, die mir treu ergeben sind. Und frage nicht!"

Ulfger drückte Sigrun fest an sich und erwiderte den Kuss.

„Wie du wünschst, mein Jarl", flüsterte er und war sichtlich erfreut über den Kuss der schönen Sigrun. Es war das erste Mal, dass sie ihm so ihre Zuneigung zeigte, obwohl der Kuss eigentlich nur dazu diente, ihm unbemerkt ins Ohr zu sprechen.

Bald schon hatte er den Befehl der Sigrun in die Tat umgesetzt und konnte sich auf die Treue von sechs Männern verlassen. Natürlich waren die meisten Krieger an Bord auf Seiten der Sigrun, doch die Anführerin wollte den Kreis der Eingeweihten klein halten.

Mit einer kleinen Abordnung machte sich der weibliche Jarl auf den Weg in die Stadt. Nach einigen Fragen und grinsenden Gesichtern der Befragten erreichten sie das Haus der Eira. „Ich werde hineingehen", schlug Ulfger vor und trat auch schon durch die geöffnete Tür. Es war noch früh am Nachmittag, und daher war Eiras Haus noch ohne Gäste. Die Huren saßen gelangweilt an den Tischen und sahen alle auf, als Ulfger eintrat. Zwei von ihnen sprangen auf und umschwärmten den Mann, den sie für einen Gast hielten.
„Wo finde ich Thorbart?", fragte der Hauptmann der Sigrun. Da erhob sich der Kerl, der nun statt des Thorbart für die Sicherheit der Huren sorgen sollte. „Der ist nicht mehr hier", rief er unfreundlich. „Entweder du willst eine meiner Huren ficken oder du verschwindest ganz schnell wieder!"
Diese Worte gefielen dem Ulfger keineswegs, und als die entsetzten Schreie der Huren nach draußen drangen, stürmten Sigrun und die Krieger in das Gebäude. Dort stand Ulfger, den Kerl in seinem Arm und die Klinge seines Messers an dessen Hals.
„Er ist ein unverschämter Troll!", schimpfte Ulfger.
„Was soll das? Lass sofort den Mann los!" Eira war hinter der Sigrun in das Haus getreten. „Und ihr dummen Gänse hört mit dem Geschrei auf!"
Sigrun sah das dralle Weib an. „Wir suchen Thorbart. Kennst du ihn?"
„Was willst du von Thorbart?", fragte Eira mit ernstem Blick.

„Er ist ein Freund aus vergangenen Tagen, darum suche ich ihn", gab Sigrun zur Antwort, sah dann den Ulfger an und gab den Befehl, er möge sein Messer wegstecken.

Nun nickte Eira zufrieden. „Thorbart lebt in der Siedlung des Styrbjörn Arnarsson. Reite durch das westliche Tor und folge dem Weg am Ufer der Slie durch den Wald, dann erreichst du irgendwann, was du suchst."

Sofort hatte sich Sigrun mit ihren Männern auf den Weg gemacht, hatte sich an der Koppel Pferde beschafft, und stand nun vor dem Tor, das in die Siedlung des Styrbjörn Arnarsson führte.

„Was wollt ihr hier?", rief der Mann auf dem Wachturm herunter.

„Thorbart!", antwortete Ulfger knapp. Gelangweilt zeigte der Krieger mit dem Finger in das Dorf und ließ die Fremden passieren.

Auch hier mussten sie fragen, um das Haus Thorbarts zu finden. „Er scheint mir kein armer Mann zu sein, dein Thorbart", sprach Ulfger, als sie vor dem Haus standen, zu dem man sie geschickt hatte. Da trat ein junges Weib aus dem Haus und sah die Fremden verwundert an. „Kann ich euch helfen? Sucht ihr jemanden?"

„Ist das Thorbarts Haus?", fragte Sigrun, und die Sklavin nickte. „Sage ihm, es sind alte Freunde da!"

„Wenn ihr wollt." Sie zuckte gleichgültig mit den Schultern und trat zurück in das Haus.

„Wer will etwas von mir?", grollte es aus dem Gebäude, bevor der graubärtige Thorbart heraustrat.

„Ich will etwas von dir, alter Freund", sprach Sigrun lächelnd, und obwohl ihr Besuch wenig ehrenwert war, so freute sie sich doch ehrlich, den alten Kämpfer wiederzusehen.

„Sigrun Siegmarsdottir!" Erstaunt sah Thorbart das Weib an.

„Jarl Sigrun", grinste das schöne Weib nicht ohne Stolz in ihrer Stimme.

„Jarl?" Der Sklavenfänger schüttelte ungläubig seinen Kopf, trat auf das Weib zu und umarmte diese innig. „Wie, bei allen Göttern, hast du das fertig gebracht?"

„Das ist eine lange Geschichte, mein Freund."

Thorbart bat seine Gäste einzutreten und wies die Sklavin an, Getränke auf den Tisch zu bringen und ein Mahl zu kochen. Um den großen Tisch nahmen sie alle Platz und Sigrun sowie Ulfger flankierten den Hausherrn.

„Was führt dich zu mir, Sigrun? Du kommst doch sicher nicht ohne Grund", mutmaßte Thorbart grinsend.

Die Sklavin kam und begann die Gäste zu bewirten. Als die zweite Sklavin ihr zur Hand ging, sah Sigrun den Thorbart an und hob ihre Augenbrauen. „Wie ich sehe, lässt du es dir gut gehen."

„Ich danke den Göttern, denn es geht mir hier wahrlich nicht schlecht!" Er hob seinen Becher und trank. „Der Styrbjörn versteht sein Handwerk, und so bin auch ich durch den Sklavenfang wohlhabend geworden."

Er rief nach einer der Sklavinnen, die ein hübsches und dralles Weib aus dem Pommernland war, und ließ sich nachschenken.

„Gerade erst sind wir von einer Raubfahrt heimgekehrt und haben reiche Beute mit uns gebracht. Mein Anteil ist so groß, das ich ihn kaum verprassen kann."

Da fragte Sigrun plötzlich: „Wo ist Rune?"

Thorbart sah die Anführerin der Norweger scharf an. „Das ist also der Grund deines Besuchs."

Sie nickte.

Thorbart trank, knallte seinen Becher auf die Tischplatte und sprach: „Ich weiß es nicht!"

„Sprichst du die Wahrheit?"

„Ich sah Rune schon mehr als zwei Sommer und Winter nicht mehr. Er hat mich sicher längst vergessen. Du kannst mir glauben, ich weiß nicht, wo er ist."

„Du kennst ihn gut", wandte Ulfger ein. „Sag, wo würdest du glauben, dass der Skalde sein könnte?"

„Er sprach mal von einem Weib. Einer jungen Völva aus dem Reich der Schweden. Vielleicht ist er bei ihr", antwortete der Graubart. Die Sklavinnen kamen und tischten das Mahl auf. Und es war üppig.

„Was willst du von Rune? Bisher hast du noch kein Wort darüber verloren, warum du nach ihm suchst?" Thorbarts Blick war nun nicht mehr so freundlich wie bisher. Er nahm eine Hühnerkeule von dem hölzernen Teller und begann davon zu essen. „Nun sag schon", drängte er die Sigrun, die mit der Antwort zögerte.

„Es ist wegen seiner Kinder, die ihren Vater vermissen. Er soll wissen, wo er sie findet", antwortete Ulfger stattdessen.

„Du glaubst, er wird nach Frigghavn kommen? Dort würde man über ihn Gericht halten und ihn wahrscheinlich töten", wandte Thorbart ein.

„Ich bin der Jarl! Ich bestimme!" Sigruns Stimme klang hart, und so kannte der einstige Hauptmann des Jarl Siegmar die Schildmaid.

„Egal! Ich habe dir gesagt, was ich weiß. Suche ihn bei der Schwedin."

Schon bald, nachdem sie das Mahl beendet hatten, machten sich die Gäste auf den Weg. Thorbart trat mit ihnen vor die Hütte. „Erzähle ihm nicht, wo du mich gefunden hast", bat er Sigrun, und diese nickte. Dann verließen die Norweger den graubärtigen Krieger.

„Was werden wir nun tun? Wollen wir von einem Hafen zum nächsten segeln? Diesen Rune finden wir doch nie", zweifelte Ulfger verärgert, als sie langsam aus dem Dorf ritten. „Dieser elende Ragnar wird dafür Sorge tragen, dass du deine Herrschaft verlierst."

„Ja, das wird er wohl versuchen", stimmte Sigrun zu und erzählte ihrem Hauptmann nun von den Worten der Sif und davon, dass sie in einer Zwickmühle saß, die sie entweder ihre Herrschaft oder die Liebe der Kinder kosten würde. Doch nun begann sie hinterlistig zu lächeln. „Wenn wir es zulassen."

Der fragende Blick Ulfgers erheiterte die Anführerin.

„Hast du die sechs Männer, wie ich es befohlen habe?"

„Natürlich habe ich die Männer, aber wozu brauchen wir sie?"

„Ragnar hat vier Vertraute an Bord, somit sind wir ihm überlegen, wenn es zum Kampf kommt", grinste Sigrun.

„Zum Kampf?" Ulfger sah Sigrun erstaunt an.

„Ja, zum Kampf! Ich beabsichtige, Ragnar nach Walhalla zu schicken oder in das Reich des Gehörnten, wenn dir das lieber ist."

Seitdem Olaf Tryggvesson König über die Gaue des Landes am Nordweg war, hatten alle Untertanen die Taufe empfangen müssen. So auch die Menschen im großen Fjord von Tunsberg.

„Keiner seiner Männer darf überleben. Hörst du?"

Ulfger verstand und nickte.

*

Natürlich war Styrbjörn Arnarsson der Besuch der fremden Reiter in dem Haus seines Hauptmannes nicht entgangen, und Thorbart hatte noch am selben Tag in der Halle davon berichten müssen. Doch der graubärtige Krieger stellte sich dumm und verriet nicht, was er der Sigrun erzählt hatte. Und auch die Begründung für die Suche nach dem Skalden, die ihm Ulfger aufgetischt hatte, fand bei ihm wenig

Glauben. Nein, er kannte die Sigrun lange genug, um zu wissen, dass die Geschichte mit den Kindern gelogen war. Was immer das Weib dazu bewogen hatte, nach dem Rune zu suchen, es würde sein Schaden sein.

Das Wellenpferd der Sigrun hatte Haithabu verlassen und segelte nun nach Norden. „Wie willst du vorgehen?", fragte Ulfger leise, der neben die Sigrun auf das Achterdeck getreten war. Sie lehnte auf der Reling und sah auf das Meer hinaus. Ihr Haar wehte im Wind, und die Gischt spritzte in ihr Gesicht. Sigrun liebte das.
„Es ist an der Zeit, dass wir uns von Ragnar trennen", sprach sie leise. „Runes Heil ist groß. Es ist Odin selbst, der ihn schützt. Wir werden ihn nicht finden. So gibt es nur eines, das ich tun kann, um Jarl zu bleiben."
Dann wandte sie sich an die Männer und rief laut: „Es ist an der Zeit, den Mörder meines Vaters zu bestrafen. Und ich weiß nun, wo wir diesen finden werden!"
Die Männer begannen zu jubeln. Bis auf einen!

Das Schiff der Sigrun hatte die dänischen Inseln hinter sich gelassen, und nun gab die Anführerin den Befehl, nach Osten zu segeln. In einen Fjord in Götaland segelten sie hinein, und auf einer kleinen Insel gingen sie an Land.
Es dauerte nicht lange, und sie hatten ihr Lager errichtet. Bald schon rief Sigrun die Männer an das große Feuer, sie zeigte in Richtung eines Waldes und sprach: „Hinter diesem Wald, nicht weit von hier, ist der Hof des Mannes den wir suchen. Morgen in der Frühe werde ich mit einer Schar von Männern aufbrechen, um zu tun, was meine Gefolgschaft von mir verlangt."
Keiner der Männer hatte Zweifel an den Worten der Schildmaid, denn sie glaubten, dass ihr Wissen über den Verbleib des Skalden von Thorbart stammte. Dann

bestimmte sie die Männer, die ihr folgen sollten, und dies waren neben Ulfger jene sechs Krieger, deren Treue sich der Hauptmann gewiss sein konnte. „Auch ich werde dich begleiten", sprach Ragnar in einem Ton, der keinen Widerspruch duldete. „Schließlich will ich sehen, wie dieser Kerl stirbt!" So meldeten sich auch die vier Krieger des ehemaligen Häuptlings freiwillig, und Sigrun stimmte zu.

„Was werden wir nun tun?", fragte einer der Männer des Ragnar den einstigen Häuptling von Frigghavn. „Wir werden ihn warnen", sprach Ragnar leise, „dann wird er Sigrun töten."

„Und wenn sie ihm überlegen ist?", zweifelte der Krieger.

„Dann werden wir halt ein wenig nachhelfen und uns auf seine Seite schlagen", grinste Ragnar frech. „Wenn Sigrun erst tot ist, werde ich Jarl in Frigghavn sein."

„Und was ist mit Ulfger? Er wird kaum zulassen, dass Sigrun nach Walhalla geht."

„Ach was", wiegelte Ragnar ab. „Entweder er fügt sich, oder er kann dem Weib gleich folgen!"

Es war noch sehr früh, als Sigrun mit den ausgewählten Kriegern in Richtung des Waldes marschierte. Ulfger hatte die sechs Krieger in den Plan eingeweiht, und jeder von ihnen war bereit, Ragnar zu töten. Keiner wollte, dass der einstige Häuptling die Macht in Frigghavn zurückerlangte. Sie waren schon eine Weile durch den Wald gelaufen, und als sie eine Lichtung erreichten, machte Sigrun plötzlich halt.

„Du bist mir schon lange ein Dorn im Auge, Ragnar", wandte sich die Anführerin an den Krieger, der ihr nach dem Leben und der Jarlswürde trachtete. „Es ist nun an der Zeit, dass ich mich deiner entledige!" Sie nickte Ulfger zu, und dieser zog seine Kurzstielige aus dem Gürtel und schlug ohne Warnung zu. Das Blatt der Axt grub sich in den

Nacken eines von Ragnars Männern, der dem Ulfger am nächsten stand. Ein gellender Schrei hallte durch die Wipfel der Bäume, und die Vögel des Waldes erhoben sich kreischend und schimpfend in den Himmel. Auch Sigrun hatte ihr Schwert aus dem Wehrgehäng gezogen und ließ dieses auf Ragnar niederfahren, doch dieser hob seinen Schild, so dass die Klinge in den Rand fuhr und eine tiefe Kerbe hinterließ.

„Was, bei Tyr, soll das?", rief der einstige Häuptling erbost.

„Es gibt nur einen rechtmäßigen Jarl in Frigghavn, und das bin ich", zischte Sigrun dem Ragnar entgegen. „Deinen Anstrengungen, mir meine Macht zu nehmen, werde ich nun ein endgültiges Ende setzen!"

Ragnar sah, wie ein weiterer seiner Verbündeten von Ulfger schwer bedrängt wurde, und einen hielten sie zu zweit, während ein dritter Kerl ihm die Kehle durchschnitt. Der vierte seiner Männer zog es vor zu fliehen. Die Flucht aber wurde durch einen Speerwurf jäh beendet. Eilig setzte sich der einstige Häuptling seinen Helm auf den Kopf, denn er war neben Sigrun und Ulfger einer der wenigen, die einen solchen Kopfschutz besaßen, und zog sein Schwert. Sigrun war es gelungen, den Verschwörer zu überraschen, und nun wollte sie ihn zur Strecke bringen. Sie allein!

„Heute ist der Tag, an dem du vor Odin trittst oder vor den Herrn Christus. Wie du es wünschst!"

Sigruns Krieger wollten nun auch Ragnar angreifen, doch das Weib befahl ihnen zurückzutreten. „Er gehört mir! Ich bin der Jarl, und ich werde gegen ihn kämpfen!"

„Du wirst dich an mir verschlucken, Weib", drohte Ragnar.

„Ich werde heute sterben, denn deine Wölfe werden mich sowieso zerfleischen, doch ich nehme dich mit mir!"

„Rede nicht, kämpfe", rief Sigrun und schlug zu, und wieder traf sie den Schild des Ragnar. Da sprang Ragnar vor, denn seiner körperlichen Überlegenheit war er sich durchaus bewusst, die Schilde schlugen aufeinander, und Sigrun taumelte zurück. Sie verlor den Halt und fiel rücklings auf den Boden. Sofort fuhr das Schwert des Ragnar auf sie nieder, und nur der Buckel des Schildes, der auf Sigruns Brust lag, rettete ihr das Leben. Ein heftiger Schmerz durchzuckte ihren Oberkörper, als die Klinge eine tiefe Kerbe in den Schildbuckel schlug. Voller Entsetzen wollten zwei der Männer sich auf den Ragnar stürzen, doch Ulfger hielt sie zurück. „Sie gab ihr Wort, und ihr werdet es nicht brechen!"

Sigrun hob ihren Schild und kippte diesen zur Seite, so dass ein weiterer, kräftig geführter Schlag abgelenkt wurde und Ragnar von der Wucht seines Schlages mitgerissen wurde. Die Schildmaid wälzte sich herum und kam wieder auf die Beine, doch da kam auch schon wieder die scharfe Klinge herangeflogen, die ihr nach dem Leben trachtete.

Die Schildmaid beugte sich flink zurück, und das Schwert verfehlte sein Ziel. Ragnar begann zu fluchen. Er ärgerte sich darüber, dass seine Gegnerin ihre fehlende Kraft durch Geschicklichkeit wettmachte.

Nun war es wieder Sigrun, die vorging und ihr Schwert gegen den Ragnar richtete. Mehrere schnell geführte Schläge trafen Ragnars Schild, und dieser wich nun seinerseits zurück, doch er war ein erfahrener Krieger und hob seinen Schild so, dass er darunter her schlagen konnte. Die Spitze der Klinge traf Sigrun quer über den Bauch, schlitzte ihren Leinenkirtel auf, und dieser färbte sich sofort rot.

Die Schildmaid stöhnte auf und wich zurück. Sie begann gegen ihre Wut anzukämpfen, denn ihr einstiger Gemahl hatte sie gelehrt, dass Wut einem Kämpfer schaden würde. Einen stärkeren Gegner könne man besser mit Verstand und List überwinden. Und Rune hatte ihr dies oft genug bewiesen, denn er war den Nordmännern an Größe und

Kraft meist unterlegen, und doch siegte er. Sigrun ließ den Schild zu Boden sinken.

Ragnar riss sich den Helm vom Kopf und warf diesen von sich. „Die Götter nehmen dir ihr Heil, Jarl. Es ist an der Zeit für dich, zu sterben, Weib!"

Der Jarl von Frigghavn stand vornübergebeugt, hielt sich mit der Linken den Bauch, während ihre Rechte mit dem Schwert in der Faust kraftlos herunterhing. Nun stürmte Ragnar vor, das Schwert zum tödlichen Hieb erhoben. Doch ehe die Klinge sie traf, drehte sie sich geschickt herum und schlug zu. Ragnar schrie auf und fiel auf die Knie. Die Klinge der Schildmaid war ihm von hinten in beide Beine gefahren. Auf beide Hände gestützt, kauerte der einstige Häuptling auf dem Waldboden, doch ihm blieb keine Zeit mehr zu jammern, denn das Weib kannte keine Gnade. Mit aller Kraft hieb sie ihre Klinge dem Ragnar in den Nacken, so dass sein Haupt, von wenigen Sehnen und Muskeln gehalten, heruntersank. Für einen Moment verharrte er starr, bevor sein Körper zur Seite fiel.

Nun wandte sich Sigrun schwer atmend an die Krieger, die ihr treu folgten. „Es ist nicht Rune der Grund meines Handelns. Es ist die Liebe zu meinen Kindern. Hätte ich ihren Vater getötet, würden sie mir dies nie verzeihen. So war es einfacher, den da zu den Göttern zu schicken!"

Sie zeigte mit der Spitze ihres Schwertes auf den Ragnar, der in einer Lache seines Blutes lag. Die Männer nickten und stimmten ihrer Anführerin zu. Nachdem Ulfger sich über die schwere ihrer Verletzung vergewissert hatte und diese als ungefährlich erachtete, machten sie sich auf den Weg. Die Toten ließen sie im Wald zurück.

Als sie den Strand erreichten, ließ Sigrun sofort und in großer Eile das Lager abbauen. Und bald darauf segelte das Schiff Richtung offene See. Da aber kam die Frage auf, wo die anderen Männer geblieben seien, und Ulfger sprach davon, dass ein Kampf stattgefunden hatte, der die Männer das Leben gekostet habe. Den Skalden aber habe man besiegt, log er, um die Geschichte endlich zu beenden.

Doch da begannen einige in der Besatzung zu murren. Ihnen war aufgefallen, dass ausgerechnet Ragnar und die Männer fehlten, die als seine Verbündeten bekannt waren.

Außerdem wollte man die Toten, wie es Sitte war, auf einem Scheiterhaufen verbrennen und sie so zu den Göttern schicken. Und einige maulten, es wäre der Sigruns Pflicht gewesen, den Kopf des Skalden mitzubringen, zum Beweis ihrer Tat. „Die Verfolger waren uns auf den Fersen, und es war ein Angriff des fremden Jarls zu erwarten, dem der Skalde diente." Ulfger war um keine Ausrede verlegen.

„Wir konnten uns keiner großen Übermacht zum Kampf stellen. Darum war Eile geboten, oder wollt ihr dem Ragnar folgen?"

Das wollte natürlich keiner, zumal es bei dieser Fahrt nichts zu gewinnen gab, und so waren die meisten froh darüber, dass Sigrun dem Befehl gab, sofort zurück nach Frigghavn zu segeln.

*

Den Winter auf das Jahr 997 n. Chr. verbrachte der Skalde auf seinem kleinen Hof bei seinem Weib Thurid. Und er erfreute sich am Müßiggang ging auf die Jagd oder fuhr mit seinem kleinen Kahn zum Fischen in den Fjord hinaus, feierte ausgiebig mit dem Jarl von Viborg, und er liebte sein Weib mit großer Leidenschaft.

Es war ein sonniger Tag, endlich, denn es hatte bis zum gestrigen Abend heftig geschneit, und Rune konnte das Haus kaum verlassen. Doch als er sich von seinem Schlaflager erhoben hatte und die Tür öffnete, blendete ihn der glitzernde Schimmer des Schnees. Kniehoch versperrte das Weiß des Winters den Weg ins Freie. Da trat Thurid an seine Seite, lächelte ihn an und warf sich, unbekleidet wie sie war, in den Schnee. „Komm, Rune, das ist herrlich!", rief sie jauchzend, doch der Skalde zögerte und zog so den Spott der Schönen auf sich. Als er sie aber in eine wärmende Decke hüllte und ihren eisigen Körper sanft abrubbelte, erstarb der Spott, und liebevoll küsste sie den Mann, der sie auf das Schlaflager trug.

Die Mittagszeit war schon längst vorüber, als ein junger Mann auf den Hof kam. Er trug Schneeschuhe, um nicht so tief in den Schnee einzusinken und besser laufen zu können. Rune erkannte den Mann sofort, denn es war einer von Jarl Hranis Knechten, ein Sklave namens Lodin.
„Komm ans Feuer und wärm dich auf, Lodin", bat der Skalde den Knecht in sein Haus, und dieser folgte der Aufforderung nur zu gern. Thurid grüßte den jungen Mann und kam mit einem Becher an das Feuer, über dem ein Kessel an einem Haken hing. Sie schöpfte heiße Brühe in den Becher und reichte diesen dem Knecht des Jarls.
„Was führt dich hierher?", fragte sie neugierig.
„Ich danke dir, Völva. Der Weg war anstrengend, denn der Schnee liegt hoch. Zu hoch, um schnell mit dem Pferd voranzukommen, denn alle Wege sind tief verschneit", lächelte der Mann. „Der Jarl wünscht dich zu sehen, Skalde Rune. Er schickt mich, dich zu holen."
„Und hat er dir auch gesagt, warum er mich sehen will?" Wenig erfreut blickte Rune drein, denn der Weg nach Viborg war anstrengend, besonders auf Schneeschuhen, und Rune verspürte wenig Lust dazu, durch den tiefen Schnee zu waten. Und Viborg lag zu Pferd fast einen halben Tag entfernt, was bei dieser Witterung zu Fuß wohl einen ganzen Tagesmarsch oder mehr bedeutete.

„Es kam ein Bote auf den Hof des Jarls, und dieser lud Hrani auf ein Fest nach Haithabu. Mehr weiß ich nicht zu berichten."

„Ich habe noch auf dem Hof zu tun, du wirst also warten müssen", sprach Rune ein wenig brummig, aber der Knecht lächelte. „So soll es sein, Skalde. Vielleicht kann ich dir zur Hand gehen."

Die Männer begannen damit, den Weg vom Haus zu dem Stall frei zu schippen, damit Thurid es leichter hatte, wenn sie das Vieh versorgen musste. Auch einen Weg zur Quelle befreiten sie, so gut es ging, vom Schnee. Als sie dann am Abend vor dem Feuer saßen und Rune seinen letzten Met spendierte, sprach er: „Morgen in der Frühe werden wir aufbrechen." Der Knecht nickte und nippte an seinem Becher mit dem dampfenden Getränk. Dann sah Rune das Weib an. „Eigentlich wäre es mir lieber, du würdest mich begleiten, Thurid."

„Aber das geht nicht. Wer kümmert sich um das Vieh?"

Da sah Rune den Knecht des Jarls an. „Lodin wird dies tun. Er wird auf dem Hof bleiben, bis wir zurückkehren!"

„Ich weiß nicht, ob das dem Jarl recht ist", wandte der Knecht zweifelnd ein.

„Das lass nur meine Sorge sein, Lodin", sprach Rune zu dem Mann, der um einige Winter jünger war als er selbst.

„Ich werde Thurid nicht allein zurücklassen. Wenn Hrani mich also sehen will, muss jemand während meiner Abwesenheit das Vieh versorgen", sagte Rune nicht unfreundlich, aber streng. „Und derjenige bist du, Lodin!" Der Sklave überlegte einen kurzen Moment, welche Wahl er wohl hatte. Der Skalde war sicherlich in der Lage, dem Jarl sein Vorgehen zu erklären, wohingegen er selbst in Not geraten würde, wenn er ohne den Rune nach Viborg käme. So erklärte sich der Knecht bereit, das Vieh zu hüten.

Und wenn er es sich recht überlegte, gefiel ihm die Idee sogar ganz gut.

Hier in Krakasnes, wie Rune seinen Hof nannte, war niemand, der ihn herumkommandierte, und auf dem Hof gab es jetzt im Winter auch nicht viel zu tun. Das hieß für Lodin faulenzen, bis Rune und Thurid zurückkehren würden. Wäre Hrani aber trotzdem erzürnt, hieße das für Lodin, die Peitsche zu spüren. Doch das war es ihm wert.

„Ohne dich kann ich nicht nach Viborg zurückkehren, also bleibt mir keine Wahl, als darauf zu hoffen, dass Jarl Hrani auf deine Worte hört." Dem Sklaven war gar nicht wohl in seiner Haut, aber der Gedanke, hier einige ruhige Tage zu verbringen, lockte doch sehr.

„Das wird er, Lodin, du brauchst dich nicht zu sorgen." Thurid legte dem Knecht ihre Hand auf die Schulter und lächelte.

Nahe dem Feuer fand Lodin eine Schlafstelle, hüllte sich in eine Decke und schlief schnell ein, denn der lange Fußmarsch durch den tiefen Schnee hatte ihn viel Kraft gekostet. Doch die Nacht war nur kurz, denn sehr früh am Morgen war es Rune, der dem schlafenden Knecht seine Hand auf die Schulter legte. „Lodin, erwache", sprach Rune und rüttelte leicht an dem Schlafenden, bis dieser zaghaft seine Augen öffnete. „Du musst aufstehen, denn für uns wird es Zeit, aufzubrechen."

Der Sklave richtete sich auf, rieb seine Augen und schälte sich aus der Decke. Gerade so, dass sein Blick auf die Nacktheit der schönen Thurid fiel, die gerade begann, sich anzukleiden.

„Hilf mir die Pferde zu satteln!"

„Es ist unmöglich zu reiten, sie brechen sich die Beine", wandte der Sklave ein.

„Sie werden unser Gepäck tragen, außerdem werden wir sie sicher brauchen, wenn es Hrani nach Haithabu zieht", grinste Rune den Knecht an. „Und nun komm, bevor dir deine Augen herausfallen."

Rune hatte natürlich den Blick des Sklaven auf die Brüste der Völva bemerkt, den er nicht von Thurid abwenden konnte.

Verschämt sah Lodin den Skalden an, folgte diesem aber ins Freie, nachdem er seinen Kirtel übergeworfen hatte.

Dunkelheit lag noch über dem Hof, als die beiden Männer die Pferde vor das Haus führten. „Du bleibst so lange hier auf dem Hof, bis wir zurückkehren. Versorge die Tiere gut und sauf mir nicht meine Biervorräte leer", mahnte Rune grinsend. Da trat Thurid aus dem Haus, reichte Rune seine Mütze und begann sich die Schneeschuhe unter ihre Füße zu binden. Der Skalde reichte ihr die Zügel der Schimmelstute, und beide begaben sich auf den Weg nach Viborg.

*

Freudig hatten Jarl Hrani und sein Weib Astrid den Skalden und die Völva in ihrer Halle in Viborg begrüßt, und schon zwei Tage nach deren Ankunft machte sich der Tross auf den Weg nach Süden. Der Jarl und die beiden Frauen fuhren in einem Schlitten, Rune und der Krieger Hyrning ritten voraus, und zwanzig Krieger als Leibwache folgten dem Schlitten über die verschneiten Wege, die meist von den Bauern und Händlern genutzt wurden.

Rune war sehr erfreut über die Reise nach Haithabu, denn er hoffte, nun endlich seinen alten Freund und Kampfgefährten Thorbart wiederzusehen. Er wähnte den graubärtigen Krieger immer noch an der Seite der Eira in deren Kaschemme, denn davon, dass sich Thorbart seinem erbitterten Feind angeschlossen hatte, ahnte der Skalde nichts.

Der Weg nach Haithabu war im Winter recht kräfteraubend, und so waren die Reisenden meist froh darüber, wenn sie einen Hof fanden, auf dem sie die Nacht verbringen konnten.

Viele Tage vergingen, bis sie das nördliche Tor der Hafenstadt erreichten, in der sie das Fest der Wintersonnenwende feiern wollten.

Mit großen Ehren wurden die Gäste von dem Jarl in dessen Halle empfangen. Die zwanzig Männer aus Viborg fanden ihre Unterkunft in den Langhäusern, der Krieger des Jarls von Haithabu. Jarl Hrani und sein Weib Astrid bezogen eine Kammer in der großen Methalle, genau wie auch Rune und Thurid. Diese Ehre war ihnen zuteil geworden, da man eine Völva nicht bei dem niederen Gesinde unterbringen wollte. Kein Herrscher wollte eine Frau erzürnen, die mit den Göttern sprechen konnte. So wurden sie nicht weniger herrschaftlich behandelt wie der Jarl von Viborg und dessen Weib.

Doch all dies war dem Rune egal. Ihn zog es in die Stadt, dorthin, wo er die Kaschemme der Eira wusste. Schon am nächsten Tag machte er sich, begleitet von Hyrning und einigen Kriegern, die nach Zerstreuung suchten, auf den Weg.

„Rune!", rief die Eira, als der Sachse mit den Männern das Bordell betrat. Sofort sprang sie auf, um den Mann zu umarmen und willkommen zu heißen. Da es noch früh am Tage war und auch kaum Seefahrer in Haithabu weilten, saß nur ein Mann an einem der Tische, um den sich sechs junge Sklavinnen versammelt hatten. Rune sah sich enttäuscht um, denn der Kerl war nicht Thorbart.

Eira klatschte in die Hände. „Los, los, ihr Hühner!" Sofort sprangen die jungen Huren auf und kümmerten sich um die Männer im Gefolge des Skalden. Den Rune aber führte Eira an den Tisch, ließ Bier bringen und sprach dann mit bedrückter Stimme: „Ich freue mich, dich wiederzusehen. Was führt dich hierher nach Haithabu? Komm, berichte mir, wie es dir ergangen ist."

„Ich bin im Gefolge Jarl Hranis als Gast am Hof des Jarls von Haithabu. Mein neues Heim liegt in Jütland, nicht weit der Stadt Viborg", berichtete Rune dem Weib. „Doch sag mir, wo ist mein Freund Thorbart?"

„Was ich dir zu sagen habe, wird dir nicht gefallen, Rune." Der Skalde runzelte seine Stirn.

„Der Thorbart ist nicht mehr an meiner Seite. Er ist auch nicht mehr hier in Haithabu." Sie hielt kurz inne, sprach dann aber weiter. „Er … er ist nun ein Gefolgsmann des Styrbjörn Arnarsson. Was sage ich? Bei der List des Loki, er ist sogar dessen Hauptmann geworden!"

„Sei froh, dass der Kerl fort ist, du hast nun schließlich mich", mischte sich der große Kerl grinsend in das Gespräch. Doch Eira fuhr ihn sofort an: „Halt dein Maul und hole lieber Holz, damit das Feuer nicht ausgeht. Wenn es hier drinnen kalt wird, will keiner mehr ficken!" Beleidigt verschränkte der Mann seine Hände vor der Brust und schwieg, während sich Eira wieder dem Rune zuwandte.

„Das ist nicht möglich!" Die Überraschung Runes war groß. „Warum sollte er das tun?"

„Der Styrbjörn hat es verstanden, den Thorbart zu umgarnen, und diesen zog es hinaus auf See. Nun fängt er für den Arnarsson in fremden Ländern Sklaven", erklärte Eira mit traurigem Blick, denn die Trennung von Thorbart hatte eine tiefe Wunde in ihrem Herzen hinterlassen. „Und ich rate dir, sei vorsichtig, solange du in Haithabu weilst. Styrbjörn sinnt sicherlich immer noch auf Rache."

„Ich finde ihn in der Siedlung des Styrbjörn?"

Eira nickte. „Gehe nicht dorthin, Rune. Thorbart ist nicht
mehr dein Freund. Er ist nun ein Krieger deines Feindes.
Wenn du dorthin gehst, wirst du sterben!"
Der Sachse schlug mit der Faust auf den Tisch. „Oh, Loki,
was ist das für ein böser Streich!"
„Gräme dich nicht. Nimm eines der Mädchen und vergnüge
dich, mein Freund", schlug Eira lächelnd vor, doch Rune
zog es nur noch fort von diesem Ort. So verabschiedete er
sich und machte sich wieder auf den Weg, während die
Männer bei der Eira blieben und sich vergnügten.
Einen vollen Mond blieben die Besucher in Haithabu als
Gäste des Jarls. Rune gab des öfteren seine Kunst zum
Besten, und als sie heimkehrten, hatten sie den Göttern ihre
Opfer dargebracht.

*

16

Von einer unerwarteten Begegnung

*G*roß war die Überraschung als der Kiel von Jarl Vagns Knarr dicht bei dem Anlegesteg, an dem das Boot festgemacht war, in den Kies des Strandes rutschte. Rune hatte das große, eckige Segel schon lange zuvor im Fjord gesehen und bald darauf auch das Schiff erkannt, denn der geschnitzte Widderschädel an dem Vordersteven konnte nur zu dem Seewidder Jarl Vagns gehören. Freude und auch Überraschung waren groß, denn da die Könige von Norwegen und Dänenland in Fehde lagen, war es für Vagn, den Norweger, sicher nicht leicht gewesen, hierher zu segeln. Schließlich lag dieser Teil des Limfjordes sehr weit im Inneren von Jütland.

Freudig waren Rune und Thurid auf den Strand gelaufen, um die Ankommenden zu begrüßen. Grinsend stand Jarl Vagn am Vordersteven seines Schiffes und hob zum Gruß seine Hand.

„Oh, ihr Götter", lachte Rune freudig aus. „Welch eine schöne Überraschung!"

„Meine Sehnsucht nach dir war groß, mein Freund", rief Jarl Vagn dem Sachsen entgegen. „Hierher hat es dich also verschlagen."

„Wie konntest du uns finden?", fragte Rune erstaunt, als er dem Jarl endlich gegenüber stand.

„Das wissen nur die Götter. Aber wie du siehst, waren sie uns gnädig bei der Suche", sprach Thorstein grinsend, der neben die beiden Männer und die Thurid getreten war.

„Ach was, die Götter. Ein Händler aus Viborg war es, der an unserem Strand sein Lager aufgeschlagen hatte, und der uns von einem sächsischen Skalden und einer schwedischen

Völva erzählte, die sich seinem Jarl angeschlossen hatten. Da wurde ich natürlich hellhörig und wusste, dies konntet nur ihr sein", erklärte Jarl Vagn lachend. „Es war Zufall!" „Zufall?", beschwerte sich Thorstein. „So etwas ist kein Zufall, das ist die Fügung der Götter."

Bald schon sollte Rune erfahren, dass Thorstein mit seiner Behauptung gar nicht so Unrecht hatte, doch zuvor staunten der Skalde und die Völva nicht schlecht, denn über die angelegte Planke trat Astrid auf den Strand. Jarl Vagn sah die erstaunten Gesichter und sprach grinsend: „Sie hat es sich einfach nicht ausreden lassen."

Nicht nur die Frauen umarmten sich herzlich, und dann gab Vagn den Männern den Befehl, das Lager zu errichten.

Nicht weit des Hauses standen nun die Zelte der mehr als zwanzig Krieger, die Jarl Vagn auf die Reise mit sich genommen hatte. Ein großes Feuer brannte, und die Männer, die darum saßen, schienen ihren Spaß zu haben. In dem Haus hatte Thurid ein Schlaflager für Vagn und Astrid hergerichtet, denn der Jarl und seine Gemahlin sollten natürlich unter einem festen Dach schlafen.

Der Tisch war gut und reichlich gedeckt, denn Thurid wollte sich vor den Gästen nicht die Blöße geben. Auch Thorstein und ein weiterer Krieger, der Steuermann, dessen Name Bjarne war und den Rune nicht besonders gut kannte, saßen mit am Tisch.

„Dies ist ein sehr schöner Ort, mein Freund", stellte Vagn fest, und Rune erwiderte: „Ja, der Jarl, dessen Name Hrani ist, gestattete uns, hier zu siedeln. Er ist ein guter Mann."

„Er kann sich glücklich schätzen, denn er hat nun zwei gute Menschen in seiner Gefolgschaft. Ich beneide ihn, denn mir fehlen nun ein Skalde und eine Völva. Und es fehlt mir ein Freund!" Jarl Vagn grinste. „Natürlich gibt es einen Grund, warum ich dich aufsuche", sprach Vagn weiter. „Es ist nicht nur die die Sehnsucht, euch wiederzusehen, die uns hierher führte. Wir befinden uns auf dem Weg ins Saxland, und da du ein Sachse bist, beherrscht du die Sprache. So dachte ich, es wäre klug, wenn du uns begleitest."

„Du gehst auf Raubfahrt?", fragte Rune interessiert, doch der Jarl schüttelte seinen Kopf, löste den kleinen Lederbeutel von seinem Gürtel und entnahm diesem einen kleinen Stein. Er legte den honigfarben glänzenden Stein in Runes Hand. „Bernstein", stellte der Sachse fest und wusste, dass diese Steine im Saxland sehr begehrt waren, besonders im Landesinneren.

„Du musst wissen, dass wir drei Sommer lang an unseren Stränden nach den Honigsteinen suchen, und haben wir genug gesammelt, so dass sich eine Fahrt lohnt, setzen wir Segel", erklärte Jarl Vagn. „Bisher brachten wir die Steine in die Friesenstadt Brimun[40], doch ich erfuhr, dass es sehr viel klüger sei, die Steine in das Inland zu bringen. Der Weg sei nicht viel weiter und man zahle dort sehr viel mehr."

„Das ist gut möglich. Aber ich gebe dir zu bedenken, dass es sicherlich auch gefährlicher für euch ist, über die Flüsse der Christen zu segeln", wandte Rune ein. „So mancher sächsische Graf sieht ungern ein Wikingerschiff vor seinen Siedlungen auftauchen."

„Aber wir sind Christen, hast du das vergessen?", grinste Vagn.

„Darum brauchen wir dich!" Thorstein legte Rune seine Hand auf die Schulter. „Du sprichst ihre Sprache."

„Aber ich habe die Worte längst vergessen", wiegelte der sächsische Nordmann ab. „Ich lebe seit mehr als fünfzehn Wintern im Norden und sprach die sächsischen Worte nur selten."

---

[40] Brimun – Bremen

„Vielleicht begeben wir uns an den Ort, an dem du einst mit deiner Sippe lebtest?", schlug Thorstein vor. Da bemerkte Vagn, dass dieses Thema dem Rune nicht angenehm war und sprach: „Reden wir morgen darüber, heute Abend werden wir trinken und unser Wiedersehen feiern."

Grelles Licht ließ Rune erwachen. Oder schlief er noch? Er wusste es nicht! Ein Rabe flog auf ihn zu und setzte sich auf sein Schlaflager. Doch plötzlich erwuchs aus dem schwarzgefiederten Vogel ein Mann. Der Bärtige mit dem einen Auge sah Rune streng an, zeigte dann mit dem Finger auf ihn, und plötzlich verwandelte sich das Gesicht des Bärtigen in eines, das er schon seit ewigen Wintern nicht mehr gesehen hatte. Es war das Gesicht seines Vaters Barthold!
Am nächsten Morgen erwachte Rune mit einem brummenden Bienenstock in seinem Kopf und wusste nicht, ob sein Traum auf seinen Rausch zurückzuführen war oder ob Odin selbst zu ihm gesprochen hatte. Langsam richtete er sich auf. Da erwachte auch Thurid.
Sie legte ihre Hand auf seinen Rücken, sah ihn wissend an und lächelte. „Er hat wieder zu dir gesprochen", sagte sie leise. Erstaunt wandte sich Rune um, und sofort machte sich wieder der Bienenstock in seinem Kopf bemerkbar.
„Du weißt ... wie kannst du ...?", stammelte er. „Mein Liebster, hast du vergessen, dass ich eine Völva bin? Ich spüre es, wenn die Götter anwesend sind."
„Der Allvater ..."
„... wollte dich daran erinnern, dass du eine Aufgabe zu erfüllen hast", vollendete Thurid den Satz ihres Geliebten.
„Ich sah das Gesicht meines Vaters. Ja, ich sah den Barthold", flüsterte Rune.

„Dann weißt du nun, was zu tun ist! Du musst mit Vagn nach Süden segeln." Thurid streichelte Rune über den Rücken und zog ihn hinab auf ihren Körper.

*

„Es gefällt mir nicht, dass noch jemand anderes diesem Skalden nach dem Kopf trachtet", brummte Styrbjörn, und Ölmod sah ihn fragend an. „Wie kommst du denn jetzt da drauf? Geht dir der Kerl immer noch durch den Kopf?"
„Wahrscheinlich hat diese Schildmaid den Kerl längst zur Strecke gebracht", vermutete Skögul grinsend. Da fuhr ihn Styrbjörn Arnarsson böse an. „Was gibt es da zu grinsen? Ich sollte es sein, der den Hundsfott zur Hel schickt!"
Die Krieger des Sklavenhändlers saßen, von Styrbjörn zum Umtrunk geladen, in der Halle seines Hauses und taten, was sie immer nach einer erfolgreichen Beutefahrt taten: Sie feierten und soffen!
Langsam erhob sich der Jarl von seinem Hochstuhl, so dass die nur spärlich bekleidete Sklavin albern quiekend von seinem Schoß rutschte, und trat vor Thorbart, der schweigend auf seinen Becher starrte. „Sage mir, wo wir ihn finden? Du kennst den Kerl genau, und du wirst wissen, wo man ihn zu suchen hat", fauchte er den Graubärtigen an.
„Skögul hat recht", sprach Thorbart ruhig. „Sigrun wird ihn im letzten Sommer sicher gefunden haben. Und wenn dem so ist, brauchen wir nicht mehr nach ihm zu suchen."
„Das entscheide ganz allein ich", keifte Styrbjörn. „Und mir reicht es jetzt, beim Thor! Ich werde nicht eher Ruhe finden, bis ich diesen Kerl erwischt habe oder genau weiß, dass er im Reich der Hel ist!"
Er beugte sich Thorbart entgegen und sprach ruhig, aber mit drohender Stimme: „Sage mir, was du dem Weib erzählt

hast. Denke daran, du bist mein Gefolgsmann, nicht der ihre."

„Nun gut, wenn es dir so wichtig ist. Rune ist ein überzeugter Anhänger Odins."

„Na und, weiter", drängte Styrbjörn.

„Im Land am Nordweg herrscht nun ein christlicher König, und auch der Schwedenkönig hat die Taufe angenommen. Einzig Sven Gabelbart ist ein Asenanhänger geblieben und sträubt sich erfolgreich gegen den Glauben an diesen Christus. Runes Weib ist eine Völva, soviel ich weiß, wenn er also noch lebt, dann sicher hier im Dänenreich oder bei den Gauten!"

Die Männer sahen sich an und nickten zustimmend. „Das Reich Sven Gabelbarts ist groß! Wo sollen wir ihn suchen?", fragte Ölmod schulterzuckend. „Ich werde nach Haithabu reiten", schlug Skögul vor. „Vielleicht kann ich bei den Händlern etwas in Erfahrung bringen. Die Kerle kommen im ganzen Land herum."

Styrbjörn zeigte sich einverstanden und gab dem Skögul einen kleinen Beutel mit Münzen. Diese sollten dabei helfen, die Zungen zu lösen.

Am Markttag hatte er sich in den Hafen begeben, hatte bei jedem der ankommenden Schiffe nach dessen Herkunft gefragt, und kam es aus dem Dänenreich, von Fünen oder Seeland, aus dem Jütland im Norden oder von Götaland, befragte er die Schiffsführer eindringlich. So verbrachte Skögul einen halben Mond in Haithabu, und den größten Teil der Münzen hatte er in das Bordell der Eira getragen. Hatte gesoffen und sich mit den Huren vergnügt. Und ohne es zu ahnen, war er an den Ort gekommen, an dem ihm seine Frage beantwortet wurde. Der Kerl, der Eiras neuer Beschützer war, erzählte dem Skögul von dem Besuch des Jarls aus Viborg im letzten Winter, und auch von dessen

Skalden, den man Rune nannte, und der kurz im Hause der Eira weilte.

„In Viborg also", hatte Styrbjörn grinsend gesagt und sich den Bart gekratzt. Er war mit den neuen Erkenntnissen äußerst zufrieden. „Wo liegt dieses Viborg eigentlich?" Ölmod begann fürchterlich zu lachen, und der Jarl war darüber wenig erfreut. „Lass dein Gegacker oder ich schlag dir in die Fresse", drohte der Sklavenhändler seinem Gefolgsmann.

„Jütland", fuhr Skögul dazwischen. „Es liegt in Jütland, im Süden des großen Limfjordes."

„Ich werde euch nicht begleiten", sprach da plötzlich Thorbart. Da sprang der Jarl auf und rief erzürnt: „Du hast mir den Gefolgschaftseid geschworen! Willst du Eidbruch begehen, Mann?"

„Ich entscheide über mein Tun", trotzte der Norweger. „Ich werde nicht gegen Rune ziehen!"

Erneut wollte Styrbjörn aufbrausen, doch Skögul legte ihm die Hand auf die Schulter und fuhr mit ruhiger Stimme fort: „Du bist mein Hauptmann, Thorbart. Hast du vergessen, was ich dir alles gab? Dein Haus, die Sklavinnen, deinen Reichtum. All dies werde ich dir wieder nehmen! Zur Eira kannst du nicht zurück!" Skögul grinste hämisch.

Styrbjörn ließ seine Hand an den Griff seines Schwertes gleiten. „Überlege dir gut, wie du dich entscheidest, Thorbart. Du solltest mich besser nicht enttäuschen."

*

Am Morgen, als sie sich an den Tisch gesetzt hatten, hatte Rune dem Jarl sein Einverständnis gegeben, mit ihm zu segeln.

„Also, wohin segeln wir?", fragte Vagn nun den Skalden.

„Ich kenne nicht viele Städte und Siedlungen im Saxland. Es gibt die große Stadt Mimigernaford[41], nicht weit des Flusses Iems[42], und ich kenne die Siedlung Minda[43], an der Visurgis gelegen", erklärte Rune fast entschuldigend, denn schließlich hatte er als junger Bursche wirklich nicht viele Städte und Siedlungen gesehen. Selbst Minda lag mehr als eine Tagesreise von seinem Heimatdorf Buira[44] entfernt, und dort war Rune auch nur selten.

„Da wir getaufte Christen sind, wird es für uns keine Schwierigkeiten geben, wenn wir dort Handel treiben wollen. Also segeln wir nach Minda", beschloss der Jarl und hielt ein silbernes Kreuz in der Hand, welches an einem Lederriemen um seinen Hals hing.

„Sicher gibt es dort einen großen Markt oder einen reichen Handelsmann, dem ich meine Honigsteine veräußern kann. Astrid, mein Weib, bleibt Gast der Thurid, wenn dir das recht ist. Ich werde auch zwei Männer zu ihrem Schutz hier lassen."

Damit zeigte sich Rune einverstanden, und nachdem er das Morgenmahl beendet hatte, packte er seinen Reisebeutel. Die Männer des Jarl begannen ihr Lager abzubauen und machten das Knarr seeklar. Als Rune auf den Strand trat, standen Vagn, Thorstein und der Steuermann Bjarne beisammen, zu denen er sich gesellte. „Wir segeln mit Kurs auf Brimun und dann in die Visurgis[45]", sprach der Jarl, und Bjarne fügte hinzu: „Die Mündung des Flusses kenne ich. Das wird ein Kinderspiel!"

---

[41] Mimigernaford - Münster
[42] Iems - Ems
[43] Minda - Minden
[44] Buira, Puira – Buer in Westfalen
[45] Visurgis - Weser

Der Seewidder segelte zuerst in nördlicher Richtung, dann durch den südlichen Seitenarm des Fjordes, bis sie eine Fahrrinne zwischen dem Festland und einer großen Insel erreichten. Durch diese Fahrrinne segelten sie nach Westen und erreichten dann einen Seitenarm, der sie in das Nordmeer führte. Nun segelten sie die Küste des Dänenreiches nach Süden, bis sie die Mündung der Visurgis erreichten. Sie passierten unbehelligt die Hafenstadt Brimun und folgten dem Strom nach Süden.

Zweimal schlugen sie ihr Lager auf, bis sie den Hafen von Minda erreichten. Und nur einmal wurden sie von Kriegern eines Gaugrafen bedrängt, sein Land so schnell wie möglich wieder zu verlassen. Zu einem Kampf kam es aber nicht, da der Skalde mit seinen Worten die Wogen zu glätten vermochte.

Schnell hatten sie einen Liegeplatz für den Seewidder gefunden. „Ich begebe mich zu dem Stadthersen, um seine Zustimmung für den Handel zu erbitten", kündigte Jarl Vagn an und wandte sich dem Rune zu. „Begleite du mich, Rune." Rune stimmte zu. „Ich kenne den Weg zum Haus des Hersen."

„Willst du dich an den Ort deiner Jugend begeben, solange wir in Minda bleiben?", fragte Jarl Vagn, als die beiden Männer vom Hafen in die Stadt gingen. „Ich weiß es nicht", schüttelte Rune seinen Kopf. Dann aber dachte er wieder an den Traum, an die Begegnung mit Odin und das Gesicht seines Vaters Barthold. „Vielleicht werde ich dorthin reiten."

„Dann werde ich dich begleiten", schlug Jarl Vagn vor. Sie mussten eine Weile warten, bevor sie dem Stadthersen ihren Gruß erbieten konnten. Und da Jarl Vagn ein Christ war, stand seinem Handel in der Stadt nichts im Wege. Nachdem der Herse erfahren hatte, mit welchen Gütern der Norweger zu handeln gedachte, versprach er ihm, einen ihm bekannten Händler in den Hafen zu schicken. Dafür verlangte er einen Beutel voller Bernstein und fünf Felle, die unter anderem zur Fracht des Seewidders gehörten. Zähneknirschend willigte der Jarl ein und erbat sich von dem Herrn von Minda zwei Pferde, die dieser ihm gerne gab.

„Wir werden den Handel abwarten und uns dann auf den Weg machen." Jarl Vagn lächelte den Sachsen an, als sie, die Pferde an den Zügeln führend, zum Hafen zurückgingen. „Aber was machst du für ein Gesicht, mein Freund?"

„Es ist mir nicht wohl dabei. Ich bin nicht mehr der, der als junger Bursche von hier fortging."

„Wohin werden wir reiten?", fragte Vagn.

„Nach Südwesten in mein altes Dorf. Dort lebt, wie ich hoffe, ein Mann, der einmal ein Freund meiner Sippe war."

Es dauerte nur einen Tag, und der Nordmann konnte all seine Waren auf einen Schlag veräußern. Jarl Vagn war zufrieden, denn die Kiste mit dem Bernstein hatte ihm ein kleines Vermögen eingebracht. Dazu die vielen guten Pelze und die anderen Waren, die der Händler kaufte, machten die Fahrt in das Saxland besonders erfolgreich. Er gab Thorstein das Kommando über die Mannschaft, gab diesem einige Befehle und machte sich mit dem Rune auf den Weg.

Sie ritten durch die dichten Wälder des Landes, das von den Stämmen der Westfalen und Engern, aber auch vieler Franken, die seit der Zeit des großen Frankenkönigs Karl in das Land östlich des Rheins kamen, bevölkert wurde. Als es dämmerte, machten sie auf einer Lichtung Rast, und an einem wärmenden Feuer verbrachten sie die Nacht, um früh am Morgen wieder aufzubrechen.

Als die Sonne im Zenit stand, erreichten sie den Weg, der zu dem Dorf führte. Es war warm, die Sonne schien an einem blauen Himmel, und es hatte seit Tagen nicht mehr geregnet. Es war Frühsommer.

Niemand erkannte Rune, als sie in das Dorf ritten. Man begaffte sie nur neugierig, wie man es mit Fremden tat, denn diese kamen nicht oft in das kleine Dorf. Viel hatte sich in den vielen Wintern, die Rune fort war, nicht verändert, stellte er fest. So war der Weg, der zum Hof des Bauern Albin führte, immer noch der gleiche. Sie zügelten die Pferde vor dem Haus und stiegen aus den Sätteln, als sich die Tür öffnete und ein Weib heraustrat. Rune erkannte das Weib des Albin sofort. Sie war es gewesen, die ihn damals durch ihren Verrat vom Hof trieb. Und er begann zu lächeln, denn er besann sich der Schreie des Weibes, als Albin ihr ihre Eigenmächtigkeit austrieb.

„Was wollt ihr hier? Verschwindet!", keifte das Weib unfreundlich.

„Wo ist Albin?" Rune trat auf die Bäuerin zu.

„Woher kennst du meinen Mann?" Das Weib sah den Fremden erstaunt an. „Was willst du von ihm? Er ist nicht hier."

Doch da kam der Bauer gerade mit seinen fünf Kühen, die er von einer Weide hergetrieben hatte, auf den Hof.

„Wer seid ihr?", rief der Bauer schon von weitem, und Rune trat ihm entgegen. „Erkennst du mich nicht, Albin?" Der Bauer, der Rune um einen ganzen Kopf überragte, sah den Fremden an. Mit zusammengekniffenen Augen musterte er sein Gegenüber. Die langen Haare, den Bart, die nordische Kleidung. Dann fiel sein Blick auf den Sax an dem Gürtel des Fremden. Der Bärenkopf am Griff der Waffe ließ ihn erahnen, wer dieser Mann war. „Bran? Bist du Bran?" Rune nickte.

Als die Männer an dem Tisch im Haus des Bauern saßen und kühles Bier tranken, musste Rune erzählen, wie es ihm ergangen war. Und er hatte viel zu berichten, so dass Albin nur noch staunen konnte.

Dann sah er den Gast mit bedrücktem Gesicht an. „Der Glaube an die alten Götter ist tot, Bran. Es gibt ihn hier nicht mehr! Wir alle sind nun Christen geworden."

Er trank einen Schluck aus seinem Becher, sah sein Weib an und befahl ihr barsch, sie möge etwas zu Essen bereiten, schließlich hätten sie Gäste.

„Es gibt da etwas, das dich interessieren wird", sprach er. „Dein Vater Barthold lebt."

Rune erstarrte. „Er … er lebt! Wo? Wo ist er?"

„Das wird dir nicht gefallen, Bran. Nicht weit von Minda gibt es ein Kloster. Dort wirst du Barthold finden."

„In einem Kloster?" Entsetzt sah Rune den Bauern Albin an. „Mein Vater, der ein Gode war, lebt in einem Kloster? Das kann ich nicht glauben."

„Du kannst dich selbst davon überzeugen. Frage nach dem Mönch Bartholomae." Er legte Rune fast tröstend seine Hand auf die Schulter. „Wie ich es dir sagte, es gibt hier kaum noch Anhänger des alten Glaubens."

Die Worte des inzwischen ergrauten Bauern Albin, der Rune immer wohl gesonnen war, hatten den sächsischen Nordmann tief getroffen. „Mein Vater ein Mönch", stammelte er leise.

„Verzeihe mir, Albin, aber es drängt mich zum Aufbruch. Ich muss es mit eigenen Augen sehen." Rune wollte sich erheben, doch die kräftige Hand des Bauern drückte ihn nieder auf die Bank. „Er läuft dir nicht weg. Zuerst essen wir!"

„Was hat dir der Mann erzählt, mein Freund?", fragte Vagn, der ja der Sprache nicht mächtig war, als sie den Weg nach Minda eingeschlagen hatten. Rune berichtete nun dem Jarl von dem, was er erfahren hatte, und er konnte seine Verärgerung darüber kaum verbergen.

„Was ist dir wichtiger? Dass dein Vater lebt oder dass er ein christlicher Mönch geworden ist?" Jarl Vagn grinste, denn er wusste, dass diese Frage Rune zum Nachdenken bringen würde.

*

Allein war Rune aus der Stadt geritten und stand nun vor dem Gebäude, das man ihm beschrieben hatte. Schon von weitem hatte er das Dach des großen Gebäudes mit dem eisernen Kreuz darauf gesehen. Eine hohe, rötliche Steinmauer umgab das große Gebäude und entlang dieser ritt er bis zu dem zweiflügeligen Tor. Langsam ließ er sich aus dem Sattel gleiten und trat an das verschlossene Tor. Zögernd sah er auf den dünnen Strick, der aus einem Loch in dem Tor neben einer kopfgroßen Klappe herunterhing. Wollte er tatsächlich diesen Bartholomae sehen? Was, wenn dieser Mönch wirklich sein Vater Barthold war? Es war ihm nicht wohl in seiner Haut.

Dann erinnerte er sich an seinen Traum und die Worte seiner geliebten Thurid. Es war der Wille Odins, der ihn hierher geführt hatte, und darum musste er diesen Weg gehen. Er griff nach dem Strick und zog daran.

Ein Glöckchen ertönte, und nach einer Weile wurde die Klappe geöffnet. Das Gesicht eines jungen Mannes erschien. „Der Herr sei mit dir! Was wünschst du, Fremder?"

„Bartholomae! Ich suche den Mönch Bartholomae", antwortete Rune und musste sich seine innere Unruhe eingestehen. Er fühlte sich äußerst unwohl in seiner Haut, und statt der Begegnung mit diesem Pfaffen wäre ihm ein ehrlicher Kampf in diesem Moment allemal lieber gewesen.

„Warte hier", verlangte der Mann und schloss die Klappe.

Es dauerte eine Weile, bis sich die Klappe wieder öffnete und ein anderes Gesicht hinter dem ehernen Gitter erschien. „Ich bin der Abt dieses Klosters", stellte sich der Mann mit dem grauen Haarkranz vor. „Was wünschst du von Pater Bartholomae?"

„Er könnte mir bei der Suche nach meinem Vater behilflich sein", erklärte Rune freundlich.

„Bartholomae? Das kann ich nicht glauben."

„Sagt ihr nicht, dass die Wege eures Herrn unergründlich sind?", lächelte Rune den Abt an.

Plötzlich fiel der Blick des Gottesmannes auf den Thorshammer, der an einer Kette mit hölzernen Kugeln um seinen Hals hing. Er trat dicht an das Tor heran, und nun füllte sein Kopf die Öffnung gänzlich aus. Der Abt musterte den Fremden von oben bis unten, und sein freundlicher Blick wurde zu einer wütenden Fratze. „Bist du einer dieser Teufelsanbeter aus dem Norden?"

„Beruhige dich, Alter. Ich bin ein friedlicher Händler aus dem Reich des Dänenkönigs und suche hier im Saxland nach meinem Vater."

„Elende Teufelsbrut", zischte der Gottesmann. „Ich sage dir, verschwinde von hier, Teufelsanbeter!"

„So höre doch, Alter, ich muss mit Bartholomae sprechen. Ich komme in friedlicher Absicht, und sagt dein Christus nicht auch, du sollst deinen Nächsten lieben?"

„Für einen Heiden kennst du dich gut aus, Nordmann", stellte der Abt spöttisch fest, zögerte aber damit, die Klappe zu schließen.

„Man hat mich vor vielen Wintern mit eurem geweihten Wasser benetzt und gezwungen, meine Götter zu verleugnen. Meine Mutter und meine beiden Schwestern starben in den Flammen, die eure christlichen Schergen entfachten. Odin aber schützte mein Leben und gab mir mein Heil zurück."

Wütend schlug der Priester nun die Klappe zu, und Rune wandte sich enttäuscht ab, als sich in seinem Rücken das große Tor öffnete und ein Mann heraustrat. Er trug die braune Kutte eines Mönches und hatte die Kapuze tief in sein Gesicht gezogen. Um seinen Hals hing ein hölzernes Kreuz.

„Du verlangtest mich zu sprechen, Fremder."

Rune sah den Mönch forschend an. Versuchte seinen Vater in ihm zu erkennen. „Sage mit, Gottesmann, kennst du einen Schmied namens Barthold? Er lebte einst an den Ufern der Lämscher[46] in dem Dorf Buira."

„Ich kenne den Mann nicht, den du suchst", gab der Mönch zur Antwort, doch dann fiel sein Blick auf den Sax, der an Runes Gürtel hing. Seine Augen ruhten auf dem Griff mit dem Bärenkopf, und dies war dem Rune nicht entgangen.

„Ich bin Bran", sprach er leise. „Sein Sohn Bran!"

Langsam griff der Mönch an seine Kapuze und schlug diese zurück. Ein langer, grauer Bart zierte das Gesicht des Mannes, und sein Haar war zur Tonsur der Mönche geschnitten. „Bran", sprach er leise, und Rune sah, wie seine Augen sich mit Tränen füllten.

Dieser Mann sollte der Schmied Barthold sein? Rune hatte seinen Vater größer in Erinnerung gehabt, doch konnte dies auch daran liegen, dass er selbst damals kleiner gewesen war. „Vater?" Leise und zögerlich kam das Wort über seine Lippen. „Barthold!"

Der Mönch sah den Nordmann schweigend an, dann ergriff er dessen Hände. „Verzeih mir, mein Sohn. Ich bin nicht mehr Barthold."

„Wie konnte das nur geschehen, Vater?"

„Der Kerker des Grafen hat mich geläutert", sprach der Mönch. „Lange Zeit musste ich in der Gefangenschaft

---

[46] Lämscher - Emscher

schmoren, und ich habe die Götter um Hilfe angefleht. Doch es geschah nichts! Wodan hatte mich verlassen. Bald schon stand ich am Rande zum Reich der Hel, doch da erschien mir der Herr Jesus Christus", er riss seine Hände empor und fasste Rune mit den Fäusten bei seinem Kirtel, „verstehst du, der Herr Jesus ist mir erschienen! Mir, einem heidnischen Goden!", rief er aufgeregt. Rune sah den Mönch ernst an.

„Verzeih!" Barthold schluckte, räusperte sich und blickte zu Boden. „Ich tat, was man von mir verlangte, und ich bekannte mich zu dem Herrn Jesus und seinem Vater, dem einzigen Gott. Da nahmen mich die Mönche in ihr Kloster auf."

„Hast du nie daran gedacht, was uns die Christen angetan haben? Dachtest du nie an dein Weib und meine Schwestern, die in den Flammen starben? Du musst sie hassen!"

Rune riss sich los und wurde böse. „Du hättest ihren Tod rächen müssen. Stattdessen …!"

„Höre, mein Sohn", unterbrach der Mönch den wütenden Nordmann. „An wem sollte ich mich rächen? Der alte Graf lebt nicht mehr. Und der Herr verlangt von uns Sanftmut und Vergebung."

Rune erkannte mit Schrecken, dass sein Vater tatsächlich ein überzeugter Gottesmann geworden war und er hier nichts mehr auszurichten vermochte. Und was viel schlimmer schien, war sein Drang, diesen Mönch mit dem Sax zu erschlagen. Er wandte sich ab und trat zu seinem Pferd. „Geh zurück in dein Kloster, alter Mann. Du hast recht, den Schmied Barthold gibt es nicht mehr! Sein Weib gibt es nicht mehr, so wie es seine Töchter nicht mehr gibt. Und auch seinen Sohn, den Sachsen Bran, gibt es nicht mehr."

Er schwang sich in den Sattel und ritt fort.

Kaum hatte Rune den Hafen erreicht, gab Jarl Vagn den Befehl, Minda zu verlassen, und so segelte der Seewidder über die Visurgis dem Nordmeer entgegen.

*

„Der Tag ist nahe!"
Rune erwachte durch die tiefe Stimme, die er zu hören geglaubt hatte. Oder war es nur wieder einer dieser Träume, der ihm den Schlaf raubte und ihm die Stimme des Allvaters vorgaukelte? Er richtete sich langsam auf, und sein Blick fiel auf die schlafende Thurid. Ein Lächeln huschte über sein Gesicht, als er in das friedlich schlafende Antlitz der Schönen blickte. Doch plötzlich öffnete Thurid ihre Augen, weiß und von Pupillen befreit, der Blick abwesend, und wie Rune schien, schlief das Weib immer noch einen tiefen und festen Schlaf.
„Du kannst deinem Schicksal nicht entgehen, Skalde! Bereite dich vor, der Tag wird kommen, an dem sich mein Wille erfüllt!" Mit einer seltsam tiefen Stimme sprach das Weib zu ihm, und plötzlich wurde Rune von einem hellen Licht geblendet.
„Rune! Liebster, erwache!", vernahm er die sanfte Stimme der Thurid. Sein Körper war schweißgebadet, als er zu sich kam, und er wusste, dass Odin erneut zu ihm gesprochen hatte, und diesmal schien es ihm, als wollte der Allvater ihn auf den Tod vorbereiten.
Den gesamten Tag über grübelte Rune nach, war in sich gekehrt und wenig redselig. Am Abend saß er am Feuer, trank Bier und blickte der Thurid stumm in ihr Gesicht, dabei zog er langsam den Wetzstein über die Klinge des Saxschwertes.
„Ich vermisse meine Kinder", sagte er plötzlich leise, und das Weib sah die Tränen in den Augen des Mannes. „Wenn

es Odins Wille ist, dass ich an seiner Tafel meinen Platz einnehme, werde ich sterben, ohne meine Kinder noch einmal gesehen zu haben. Ich muss nach Frigghavn segeln, bevor es zu spät ist."

„Und dein Weib Sigrun?" Ein trauriger Blick traf den Skalden.

„Sigrun? … Nein! Ich habe kein Weib namens Sigrun, und es ist durchaus möglich, dass sie versuchen, wird mich zu töten!"

„Dann ist es zu gefährlich, allein dorthin zu segeln, mein Liebster", sprach Thurid besorgt. „Wie willst du also sicher nach Frigghavn kommen? Jarl Hrani besitzt kein Schiff."

„Vielleicht bitte ich Jarl Vagn darum, mich mit seinen Kriegern zu begleiten."

„Lass mich die Götter befragen, ob sie dir ihr Heil für diese Reise schenken werden", bat die Völva eindringlich, doch Rune befürchtete, von Thurid überlistet zu werden und lehnte den Vorschlag ab.

Es kam der Tag, an dem Rune sich auf den Weg machen wollte, doch die Götter schienen ihm nicht gewogen zu sein, denn am Morgen kam ein Reiter nach Krakasnes. Es war Lodin, der Sklave, und er brachte die Nachricht, dass Jarl Hrani seine Krieger zu den Waffen rief, denn es bahnte sich mit einem anderen Jarl eine gewaltsame Fehde an. So blieb Rune keine Wahl. Er musste mit seinem Jarl in den Kampf ziehen.

„Es wird sicher der Tag kommen, an dem du deine Kinder wiedersiehst", sprach Thurid in der Hoffnung, Rune zu trösten.

*

17

Ein tödliches Wiedersehen

*D*er Wogenhengst hatte Kurs nach Norden genommen, als er die Mündung der Slie verlassen hatte und in das Ostmeer gesegelt war. Seit Jarl Styrbjörn erfahren hatte, wo sich dieser verhasste Skalde jetzt aufhielt, waren seine Rachgelüste wieder erwacht, waren wieder genauso groß und verzehrend wie an dem Tage, an dem ihm der Kerl sein Eigentum und beinahe sein Leben genommen hatte. Diesmal sollte es keine Beutefahrt sein, die der Wogenhengst unternahm. Diesmal galt die Fahrt einzig der Rache des Styrbjörn Arnarsson, und der Mann, der die Kriegerschar anführen sollte, war der Hauptmann Thorbart.

Allein der Gedanke, dass es ihm gelungen war, den einstigen Freund des Rune dazu zu bringen, gegen den Skalden in den Kampf zu ziehen, war dem Styrbjörn eine Genugtuung, die ihn mehr befriedigte als der beste Fick mit seiner Lieblingssklavin.

„Es gibt keinen Seeweg nach Viborg." Skögul war neben den Mann getreten, der sich selbst Jarl nannte, und sah diesen ernst an. „Wir müssen weit über Land gehen."

Da mischte sich Ölmod in das Gespräch. „Ich kenne einen Fjord, der uns in die Nähe der Siedlung bringt. Dieser schlängelt sich weit nach Westen, hinein in das Landesinnere von Jütland, fast bis dorthin, wo die Siedlung Viborg liegt."

Styrbjörn zeigte sich zufrieden und gab die entsprechenden Befehle. So segelten sie die Ostküste hinauf in das Kattegat und fanden bald die Mündung eines Fjordes, in den sie den Wogenhengst hineinsteuerten. Enger und enger wurde der Fjord, um dann, nicht breiter als ein Fluss, vorbei an

Wäldern, Feldern und Felsen, an Höfen und Dörfern zu fließen.

„Wie willst du vorgehen?" Ölmod sah den Styrbjörn fragend an. „Was soll die dumme Frage?", blaffte dieser und sah zu Thorbart hinüber. „Frage Thorbart, der ist der Hauptmann!"

„Aber, du musst doch …!" Ölmod biss sich auf die Lippen und schwieg. Ihm wurde klar, dass sein Jarl keinen Plan hatte, wie er vorgehen wollte. Er überließ dies seinem Hauptmann Thorbart, so wie er es viele Winter zuvor Gunnar und vor diesem Ubbe überlassen hatte.

„Du weißt nicht, ob dieser Jarl von Viborg den Skalden schützten wird. Das könnte gefährlich werden", warnte Skögul eindringlich. Die Sorge des Skögul war durchaus berechtigt, denn es waren nicht mehr als zwanzig Männer an Bord des Wogenhengstes. Einige hatten dem Styrbjörn ihre Gefolgschaft bei dieser Reise verweigert. Es gab nichts zu gewinnen, und warum sollten sie dann ihr Leben wagen? Der Jarl war darüber äußerst erbost, doch ändern konnte er nichts daran, denn die meisten kampftauglichen Kerle in der Siedlung waren freie Männer. Daher blieben ihm nur die Krieger seines Hofes, die seine Leibwache waren, als Mannschaft des Wogenhengstes.

Der Kiel des Schiffes schob sich knarrend auf den Strand. In einer großen Bucht endete der Fjord, und hier gingen sie an Land.

„Wo ist nun diese Siedlung?", fragte Styrbjörn, und Ölmod zeigte nach Westen. „Dort irgendwo muss Viborg sein. Ich denke, das Land, auf dem wir uns befinden, gehört schon diesem Jarl Hrani."

Dieser Teil des Strandes war menschenleer, und soweit das Auge blickte, sah man Wiesen, mit Blumen bewachsene Wiesen. „Hier werden wir lagern!"

Am nächsten Morgen, die Männer waren gesättigt und ausgeschlafen, wählte Thorbart acht von ihnen aus, die ihm nach Viborg folgen sollten. Der Rest der Mannschaft musste im Lager bleiben und das Schiff bewachen.

„Ich werde euch anführen", sprach Styrbjörn Arnarsson und sah Thorbart dabei streng an. „Du, Skögul, wirst hier im Lager die Befehle geben. Schick zwei Männer auf die Jagd. Wenn ich zurückkehre, brauche ich Fleisch zwischen den Zähnen", rief der Sklavenhändler grinsend. Bald darauf machten sich die Männer auf den Weg, zogen den langen Strand und die Böschung entlang.

Nachdem sie eine Weile durch das hohe Gras marschiert waren, erreichten sie einen Pfad, auf dem schon lange kein Gras mehr zu wachsen schien. Der Pfad folgte eine Weile dem Ufer des Fjordes und führte dann geradewegs nach Westen. Thorbart, seinen Rundschild auf den Rücken gebunden, ging voraus, gefolgt von den Kriegern und Styrbjörn. Den Sklavenhändler sah er nun seit langer Zeit zum ersten Male wieder mit Waffen. Dieser trug sein Schwert im Wehrgehäng und in der linken Faust seinen Rundschild, auf den in vier gelben Feldern braune Pferde gemalt waren. Dies führte er auf seine Ahnen zurück, die allesamt noch mit Pferden handelten. Styrbjörn aber hatte den Tod seines Vaters dazu genutzt, ein Schiff zu kaufen und ein Sklavenhändler zu werden.

„Ölmod", richtete der Jarl sein Wort an den Mann, der einige Schritte vor ihm ging, und gebot ihm mit der Hand, zu ihm zu treten. Verstohlen sah er den Krieger mit dem dicken Zopf an und sprach leise: „Ich will, dass du den Graubart im Auge behältst." Ölmod sah den Jarl überrascht an. „Thorbart ist nun seit zwei Wintern unser Hauptmann, und du traust ihm immer noch nicht?"

„Nein, das tue ich nicht! Ich vertraue niemandem."
Styrbjörn blickte dem Krieger fest in seine blauen Augen.

„Soll Odin mich mit Blindheit schlagen, sollte ich mich einmal auf das Wort eines anderen verlassen."

„Gut, wenn du es verlangst, behalte ich ihn im Auge", willigte der Krieger mit dem Zopf ein.

„Wenn dieser Skalde im Staub liegt, wirst du Thorbart deine Axt in den Rücken schlagen." Boshaft sah der Jarl den Krieger an. „Hast du meinen Befehl verstanden?"

Ölmod nickte stumm, und sein Blick war kalt wie Eis.

„Es wird dein Schaden nicht sein. Thorbart hat nicht wenig an Besitz, auch dieser Reichtum soll dir gehören, wenn du mich zufriedenstellst, Ölmod." Der Krieger beschleunigte seinen Gang, um an die Seite des graubärtigen Norwegers zu gelangen, die er nicht mehr verlassen wollte.

Warm schien die Sonne auf die Männer hinab, und der Schweiß rann ihnen die Stirn herab. Und endlich erblickten sie die Dächer eines Hofes. Dort bedienten sie sich am Brunnen, tranken und löschten gierig ihren Durst.

„Wer seid ihr?", rief ein bulliger Kerl, der aus der Pforte des Hauses trat. In seinen Händen lag eine langstielige Axt. „Was wollt ihr hier, beim Thor?"

„Wir suchen den Weg nach Viborg", antwortete Thorbart und trat dem Mann gegenüber. Dieser hob seinen Arm und zeigte nach Süden. „Ihr müsst nach Südwesten gehen, dann erreicht ihr bald die Siedlung des Jarl Hrani."

Da schob sich Styrbjörn Arnarsson vor den Thorbart. „Auch ich bin ein Jarl", sprach er hochmütig. „Ich hörte von dem Skalden des Hrani, man erzählt sich, er sei ein Meister seines Faches."

Da nickte der Bauer. „Nun ja, er ist, wie es scheint, schon recht berühmt", lachte der Mann. „Aber wenn ihr den Skalden sucht, werdet ihr diesen nicht auf dem Hof des Jarls finden."

Der Sklavenhändler wollte gerade seinen Mund öffnen, da grinste ihn der Bauer frech an. „Höre, Jarl, den Skalden musst du auf seinem eigenen Hof suchen. Dieser liegt aber im Nordwesten." Er zeigte den Weg mit der Hand. „Geht weiter nach Westen und dann nach Norden. Der Hof des Skalden liegt in einer kleinen Bucht, die zum großen Limfjord gehört." Der Bauer begann zu lachen. „Ein schöner Fleck, den der Skalde dem Hrani abgeschwatzt hat. Aber schließlich brachte er eine Völva mit sich, und man erzählt auch, er sei ein von Odin Geliebter." Er trat an den Brunnen, griff nach der Kelle und schöpfte Wasser, das er trank. „Wer will sich schon den Allvater zum Feind machen? Das mag nicht einmal ein Jarl!"

„Der Skalde lebt nicht in Viborg?", fragte Styrbjörn noch einmal und konnte kaum glauben, dass die Götter nun ihm gnädig zu sein schienen. Grinsend sah Ölmod seinen Jarl an. „Der Skalde lebt also auf einem Hof, ohne den Schutz des Jarls von Viborg." Dann blickten beide zu dem Thorbart, doch dessen Gesicht war versteinert, zeigte keine Regung.

„Wenn es der Gesuchte ist …", zweifelte einer der Männer, da sah Thorbart ihn streng an. „Er ist es!"

*

„Der Tag ist warm, und Sunna brennt ohne Gnade. Können zwei rastlose Wanderer bei dir einen kühlen Trunk erhalten?" Hyrning grinste von einem Ohr zum anderen. Rune hob seinen Kopf, denn er hatte die beiden Männer nicht kommen hören, so sehr war er darin vertieft, den Rand seines Schildes zu reparieren. „Hyrning! Lodin!", lachte Rune erfreut. „Was treibt euch hierher?" Der Hausherr saß auf einer Bank im Schatten des Hauses und bot den beiden Männern auch sofort einen Platz an.

„Wo ist Thurid?", fragte Lodin, der die Völva sehr mochte.

„Sie ist seit der Dämmerung im Wald und sucht nach Kräutern und Flechten, nach Eiern und Geziefer."

Rune begann zu grinsen. „Du musst den kühlen Trunk also aus meinen Händen entgegennehmen."

Hyrning lachte auf und schlug dem Sklaven auf die Schulter, während sich Rune erhob und im Haus verschwand.

Hyrning zeigte hinunter in den Fjord, nachdem er von Rune den Becher mit dem Bier entgegengenommen hatte. „Wir wollten fischen gehen und dich um dein Boot bitten, Rune."

„Es liegt am Steg vertäut, und das Netz hängt auf dem Gestell am Strand. Nehmt euch, was ihr braucht!"

„Vielleicht kann uns die Thurid später ein Mahl bereiten", grinste Lodin frech.

„Dann wäre es besser, du fängst etwas, mein Freund." Nachdem die beiden Männer ihre Becher geleert hatten, begaben sie sich auf den Weg zum Strand. Dort legten sie ihre Waffen und ihre Kirtel auf den Steg.

„Geh, hol das Netz", befahl Hyrning dem Sklaven, und bald schon sah Rune von der Anhöhe aus, wie sein Boot in den Fjord hinaussegelte.

„Wonach schaust du?" Unbemerkt war Thurid herangetreten, die mit einem Korb im Arm aus dem nahen Wald zurückgekehrt war. Rune wandte sich um und lächelte beim Anblick des schönen jungen Weibes. „Hyrning und Lodin versuchen ihr Glück beim Fischfang und erhoffen sich von dir ein Mahl", grinste Rune und setzte sich wieder auf die Bank, um weiter an seinem Schild zu arbeiten.

„Ein Mahl wollen sie? Von ihrem Fang?", lachte Thurid vergnügt, denn sie freute sich genauso über den Besuch wie Rune. „Hoffentlich müssen sie dann nicht hungern."

Die Zeit verging, und die Sonne stand hoch im Zenit. Der Schweiß rann dem Skalden den Körper hinab, er hatte sich seines Kirtels entledigt und war nun damit beschäftigt, die Klinge seines Saxschwertes zu schärfen. Langsam zog er den Schleifstein über die Schneide, wieder und wieder.

Thurid trat aus dem Haus und reichte ihm einen Becher Wasser, den Rune dankend annahm und in einem Zug leerte. Dann erhob er sich und trat wieder an die Kante des Abhanges nicht weit seines Hauses, von der aus er auf den Strand blicken konnte. Sein Boot lag wieder am Steg vertäut, und das Netz hing an dem Gestell, um zu trocknen. Der Blick des Skalden fiel auf Hyrning und Lodin, die bereits den Strand hinauf gelaufen kamen. Rune begann zu grinsen, denn Lodin hob etwas in die Höhe, welches der Sachse für den Fang der beiden Männer hielt. „Es wird frischen Fisch geben", lachte er die Thurid an.

„Siehst du ihn?", fragte Styrbjörn leise. Neben ihm hockten Thorbart und Ölmod zwischen dem dichten Buschwerk. „Nun sag schon, ist es der Kerl?", drängte Styrbjörn den Hauptmann, denn er selbst konnte sich an das Aussehen des Mannes, den er so hasste, nicht mehr erinnern. Thorbart sah angestrengt durch das Gewirr aus dünnen Ästen. Dieser Kerl dort, war das sein alter Freund Rune? Das Haar des Mannes, der dort auf einer Bank vor dem Haus saß, war dunkelblond, lang und wellig. Sein Bart war stattlich, länger als Thorbart den des Skalden in Erinnerung hatte, aber Haar wuchs ja mit der Zeit. Doch seine für einen Nordmann geringe Größe ließ Thorbart auch aus der Ferne diesen Mann als Rune erkennen. „Er könnte es sein", sprach Thorbart leise. „Doch er ist weit weg, und meine Augen trügen mich gern einmal." „Gehen wir hin und erschlagen den Kerl, dann werden wir sehen, ob … ", raunzte Ölmod den Thorbart an. „Ist er es nicht, so wird ihm wenigstens ein Mahl an Odins Tafel zuteil", unterbrach Styrbjörn seinen Krieger grinsend. „Da, sieh!" Ölmod zeigte zum Haus, wo gerade zwei Männer zu dem Mann traten, den sie an Odins Tafel schicken wollten.

„Zwei Kerle mehr, die es nach Walhalla drängt. Sie werden ihm keine Hilfe sein. Wir sind zehn, sie nur drei!" Der Sklavenhändler sah verächtlich drein. „Sollen alle sterben und der Hof brennen!"

„Dann lass es uns tun. Jetzt!" Ölmod zog seine kurzstielige Axt aus dem Gürtel.

Lodin war es, der die nahenden Männer als erster bemerkte. „Wir bekommen Besuch", nickte er mit dem Kopf. „Kennst du die Männer, Rune?"

Der Hausherr erhob sich langsam, sah Lodin an und zog seine Schultern hoch. „Für die wird der Fisch aber nicht reichen", grinste Hyrning.

Plötzlich erstarrte Rune, und es fiel ihm schwer zu glauben, was er sah. Einer der Männer, die der Horde vorweg gingen, war Styrbjörn Arnarsson, der Kerl, der einmal seine Familie raubte und den er um ein Haar zu den Göttern geschickt hatte. Doch viel mehr befremdete ihn der Anblick des Mannes, der neben dem Sklavenhändler ging. Diesen Mann kannte er gut, denn es war Thorbart.

„Odin, wie konnte das geschehen? Warum zwingst du mich, gegen meinen Freund die Klinge zu erheben?"

„Was sagst du?", fragte Hyrning, der die leisen Worte Runes nicht verstehen konnte.

Ein schlechtes Gefühl überkam Rune, denn diese Krieger kamen nicht, um sich von ihm Verse vortragen zu lassen. Er sah Hyrning ernst an. „Ich glaube, die wollen uns nichts Gutes. Lodin, nimm die Axt!" Langsam ging Rune zu der Bank und ergriff seinen Sax, der darauf lag. Auch den Schild nahm er auf und trat an der Seite Hyrnings den Ankommenden entgegen.

Zorn stieg in ihm auf, als er Thorbart neben dem Sklavenhändler sah, der sicherlich beabsichtigte sich für die Schmach, die ihm Rune einst zufügte, zu rächen. Ohne den

Jarl eines Blickes zu würdigen, sprach Rune und konnte seine Freude, den alten Freund zu sehen, kaum verbergen: „Thorbart, mein Freund, ich sehe dich an der Seite eines Mannes, der mir nach dem Leben trachtet, und doch frohlockt mein Herz bei deinem Anblick."

„Rune, lang ist es her, das wir uns sahen", erwiderte der graubärtige Krieger mit starrem Blick und war erstaunt, dass ihm Rune keinen Groll entgegenbrachte. „Es scheint, als meinten die Götter es nicht mehr so gut mit dir, Sachse!"

„Du täuscht dich, Thorbart! Odin ist mir immer noch gewogen. Ich habe diesen Hof und bin ein angesehener Mann in Viborg." Da trat Thurid aus dem Haus und erschrak beim Anblick der Kriegerschar. „Und ich habe ein Weib, das mich liebt!"

„Wer sind diese Männer?", fragte sie, und ihr Blick fiel auf Thorbart. „Dies ist mein Freund Thorbart, und dieser da ist mein Feind Styrbjörn Arnarsson."

Da wandte sich Thurid an den Hauptmann und sprach streng: „Der Freund an der Seite des Feindes! Das wird Odin nicht gefallen!"

Da platzte Styrbjörn der Kragen. „Schluss mit dem Gewäsch! Dein Weib werde ich auf dem Markt verkaufen, als Ausgleich für die, die du mir raubtest, und du wirst den morgigen Tag nicht mehr erleben, Sachse!"

„Du wagst es, einer Völva die Sklaverei anzudrohen?", erzürnte da Hyrning und Lodin trat neben die Thurid. „Ein jeder, der es wagt, Hand an die Völva zu legen, wird diese verlieren und sein Leben dazu!"

„Das Weib ist eine Völva", rief einer der Männer des Sklavenhändlers voller Respekt. „Die Götter werden uns strafen, wenn wir ihr ein Leid antun!"

Da fuhr ihn sein Gefolgsherr böse an. „Du elender Feigling! Sie ist ein Weib, nicht mehr!" Doch die Worte waren gesprochen, und kaum einer der Männer war bereit, sich den

Fluch einer Völva aufzuladen. „Du hast kein Wort davon gesagt, dass er mit den Göttern im Bunde steht", beschwerte sich der Mann, doch da zog Styrbjörn voller Jähzorn sein Schwert und schlug es dem Mann direkt in sein Haupt. Bis zur Nasenwurzel spaltete das Eisen den Kopf, und noch ehe der Körper den Boden berührte, war alles Leben aus ihm gewichen.

„Ist hier noch einer, der meine Befehle missachten will?", keifte Styrbjörn Arnarsson. Die Männer aber murrten, waren sich uneinig, als Thorbart das Wort ergriff. „Ich werde die Götter nicht herausfordern und rate dir, Styrbjörn, dies auch nicht zu tun."

„Habe ich es mir doch gedacht, dass du mich verrätst!" Zornig wandte sich der Jarl dem Ölmod zu und nickte, auf dass dieser seine Axt hob, um sie dem Thorbart in den Rücken zu schlagen. Da stürmte Rune vor, hob seinen Schild und die Axt grub sich in das Holz der Wehr. Die Saxklinge fuhr dem Ölmod unter dem Schild hindurch in den Bauch. Erschrocken war Thorbart zur Seite gesprungen und hatte sein Schwert gezogen. Erst jetzt sah er den toten Ölmod und verstand. „Styrbjörn, du elende Ratte!" Doch ehe er zuschlagen konnte, stürmten mehrere Krieger auf ihn ein. „Ich wusste, dass du dein Schwert nicht gegen mich erheben würdest", lachte Rune und stürzte sich den Kriegern entgegen. „Styrbjörn, komm und stirb! Odin ruft nach dir!"

Auch Hyrning und Lodin stellten sich den Feinden zum Kampf. Doch Rune erreichte den selbsternannten Jarl noch nicht, denn immer wieder stellten sich ihm die Krieger in den Weg und forderten seine ganze Kraft.

Dem Thorbart widerstrebte es zwar, gegen die Mannschaft des Wogenhengstes zu kämpfen, doch Styrbjörn hatte ihm keine Wahl gelassen, und so erfuhren sie nun die Kraft des Hauptmannes am eigenen Leib. Hieb um Hieb fuhr auf sie nieder, und selbst der Angriff dreier Gegner schreckte Thorbart nicht zurück. Das Gesicht von Blut befleckt, stürzte sich der große Mann gegen die Körper der Gegner, schlug und stach nach ihnen. Doch auch wenn die Übermacht der Gegner zusammengeschrumpft war, unterschätzen durften sie den Feind nicht. Und gerade Thorbart wusste, wozu diese Krieger fähig waren.

Styrbjörn rief Befehle, die niemand mehr beachtete, und ein Krieger schickte sich an, die Thurid in seine Gewalt zu bringen. Er ergriff das Weib am Arm, riss an ihrem Ärmel und versuchte das Weib an sich zu ziehen, doch Lodin hatte die Absicht des Kriegers erkannt, sprang hinzu und schlug dem Mann seine Axt in den Nacken. Das Geräusch berstender Knochen drang an sein Ohr und Blut spritzte in das Gesicht des Sklaven, als der Kopf des Mannes wie der Deckel einer Truhe nach vorne klappte. Ein entsetzlicher Schrei entfuhr der Kehle der Völva, als der Krieger vor ihre Füße sank. Lodin nickte grinsend und wandte sich dann wieder den Feinden zu.

Wieder war ein Krieger unter den Hieben des großen Norwegers in das Reich des Göttervaters gegangen, als Rune sah, was ihm das Blut in den Adern gefrieren ließ. Mit weitaufgerissenen Augen fiel Thorbart auf die Knie und sackte dann zu Boden. Rune sah in das hämisch grinsende Gesicht des Styrbjörn Arnarsson, der mit dem blutbeschmierten Schwert über dem toten Freund stand.

„Nein!" Der Schrei des Sachsen ließ die Krieger innehalten. „Ist es das, was du wolltest?", rief Rune dem Styrbjörn entgegen, der, flankiert von zwei Kriegern, den Kampf mied.

„Du wolltest mich zu den Göttern schicken! Nun stell dich zum Kampf!" Der Blick der Männer fiel auf den selbsternannten Jarl. Keiner kämpfte mehr.

„Bist du feige, Styrbjörn Arnarsson? Hier stehe ich und warte!", rief Rune voller Zorn. „Komm und stirb wie ein Mann!"

Starr stand der Sklavenhändler da, sah seine Männer an, die nun einen Zweikampf erwarteten. Der Krieger zu seiner Rechten reichte dem Styrbjörn seinen Schild, und dieser ergriff nach einem Moment des Zögerns die hölzerne Wehr. Mit Schild und Sax trat Rune dem verhassten Jarl entgegen.

„Jetzt werde ich meinen Racheschwur erfüllen, Skalde!" Styrbjörn hob sein Schwert und stürmte mit einem Schrei auf den Lippen dem Rune entgegen. Doch dieser tat es dem Gegner gleich, und so prallten die Männer Schild an Schild aufeinander. Und es zeigte sich, dass Rune der geschicktere der Kämpfer zu sein schien, denn die Größe des Dänen machte er durch seine flinken Bewegungen wett. Mit großer Kraft stieß Styrbjörn seinen Schild gegen den des Gegners, so dass Rune zurückstolperte und ihm der Hieb mit dem Schwert eine tiefe Delle in den ehernen Rand seines Schildes schlug. Wie ein Berserker schlug der Sklavenhändler nun auf Rune ein, und es geschah bald, worauf der Sachse gewartet hatte: Der Schwertarm des Styrbjörn wurde diesem schwer. Zwar hatte Runes Rundschild unter den Hieben arg gelitten, doch er hielt stand, und nun war es der scharfe Sax, der Kerben in den Schild des Gegners schlug. Und der Schild des Dänen begann zu zerbersten, denn seinen Rand schützte lediglich ein Streifen Leder.

„Ich werde dich schlachten", ächzte Styrbjörn Arnarsson und schlug zu, so dass die Klingen laut klirrend aufeinanderprallten. „Es ist Odin selbst, der mich schützt, Kerl. Es wird dir nicht gelingen, dem Tod zu trotzen!", erwiderte Rune böse lachend. Und bald zeigte sich auch, dass es für den Jarl ein großer Nachteil war, dass er die Raubfahrten seinen Hauptmännern überlassen hatte.

Er musste nun seinen Kampf selber ausfechten, und ihm wurde langsam gewahr, das er dies trotz allen Hasses, der ihn trieb, nicht schaffen würde. „Los, Männer, tötet ihn!", rief er, doch nun musste er feststellen, dass die Krieger seinem Befehl nicht folgten. Wütend schlug der Jarl zu und traf den Schild des Gegners, so dass er Rune aus den Fingern glitt. Langsam legte der Sachse die Finger seiner zweiten Hand um den Griff des kurzen Schwertes und schlug nun beidhändig auf den Gegner ein, doch der Schild fing seine Schläge ab, so warf sich Rune auf die Knie und schlug unter dem Schild hindurch. Die Klinge fuhr dem Styrbjörn über die Beine und er schrie auf. Blut tränkte seine Beinkleider. Rune stand wieder auf seinen Füßen, wandte sich um und schlug erneut zu. Die Klinge traf den Arm des Jarls und der Schild fiel zu Boden. Und dann geschah es!

„Odin!"

Den Namen des Göttervaters auf den Lippen sprang der Sachse dem Feind mit einem großen Satz entgegen, ließ dabei den Sax kreisen und schlug zu. Der Kopf des Styrbjörn Arnarsson flog in hohem Bogen durch die Luft, und der kopflose Körper sank zu Boden. Das Blut sprudelte aus dem Stumpf des Halses und tränkte den Boden, während der Kopf über den Rand der Böschung rollte.

Hyrning saß schwer atmend auf der Bank. Aus einer tiefen Wunde in seinem rechten Arm floss ein Schwall seines Blutes. Und auch in seinem Gesicht hatte er eine blutende Wunde erhalten. Thurid eilte heran, um sich der Blessuren anzunehmen.

„Der Kampf ist beendet", sprach Rune streng. „Geht, solange ihr noch dazu fähig seid!"

Vier Krieger des Jarls waren, teils verwundet, noch am Leben. Sie hatten die Lust am Kampf verloren und zeigten sich einverstanden, nach Haithabu zurückzukehren, und Rune ließ sie ziehen.

*

Lange hatte Rune in dieser Nacht an der Feuerstelle in seinem Haus gesessen, hatte stumm in die Flammen geblickt, hatte einen Becher Bier nach dem anderen getrunken und über die Ereignisse der letzten Zeit gegrübelt. Tränen rannen über sein Gesicht, denn der Verlust des Freundes Thorbart schmerzte ihn doch sehr. Seit dem Kampf gegen den Sklavenhändler, der nun drei Tage zurücklag, hatte er sich gänzlich zurückgezogen, hatte um den Freund getrauert, der sein Leben für ihn opferte. Er bat den Göttervater, den Thorbart in seine Halle aufzunehmen. Unter freiem Himmel hatte Rune geschlafen, hatte der Thurid nicht beigewohnt, so, wie er es sonst oft mit großer Freude tat. Seine Gier nach dem Weib war wie erloschen. Und die Völva hatte ihn gewähren lassen. Sie bedrängte ihn nicht mit Fragen und wartete geduldig, bis der Moment kommen würde, an dem Rune bereit war zu berichten, was ihn bedrückte.

Dies war die erste Nacht, die er wieder unter dem festen Dach seines Hauses verbrachte. Gedankenverloren hatte er sich an das Feuer gesetzt und begonnen, sich zu besaufen. Wortlos hatte sich Thurid auf das Schlaflager gelegt, das große Fell über ihren nackten Körper gezogen und war bald darauf eingeschlafen.

Ein leises Schluchzen war es, das Thurid erwachen ließ. Sie setzte sich auf und sah Rune, der immer noch an dem inzwischen heruntergebrannten Feuer saß. Langsam erhob sich das Weib, legte sich das Fell um die Schultern und trat hinter den Mann, den sie liebte. Ihre Hände legten sich auf seine Schultern, und Rune drehte ihr seinen Kopf zu. Nun sah sie die Tränen, setzte sich neben Rune nieder und fragte mit sanfter Stimme: „Willst du mir nicht erzählen, was dich bedrückt, mein Liebster?"

Rune sah das Weib mit glasigen Augen an und nickte, dann sprach er lallend über die Worte des Sklavenfängers Styrbjörn Arnarsson, von Thorbarts Verrat, der ihn bedrückte, dem Kampf und dem Tod des Norwegers, der sein Freund war. Tröstend küsste Thurid Runes Gesicht, seine Augen und den Mund.

„Du weißt, dass dies sein Schicksal war. Vorbestimmt von den Nornen, und kein Sterblicher hätte dieses Schicksal ändern können. Odin selbst hat dich geschützt, mein Liebster, denn nur so ist es zu erklären, dass Thorbart sich besann und an deiner Seite kämpfte. Du konntest nichts daran ändern, denn seine Zeit in Midgard war abgelaufen."

„Aber Odin spricht nicht mehr zu mir", sagte Rune leise. „Seit dem Tage des Kampfes schweigt der Allvater, und mich verfolgen keine Träume mehr. Ich würde dieses Übel sofort wieder auf mich nehmen, wenn dadurch Thorbart leben könnte."

„Der Allvater gab dir Aufgaben, die, wie es scheint, nun erfüllt sind, mein Geliebter. Es gibt keinen Grund mehr für ihn, zu dir zu sprechen. Und was den Tod Thorbarts angeht, so bedenke, dass für jedes Leben, das geht, ein neues Leben geboren wird!" Sie ergriff seine Hand und legte diese sanft auf ihren nackten Bauch.

*

Grau war sein Haar geworden, und ebenso grau war nun auch sein Bart. Sogar einen kleinen Bauch hatte er angesetzt. Viele Jahre waren vergangen, so hatte sich nun der Christenglaube unter dem König Knut, welcher der Sohn des Gabelbart war, auch im Dänenreich durchgesetzt.

Dieser hatte sich nach dem Tode seines Vaters taufen lassen, denn der britannische Adel hatte dem Dänen in Ermangelung eines geeigneten Thronanwärters die Krone angeboten. So erfüllte Knut den Traum seines Vaters und verleibte Britannien in das Dänenreich ein.

Rune zählte nun mehr als fünfzig Winter, die er in Midgard verbracht hatte. Als getreuer Gefolgsmann des Jarls Hrani, den man den Glücklichen nannte, war er mit diesem in jedem Sommer auf Raubfahrt ausgefahren und hatte meist einen guten Anteil an der Beute bekommen.
Seine Tochter Sif, die einen dänischen Mann geheiratet hatte, lebte nun auf einem Hof östlich von Viborg. Sie hatte die Siedlung Frigghavn und ihre Mutter schon vor langer Zeit verlassen. Thorune, den Sohn, hatte der Skalde nicht wieder gesehen, und irgendwann erreichte ihn die Nachricht, dass Thorune nach seiner Mutter Sigrun Jarl in Frigghavn geworden, jedoch von einer Raubfahrt auf die Insel der Angelsachsen nicht heimgekehrt war.
In der kalten Jahreszeit war er der Skalde des Jarls und gab auf den Festen seine Kunst zum Besten. Auch begleitete er Hrani auf die Höfe der anderen Jarls und Gaufürsten. Sein Hof Krakasnes war gewachsen, er hatte Mägde und eigene Knechte, die den Hof bewirtschafteten, und die Völva Thurid, die längst sein Weib geworden war, hatte ihm noch drei Kinder geboren. Frigga und Freya sowie natürlich Odin selbst, hielten schützend ihre Hände über das Paar, denn Rune und Thurid blieben fest im Glauben an die alten Götter und sich gegenseitig in großer Liebe verbunden.

An einem kühlen Morgen im Herbst hatte Schlaflosigkeit den Skalden von seiner Bettstatt getrieben. So stand er in der frischen Morgenluft, atmete tief ein und sah in den Fjord hinaus. Nebel lag über dem Strand, da bemerkte er, wie über seinem Kopf zwei Raben ihre Kreise zogen, und als er wieder in den Fjord blickte, sah er auf dem Steg einen Mann im morgendlichen Nebel stehen. Gekleidet war dieser in einen langen, blauen Mantel, in der Rechten hielt er einen langen Stab, auf dem Kopf trug er einen weit in das Gesicht gezogenen Schlapphut und an seiner Seite saßen zwei große Wölfe.

Rune wischte seine müden Augen und leise kam ihm der Name des Göttervaters über seine Lippen: „Odin!"

*

Nachdem die Grafen ihre Jagd auf die letzten Asentreuen eröffnet haben
und ihre Schergen brandschatzend durch die Dörfer und Wälder zwischen
Aller, Emscher und Ruhr ziehen, ist Bran, der Sohn des Schmiedes
in dem kleinen Dorf Buira schon bald gezwungen, seine Heimat zu
verlassen. Als Seemann in Diensten eines friesischen Kaufmannes gerät
er während eines Überfalls in die Hände umherziehender Wikinger und
wird als Sklave in das vom dänischen König Harald besetzte Norwegen
gebracht. Nun Eigentum des Schmiedes Askold, ergeht es ihm dort
jedoch gut, und er entdeckt seine Fähigkeiten in der Kunst des Dichtens.
Da wird der Jarl des Gaus auf Bran, der nun den Namen Rune trägt,
aufmerksam. Dieser holt den Sachsen als Skalden auf seinen Hof, und er
erkennt schnell, dass der junge Bursche noch ein größeres Talent besitzt
als das des Dichtens. Bald schon muss sich Rune als Mörder verdingen
und dem Jarl unliebsame Widersacher vom Halse schaffen. Doch die
Liebe zu der Tochter des Jarls und sein Drang danach, ein freier Mann
zu werden, zerstreuen schnell all seine Bedenken. Und so beginnt für
den jungen Sachsen ein abenteuerliches Leben als Skalde in den
Ländern von Thule.

Der Skalde
320 Seiten
ISBN: 978-3-7347-7298-6

Von den vereinten Stämmen der Germanen, unter der Führung des
Fürsten Armin besiegt, lag im Jahre 9 n. Chr. der ganze Stolz Roms, die
drei besten Legionen, geschlagen im Morast der germanischen Sümpfe
und Wälder. Die Angst vor den Barbaren aus dem Norden, wuchs in
den Strassen Roms und der Ruf nach Rache wurde immer lauter. Doch
es sollten einige Jahre vergehen, bis der römische Adler wieder seine
Krallen, in das Gebiet, nördlich des Rheins schlagen würde.
Im Jahre 15 n. Chr. kommt Aulus, der Adoptivsohn des Tribuns
Claudius Marcinus, als Decurio der Reiterei, mit den römischen
Legionen des Gajus Julius Germanicus, in die dichten Urwälder
nördlich des großen Stromes. Als fünfjähriger Knabe von den Römern
aus dem Land der Brukterer verschleppt und in den Lagern der
Legionäre, als Bursche des Tribuns aufgewachsen, tritt Aulus mit
dreizehn Jahren selbst in die Legion ein und gelangt so, fünf Jahre
später, zu einem kräftigen jungen Mann gereift, zurück in das Land, das
einmal seine Heimat war. Dort erfährt er von seiner wahren Herkunft
und von dem Mann, der seine Eltern tötete.
Er wendet sich von den Römern ab und findet bei dem Stamm der
Brukterer seine Heimat wieder. Aus dem Legionär Aulus Marcinus,
wird der Germane Gerowulf. Voller Hass und Enttäuschung, auf der
Suche nach der Wahrheit und um Rache zu nehmen, schließt er sich
den Horden des Cheruskerfürsten Sigurd, den die Römer Arminius
nennen, an.

Pakt der Barbaren
372 Seiten
ISBN: 978-3-7347-3807-4

Die Saga von Sigurd Svensson
„Das Schwert des Wikingers"

Kaum dem Kindesalter entwachsen, verlässt Sigurd, der erstgeborene der beiden Söhne des Häuptlings Sven, den Hof seines Vaters im Tröndelag, einem Gau im Nordwesten Norwegens, um als freier Wikinger sein Glück auf See zu suchen. Er schließt sich einem gefürchteten Seekönig an und erkämpft im Alter von nur siebzehn Jahren, getrieben von ungestümem Mut, ein eigenes Schiff, mit dem er auf Raubfahrt geht. Doch das große Heil, das ihm die Götter im Kampf schenken, muss der junge Nordmann teuer bezahlen. Heftige Schicksalsschläge erschüttern das Leben des jungen Kriegers in seiner Heimat, und so begibt er sich, als neuer Häuptling des Dorfes, auf die Suche nach seinen in die Sklaverei verschleppten Schwestern und den Mördern seiner Gesippen.

*

„Das Schwert des Wikingers"
Broschiert, 300 Seiten
ISBN: 978-3-7322-4366-2

Auch als eBook erhältlich

Weitere Romane von Rainer W. Grimm

Mit „Die Saga von Erik Sigurdsson" schrieb der Autor, die
spannende Lebensgeschichte eines jungen Norwegers, der
als Sohn eines Jarls, eines Häuptlings und Fjordgrafen, um
die erste Jahrtausendwende in die Glaubenskriege und
Machtkämpfe zwischen Norwegern, Dänen und Schweden
verwickelt wird. Hin- und her gerissen, zwischen dem alten
Glauben seiner Väter, die Odin und Thor ihre Opfer
brachten und dem neuen Gott Jesus Christus, der aus den
südlichen Ländern, von den Missionaren in die eisigen
Fjorde des Norden gebracht wurde, muss Erik Sigurdsson,
bald selbst Jarl und Anführer, schwere Schicksalsschläge
ertragen. Krieg und Kampf sind der Faden, der sich fortan
durch das Leben des Jarls und Wikingers zieht.
Die Trilogie ist die Fortsetzung der Sigurd Svensson Saga
und erschien in folgenden Bänden:

„Das Blut der Wikinger"
Broschiert, 304 Seiten
ISBN: 3-8334-3957-2
*
„Die Wölfe des Nordens"
Broschiert, 316 Seiten
ISBN 10: 3-8334-6467-4
ISBN 13: 978-3-8334-6467-6
*
„Der Krieg der Könige"
Broschiert, 328 Seiten
ISBN 13: 978-3-8370-1942-1

Auch als eBook erhältlich